人民共和國文化與文學叢書

十 二 編

李 怡 主編

第 4 冊

人民共和國初期文藝界的「內部清理」——「十月文藝叢書」專題研究（1949～1952）

袁洪權 著

花木蘭文化事業有限公司

國家圖書館出版品預行編目資料

人民共和國初期文藝界的「內部清理」——「十月文藝叢書」專題研究（1949～1952）／袁洪權 著 -- 初版 -- 新北市：花木蘭文化事業有限公司，2024〔民113〕
目 2+226 面；19×26 公分
（人民共和國文化與文學叢書 十二編；第 4 冊）
ISBN 978-626-344-856-8（精裝）
1.CST：文學評論 2.CST：學術研究 3.CST：中國文學史
820.8　　113009398

ISBN-978-626-344-856-8

人民共和國文化與文學叢書
十二編 第 四 冊　　ISBN：978-626-344-856-8

人民共和國初期文藝界的「內部清理」
——「十月文藝叢書」專題研究（1949～1952）

作　　者　袁洪權
主　　編　李　怡
企　　劃　四川大學中國詩歌研究院
總 編 輯　杜潔祥
副總編輯　楊嘉樂
編輯主任　許郁翎
編　　輯　潘玟靜、蔡正宣　美術編輯　陳逸婷
出　　版　花木蘭文化事業有限公司
發 行 人　高小娟
聯絡地址　235 新北市中和區中安街七二號十一三樓
　　　　　電話：02-2923-1455／傳真：02-2923-1452
網　　址　http://www.huamulan.tw 信箱 service@huamulans.com
印　　刷　普羅文化出版廣告事業
初　　版　2024 年 9 月
定　　價　十二編 10 冊（精裝）新台幣 26,000 元　

人民共和國初期文藝界的「內部清理」
——「十月文藝叢書」專題研究（1949～1952）

袁洪權 著

作者簡介

袁洪權（1978～），男，土家族，重慶石柱人，文學博士，教授，博士生導師。曾在西昌學院、西南科技大學工作，2022 年 3 月入職貴州師範大學文學院。主要從事中國現當代文學文獻的搜集與整理，兼及人民共和國歷史與文化的研究。出版學術著作二部，曾在《文學評論》《二十一世紀》《中國現代文學研究叢刊》《新文學史料》等刊物發表學術論文近百篇，主持並完成國家社科基金項目、教育部項目各一項，參與國家社科重大招標項目多項。

提　要

本書主要針對天津讀者書店和知識書店於 1949 月 10 月開啟出版的「十月文藝叢書」展開的專題研究，這套叢書於 1952 年 7 月受到來自《文藝報》的點名批評。叢書真正受批評的原因，還是在於作者歸屬的複雜性，這就牽扯出解放區文藝的歷史梳理這一學術問題。關於解放區文學的研究，學界主要把精力集中於延安解放區文學的研究，對於晉察冀文學這一板塊並沒有深入展開。追究其歷史根源，正在於晉察冀文學創作的特質及其風頭，它們大部分作品在共和國初期都納入被批判的行列，不僅包括我們熟悉的蕭也牧的《我們夫婦之間》，而且還包括王林的長篇小說《腹地》、劇本《火山口上》，方紀《讓生活變得更美好罷》、舊作《山城紀事》及其姊妹篇《意識以外》，方之中的詩集《人底改造》等，孫犁、丁克辛等也受到不同程度的批評（本書未及展開）。

本書分為四章，分別對蕭也牧的短篇小說《海河邊上》《我們夫婦之間》、王林的劇本《火山口上》、方紀的短篇小說《山城紀事》及其姊妹篇《意識以外》、方之中的詩集《人底改造》展開專題研究，挖掘晉察冀文人的共和國文學書寫（不管是現實寫作的蕭也牧和方之中，還是歷史問題的王林與方紀）及其面臨的困境，試圖為晉察冀文學及文人命運等歷史問題撕開裂縫，突破當前學術研究的瓶頸。

教育部人文社會科學研究項目編號：
11YJC751112

文學「地方性」問題的發展——《人民共和國文化與文學叢書・十二編》代序

李　怡

文化發展與文學發展的「地方性」話題自古皆然，至今更成為自我凸顯的一種有效的方式，老話題中不斷醞釀出新的動向。近年來持續討論的「新東北文學」與「新南方寫作」就是兩大當代文學批評的熱點。在這裡，本文無意直接加入對「南北文學」的這場討論，倒是覺得可以通過梳理一下這批評新動向的來龍去脈，對由來已久的「地方性」的資源價值再作反思。

一

「新東北文學」與「新南方寫作」並不是一種既有的文學史建構工程的全新章節，也就是說，到目前為止，它們都還不是業已成熟的文學傳統的當然的構成，而屬於當下文學發展與批評活動中的一種「潮起潮落」的現象，它們的創作者、闡述者主要都是活躍於文學現場的 80 後一代。這在很大的程度上決定了問題的鮮活性、時代性與理想性，當然，也為我們的進一步追問留下了空間。

「新東北文學」是最近四、五年間在東北文學與東北文藝的某種浪潮的基礎上形成的概念。上世紀 30 年代在抗戰文學潮流中出現過「東北作家群」，新時期的東北雖然才俊迭出，但要麼另有旗幟，如名屬「先鋒」的馬原、洪峰、刁斗，要麼鍾情白山黑水卻難成群體陣勢，如遲子建。至新世紀第一個十年行將結束之際，終於在電影、音樂、曲藝和某些文學中湧現出了具有地方個性的新動向，這讓壓抑已久的東北文藝家點燃了希望，「東北文藝復興」與「新東北作家群」接踵提出。2019 年 11 月 30 日，東北網絡歌手董寶石在《吐槽大會》上，以調侃的方式提出「東北文藝復興」的口號，在媒體發酵中，又連續出現了「東北文藝復興三傑」「東北野生文藝」「東北民間哲學家」等等概念，雖然這些主要由樂隊、脫口秀演員、短視頻博主等為主角的聲音在很大程度上沒有超出自娛自樂的範圍，但卻是呼應了 2003 年國家提出「振興東北老工業基地」戰略，也將一些東北學者「振興東北文化」的願望體現在了大眾文化的層面上。〔註 1〕2020 年初，黃平發表《「新東北作家群」論綱》，以「雙雪濤、班宇、鄭執等一批近年來出現的東北青年作家」為中心，鄭重提出了新東北文學作為群體現象的現實。〔註 2〕此後，「新東北作家群」「東北文學復興四傑」與「新東北文學」等概念便在批評界傳播開來，成為各種文學批評、學術座談會討論的主題，也引發了不同的意見。

「新南方寫作」，在一開始只是針對某些嶺南作家作品的批評概念，後來隨著範圍不斷擴大，而成為了一個各方關注的文學現象的指稱。2018 年 5 月 27 日在廣東東莞（松山湖）文學創作基地舉行的一個文學活動上，評論家楊慶祥與作家林森、陳崇正、朱山坡等的對話涉及到了「在南方寫作」的問題，林森、陳崇正、朱山坡同時就讀於北京師範大學與魯迅文學院聯辦的文學創作方向研究生班，據說他們也討論過「新南方寫作」作為一種批評概念的意義。當年 11 月 30 日至 12 月 2 日，由《花城》雜誌與潮州市作協、韓山師範學院合辦的「花城筆會暨第三屆韓愈文學月活動」，在廣東潮州舉辦。11 月 30 日文學沙龍的主題之一是「當代文學格局中的地方性寫作」。陳崇正、朱山坡、林森、王威廉與楊慶祥等作家、批評家、編輯聚首，熱烈討論了「新南方寫作」這個概念的學術可能性。11 月 9 日，陳培浩在《文藝報》上發表文章《新南方寫作的可能性——陳崇正的小說之旅》，「希望借助『新南方寫作』這個概念來彰顯陳崇正寫作中的獨特想像力來源」，「新南方寫作」一說正式見諸主流媒體。而與之同時，楊慶祥也在積極籌備相關的學術討論，他的思路也從嶺南延伸到了更遠的地方：「大約是在 2018 年前後，我開始思考『新南方寫作』這個概念。觸發我思考的第一個機緣是當時我閱讀到了一些海外作家的作品，主要

〔註 1〕2004 至 2012 年間，東北學者邴正、張福貴、逄增玉、谷曼、吉國秀等都撰文論述過「振興東北文化」的可能，刊發於《社會科學戰線》《社會科學輯刊》《長白學刊》《遼寧大學學報》等期刊上。

〔註 2〕黃平：《「新東北作家群」論綱》，《吉林大學社會科學學報》2020 年第 1 期。

是黃錦樹。」〔註3〕

從「南方」的角度來定義文學現象當然不是始於此時，只不過，因為江蘇浙江一代的文學歷來發達，「江南文學」幾乎就被視作「南方文學」的當然代表，今天，「『新南方寫作』是指跟以往以江南作家群為對象的『南方寫作』相對的寫作現象，這個概念既希望使廣大南方以南的寫作被照亮和看見。」〔註4〕換句話說，「新南方」指的不是新的今天的南方，而是「南方之南」的還不曾進入人們視野的那些「南方」。更準確地說，這個概念的提出，原本是提醒一種隨著經濟和文化的發展，而日益重要的「南方之南」的文學存在現象，即在將蘇童、格非、葉兆言等江南區域作家的視作傳統意義的「南方寫作」，而將嶺南等在改革開放時代湧現的區域文學寫作名之為「新南方寫作」。楊慶祥發表於《南方文壇》2021 年 3 期上的《新南方寫作：主體、版圖與漢語書寫的主權》是到目前為止最完整、影響也最大的文章，它和黃平的《「新東北作家群」論綱》遙相呼應，成為新時代中國當代文學「地方性」建構的南北綱要。按照楊慶祥的劃定，「將新南方寫作的地理範圍界定為中國的廣東、廣西、海南、福建、香港、澳門、臺灣等地區以及馬來西亞、新加坡、泰國等東南亞國家。」〔註5〕這已經從陸地伸向了海洋，從中國擴展至了域外，臺灣學者王德威有具體的建議，他認為相關的文學批評可以跨越「閩粵桂瓊作家的點評」範圍：「許假以時日，能有更多發現？如張貴興、李永平的南洋風景，吳明益、夏曼·藍波安的地理、海洋書寫，董啟章、黃碧雲的維多利亞港風雲，極有特色，可作為研究的起點。」〔註6〕也有學者進一步論述了「世界南方」的可能性：「在地域上以兩廣、福建、海南等中國南方沿海省份為主體，同時延伸至臺港澳地區、東南亞的華語文化圈，並不斷向更為廣闊的『世界南方』拓展。」〔註7〕

當然，也有學者提出了橫向拓展的設想，即將過去那些身處南方卻不屬於

〔註3〕楊慶祥：《新南方寫作：主體、版圖與漢語書寫的主權》，《南方文壇》2021 年 3 期。

〔註4〕陳培浩：《「新南方寫作」及其可能性》，《韓山師範學院學報》2020 年 4 期。

〔註5〕楊慶祥：《新南方寫作：主體、版圖與漢語書寫的主權》，《南方文壇》2021 年 3 期。

〔註6〕王德威：《寫在南方之南：潮汐、板塊、走廊、風土》，《南方文壇》2023 年 1 期。

〔註7〕盧楨：《行走的詩學與新南方寫作的域外生成》，《南方文壇》2023 年 6 期。

典型南方——江南之外的區域文學現象也一併納入:「從空間上看,以往南方文學主要是江南文學,現在談新南方文學,囊括了廣東、福建、廣西、四川、雲南、海南、江西、貴州等等文化上的邊地,具有更大的空間覆蓋性,因而也有更多文化經驗異質性。」〔註8〕

如今,「新東北文學」與「新南方寫作」的論述和探討早已經超出了本地域發聲的層面,發展成了一種全國性的乃至在一定程度上影響著國際漢學界與華文創作圈的文學動向、批評動向。《文史哲》雜誌與《中華讀書報》聯袂開展的2022年度「中國人文學術十大熱點」評選活動中,新「南」「北」寫作的興起成為文學類唯一入選話題。

二

中國文學有南北之議或者說各區域地理的概念,這已經是我們源遠流長的傳統,《詩經》與《楚辭》的差異早就為人們所注目,「辭約而旨豐」的《詩經》,「耀豔而深華」的《楚辭》,都為劉勰所辨明,〔註9〕唐代魏徵在《隋書·文學傳序》的討論已經出現了「南北」、「江左」、「河朔」等重要的文學地方視野:「江左宮商發越,貴於清綺;河朔詞義貞剛,重乎氣質。氣質則理勝其詞,清綺則文過其意。理深者便於時用,文華者宜於詠歌,此其南北詞人得失之大較也。」〔註10〕《漢書》《隋書》闢有「地理志」,專門概括各地山川形勝、風土人情,是中國文化與中國文學地方性論述的集中表達。近現代以後,引入西方的文學地理學、空間理論,使之論述更上層樓,文學的區域研究、地域考察不斷結出重要的果實。在新時代的今天,東北與南方問題的再度提出,很令人想起一百年前,在中國文學從古典至近現代的歷史轉換之中,一批學者也讓中國文學的南北論隆重出場,即是對文學發展史實的陳述,也包含了自我辨認、清理的思想根脈以激發文化的活力之義,那麼,這一百年以後的議題,都有著什麼樣的思想意義,是不是亦有同樣的歷史效應呢?

對中國現當代文學進行系統的「地方性」的觀察和總結是在1990年代中期,嚴家炎先生主編的《二十世紀中國文學與區域文化》叢書於1995年開始由湖南教育出版社陸續推出,這是新中國成立後、當然也是百年來第一次系統

〔註8〕陳培浩:《「新南方寫作」及其可能性》,《韓山師範學院學報》2020年4期。

〔註9〕分別見《文心雕龍·宗經》、《文心雕龍·辨騷》,范文瀾《文心雕龍注》22、47頁,人民文學出版社1958年。

〔註10〕《隋書》卷76,中華書局1973年版第六冊1730頁。

梳理總結中國新文學發展與地方文化內在關係，是文學地方經驗與地方路徑的全面展示和挖掘。值得一提的，這些中國文學的地方性研究幾乎都是各個地方的學者來完成的，絕大多數是當地籍貫的學者，極少數籍貫不在當地卻是生活多年或者已經就是第二故鄉。

著作名	作　者	籍　貫
黑土文化與東北作家群	逄增玉	出生於吉林
江南士風與江蘇文學	費振鍾	出生於江蘇
都市漩流中的海派小說	吳福輝	出生於浙江，在上海度過童年
現代四川文學的巴蜀文化闡釋	李怡	出生於重慶
山藥蛋派與三晉文化	朱曉進	出生於江蘇，從事相關研究
齊魯文化與山東新文學	魏建、賈振勇	出生於山東
雪域文化與西藏文學	馬麗華	生於山東，在藏工作 27 年
「S 會館」與五四新文學的起源	彭曉豐 舒建華	在杭州讀書和任教 出生於浙江，在杭州讀書和工作
秦地小說與「三秦文化	李繼凱	出生於江蘇，在陝西讀書和工作
湖南鄉土文學與湘楚文化	劉洪濤	出生於河南，從事相關研究

以上簡表可以看出，《二十世紀中國文學與區域文化》叢書的作者，除了朱曉進、劉洪濤因為前期分別從事山藥蛋派與沈從文研究而參加了相關叢書外，其他所有的學者都可以說具有深刻的「本鄉本土」淵源，他們的研究在很大程度上來源於對「本土文化」的一種自我感受，學術的表達也具有自我開掘、自我說明的鮮明的意圖。在新時期中國現當代文學的實績還有待全面總結和彰顯的時候，這種「地方性」的開掘和展示幾乎也可以說是必然的，他們解釋的是「走向世界」的文學主流敘事所需要的細節，也是對「中國文學」主體敘述所難以顧及的地方內容的放大呈現，除了「地方性」的學者或者對「地方」有特別研究的基礎，似乎也難以熟悉這些特定地域的被遮蔽的陌生的內容。

不過，這樣一來，也為我們提出了一個新的問題：除了對主流文學細節的補充與完善，「地方」究竟還有沒有可能凸顯自己的發現？而且這種發現最後的意義又不僅僅屬於「地方」，而是指向對整個文學格局的再認識？在這個意義上，我認為《二十世紀中國文學與區域文化》叢書的工作屬於中國文學地方性研究的第一階段，它的重要意義就在於為我們展示了百年來中國文學發展的無比豐富的地方性，這些地方性的存在從根本上說就是中國新文學發生發展的基礎，也是它的歷史實績，因為有了不同地方的文學成果，我們百年文學的建構才是充實的和多樣化的。當然，在大量紮實的奠基性的工作之外，這一階段的努力基本上還沒有展開新的追問，即這些「地方性」的文學有沒有貢獻出一種獨特又具有整體性指向的可能？《二十世紀中國文學與區域文化》叢書對各區域文學的解剖、分析新見迭出，不過似乎都沒有刻意挖掘那些地方性文學創作中蘊含的導向未來文學發展的律動和線索，沒有放大性地揭示「當下地方」中暗藏的「通達中國」、「激活世界」的機緣。

《二十世紀中國文學與區域文化》叢書出版至今，二十年的時間過去了，中國學者對文學地方性問題的研究依然在持續推進中。這種推進表現在三個方面，首先是一系列相關理論的引進和運用，例如文化地理學（Cultural geography）、列斐伏爾（Henri.Lefebvre）的空間生產理論（Theory of space production），段義孚的「空間與地方」（Space and Place）、愛德華．雷爾夫（Edward Relph）「地方與無地方性」（Place and Placelessness）、詹明信（Fredric Jameson）的超空間概念（hyperspace）、多琳．馬西（DoreenMassey）的「全球地方感」（A Global sense of place）等等，使得我們的學術視野更為深邃，從過去的感性總結上升到更為理性的概括與分析；其次是對地方性考察邁向更為廣闊的領域，除了對中國現當代文學創作現象的分析，也進一步擴展到了古代文學領域，使之結合中外文學的比較，在世界文學的視野中考察更大範圍中的文學地方性問題，「文學地理學」的充分闡發和廣泛運用就是在我們的中國古代文學研究中進行的；其三是對中國新文學的考察、研究也開始超越了主流思想的「補充」這一層面，努力通過對「地方」獨特文化資源的再發現重新定義現代，洞見中國現代性的自我生成路徑。「地方路徑」概念的提出、闡發和討論可以被看作是這一努力的理論性嘗試，而陳方競教授 1999 年出版的《魯迅與浙東文化》則是學術超越的較早的成果。

作為一位浙江籍的學者，陳方競教授致力於魯迅與浙江文化關係的闡發並不奇怪，這十分符合 1990 年代中國文學地方性研究的動向，從總體上說還是屬於「二十世紀中國文學與區域文化研究」的脈絡。但是，陳方競教授卻以自己細膩的梳理和深入的思考展示了地方性研究的新的可能，從而實現了對同一時期的學術模式的某種超越。《魯迅與浙東文化》不是在魯迅的文學中尋找時人關於「浙東文化」常識性概括，從而迅速地總結出魯迅文學中的浙東「基因」或「元素」，最終證明一個不受人質疑卻也並不令人興奮的事實：魯迅的確屬於浙東文化。這樣的地方性闡發僅僅是對文學史「常識」的一次側面的印證，它本身沒有提出什麼新的問題，或者說根本就沒有能夠發現新問題，因此對學術思想的啟發和推動也十分有限。陳方競教授卻是將對浙東文化傳統的發現與對魯迅內在精神特質的挖掘緊密結合，他不是企圖對盡人皆知的常識展開別樣材料的印證，而是在重新發現魯迅思想構成的意義上挖掘出了被人們所忽視的「浙東文化」的存在，無論是對於魯迅還是對於浙東文化傳統，這裡的發現都是深刻的，也可以說是創造性的，例如著作對魯迅所「復活」的浙東地緣血緣傳統的論述就始終在多層面多維度中展開，不斷作出個體性的比較和時間性追蹤，從而呈現了這種地方性傳統延續承襲的複雜和變異，而所謂文化傳統的影響也從來就不可能是本質化的、理所當然的，它們都得在歷史的轉換中被重新選擇，所以，「發現」傳統絕非易事，「繼承」文化需要付出：

> 魯迅作為破落戶子弟，反叛於他「熟識的本階級」，這樣，血緣性地緣文化在他身上的「復活」又並非是順其自然的。顯然，這裡還存在一個主體意識的「認同」過程，由「認同」而「復活」。〔註 11〕
>
> 魯迅與瞿秋白同為士大夫家族子弟，血緣性的地緣文化，他們身上都表現出某種根深蒂固的「名士氣」。但瞿秋白的「名士氣」表現為「潔身自好」；魯迅則不同，他仰慕浙東先賢而表現出近於「魏晉名士」憤世嫉俗的硬氣與骨氣。〔註 12〕
>
> ……周作人又不得不正視他與乃兄魯迅之間互有濡染又涇渭分明的不同文風……周作人的文風不無「深刻」但更顯「飄逸」，魯迅的文風則是，不無「飄逸」但更顯「深刻」。〔註 13〕

這樣的魯迅精神也就是一種前所未有的「再發現」，也可以說是對中國新文學內在精神的創造性提煉，而由此被闡發的「浙東文化」，也就不再屬於歷史的陳跡，它理所當然就是中國現代性的參與者、激發者，這裡的魯迅和浙東既來自浙東，蜿蜒生長在地方性的土壤裏，但又最終超越了具體鄉土的狹隘性，與更為廣大的世界性，和更為深刻的人類性溝通關聯在了一起，從而賦予未來中國文學的發展以啟發。

今天的「新東北文學」與「新南方寫作」，從創作到批評也都呈現了中國

〔註 11〕陳方競：《魯迅與浙東文化》58 頁，吉林大學出版社 1999 年。
〔註 12〕陳方競：《魯迅與浙東文化》59 頁，吉林大學出版社 1999 年。
〔註 13〕陳方競：《魯迅與浙東文化》44、45 頁，吉林大學出版社 1999 年。

文學地方性意識的一種深化。

作為創作現象的「新東北文學」與「新南方寫作」已經超過了地方彰顯的意圖，寫作和作家本人的跨區域性向我們表明，地方本身已經不是他們集中表達的內容，超出地方的更深的關切可能是他們更有意包含的主題。有人統計過，這些活躍的「新東北」與「新南方」作家未必都固守在東北和南方，故鄉也並非就是他們唯一關注的焦點，文學的故土更不等於就是現實的刻繪。「被視為東北文藝復興文學代表的「鐵西三劍客」——雙雪濤、班宇、鄭執他們其實是在北京書寫東北」「廣西籍作家林白，她的長居地是武漢和北京，她的寫作很多時候與故鄉和區域並不直接相關。但《北流》卻無疑動用了故鄉的精神文化資源，濃厚的地方性敘事、野氣橫生的方言敘事為人所津津樂道。與林白相近的還有霍香結。桂林人氏，走遍中國，定居京城近二十年的霍香結近年以《靈的編年史》《銅座全集》頗受矚目。霍香結無疑是自覺將「地方性知識」導入當代文學的作家。〔註 14〕書寫「新東北」的班宇在南昌市青苑書店書友會上說過：「我覺得我現在寫的東北，其實並不是 90 年代真實存在的那種東北」，他還表示，「即便今天經濟情況不再一樣，但精神困境也許一樣，所以會有感同身受。讀者和我不是尋找記憶，而是對照當下處境」〔註 15〕雙雪濤則稱「豔粉街是我虛構的場域」〔註 16〕「新南方」的東西表示要拒絕「根據地」般的原鄉、尋根公式，〔註 17〕梁曉陽十五年間輾轉於廣西和新疆，沒有新疆這個北方異域的參照也無所謂獨特的廣西，他的長篇小說《出塞書》的主人公梁小羊因為一次次的出塞，才得以從本土的空間中掙脫而出。「新南方」作家朱山坡說得好：「我們只是在南方，寫南方，經營南方，但我們的格局和目標絕對不僅僅是南方。過去不少作家沉迷於地方性寫作，挖掘地方奇特的風土人情，聳人聽聞的怪人怪事。這是偽鄉土寫作。這不是寫作的目的，也不是文學的目的。寫作必然在世界中發生，在世界中進行，在世界中完成，在世界中獲得意義。一個有志向有雄心的作家必須面向世界，是世界性的寫作。」朱山坡自己不僅書寫了「米莊」和「蛋鎮」這樣的南方小鎮，他其實已經走出了國境，荒涼的

〔註 14〕陳培浩：《「新南方寫作」與當代漢語寫作的語言危機》，《南方文壇》2023 年 2 期。

〔註 15〕班宇：《我不太理解很多人一想到東北就難受》，《城市畫報》，2020 年 7 月 9 日。

〔註 16〕雙雪濤：《豔粉街在我心裏是很潔白的》，《三聯生活週刊》，2019 年第 4 期。

〔註 17〕東西：《南方「新」起來了》，《南方文壇》2021 年第 3 期。

非洲，索馬里、薩赫勒、尼日爾，在不同文化中探究人性的幽微。「在世界中寫作，為世界而寫，關心的是全人類，為全世界提供有價值的內容和獨特的個人體驗。這才是新南方寫作的意義和使命。」〔註18〕

批評也是如此。與1990年代的地方性文學研究不同，參與「新東北文學」與「新南方寫作」研討的批評家相當部分已經不再是「地方的代言人」，「新東北文學」與「新南方寫作」的問題引起的普遍參與的熱忱。黃平是東北人，但長期求學、生活、工作在上海，楊慶祥是安徽人，長期求學、生活、工作在北京，「新南方」只是他遠眺的方向。遠在美國的漢學家王德威原籍福建，生長於臺北，工作於美國哈佛大學，他密切地關注了我們的討論，不僅關切著「新南方」的體驗，更對遙遠的東北充滿興趣，甚至繼續跳出新東北／新南方的二元架構，繼續就「大西北」發聲，激活更多的文學「地方性」話題。〔註19〕這恰恰說明，「新東北」與「新南方」都不再是地方對主流文化發展的一種補充和完善，它們本身的問題已經足以引發全局性的思考。正如黃平對「新東北文學」的一個判斷：「這將不僅僅是『東北文學』的變化，而是從東北開始的文學的變化。」〔註20〕「這批作家不能被簡單理解為東北文學，他們的寫作不是地方的，而是隱藏在地方性懷舊中的階級鄉愁。」〔註21〕「新南方寫作」的提出者也將「以對文明轉型的預判把握『新南方』將為中國當代文學創造的前所未有的『可能性』。」〔註22〕或者云「潛藏其中的由地域詩學向文化詩學、未來詩學的演變，使新南方寫作在世界時空中獲得了新的意義。」〔註23〕曾攀認為，新南方寫作「儘管發軔於地方性書寫，卻具備一種跨區域、跨文化意義上的世界品格」〔註24〕楊慶祥在南方精神的發掘中提出反離散論的問題，「南方的主體在哪裏？它為什麼需要被確認？具體到文學寫作的層面，它是要依附於某種主義或者風格嗎？如果南方主動拒絕這種依附性，那就需要一個新的

〔註18〕朱山坡：《新南方寫作是一種異樣的景觀》，《南方文壇》2021年3期。

〔註19〕參見王德威《文學東北與中國現代性——「東北學」研究芻議》（《小說評論》2021年1期）、《寫在南方之南：潮汐、板塊、走廊、風土》（《南方文壇》2023年1期）及《現代歷史　西北文學》（《大西北文學與文化》2020年第1期）。

〔註20〕行超：《黃平：讓我們破「牆」而出——「新東北文學」現象及其期待》，《文藝報》2023年6月26日第3版。

〔註21〕黃平：《從東北到宇宙，最後回到情感》，《南方文壇》2020年3期。

〔註22〕陳培浩：《「新南方寫作」及其可能性》，《韓山師範學院學報》2020年4期。

〔註23〕盧楨：《行走的詩學與新南方寫作的域外生成》，《南方文壇》2023年6期。

〔註24〕曾攀：《新南方寫作：經驗、問題與文本》，《廣州文藝》2022年1期。

南方的主體。」〔註 25〕

與某些地方文學倡導者的「自戀」式地方彰顯有異，「新東北」與「新南方」的論述者都在跳出自設主題的束縛，在更大的框架中建構對中國文學的整體認知，也不無反省，例如黃平就曾以「新東北寫作」為參照，對照性地來討論「新南方寫作」。他認為兩者創作表現的差異有五：第一點是邊界，「新東北寫作」的地域邊界很清晰，但「新南方」指的是哪個「南方」，邊界還不夠清晰，不僅僅是地理意義上的邊界，同一個區域內部也不夠清晰，所以楊慶祥等評論家還在繼續區別「在南方寫作」和「新南方寫作」；第二點是題材，「新東北寫作」普遍以下崗為重要背景，但「新南方寫作」並不共享相近的題材；第三點是形式，「新東北寫作」往往採用「子一代」與「父一代」雙線敘事的結構展開，以此承載兩個時代的對話，但「新南方寫作」在敘述形式上更為繁複多樣；第四點是語言，「新東北寫作」的語言立足於東北話，但「新南方寫作」內部包含著多種甚至彼此無法交流的方言，比如兩廣粵語與福建方言的差異，而且多位作家的寫作沒有任何方言色彩；第五點是傳播，「新東北寫作」依賴於市場出版、新聞報導、社交媒體、短視頻以及影視改編，「新南方寫作」整體上還不夠「破圈」。故而，在思潮的意義上，「新東北寫作」比較清晰，「新南方寫作」還有些模糊〔註 26〕。

這樣的反省無疑將推動中國文學地方意識的發展。

三

從 1990 年代中國文學研究地方視野的系統展現到今天文學批評中南北話題的深化發展，我們可以見出中國文學創作地方意識的興起和自覺，也可以梳理出學術思想日趨成熟的一種態勢。不過，嚴格說來，學術發展和文學創作一樣，歸根結底並不是一種進化式的躍遷，而是在不同的歷史時期盡力表達最獨特感受，或者努力解決這一階段的思想文化問題。它們最終的價值取決於感受的不可替代性或提出問題、解釋問題的深度。在這個意義上，今天我們面對中國文學地方性問題的學術態度又不能與古代中國的「地理志」簡單類比，無法因為數十年前區域研究的簡易而滿懷自信，譯介自西方的各種「空間」理論好

〔註 25〕楊慶祥：《新南方寫作：主體、版圖與漢語書寫的主權》，《南方文壇》2021 年 3 期。

〔註 26〕行超：《黃平：讓我們破「牆」而出——「新東北文學」現象及其期待》，《文藝報》2023 年 6 月 26 日第 3 版。

像更不能回答我們自己的問題，歸根到底，今天的地方性討論和未來的其他文學討論一樣，都還得通過本時代我們批評的有效性來加以檢驗。

於是，透過當前中國文學批評對「南北」問題的關注，我們都有責任來繼續探討和提高理論的效力。我覺得，這種理論的效力至少還可以體現在兩個方面，一是它捕捉文學現象獨特性的能力，即相關的概念和闡釋是不是切中了相關文學現象的核心和根本，可否在於相似現象的區隔中透視其中最獨有的精神秘密；二是它參與思想文化建設的能力，也就是通過文學批評的理論問題，能否昇華出一種更大的思想文化的啟示。

當代文學的「南北」命名及討論顯然是對文學創作的一種有價值的捕捉和發現。例如「新東北文學」由「下崗」主題而重述文學的「階級」主題，進而引發關於「復興現實主義」的猜想，「新南方寫作」由「一路向南」的版圖的擴展而生出「重構華文文學世界」的可能，即打破長久以來的漢語寫作的國境線，甚至挑戰「華語語系文學」所暗含的文化牴牾……這都是一些令人激動的文學批評的未來前景。不過，平心而論，這樣的前景在目前尚不是觸手可及，我們依然必須面對更為複雜的創作現實：寫作的活力總是體現為不斷變化，這些「狡黠」的媒介時代的精靈並不願意乖乖就範，事實上，「新東北」的幾位作家本來就置身在比過去紙質出版時代更為複雜的傳播環境之中，他們並不甘於受制於某一「古典」的程序，語言和行動上脫離「被定義」，在逃逸批評家指稱的道路上自由而行，同樣是這個時代文學「思潮」的重要特點。正如有評論指出：「這樣立意宏大的批評路徑似乎並未和小說家的自我指認之間達成順滑的對接，在闡釋者一方試圖將「新東北作家群」的寫作圈定在預設的階級話語框架，從而完成對其文學價值的確認之際，創作者一方卻往往不甘於被外界給定的標簽所束縛，不斷尋找著「逃逸」的出口。」〔註27〕在命名的爭論當中，也有以「新東北作家群」人數有限，不足以匹敵歷史上有過的「東北作家群」而頗多質疑，其實，對於一個新興的文學現象，關鍵的問題還不在人數的多寡，而在於它所包含的問題的不可代替性。如果「新東北作家群」揭示的創作問題前所未有，數個作家也值得認真考察。這裡可以深入探究的東西其實不少——無論他們對弱勢群體命運的披露是不是可以歸結為「左翼思想」，也無論「現實主義」的概括還是否恰當，我們都不能否認其中所存在的深刻的左翼

〔註27〕常青：《「新東北作家群」：多元視野中的文學個案新探》，《華夏文化論壇》第二十八輯。

思想背景，還有那種曾經沉淪了的現實批判的追求，當然，就像新時代的中國不會再現 1930 年代的左翼文學與批判現實主義一樣，一種綜合性的全新的底層關懷混雜於新媒介文化的形態正在蓬勃生長，可能是我們既有的文學思潮難以概括的，也亟待我們的批評家認真勘察，準確命名，我們不僅需要流派的命名，也需要藝術形態的命名，一種跨越左／右、主流／邊緣、雅／俗的融媒介式的藝術概括？

「新南方」的跨境向南是鼓舞人心的學術前景。當林森、陳崇正、朱山坡與張貴興、李永平、吳明益、夏曼・藍波安、董啟章、黃碧雲與黃錦樹都被置放在「南方」的大背景上予以呈現，我們當可以洞悉多少新鮮的景致！不過，在這裡，迫切需要我們思索的可能還在於，當大陸中國的寫作者真的不再「回望」北方，一意南行之時，這種勇往直前的豪邁是否可以類同那些「下南洋」的華人？而黃錦樹回望魯迅的《傷逝》，又有怎樣的心態的距離？林森的《海裏岸上》寫卸甲歸田的一代船長老蘇，「他已經很久沒有機會到海上去了」「一九五〇年之後，老蘇剛剛上船不久，那時基本不去南沙，而隨著船在西沙和中沙捕撈作業。二十多年以後，響應國家戰略的需要，他踏上了前往南沙的征途」，所過之地，木牌上寫下大紅油漆文字：「中國領土不可侵犯。」字裏行間，更傳達了激昂的民族情懷：「我們一個小漁村，這些年就有多少人葬身在這片海裏？我們從這片海裏找吃食，也把那麼多人還給了這片海，那麼多祖宗的魂兒，都游蕩在水裏，這片海不是我們的，是誰的？」〔註 28〕在這裡，個人的情感深深地滲透了我們源遠流長的家國意識，一路向南的行旅中清晰迴蕩著來自「北方」的責任和囑託，它和其他的「南方情懷」是否已經消弭了界線？我想，「新南方寫作」的邊界劃定，還可以有更多的追問。

文學的「南北」之論從來都超出了文學批評本身，指向一種更大的思想文化目標。一百年前的 20 世紀之初，中國知識界也有過一次影響深遠的「南北論」，其代表人物包括梁啟超、章太炎、劉師培、王國維等等，他們各具風采的論述開啟了現代中國從南北地理視野入手解釋中國文學、語言及文化的理論時代。梁啟超《中國地理大勢論》、王國維《屈子文學之精神》、章太炎《方言》及劉師培《南北文學不同論》，就是當時傳誦一時的名篇。《中國地理大勢論》從政治、文學、風俗與兵事四個方面入手，論述中國南北文化的差異與互動關係，其目標在於探究歷史上「調和南北之功」，從文化融合的方向上推動

〔註 28〕林森：《海裏岸上》，《人民文學》2018 年第 9 期。

社會的發展，他對現代文明的讚賞即導源於此「今日輪船鐵路之力，且將使東西五洲合一爐而共冶之矣，而更何區區南北之足云也」。〔註29〕而南北之「合」則是與民族之「合」相契合，所謂「合漢合滿合蒙、合回合苗合藏，組成一大民族，提全球三分有一之人類，以高掌遠跖於五大陸之上」。〔註30〕一句話，南北文化之合與民族文化之合是中國的歷史大趨勢，是中國走向強盛的必由之路。在《屈子文學之精神》中，王國維將情感、想像等西學文學概念引入對中國南北文學的評述，建立了一種嶄新的以情感表達為中心的現代意義的文學觀念。章太炎與劉師培各種劃分南北的標準並不相同，對南北的推崇也剛好相反，但是卻都將他們所崇尚的南北文化當作復興民族生氣的根基。「對於章太炎和劉師培，『南北論』都不是純粹知識性的理論構想，而是在舊學新知中不斷調試以回應時代變局的積極嘗試。如何在現代民族國家的敘事結構內重新凝聚起中華文化的根脈，是章、劉最關鍵的問題意識。」〔註31〕總之，一百年前的文學「南北論」，具有宏大的問題意識和文化理想，其意義遠遠超出了對具體文學現象的是非優劣的辨析，最後都昇華為一種社會文化重建的目標。

世易時移，今天的文學問題當然不可能是清末民初的重複，然而，在一個傳播手段和交流策略逐漸凌駕於內容之上的時期，在許多貌似顯赫的聲浪都可能流於暫時的「話術」的氛圍中，我們也有必要維持一定的理性的堅持，否則就可能如人們的擔憂：「『新南方寫作』作為一種建構意義大於實際影響力的文學現象，它未來的命運是被短暫地討論後就如秋風掃落葉般被人遺忘，還是承擔起豐富當下文學實踐現場這一使命？」〔註32〕而「新東北文學」的前景也可能在戲謔的玩笑中被後人所調侃：「2035年，80後東北作家群體將成為我國文學批評界的重要研究對象，相關學者教授層出不窮，成績斐然。與此同時，瀋陽被聯合國教科文組織命名為文學之都，東北振興，從文學開始。〔註33〕

文學的地方性追求歸根到底並不真正指向地方，而是人自己。漢學家王德

〔註29〕梁啟超：《中國地理大勢論》，《飲冰室合集》第四冊（文集之十），中華書局2015年第945頁。

〔註30〕梁啟超：《政治學大家伯倫知理之學說》，《飲冰室合集》第五冊（文集之十三），中華書局2015年第1194頁。

〔註31〕吳寒：《空間與秩序——章太炎、劉師培「南北論」之比較》，《文學評論》2023年2期。

〔註32〕何心爽：《地方性、媒介屬性、實感經驗——理解新南方寫作的三條路徑》，《創作評譚》2022年5期。

〔註33〕班宇：《未來文學預言》，張悅然主編：《鯉·時間膠囊》，九州出版社2018年。

威來到西安，面對原本與他無甚關係的大西北，也不禁發出了這樣的感歎：

> 當我們行走在土地之上，千百年的歷史就在我們的腳下，只能體會自己的渺小卑微。當土地上的人在思想、信仰、利益之間你爭我奪，土地之下的一切提醒我們生而有涯，蒼茫深邃的大地承載著看不見的一切。這是海德格爾式的思考。如此無限無垠的大地，它名叫「西北」。我們對於西北文學、歷史的理解和深切反省，從這裡開始。」〔註 34〕

這其實應該就是一切地方性話題的開始。

〔註 34〕王德威：《現代歷史　西北文學》，《大西北文學與文化》2020 年第 1 期。

目次

緒論　「內部清理」作為學術問題——人民共和國初期文學史（一九四九至一九五二年）之觀察

一、「清算」與「清理」：作為轉型期與過渡期文學史的觀察角度

二〇一一年八月，筆者提交的課題申報書《人民共和國初期文藝界的「內部清理」——「十月文藝叢書」專題研究》被教育部立項為青年項目，但六年時間過去之後，筆者始終沒有認真來做系統的研究。這裡，先簡單地做一下交待，筆者為什麼遲遲沒有動筆寫這個課題的「原因」。

其一，是筆者並不擅長做宏大的、有理論深度的文學史課題研究，也不適合寫宏觀的、有理論邏輯的大論文，只能選擇比較「小」的話題，圍繞文史之間的關係或與學術相關的問題，進行所謂的「考證」與「考釋」〔註1〕。為了這個課題的研究之開展，筆者趁機把中國當代文學史、中國當代政治史、中國當代文化史、中國當代作家心態史等周邊的相關背景文獻進行過一番梳理，發現這一段時間的文學史和思想史，遠遠超過了筆者之前的「學術構想」。首先，這個時代明顯地是一個政治大轉型、文化大轉折的時代，每個人（特別是每一個文化人）在這個時代中必然要做出自己的人生選擇，這種人生的選擇，看似

〔註1〕這為我的學術研究提供了很大的迴旋空間，目前的科研興趣，主要集中在中國現當代作家的書信考釋（涉及魯迅、周作人、朱自清、徐志摩、聞一多、郭沫若、王瑤、臧克家、巴金、鄭振鐸、老舍、沈從文等）和五十年代文藝叢書的出版梳考（包括開明書店版「新文學選集叢書」、二十世紀五十年代人民文學出版社大力推進出版中國現代作家選本的出版研究）上。

偶然、實則是必然的，但相關的「隱線」如何描述，真的難倒了筆者，這也是目前的中國當代文學史和中國當代思想史被忽略的「地方」。其次，這個時代還是一個文學大轉型的時代。文學的轉型，必然意味著多種文學觀念的不斷交錯與融合（胡風「相互擁抱」、「相生相剋」的說法更為形象和生動），「主流文學」的走向最終依託於政治集團（中國共產黨作為執政黨）的力量，導致「非主流文學」（左翼文學的內部分支、非左翼文學等）在這一時代裏必然面臨複雜的磨合、轉變與新的文學樣態的生成，它並非如政治觀念（可以通過國家動員的模式得以實現）那麼簡單，可以輕易轉變過來，其心路歷程更為複雜，用「篳路藍縷」這個詞來描述也並不為過。

其二，在提筆之前的那年裏（自二〇一一年課題立項以來，至二〇一七年正式寫作），筆者還遇到了另外一個頗為費勁的學術問題：到底是用「清理」一詞來進行自己的學術建構呢，還是用「清算」一詞來進行這一學術建構？長時間裏，筆者真有點拿捏不準這兩個詞的真實含義、并予以下筆。其實，二〇一一年申報這一課題做課題的設計與論證之時，筆者就注意到「清理」一詞在二十世紀四、五十年代之交的思想史價值，雖然關注的是「十月文藝叢書」這套文學小叢書，但這背後的目的也是很明確的，就是要以「小」見「大」，從這套文學小叢書的文學建構、出版與批判命運的鏈接處，微觀考察「晉察冀文化人」〔註2〕與延安解放區文化人之間的內部張力問題，進而想去探討人民共和國初期歲月中文藝隊伍內部的「政治結構」，並沒有把主要目標放置在中國現代文學史向中國當代文學史轉型的相關問題〔註3〕上，筆者注重的是中國現代思想史的意識形態問題。

但是，隨著那幾年（二〇一一～二〇一六年）查閱原始文獻（包括《人民日報》《光明日報》等政治報刊，和《人民文學》《文藝報》等文藝刊物），筆

〔註2〕「晉察冀文化人」是一個比較寬泛的文學概念，但深入探討人民共和國初期的文學資源建構時，不管是洪子誠先生、還是陳思和先生等學者，似乎並沒有對這一寬泛的文學集團予以文學史的關照。最近這幾年，包括吳曉東、程光煒、楊聯芬等學者對此予以了重視，我亦在這一領域做了一些專題性梳理，包括對蕭也牧、康濯、秦兆陽等人的細節性關照。

〔註3〕文學和政治的這種緊密關係，一直是學術研究中繞不過去的「話題」。但當前的學術研究界，過度強調政治對文學的制約作用，而沒有從文學內部、作家思想狀況、文學環境等問題深入展開，對一些細節性問題的關注則更少，導致在還原二十世紀四五十年代的文學史途徑上，往往用「轉折」替代過程的複雜性。我在博士論文《「統一戰線」政策下的「整合」：1951 年新中國文藝界研究》的緒論中，詳細闡釋了這一問題。

者發現：「清算」在這個特殊的政治時代裏，本身也包含有「清理」的成分，只不過它始終給被清理的對象（主要是「人」）一種政治的「威壓感」，程度也更為明顯。也就是說，「清算者」與「被清算者」在政治地位上是並不對等的，導致他們的社會身份也有很大的「區別」。

「清算」明顯地帶有強烈的進攻（攻擊）性，它往往指的是文學的場域〔註 4〕裏，強勢的一方（清理的施動者）對弱勢的一方（清理的受動者）進行的政治性、輿論性氛圍的營造與威壓，導致弱勢的一方（清理的受動者）時刻有被壓迫、甚至有強烈的恐懼感，甚至強勢的一方（清理的施動者）還可以借助於政治集團（政治力量），對弱勢的一方（清理的受動者）進行政治的責難或詰難，導致弱勢的一方（清理的受動者）在政治價值的衡量上顯得毫無是處（不管是在政治的場域裏，還是在具體的文學場域內）。商昌寶的學術著作（也是他的博士論文）《作家檢討與文學轉型》〔註 5〕一書中，涉及到這方面內容的相關梳理，他在第二章重點關注、研究了三位非左翼作家（朱光潛、沈從文、蕭乾），因政治集團對他們政治身份的認定，導致他們只能是被「清算」的對象，他們也只能在不斷的「檢討」聲浪中，退出人民共和國初期的「歷史舞臺」，成為體制文化的「邊緣人」。

也就是說，「清算」針對的是不同組織、不同文化觀念之間的具體個體人的一種文化鬥爭。斯炎偉在觀察中就注意到這一點，他指出，「在標誌著新中國文學體制確立的第一次文代會召開之前，左翼文藝界就採取了一種與軍事鬥爭相似的文學論戰的方式，與其他文學樣式及文學觀念進行激烈的交鋒」。〔註6〕這裡提及的「軍事鬥爭」、「交鋒」等詞語，與「清算」的含義實質上有內在的一致性。

而「清理」一詞，則帶有明顯的中性詞之意味，它主要針對的是同一種文藝傾向之內部（陣營或組織的內部）的自我調適。這種「調適」，能夠顧及到被調適者的歷史貢獻與現實處境。〔註 7〕其實，考察左翼文藝界的情況時，學

〔註 4〕本書借用了法國著名的文學理論家（也是社會學家）布爾迪厄的文學場域理論，把中國當代文學體制分為政治場、文化場、文學場等諸多領域加以微觀觀察。

〔註 5〕商昌寶：《作家檢討與文學轉型》，北京：新星出版社，2011 年 11 月版。

〔註 6〕斯炎偉：《全國第一次文代會與新中國文學體制的建構》，北京：人民文學出版社，2008 年 10 月版，第 14～15 頁。

〔註 7〕此處非常感謝我的同事、也是我的老師輩先生蔣宗許教授，他長期從事語言學研究、古籍文獻的整理工作，本書涉及的語言學相關知識得益於蔣先生的啟發和教導，特向他表達我的謝意。

界更清楚「左翼文學」本身是個極其複雜的概念。〔註8〕包括魯迅與左翼文藝界、胡風與左翼文藝界、馮雪峰與左翼文藝界、丁玲與左翼文藝界，甚至左翼文藝界的內部觀念等，其分歧、差異是非常明顯的，但最終成為最大挑戰的，顯然是來自胡風派文人們這一派。人民共和國初期文藝界一直對胡風的文藝思想進行「從原則上以說理的態度來澄清思想的混亂，從統一戰線的立場上來進行思想鬥爭，以期達到文藝思想上的加強團結」。〔註9〕這種「清理」，在本課題中就概括地稱之為「內部清理」。考慮到「清算」與「清理」這兩個詞在詞義上的複雜性，本課題中筆者還是用「清理」這個詞，或許這與筆者之前的學術思路是一致的，有關「清理」的話題在具體行文的敘述中筆者也會涉及（但這不等於說，在人民共和國文學觀察中筆者放棄了「清算」一詞的學術意義）。不過，在人民共和國初期的文藝界裏，有些「內部清理」也會上升到「清算」的高度，比如一九五一年全國文藝界聯合共青團中央對蕭也牧的「批判」運動〔註10〕、一九五五年中國文聯協同中共中央中宣部對胡風的「批判」運動〔註11〕和一九五七年雙百運動之後開展的文藝界之「反右運動」。

洪子誠先生的著作《中國當代文學史》儘管被北京大學中文系列為「中國語言文學教材系列」之一種，很多大學的中文系也把它列為參考教材，筆者更看中它的專著意義和它的學術突破〔註12〕。洪先生在第三章「矛盾和衝突」

〔註8〕斯炎偉曾指出，「『左翼文學』並不是一種在觀念上完全一致、在實踐中高度統一的文學樣式。」斯炎偉：《全國第一次文代會與新中國文學體制的建構》，北京：人民文學出版社，2008年10月版，第18頁。

〔註9〕荃麟：《論主觀問題》，《〈大眾文藝叢刊〉批評論文選集》，香港：新中國書局，1949年版，第44頁。

〔註10〕蕭也牧在1956年寫的文章《「百花齊放、百家爭鳴」有感》中寫道，「對我幾篇作品的批評，我以為多少有點對待敵人的『一棍子打死』的味道的。這主要的倒不在於批評的當時給被批評者的刺激，主要的是在於它所產生的更廣泛更深刻的後果——它在社會上所形成的一種空氣，使被批評者再也不能『復活』，並且給其他作者造成了一種無形的威脅。」蕭也牧：《「百花齊放、百家爭鳴」有感》，《人民文學》1956年9月號。

〔註11〕胡風反革命集團案的「形成」，與左翼文藝界內部文藝思想的「清理」有密切關係，但至1954年12月卻上升為文藝思想的「清算」。這從側面說明，有時候「內部清理」也可以上升為外部的「清算」，這主要在於政治對清理對象階級身份認定發生了變化：胡風從左翼文藝界內部的異己分子變為政治上的「階級敵人」。

〔註12〕二十世紀五十年代中後期開始，至八十年代前期，大多數中國當代文學史教材都是集體寫作。洪子誠先生的這本書，突破了這種框架，也是突破了他自己在八十年代的敘述框架，之前他和張鐘先生一起編過《當代文學概觀》。

中，以「頻繁的批判運動」、「左翼文學內部矛盾的繼續」、「對規範的質疑」、「分歧的性質」四個專題性話題，對人民共和國初期（一九四九年至一九六六年，又稱之為「十七年」時期）的文藝界內部清理，進行了詳細的討論。他注意到，「鬥爭和批判貫穿著這近三十年的時間。文學觀念、藝術傾向、創作方法上的差別和分歧，都被當作現實的『政治問題』處理，看作對立的階級力量和政治力量衝突、較量的表現」〔註13〕。

洪子誠老師和他初版的《中國當代文學史》

洪子誠先生的《中國當代文學史》，還是給予本課題的研究提供了重要的參考意義。在關注四十年代後期的中國文藝界時，洪子誠先生認為，當時的左翼文藝界已經「有著明確目標，並有力量左右文學界走向，對文學的狀況加以『規範』」，「成了左右當時文學局勢的主流文學力量」。〔註14〕一方面，是延安解放區文藝思想的大力傳播，「積極傳播《講話》的基本觀點，以及介紹、高度評價實踐《講話》的解放區文藝創作」；另一方面，則是對二十世紀四十年代國統區的文藝狀況進行評估，「和對一些重要的文學問題的清理、檢討」〔註15〕。這裡出現「清理」一詞，在筆者看來這是有著重要的現代思想史意義的。「清理」什麼？怎麼「清理」？誰「清理」誰？「清理」之後如何

〔註13〕洪子誠：《中國當代文學史》，北京：北京大學出版社，1999年8月版，第39頁。

〔註14〕洪子誠：《中國當代文學史》，北京：北京大學出版社，1999年8月版，第7頁。

〔註15〕洪子誠：《中國當代文學史》，北京：北京大學出版社，1999年8月版，第8頁。

建構？「清理」的過程，伴隨著的是一系列中國當代文學史問題，有待我們在學術研究中不斷的反思。

在洪子誠先生看來，一九四八年三月在香港創刊的《大眾文藝叢刊》上，就帶有這種「清理」的性質。錢理群先生更推進一步，他認為《大眾文藝叢刊》背後的「辦刊方針、指導思想、重要文章和重要選題，都不是個人（或幾個人）的意見，而是代表了『集體』即至少是中共主管文藝的一級黨組織的意志」。〔註16〕結合著《大眾文藝叢刊》作者群的角度來觀察，這一看法確實有道理，也顯得比較深刻。只不過錢理群先生沒有說出「清算」一詞而已，但他的意思是已經非常明確的。左翼文藝界對非左翼文藝思想、非左翼文人都進行了嚴格的「區分」，並對徐仲年、顧一樵、朱光潛、梁實秋、沈從文、易君左、蕭乾、張道藩、潘公展等代表性人物進行了嚴厲的「批評」，這本身就屬於「清算」的含義範圍。特別是郭沫若在《斥反動文藝》一文中，把矛頭對準了沈從文、朱光潛、蕭乾等非左翼文化的代表性人物。這是左翼文藝界對國民黨文人、「自由主義」文人的「清理」。這種「清理」，其目的主要還是著眼於左翼文藝領導地位的「確立」，以及它在人民共和國文藝界這一主體內的基本力量格局。同時，香港文委還對左翼文藝界內部的文人進行了「清理」，這就是對以胡風為代表的「七月派」文人的「批評」。這一過程相對來說比較漫長，如果不是一九五五年三月胡風反革命集團案的「發生」，可能持續的時間會更長一些〔註17〕。

人民共和國初期的「文藝界」〔註18〕，既然是一個共同的文藝組織（它後來演變為文聯和作協），那麼它必然面對來自外部的思想攻擊，也會受到來自內部的思想分歧，它必然採取不同的措施面對或處置這兩種方式。面對來自外部的思想攻擊，文藝界採取措施對反動文藝思想的「清算」是必須的，也是必要的，只有這樣才能保證文藝界本身的政治基礎。那麼，對文藝界內部文藝思想的分歧之處進行所謂的「清理」，也是保證文藝界思想一致的政治基礎與基本策略。當然，這種「清理」，可能並不是學術界之前在文學史總結中那麼簡單的「概括」。

〔註16〕錢理群：《1948：天地玄黃》，濟南：山東教育出版社，1998年5月版，第25～26頁。

〔註17〕胡風反革命集團案背後，確實糾纏著「清理」到「清算」的細節性變動，這是需要研究者格外注意的。

〔註18〕此處「文藝界」加引號，主要的目的在於加強對這一研究對象的特別關注。

從思想統制的角度來說，「清理」的目的在於思想的統一；從文藝隊伍的建設來說，「清理」有利於保持文藝隊伍思想的「純潔性」。學界把一九四五年八月抗日戰爭結束後至一九四九年十月一日中華人民共和國的成立，稱之為一個過渡的時期或者轉型的時期，是有道理的。一方面，是基於這一段時間裏，國內的各種思想的交融、充斥、衝突不斷，變化起伏，但總有一種主導性力量在支配著思想界的「前行」。另一方面，國內政治的不穩定性，導致國民黨政權和共產黨政權在未來走向中的不確定性，一九四八年之後的國共軍事對峙過程中才逐漸清晰。這裡，趙園先生的說法很有啟發意義：「1945 年至 1949 年，是一個流動、混融、原有的某些界限變得不確定的時期。根據地、解放區文學向國統區的浸潤，其間文學版圖的改寫，是在一段時間中發生的。考察『積漸』，或許更是史學方法。即如第一次文代會之前，『格局』是如何逐漸形成的？『體制』也有生成的過程，作家納入體制，正是這過程的構成部分。」〔註 19〕歷史發展的「結果」，後來人（包括研究者）都看得很清楚，但是對這一「過程」的描述，並不一定有那麼清晰的思想眼光。本課題的重要突破之處也在這方面，或許結論性的東西並不能夠在寫作中體現出來，但這一過程的描述確實是寫作中重點著意的。「清算」更側重於「結果」，而「清理」立足的是歷史的「過程」。對於學術研究界而言，「結果」很容易被看出或看到，但「過程」並不一定能夠很好地予以描述出來，希望這種吃力不討好的研究工作能夠得到學界的認可。

二、課題的思考緣起：關於人民共和國初期文藝界的「內部清理」

這種對於「過程」的學術描述，洪子誠先生給我們學術界做了很好的示範。在其學術著作《中國當代文學史》這本書中，他曾對人民共和國成立之前的二十世紀四十年代後期（一九四五至一九四九年）「中國文藝界」有詳細的梳理，他說，「40 年代後期的文學界，雖然存在不同思想藝術傾向的作家和作家群，存在不同的文學力量，但是，有著明確目標，並有力量左右文學界走向，對文學的狀況加以『規範』的，只有左翼文學。在中國文學總體格局中，左翼文學成為最具影響力的派別，應該說在 30 年代就已開始。到了 40 年代後期，更成了左右當時文學局勢的主流文學力量。這個期間，左翼文學界的領導者和重要作家十分清楚地認識到：社會政治的轉折和文學方向的

〔註 19〕趙園：《研究現狀、問題與方法》，《中國現代文學研究叢刊》2004 年第 2 期。

選擇應是同步的。他們在戰後的主要工作，是致力於傳播延安文藝整風確立的『文藝新方向』，並隨著政治、軍事鬥爭的勝利，促成其在全國範圍的推廣，以達到理想的文學形態的『一體化』的實現。」〔註 20〕而中國當代文學「一體化」建構的「帷幕」，就是一九四九年七月二日至十九日召開的中華全國文學藝術工作者代表大會，這次會議被確立為勝利的「大會師」，「從老解放區來的與新解放區來的兩部分文藝軍隊的會師，也是新文藝部隊的代表與贊成改造的舊文藝的代表的會師，又是在農村中、在城市中、在部隊中的這三部分文藝軍隊的會師」〔註 21〕。

洪子誠先生在描述二十世紀四十年代後期至人民共和國成立前夕的文藝界時，由於對政治敘述過度倚重，導致他對複雜的解放區文藝界情況的描述，顯得相對有些單一化，甚至遮蔽了解放區文學界內部一系列複雜的問題。不過，洪子誠先生的這種思考對筆者很有啟發意義，至少讓筆者注意到、看到這背後的解放區文藝界，原本是由幾個解放區構成的歷史事實〔註 22〕。那麼，不同的解放區文人的志趣是有相當大的差異的，他們在文學觀念的表述上，也會呈現出很大的差異。「文藝新方向」的確立與作家文學觀念的堅守之間，是不是會有不可迴避的觀念摩擦呢？這種觀念摩擦，和人民共和國初期的文藝界紛爭之間，是不是存在一定的內在聯繫呢？看來，這些問題還有待做進一步的學術思考、學術反思和學術清理。

二〇〇八年十月至二〇一〇年四月，在撰寫博士論文初稿《「統一戰線」政策下的「整合」：1951 年新中國「文藝界」專題研究》〔註 23〕的時候，筆者把主要精力集中於考察文藝戰線上的「統一戰線」政策與人民共和國初期文藝界的關係的梳理上。作為一種特殊的文藝政策，「統一戰線」政策對於一九五一年有著重要的意義。論文中，筆者著重考察了「中央文學研究所」的學員招

〔註 20〕洪子誠：《中國當代文學史》，北京：北京大學出版社，1999 年 8 月版，第 7 頁。

〔註 21〕周恩來：《在中華全國文學藝術工作者代表大會上的政治報告》，中華全國文學藝術工作者代表大會宣傳處編：《中華全國文學藝術工作者代表大會紀念文集》，北京：新華書店，1950 年 3 月版，第 33 頁。

〔註 22〕按照代表的政治歸屬地，來自解放區的文藝工作者主要由這幾個地方的代表人物構成：平津代表團一團、華北代表團、西北代表團、東北代表團、華東代表團、華中代表團、部隊代表團。

〔註 23〕此書已由花木蘭文化事業有限公司 2020 年下半年出版發行，書名最終改定為《1951 年的共和國文藝界：「統一戰線」政策下的「整合」》，分上下兩冊出版。

收（以第一期和第二期學員為主要考察對象）、《武訓傳》批判背後的私營電影轉型、「新文學選集」叢書與「文藝建設叢書」建構的文學觀念差異、《毛澤東選集》第一卷出版的政治考慮，它們與文藝戰線上的「統一戰線」政策有著特殊的內在理路。筆者最初的思路並不是這樣建構的，而是想寫人民共和國初期文學史的「三部曲」，以一九四八年為「序幕」，重點考察一九四九年、一九五〇年、一九五一年這三個年份，為一九五二年的文學史論說提供新的學術支撐，這三個年份每年選擇四個重要話題展開研究，從而形成對這一年的文學與思想敘述。但在博士論文開題的時候，筆者受到導師組（陳子善、蔡翔、殷國明、羅崗、倪文尖諸位先生）的嚴厲批評，說筆者的寫作野心實在太大，三年的時間寫不出三年的文學史與思想史，最終與導師陳子善先生商量之後才確定以中間（一九五一年）來牽起兩頭，選定一九五一年作為文學與思想考察的關鍵年份。

常任俠：《春城記事》之封面

《中華全國文學藝術工作者代表大會紀念文集》封面

今天看來，筆者當時側重的真正「重點」，還是在於考察解放區文藝工作者與原國統區文藝工作者在人民共和國的「磨合」關係，並最終建構起人民共和國初期文藝戰線的作家隊伍與文藝組織。不過，「遺漏」是非常明顯的，在博士論文提交後的答辯會上，上海大學董麗敏教授（現供職於上海師範大學）、華東師範大學羅崗教授和殷國明教授對筆者畢業後的研究拓展，提出了很多富有啟發價值的參考建議，其中一條就是要筆者注意解放區文藝界的「內部問題」。可能這並不是當前文學史描述的「鐵板一塊」，文藝界內部的相關矛盾（涉及政治觀點、文學觀念、思想狀況、文化涵養等）如何的逐漸演進、如何的彼此消長，可能涉及人民共和國文學研究和政治研究的重大學術話題。公開透露的常任俠一九四九年日記〔註 24〕中，也有對人民共和國誕生前的文藝界團結、政治界的統一局面背後的複雜面向的透露，或許這能讓我們看到另一面的東西。這裡摘抄幾則日記：

> **七月二十三日：**上午赴中法大學開文協大會，選舉並不民主，早由內定。（第五十四頁）
>
> **九月二十一日：**人民政治協商會議開幕。此為中華人民共和國開國盛典，儀式甚為隆重，會場設於中南海，新華門新塗金朱，輝煌耀目。出席代表六百餘人，惟其中分子，亦有可議者，如符定一曾佐袁世凱稱帝，上勸進表；譚惕吾出塞與蒙古德王和親，取得偽立法委員，及蔣介石稱偽總統，譚以女代表鮮花祝頌，今皆合一爐而冶之。統一戰線，誠寬大矣，惟願自今日始，永遠掃除封建社會之一切殘渣，消滅剝削制度，廓清帝國主義侵略勢力，循毛澤東之領導，逐步前進，由新民主義，進而社會主義，以達共產主義，使社會永無階級存在，實現馬列主義於中國，實所望也。（第六十五頁）
>
> **十月一日：**此次受緬甸華僑之推舉，返國參加政協，竟不被重視，未能出席。此次政協分子，有殺人屠夫，手血未乾者；有政治投機，朝秦暮楚者，包容過去反革命分子，殆不止一二，如黃紹竑及其姘婦譚惕吾尚能出席；如李健生庸俗貪鄙，亦能列席；儲安平第三路線，亦在候補……毛讀中華人民共和國中央人民政府公告，雄壯有力，宣布中央人民政府主席及委員名單，李濟深、黃炎培、張治中、傅作義、譚平山、龍雲等亦在其中，人民豈愛戴此輩乎，亦政治策略，藉以號召乎。惟搞通思想者，方能知之。（第六十八頁）

一九四九年七月二十三日的這則日記，說的是這天成立中華全國文學工作者協會（簡稱「文協」，一九五三年九月更名為「中國作家協會」）的選舉問題，常任俠對這樣的選舉方式表達了自己嚴重的「不滿」，一句「早已內定」說明

〔註 24〕常任俠著、沈寧整理：《春城紀事 1949～1952》，鄭州：大象出版社，2006 年 5 月版。

了民主選舉的「背後」，中國共產黨在文藝戰線上複雜的人事安排及其策略。而九月二十一日與十月一日日記，涉及的正是人民共和國成立初期中國共產黨在政治上實行的「統一戰線」政策，之前他能夠理解一些，但真正置於這樣的政治局面下，他還是表達了自己內心深處的「不滿」。在他看來，這個寬泛的「統一戰線」，居然把曾經是革命的「屠夫」、政治的「投機分子」、甚至「反革命分子」都納入，至少在一九四九年的這一轉折時代他是無法理解的，正如他自己說的「惟搞通思想者，方能知之」。顯然，當時他的思想是搞不通（也無法搞通）的，所以理解起來十分困難。

《蕭軍全集》第二十卷封面

蕭軍晚年正面肖像

作為魯迅的學生，蕭軍在發揚魯迅精神上有特別之處。但是，隨著政治與意識形態的新建構，蕭軍的這種思想（甚至包括了魯迅的某些精神傳統）就會受到質疑，最終中共中央東北局宣傳部以「組織」的名義，對蕭軍的這種個人主義行為及其表現進行了「清算」，他告別了人民共和國初期的「文壇」，隱身於人民共和國的初期歲月裏。但今天我們重新反思時，發現蕭軍留下的日記，為我們進入這一時段提供了最原始的文獻記錄〔註 25〕。站在文壇邊緣的位置

〔註 25〕但可惜的是，蕭軍日記至今沒有在國內公開出版。香港牛津大學出版社出版了四卷本的蕭軍日記，但目前國內研究界能夠閱讀到這套書的人畢竟有限。2008 年出版的《蕭軍全集》前面十四卷公開出版，日記卷和書信卷，均作為「附卷」列入，並未公開出版。補注：《蕭軍日記》已經由香港牛津大學出版社公開出版，分為「延安日記」和「東北日記」。

不時反觀主流文壇，並記錄自己真實的感受，蕭軍留存的日記的文史價值，尤其值得當代文學研究界重視。

蕭軍因一九四八年哈爾濱的《文化報》與《生活報》之間的矛盾，最終被中共中央東北局進行了政治處理與宣判，他失去參加一九四九年七月的全國文代大會的代表資格。儘管蕭軍本人沒有去北平，但北平的新文藝界圈子卻對他展開了再一次的「圍剿」，郭沫若就批評蕭軍「有了好環境你不努力，如蕭軍即一例」、「我們把解放區為聖徒，為毛主席的學生，而蕭軍即指蘇聯為帝國主義」〔註 26〕。劉芝明批評蕭軍，「東北與蕭軍反動思想的鬥爭，蕭是個人主義，不是為了人民，〔以〕假革命來發展自己，靠共產黨作生易〔意〕」〔註 27〕，並印發《蕭軍思想批判》材料給文代會的全體代表們〔註 28〕。作為資深的左翼文藝家，蕭軍在二十世紀三十年代即以《八月的鄉村》聞名遐邇，特別是他作為魯迅晚年交往的重要文學青年，蕭軍在左翼文藝界有著重要的文學地位和影響力。但蕭軍的魯迅精神繼承與發揚的方式，與新的政治環境，和新的時代政治對文學的要求之間存在很大的「差距」，特別是《文化報》與《生活報》之間的文化觀念分歧與論爭，導致蕭軍成為一九四八年東北文化界重點批判的對象，最終以組織（中共中央東北局）的名義對他進行了政治的「清理」，從此離開中國文藝界（儘管五十年代曾出版過《八月的鄉村》《五月的礦山》等小說，但他已經不屬於文藝作家隊伍的成員）。蕭軍對第一次全國文代大會的召開表達了自己的一些看法，這裡不妨抄錄一部分文獻：

> **七月一日**：……共產黨對待我底一些不公平的做法——譬如此次北平文藝大會——我是絲毫不重視這些東西的，相反我還感到一種輕鬆和愉快，因為他們底重視與否並不能決定我底價值的……（《蕭軍全集》，第二十卷，第四百八十四頁）
>
> **七月四日**：人民日報載：全國文學藝術會在開會了，我看了那主席團名單，感到一點寒涼，這就是中國文化界的「領導」者！×××買乖到無恥的程度……。但目前政治上是需要「這個」的，我無話可說。我很慶幸被他們把我「排除」出來……這使我更懂得了

〔註 26〕徐盈：《採訪第一屆全國文代會手記（一）》，《檔案春秋》2000 年第 1 期。

〔註 27〕徐盈：《採訪第一屆全國文代會手記（二）》，《檔案春秋》2000 年第 2 期

〔註 28〕蕭軍在一九四九年七月二十日日記中有透露：「報載文代會『』閉幕了，其中送去展覽的禮物還有《蕭軍思想批判》三百七十本，他們是很看重我的。」蕭軍：《蕭軍全集 20》，北京：華夏出版社，2008 年 6 月版，第 512 頁。

自己歷史使命，要在這樣浮薄，下作，雜亂，文化官僚，空頭作家，品質墮落，喪失自尊的混沌群隊和氣氛中，如何澄清出一條真正的道路來，這需要一番艱苦的努力啊！我是不能後退了，我要沉潛下去，用作品戰勝這些糠秕罷！（《蕭軍全集》，第二十卷，第四百九十頁）

七月十四日：前幾天曾想把出版社所有的書、報寄一份給文化大會和毛澤東，要把這問題弄清，但繼一想，這是無聊、無用也沒必要的。在那樣一批文化官僚、文化政客式的人們中，膽小鬼牆頭草之中，會得到什麼「真理」「正義」麼？這是降低自己的舉動，絕不能做。……（《蕭軍全集》，第二十卷，第五百〇四至五百〇五頁）

此時，蕭軍不需要為現實政治裝飾什麼，完全按照自己的心路歷程對自己的思想狀態進行真實的記錄，其文獻價值也就在這裡真正體現了出來。蕭軍文藝思想的「異端性」，注定了他的文藝思想必然被進行「清算」，他儘管是人民共和國人民隊伍中的一員，但他與共和國文壇已經沒有了所謂的「關係」。

不管怎麼說，一九四九年十月人民共和國成立之前，中國共產黨中央宣傳部已經把複雜的文藝界進行了有效的「整合」〔註 29〕，至少在表面上也實現了空前的「大團結」，國內輿論宣傳氛圍的營造取得了相當的成功。不可否認，以原始報刊《人民日報》《光明日報》，雜誌《文藝報》《人民文學》等刊載的材料來看，當年的文學現場給當下的學術界和研究者們提供的，的確是一片欣欣向榮的「局面」，文學在這一時代中扮演著極為重要的角色，它被稱之為「時代的風雨表」〔註 30〕。文學領域也是出現問題最多的領域〔註 31〕，縱觀人民

〔註 29〕「整合」一詞係我在博士論文撰寫中對 1948 至 1952 年進行微觀觀察所得出的認識，區別於包括洪子誠先生、賀桂梅老師提出的「轉折的時代」，具體參見博士論文「選題緣起」部分。袁洪權：《1951 年的共和國文藝界：「統一戰線」政策下的「整合」》，上冊，臺北：花木蘭文化事業有限公司，2020 年 9 月版，第 4～5 頁。

〔註 30〕周揚在 1957 年 9 月 16 日的中共中國作家協會黨組擴大會議上的講話中，認為「文藝是時代的風雨表」。周揚等：《文藝戰線上的一場大辯論》，北京：作家出版社，1958 年 6 月版，第 1 頁。

〔註 31〕洪子誠先生在「頻繁的批判運動」中對 1949 年人民共和國成立後的文學批判運動有所提及，至少包括：對電影《武訓傳》的批判、對蕭也牧等的創作的批評、對俞平伯《紅樓夢研究》的批判、對胡適的批判、對胡風集團的批判、文藝界反右運動等重要的文藝批判運動。洪子誠：《中國當代文學史》，北京：北京大學出版社，1999 年 8 月版，第 36～38 頁。

共和國初期文藝界內此起彼伏的紛爭，跟文藝思想領域中的分歧和鬥爭，都與一九四九年七月文代會確立的「文藝新方向」有密切關係。

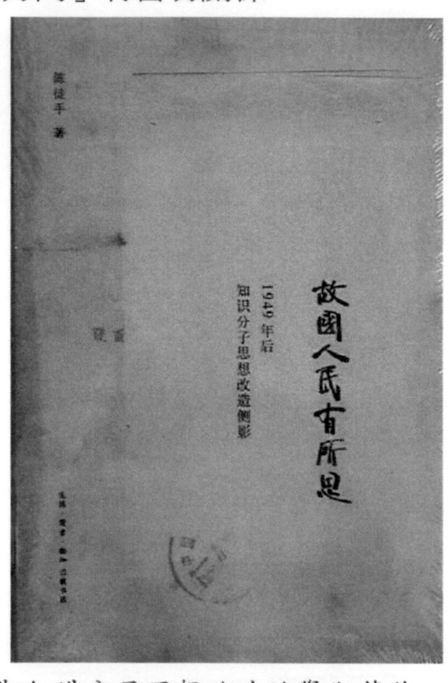

陳徒手先生的兩部關於共和國初期知識分子思想改造的學術著作

那麼，我們要如何看待中華全國文學藝術工作者代表大會的召開，才能看出其中隱藏的「暗線」。這條「暗線」，在一九五三年九月中華全國文學藝術工作者代表大會的籌備起草過程中和一九五四年八月胡風提交給黨中央的《關於解放以來的文藝實踐情況的報告》（即「三十萬言書」）中有所透露。關於這條「暗線」，陳徒手先生的研究成果很值得注意，他寫過兩部書稿，一為《人有病　天知否：一九四九年後中國文壇紀實》（人民文學出版社，二〇〇〇年九月版），一為《故國人民有所思：1949 年後知識分子思想改造側影》（三聯書店，二〇一三年五月版）。兩部書稿對人民共和國文藝界、知識思想界複雜的隱線均有所透露，特別是陳徒手先生在檔案材料的整理上，給予後來的研究者深刻的啟發。而歷史學界的相關成果，有時候對我們從事文學史研究的人也是有提示意義的，甚至還有衝擊性的學術影響。周傑榮、畢克偉在《中華人民共和國的初期歲月：引論》中，有這樣一段話應該引起學界重視：

> 自從 1953 年以來，即當第一個五年計劃標誌著毛澤東結束了新民主主義的試驗，開始轉向社會主義之後，中國 1950 年代初期這一階段，就從人們的觀察視野中消失了。出現這一情況不足為奇。隨著人們將注意力轉向解釋中國一系列新的戲劇性事件，包括大躍進、

> 文化大革命以及後毛澤東時代的改革，誰還會對緊接著1949年共產黨接管大陸之後的這個時期感興趣？畢竟，中華人民共和國的最初歲月只是一個過渡，它與隨後發生的一系列劇變之間的關聯，還鮮為人知。〔註32〕

雖然他們針對的是當代中國歷史的研究的「缺失」話題，但反觀我們的中國當代文學史研究界，人民共和國初期（一九四八年至一九五二年）這一段時期的相關文史也並沒有得到真正關注，包括一九四八年一月開始的知識分子地域轉移問題，中國共產黨如何將國統區的公共知識分子轉入香港的問題，以及又如何從香港轉運到東北解放區、再由東北解放區運送到北平，一九五〇年至一九五二年如何對原國統區文藝工作者進行思想改造等等問題，並沒有深入地予以涉及〔註33〕。而針對解放區文藝界內部的情況，其複雜性遠遠超過了我們的想像，這些也沒有做出很好的、有學理意義的梳理。

新披露的王林《抗戰日記》，為研究界重新梳理延安解放區文學現場提供了新的「思路」。包括長篇小說《腹地》出版遭遇在內的諸多歷史細節，王林就有很多的「抱怨」。其中有一點很有意思，在寫作《腹地》這部長篇小說的時候，儘管延安邊區展開了文藝界整風運動，但晉察冀邊區文藝界的內部，那時忙於戰爭根本無暇來進行所謂的「整風學習」，王林在日記中就有這種「抱怨」：

> 在我寫這部小說時，還沒有見到毛主席在延安文藝座談會上的講話，故對歌頌和暴露問題鬧不清。後來上山整風時學習了，但米已成粥，改不過來了。〔註34〕
>
> 我後悔不先看了毛主席的文座會《講話》再寫文章。誰原諒我寫時，連黨報都看不見，更不知道，將來會有毛主席的文藝座談會《講話》呢！〔註35〕

〔註32〕周傑榮、畢克偉編，姚昱等譯：《勝利的困境——中華人民共和國的最初歲月》，香港：香港中文大學出版社，2011年版，第1頁。

〔註33〕近年來，楊奎松先生在這方面用力甚勤，目前結集出版的學術著作包括：《忍不住的「關懷」——1949年前後的書生與政治》（桂林：廣西師範大學出版社，2013年5月版）、《「邊緣人」紀事——幾個「問題小人物的悲劇故事」》（廣州：廣東人民出版社，2016年3月版）。

〔註34〕王端陽：《王林和他的〈腹地〉》，《新文學史料》2008年第2期。

〔註35〕王林：《王林1947年11月10日年日記》，未刊稿。轉引自王端陽：《王林和他的〈腹地〉》，《新文學史料》2008年第2期。

《腹地》這部小說初版於一九四九年九月，天津新華書店公開發行。但這部描寫晉察冀解放區抗戰民眾生活圖景的長篇小說，卻是人民共和國成立之後，共和國文學史上被重點批判的第一部長篇小說。《文藝報》發表了陳企霞的長篇論文《評王林的長篇小說〈腹地〉》，對小說的人物、題材、結構和語言提出嚴厲批評，「都存在著本質的重大的缺點」，並指出，「抗日戰爭在一個具體的村子裏，黨的領導實際上是被否定了的」、「他這部作品的嚴重缺點，特別指出他對黨的領導作用，以及對黨內鬥爭理解上的錯誤認識與糊塗觀念，是這部作品的問題的核心」〔註 36〕。本來，王林屬於晉察冀解放區的重要文人，他主要工作地在晉察冀解放區的冀中地區而不是在延安邊區。面對來自非延安文藝界內部的文人，陳企霞為什麼以這樣激烈的批判方式予以展開？但限於政治的「原因」，王林日記儘管記錄了那段時間的文學史、政治史和社會史，《腹地》在出版環節上遇到了很大的「難題」，即使得以公開出版，最終仍舊逃脫不了被公開批判的「命運」。

相關史料的「披露」細節中，讓我們看到在人民共和國成立前夕或者在人民共和國初期歲月裏，「文藝界」的內部，的確存在著過去我們的文學史不能觸及的歷史細節。第一次全國文代會的報告中，有兩個報告對整個當代文學史產生重要影響，一個是茅盾關於國統區文藝的總結報告《在反動派壓迫下鬥爭和發展的革命文藝——十年來國統區革命文藝運動報告提綱》，一個則是周揚的《新的人民的文藝——在全國文學藝術工作者代表大會上關於解放區文藝運動的報告》。茅盾的報告是「話裏有話」，最終指向的是原國統區左翼文藝界內部最大的問題：胡風及其相關人員（即「胡風派」）的文藝思想。周揚的主題報告則以「中國人民文藝叢書」作為論述的基礎，但考察「中國人民文藝叢書」的作者群細節裏，我們驚異地發現，這些作者（文藝工作者）主要來自於延安邊區這一塊解放區，其他解放區文藝實績的展現由於戰爭進程的制約，根本沒有來得及有效梳理和提升。這些細節儘管被遮蔽，但他們在當代文人命運變遷的歷史描述中，卻具有重要的文學史和思想史意義。從這一角度進入人民共和國初期歲月，我們觀察到的文學史其角度將更有價值。但是，借助什麼樣的材料才能進入這一頗有學術價值的領地呢？

〔註 36〕企霞：《評王林的長篇小說〈腹地〉》，《文藝報》第 3 卷第 3 期、第 4 期（1950 年 11 月 25 日、1950 年 12 月 10 日）。

三、「十月文藝叢書」：晉察冀解放區文人亮相背後的解放區「文人事」問題

處於歷史轉折的關鍵時期，文學書籍的出版是有著特定的、重要的政治與歷史意義的，這本身涉及傳播學領域的相關知識。之前筆者在進行學術資料梳理的過程中，包括「新華社」、「解放社」這樣一些重要出版社的名字，都映入到自己的研究視野內。「新華社」是中共中央進行宣傳的重要渠道和平台，它不僅包括電臺，還包括紙媒。「解放社」主要以出版理論書籍為主，它的重要作用也不容小覷〔註 37〕。不過，這些相關材料梳理起來難度相當大，我們從最簡便的材料之一——文藝叢書建構——入手。文藝叢書是目前學術研究中容易被忽略的研究對象，在學術觀察中筆者也注意到有這樣一套對於觀察人民共和國初期有特殊價值的文藝叢書，這就是天津版「十月文藝叢書」。這裡先做簡單介紹。

二十世紀四十年代後期至五十年代初期，系列建構起來的文藝叢書其實有很多種，但真正產生學術影響和文學史影響的書籍，倒是值得學界認真予以梳理。目前，學術界注意到這幾種文藝叢書：「中國人民文藝叢書」（新華書店、人民出版社、人民文學出版陸續出版）、「新文學選集」叢書（開明書店）、「文藝建設叢書」（三聯書店）、「東北文藝叢書」（東北新華書店）、「西南文藝叢書」（西南人民出版社）、「北方文叢」叢書（香港海洋書店、新中國書局、三聯書店陸續出版）、「勞動文藝叢書」（勞動出版社）等等。「中國人民文藝叢書」、「新文學選集」叢書因其與解放區文學、「新文學」之間內在的緊密關係，有相關學者在重點關注和研究〔註 38〕。筆者二〇一二年以來也對「新文學選集」叢書進行過學術關照，形成了比較有學術價值的學術觀察〔註 39〕。其他幾種叢書並沒有引起重視，被遺忘在中國當代文學史的敘述框架之外。與一九四八年八月中國共產黨中央宣傳部編輯的大型文藝叢書「中國人民文藝叢書」

〔註 37〕不過，相關的學術研究並沒有涉及到這些問題。解放社當年出版了很多書籍，對中國共產黨建國初期的治國理論奠定了重要作用。

〔註 38〕王榮：《宣示與規定：1949 年前後延安文藝叢書的編纂刊行——以「北方文叢」與「中國人民文藝叢書」的編輯出版為例》，《陝西師範大學學報》（哲學社會科學版）2012 年第 3 期；陳改玲：《重建文學史秩序：1950～1957 年現代作家選集的出版研究》，北京：人民文學出版社，2006 年 5 月版。

〔註 39〕筆者曾認真地對開明書店版《趙樹理選集》《丁玲選集》《郭沫若選集》《胡也頻選集》《郁達夫選集》《魯彥選集》《許地山選集》《蔣光慈選集》等個案性選本進行過相關學術問題，但更多的問題還沒有精力予以全方位的學術展開，目前結集的國家社科基金項目書稿即以此為基礎。

相比〔註 40〕，「十月文藝叢書」立足的是一九四九年以來的共和國文學，即我們稱之為的「中國當代文學」或「新中國文學」或「人民共和國文學」。或許，它的當代文學史意義更為突出。我們把眼光轉向「十月文藝叢書」這套文藝小叢書的出版考察。

「中國人民文藝叢書」之一種
《暴風驟雨》封面

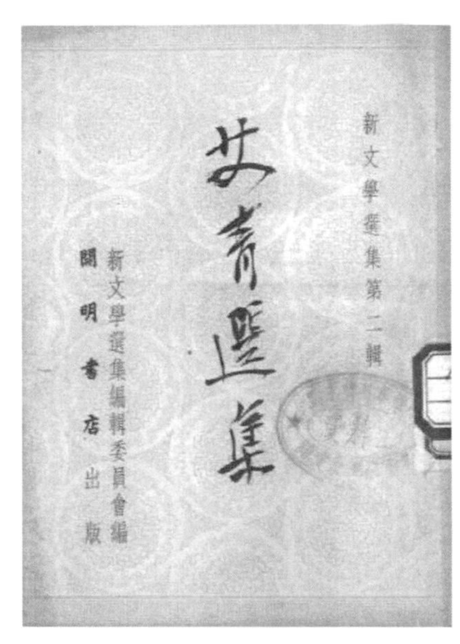

「新文學選集」叢書之一種
《艾青選集》封面

筆者為什麼選擇「十月文藝叢書」來進行其學術的研究，主要在於筆者對人民共和國初期文藝叢書建構的微觀觀察。新生的人民共和國成立之後建構起來的數種文藝叢書中，從整體上被徹底否定掉的叢書，目前來看只有「十月文藝叢書」曾面臨過這個問題，這就使得我們不得不重視這套文藝小叢書。我們先反觀「十月文藝叢書」出版前的時代背景。「十月文藝叢書」建構之初，大體分為兩種：一、著譯人為單位（甲種）；二、彙集各家著譯的叢刊（乙種）。〔註41〕按照筆者對這套叢書的資料梳理，筆者發現：「甲種書」即為「十月文藝叢書」，「乙種書」即為「十月文藝叢刊」。「十月文藝叢刊」從一九四九年十月份即開始了編輯工作，十一月份出版叢刊的第一輯《朝著毛澤東魯迅指示的方向前進》，而「十月文藝叢書」則從一九四九年十二月開始，第一本書為《勝利渡長江》（劇本），

〔註 40〕「叢書」趕在 1949 年 7 月新文協會議召開之前出版，並作為禮物送給新文協會議的代表們，每人一箱。

〔註 41〕《〈十月文藝叢書〉凡例》，十月文藝叢刊編委會：《朝著毛澤東魯迅指示的方向前進》，天津：讀者書店，1949 年 11 月版。

白艾、胡丹佛、胡奇、趙夫徵集體創作。甲乙兩種叢書，其出版社均為「讀者書店」（一九五零年五月，讀者書店合併到知識書店，這套書的出版也改為知識書店）。所以，本課題的起訖時間主要放置在一九四九年十月新中國成立後至一九五二年七月全國文藝界思想改造運動中對這套書的點名批評，主要圍繞二十世紀五十年代初期天津文藝界建構的「十月文藝叢書」〔註42〕展開學術討論。

這套文藝小叢書在建構之初期，是以當時正在形成人民共和國文學規範的「中國人民文藝叢書」為「範例」，主事者（方紀、魯藜、王林、孫犁等）試圖搭建起晉察冀文人在中國當代文學中的文學地位與文學實績，並試圖嚴格按照文藝戰線上的「統一戰線」政策，使二十世紀四十年代著名的現代作家路翎的作品進入這套叢書的名單〔註43〕。不過，這種試圖超越來自中共中央中宣部的文學出版機制構想，在當時顯得很大膽（就是以歷史高度來看也是很大膽的文學實驗），其思想觀念和文學觀念也是很超前的。但這必然遇到一些尷尬的處境，也許它的「風頭」過盛。處於人民共和國成立前後這一段時間的政治文化環境，注定為這套叢書的出版帶來複雜的政治命運。

可惜的是，在目前的學術研究中，「十月文藝叢書」這套文藝小叢書並沒有人真正加以關注。當前有重要學術影響力的《中國當代文學史》著作，一個是洪子誠先生的《中國當代文學史》，一個是陳思和先生主編的《中國當代文學史教程》。兩本書各有側重也各有特色，但他們在中國當代文學史的細節性問題的觀察中，還是有遺漏之處，「十月文藝叢書」在這兩種著作中均未被提及，這導致了這套文藝叢書與中文系學生之間的「隔膜」被加深，加上讀秀數據庫的搜索中，這套小叢書極為不齊備，相關的關注度必然受到「影響」。即使是地方文學史的修史行為，天津的中國現當代文學地方文學史研究、出版史梳理的相關著作與文獻，亦未納入這套小叢書作為學術觀察的立足文獻。

作為人民共和國初期的文藝書籍，「十月文藝叢書」是讀者書店出版的「重點書籍」。天津解放之後，儘管沒有得到黨組織在資金、人員方面的進一步充實，讀者書店還是很想在天津書籍出版中站住腳跟，它開始策劃出版「十月文

〔註42〕當然，在「十月文藝叢書」建構之前，天津文藝界還出版過一種叢刊，名之為「十月文藝叢刊」，不過據我目前搜集到的材料，叢刊只出了三種：《朝著毛澤東魯迅指示的方向前進》（十月文藝叢刊第一輯，1949年11月）、《雪》（十月文藝叢刊第二輯，1950年2月）、《山靈湖》（十月文藝叢刊第三輯，1950年4月）。

〔註43〕至於背後到底是什麼原因使路翎作品進入這套叢書，因時間關係我至今沒有進行詳細的微觀考察。

藝叢書」〔註 44〕。之前，讀者書店出版的書，大部分是以翻印的方式出版，文藝類書籍的出版更少。以文藝書籍的出版來立足，顯然是讀者書店思考的長遠規劃。「十月文藝叢書」的構想、編輯與出版的新思路，真正開啟了讀者書店新的出版方向。這套文藝小叢書的構想初期，時為天津文藝界重要作家的孫犁〔註 45〕並不看好它。孫犁在給好友康濯的信中，有如下的文字交代：

> **二月二十一日**：「這裡有些同志擬在津出文藝叢刊。我勁頭不大，認為他們不一定能弄成。故此，我要和他們商議一下，把稿乾脆寄給你，俟決定，馬上寄去，遲不過三五天耳」。〔註 46〕
>
> **二月二十四日**：「這裡的『叢刊』，還在『拖』中，稿子也不能很快寄你，我的稿子，因原因就沒放進去，所以把它寄你。」〔註 47〕
>
> **四月二十四日**：「這裡的叢書，我給了他們一集小報告，但看近來情形，不大妙。」〔註 48〕

從孫犁一九四九年二月至四月給康濯頻繁的書信之中，我們可以看到：「十月文藝叢書」早在一九四九年一月天津解放後就已經開始策劃並積極準備出版，但孫犁卻把自己收到的紅楊樹、白刃、史松北和魯藜的書稿和稿件要寄送給在北平的康濯，而不是給天津讀者書店正在編輯的「十月文藝叢刊」〔註 49〕。此時，康濯實際工作的機構是在《文藝報》（文代會籌委會的機關刊物），他還負責編輯將由生活・讀書・新知三聯書店出版的「文藝建設叢書」。孫犁並不打算把朋友們的作品交給讀者書店，也並不想把自己的稿件交給讀者書店以「十月文藝叢書」的名義予以出版。顯然，「文藝建設叢書」對孫犁的「誘惑」似乎更大。但「文藝建設叢書」的編輯之一的廠民，四月二十八日給孫犁的回信中，告訴孫犁的稿件不能在「文藝建設叢書」出版：「廠民已來信，叢書現無希望，稿件

〔註 44〕從孫犁 1949 年 2 月給康濯的書信聯繫中看出，這套書的醞釀時間應該是在天津解放後不久，時間大致是 1949 年 1 月～2 月之間。

〔註 45〕他正在此地承擔《天津日報》文藝副刊《文藝園地》的編輯，並擔任讀者書店的編輯。

〔註 46〕孫犁：《孫犁文集（補丁版）》，第 9 卷，天津：百花文藝出版社，2013 年 4 月版，第 32 頁。

〔註 47〕孫犁：《孫犁文集（補丁版）》，第 9 卷，天津：百花文藝出版社，2013 年 4 月版，第 33～34 頁。

〔註 48〕孫犁：《孫犁文集（補丁版）》，第 9 卷，天津：百花文藝出版社，2013 年 4 月版，第 82 頁。

〔註 49〕孫犁：《孫犁文集（補丁版）》，第 9 卷，天津：百花文藝出版社，2013 年 4 月版，第 33～34 頁。

可不必寄來，就在箱底放著吧，我也不鬧著編什麼集子了，什麼時候有機會，你給我編吧」〔註 50〕。雖然「文藝建設叢書」實質上拒絕了孫犁的出書要求，但他還是沒有把書稿交給就近的天津讀者書店。一九五〇年一月二日，孫犁「把《農村速寫》編好，寄給群益去了」〔註 51〕。這裡的「群益」，即上海的「群益出版社」。三月二十一日，孫犁給康濯的信札中「透露」，最終群益出版社並沒有出版這本書，「那本《農村速寫》上海退回來，嫌薄，我已託人插圖，交這裡書店印出。」〔註 52〕碰壁兩次之後，孫犁才不得不把稿件《農村散記》交給天津的讀者書店，最終於一九五〇年四月得以出版。為什麼孫犁不願意把自己的稿件交給讀者書店出版呢？正如前面孫犁對讀者書店的印象，他嫌棄該書店是小書店。一九五〇年五月與知識書店合併之後，「十月文藝叢書」又成為知識書店出版的重點對象。但「十月文藝叢書」是怎樣被建構起來的呢？它到底是什麼時候開始醞釀的呢？在五月這個月裏，這套叢書並沒有出版一本書。

「十月文藝叢書」凡例

一、「十月文藝叢書」在一九四九年十月開始工作，即以「十月」命名。
二、「十月文藝叢書」分甲乙兩種。甲種以著譯人為單位，乙種是蒐集各家著譯的叢刊。
三、「十月文藝叢書」甲乙兩種，原則上規定每月出一本，但也許一月數本，或數月一本。有值得出的東西，又有出版能力，多出幾本；沒有值得出的東西，或出版能力有限，就少出幾本。
四、「十月文藝叢書」甲種每本約五萬到十萬字，乙種五、六萬字。
五、「十月文藝叢書」編委會對來稿有修改權，如不願別人修改，務請在稿端註明。退稿須附足郵票。
六、寄稿處和通訊處：天津[illegible]街子讀者書店轉。

「十月文藝叢刊」第一輯《朝著毛澤東魯迅指示的方向前進》及叢書編輯凡例

〔註 50〕孫犁：《孫犁文集（補丁版）》，第 9 卷，天津：百花文藝出版社，2013 年 4 月版，第 62 頁。

〔註 51〕孫犁：《孫犁文集（補丁版）》，第 9 卷，天津：百花文藝出版社，2013 年 4 月版，第 52 頁。

〔註 52〕孫犁：《孫犁文集（補丁版）》，第 9 卷，天津：百花文藝出版社，2013 年 4 月版，第 62 頁。

人民共和國的誕生，加速了「十月文藝叢書」的出版進程。一九四九年十一月，「十月文藝叢刊」編輯委員會出版了《朝著毛澤東魯迅指示的方向前進》一書，印數為三千冊，內收：李霽野《關於紀念魯迅先生的兩篇講話》、T.塔拉森柯夫的《藝術的真實》兩篇論文，魯藜的《詩八首》、步采的《從新的起點上，進軍》、勞榮的《勝利的敬禮》、張克夫的《敬禮——西蒙諾夫同志》四首詩，方紀的《不連續的故事》、路翎的《替我唱個歌》兩篇小說，張志民的《喜日》、田風的《燒煤渣》兩篇報告文學作品。研究者們在注意這本書的內容之後，立即會把眼光轉向李霽野的《關於紀念魯迅先生的兩篇講話》，它透露出現代知識分子的魯迅觀在二十世紀四十年代末的「變遷」。作為和魯迅曾有相處、並有親密接觸的人，李霽野此時以這樣的身份來表達對魯迅的「紀念」，深層話語裏包含的是人民共和國文學藝術界對魯迅的「形塑」。此書從題目上已經明確地表達了共和國文藝發展的「基本方向」，毛澤東與魯迅的「指示」，有著同等重要的「意義」，它明顯地在向第一次全國文代會的文藝新方向靠攏。在它的《編後記》中，有這樣的文字記載：「我們所以要從事這一工作，是從生產觀點來出發的，為了迎接文化建設的高潮，作為文藝工作中的一個螺絲釘，我們要發揮螺絲釘的作用。」〔註 53〕

但筆者更看重的，是《朝著毛澤東魯迅指示的方向前進》具有的「包容性」。我們知道，共和國初期的文藝界是相當複雜的，新文協會議召開的「背後」有很多複雜的政治、人事因素，這些因素最終甚至影響到共和國以來的文藝創作，導致人民共和國初期文藝界長期的「紛爭」，而《朝著毛澤東魯迅指示的方向前進》一書，卻把來自解放區的文藝工作者與國統區的文藝工作者，包容到了叢書之中。它無疑顯示出人民共和國初期文藝戰線上的「統一戰線」政策的具體實施，路翎能夠進入叢書就是一個明顯的「標誌」。而這本書的出版時間，版權頁上印出的是一九四九年十一月。這本書中，有關於「十月文藝叢書」的「凡例」，它特別強調：「『十月文藝叢書』在一九四九年十月開始工作，即以『十月』命名」〔註 54〕。這其實已經表明「十月文藝叢書」真正建構的時間，就是一九四九年十月。在書的封面上，赫然標識出《朝著毛澤東魯迅指示的方

〔註 53〕十月文藝叢刊編委會：《朝著毛澤東魯迅指示的方向前進》，天津：讀者書店，1949 年 11 月版，第 124 頁。

〔註 54〕《「十月文藝叢書」凡例》，十月文藝叢刊編委會：《朝著毛澤東魯迅指示的方向前進》，天津：讀者書店，1949 年 11 月版。

向前進》是「十月文藝叢刊第一輯」。也就是說，《朝著毛澤東魯迅指示的方向前進》，是「十月文藝叢刊」推出的第一部。從後面的書籍出版具體情況來看，「十月文藝叢刊」和「十月文藝叢書」有著內在的聯繫，「十月文藝叢書」最初出版的書店，也是讀者書店〔註55〕。據《孫犁全集》的注釋透露，這套叢書的編輯過程中，實際的參與者有方紀、勞榮、王林、曾秀蒼等人，他們是清一色的「解放區文藝工作者」〔註56〕。再仔細梳理這些人的歷史，我們發現他們主要來自晉察冀邊區。這樣一套文藝小叢書，在此時開始編輯與出版，顯然有著強烈的政治意義，鮮明地帶上了「晉察冀」色彩。「十月文藝叢書」的「凡例」全文如下：

「十月文藝叢書」凡例

一、「十月文藝叢書」在一九四九年十月開始工作，即以「十月」命名。

二、「十月文藝叢書」分甲乙兩種。甲種以注譯人為單位，乙種以彙集各家著譯的叢刊。

三、「十月文藝叢書」甲乙兩種，原則上規定每月出一本，但也許一月數本，或數月一本。有值得出的東西，又有出版能力，多出幾本；沒有值得出的東西，或出版能力有限，就少出幾本。

四、「十月文藝叢書」甲種每本約五萬到十萬字，乙種五、六萬字。

五、「十月文藝叢書」編委會對來稿有修改權，如不願別人修改，務請在稿端注明。退稿須附足夠郵票。

六、寄稿處和通訊處：天津單街子讀者書店轉。

這份叢書編輯的「凡例」，一九五〇年五月因讀者書店和知識書店合併，在內容上作了「修訂」，從最初的六條變成七條，內容有細微的變化：

「十月文藝叢書」凡例

一、「十月文藝叢書」在一九四九年十月開始工作，即以「十月」命名。

〔註55〕從白艾的話劇《勝利渡長江》，李霽野等人著的詩集《雪》看出，最初都是由天津讀者書店出版的。1950年5月讀者書店和知識書店合併之後，這套叢書才改為知識書店出版，它的時間是1950年5月之後。

〔註56〕孫犁：《孫犁文集（補丁版）》，第9卷，天津：百花文藝出版社，2013年4月版，第32～33頁。

二、「十月文藝叢書」選刊各種形式的人民底創作與翻譯，以著譯人為單位。

三、「十月文藝叢書」原則上規定每月出一本，但也許一月數本，或數月一本。有值得出的東西，又有出版能力，多出幾本；沒有值得出的東西，或出版能力有限，就少出幾木。

四、「十月文藝叢書」每本約五萬到十五萬字。

五、除歡迎文藝工作者底著譯外，我們也歡迎工農兵大眾的創作。

六、「十月文藝叢書」編委會對來稿有修改權，如不願別人修改，務請在稿端注明。退稿須附足夠郵票。

七、寄稿處和通訊處：天津羅斯福路知識書店轉。

但總的文化出版策略和方向是沒有變的，它關注的仍舊是以晉察冀文人的作品為主。人民共和國初期，天津作為文人主要聚集的地方，很多文藝工作者都在天津工作過，比較著名的文藝工作者，有阿英、陳荒煤、方紀、孫犁、王林、勞榮、李霽野等。他們大部分參加過七月的新文協會議（第一次全國文代會），並且是「平津代表團」的重要成員。這群人，絕大部分都經歷過一九四二年的延安文藝整風，其文學觀念早已發生了「改變」，或者正在經歷痛苦的改變。但是，在這裡工作的文藝工作者們，還有很大一部分是來自原國統區的文藝工作者，比如李霽野、阿壟等人，他們的文藝觀只是作為進步的文藝工作者的體現而已。如要真正融入到人民共和國文藝的建設中，他們的文藝思想必然發生相應的「改變」〔註 57〕。此時，他們的文藝工作者身份，只是文藝的「統一戰線」政策下成為天津重要的文藝工作者。

從「十月文藝叢書」的「凡例」中，我們可以看出，「十月文藝叢書」可以算作是人民共和國的「同齡人」，一九四九年十月一日人民共和國建立之後，讀者書店很快成立了「十月文藝叢書編委會」，試圖推進書店在人民共和國文藝建設中的重要地位。一九五〇年二月，這套構建人民共和國文學理想的文學書籍〔註 58〕，在河北省天津市拉開了帷幕。但從我們瞭解到的文學書籍出版情況看到，「十月文藝叢書」最初出版的時間，應該是一九四九年十一月《朝著

〔註 57〕之後很快有「改變」演變為「改造」，思想改造成為當時重要的詞彙。

〔註 58〕這裡主要依據的是詩集《雪》的出版為時間標誌，它的出版時間是 1950 年 2 月。

毛澤東魯迅指示的方向前進》之後，才陸續開始了這套叢書的出版，依時間先後出版的書籍如下：

十月文藝叢刊：

（1）李霽野等：《朝著毛澤東魯迅指示的方向前進》〔註59〕，讀者書店1949年11月初版，印數3000冊。

（2）李霽野、吳大中等：《雪》，讀者書店1950年2月初版，印數3000冊。

（3）阿英等執筆：《山靈湖》，讀者書店1950年4月初版，印數3000冊。

十月文藝叢書：

（1）白艾、胡丹佛、胡奇、趙夫微集體創作：《勝利渡長江》（話劇），讀者書店1949年12月初版，印數3000冊。〔註60〕

（2）王林：《女村長》，知識書店，1950年3月初版，印數3000冊。〔註61〕

（3）孫犁：《農村速寫》（散文集），讀者書店1950年4月初版，印數3000冊。

（4）班菲羅夫等：《衛國英雄故事集》，李霽野輯譯，知識書店1950年6月初版，印數2000冊。

（5）田間：《戎冠秀》（敘事詩），知識書店1950年6月初版，印數3000冊。〔註62〕

（6）蕭也牧：《海河邊上》（短篇小說集），知識書店1950年7月初版，印數3000冊。〔註63〕

〔註59〕這裡筆者把此書列為「十月文藝叢書」是有根據的，一是孫犁的書信中曾談及「十月文藝叢書」第一輯出版，而這本書封面正好印的是第一輯，二是任希儒在《天津圖書出版時略（1946年5月～1966年5月部分）》中，也認為此書和《雪》、《山靈湖》同屬於「十月文藝叢書」。

〔註60〕據《中國文學家辭典　現代第三分冊》對作家白艾的介紹中，談及《勝利渡長江》劇本係由丁玲主持的「十月文藝叢書」編委會編輯出版，天津讀者書店出版與發行。之後，此書還被「部隊文藝叢書」編入，1950年版，有中國人民解放軍西南軍區政治部編輯。

〔註61〕該書1950年9月第二版，印數2000冊。

〔註62〕該書1951年1月第二版，印數5000冊。

〔註63〕該書1950年12月第二版，印數3000冊。

（7）方紀：《阿洛夫醫生》（短篇小說、報告文學合集），知識書店 1950 年 9 月初版，印數 3000 冊〔註 64〕。

（8）裴多菲等：《裁判》（詩集），勞榮譯，知識書店 1950 年 9 月初版，印數 2000 冊。

（9）王煒等：《趙發的故事》（短篇小說集），知識書店 1950 年 10 月初版，印數 3000 冊。

（10）路翎：《朱桂花的故事》（短篇小說集），知識書店，1950 年 10 月初版，印數 2000 冊。

（11）董廼相：《我的老婆》（短篇小說集），知識書店 1950 年 11 月初版，印數 4000 冊。〔註 65〕

（12）大呂：《郝家儉賣布》（短篇小說集），知識書店 1950 年 11 月初版，印數 4000 冊。

（13）陳肇祥：《新芽》（短篇小說集），知識書店 1951 年 2 月初版，印數 5000 冊。〔註 66〕

（14）王林：《火山口上》（劇本），知識書店 1951 年 2 月初版，印數 5000 冊。

（15）蕭也牧原著、沙惟改編：《我等著你》（話劇），知識書店 1951 年 3 月初版，印數 5000 冊。

（16）方之中：《人底改造》（詩集），知識書店 1951 年 4 月初版，印數 5000 冊。

從《文藝學習》雜誌的文學廣告中，筆者還看到阿英的《洪宣嬌》（劇本）、魯藜的《從春到秋》（詩集）、馬耶考夫斯基（勞榮譯）的《百戰百勝的武器》（譯詩集）等三種書籍列入「十月文藝叢書」之中，但目前因為沒有看到實物，並不能確定這幾種圖書是否真正得以出版。從這裡可以看出：讀者書店和知識書店一九五〇年五月合併後，「十月文藝叢書」繼續由知識書店接替出版，但「十月文藝叢刊」卻無形中消失。與此同時，天津的知識書店於一九五〇年二月一日開始編輯出版文藝機關刊物《文藝學習》，其編輯者署名為「天津文學工作

〔註 64〕該書 1951 年 3 月第二版。王樹人：《方紀著作單行本及集結年表》，《方紀文集》（第四卷），天津：百花文藝出版社，1985 年 12 月版，第 318 頁。

〔註 65〕該書 1951 年 6 月第二版，印數 3000 冊。

〔註 66〕該書 1951 年 7 月第二版，印數 3000 冊。

者協會」〔註 67〕。從這裡可以看出，從一九五〇年五月開始，「十月文藝叢書」的出版工作成為天津市文協的重要日常工作，這也是我們從「十月文藝叢書」《編輯凡例》內容發生重要變更的推斷。有研究資料統計，有十種文學書籍最終以「十月文藝叢書」的名義出版〔註 68〕，有的甚至說是八十五種〔註 69〕。但據筆者對全國各大學圖書館藏書情況的統計來看，這套叢書最終出版的是十六冊（見上面的羅列）。這套陸續出版的叢書在一九五〇年被認為是天津文教工作的重大成績和收穫〔註 70〕。按照「十月文藝叢書」的「凡例」來推測，它基本上一個月出版一部，從一九四九年十一月到一九五一年四月，剛好是整整十九個月份。所以，出版十九冊書應該是「十月文藝叢書」最終的出版數字（儘管有三種目前沒看到實物，但加起來確實是十九種），一九五一年四月之後，知識書店沒有再繼續推出新的「十月文藝叢書」系列〔註 71〕。

一九五〇年十二月二十八日，出版總署給知識書店負責人的通報中強調，知識書店出版的兩本書——《中國革命基本問題》和《中國革命講話》，存在著對「中央人民政府新頒布的土地改革法」、《人民政協共同綱領》、毛澤東的「統一戰線」思想有相牴觸的地方。所謂的「中央人民政府新頒布的土地改革法」、《人民政協共同綱領》和毛澤東的「統一戰線」思想，這些都關係著國家的「大政方針」，是國家在特定時代和特定語境中重要的指導思想。但在出版總署看來，知識書店出版這樣的書，顯然是對國家指導思想的「誤解」（甚至是「誤導」）。給知識書店的公文中，出版總署指出兩書「應予修改」，這是一種來自上層的行政命令〔註 72〕。它對一個地方性質的出版

〔註 67〕目錄頁。《文藝學習》1 卷 1 期，1950 年 2 月 1 日。

〔註 68〕研究者指出，「康濯說，《文藝報》用一千多字的文章批評《十月文藝叢書》。這套叢書共十本，一百多萬字。」其實，康濯這裡針對的，是《文藝報》於 1952 年第 12 期上發表對「十月文藝叢書」的批判，點名批判的書正好是十冊。但它並不包含其他「十月文藝叢書」。於風政：《改造——1949～1957 年的知識分子》，鄭州：河南人民出版社，2001 年 1 月版，第 349 頁。

〔註 69〕鄭士德主編：《新華書店五十春秋》，北京：新華書店總店，1987 年 3 月版，第 195 頁。

〔註 70〕《一九五零年度天津市文教工作報告》，《文教參考資料》第十輯，中央人民政府政務院教育委員會編印，1951 年 2 月 10 日，第 160 頁。

〔註 71〕陳肇祥的小說集《新芽》1951 年 7 月印數第二版，很可能是特殊的「例外」。

〔註 72〕《出版總署通知知識書店〈中國革命基本問題〉等兩書應予修改》（1950 年 12 月 28 日），《中華人民共和國出版史料　一九五〇年》，北京：中國書籍出版社，1996 年 6 月版，第 789 頁。

社而言，顯然是很嚴重的事情。他們不得不對出版業進行整頓，試圖改進和改善。而一九五二年七月，《文藝報》在全國文藝界整風學習期間，點名批評知識書店出版的「十月文藝叢書」，因這份材料的學術價值並沒有引起重視，此處抄錄全文如下：

文藝報
一九五二年 66 第十三號

評"十月文藝叢書"
簡平、李楓

《文藝報》一九五二年第十三期刊載的「十月文藝叢書」批判文章

《評「十月文藝叢書」》

簡評、李楓

「十月文藝叢書」（天津知識書店出版）是一套不能令人滿意的叢書。它所選輯的作品的質量，大多數是低劣的。其中有不少作品，宣傳著小資產階級的思想、感情和趣味。這套叢書所表現的錯誤，說明了它的編輯人員的文藝思想的混亂和缺乏對讀者負責的嚴肅態度。

這些質量低劣的作品中，有標榜現實主義而實際上是歪曲現實的路翎的短篇小說集《朱桂花的故事》；有以「知識分子的眼光和趣味歪曲勞動人民的形象，玩味著從舊社會帶來的壞思想和壞習慣，把政治庸俗化」（周揚）的蕭也牧短篇小說集《海河邊上》（其中包括《我們夫婦之間》等篇）。除此之外，叢書內還有一部分有著與《海河邊上》相類似的惡劣傾向的作品。

譬如說，短篇小說《趙發的故事》（小說集《趙發的故事》中的一篇）是描寫一個農民的驢子被地主掠奪的故事，作者（王煒）不但沒有用憤怒的情感來揭露地主階級的罪惡，相反的卻油腔滑調的嘲笑了這個被欺壓的農民，他夜間聽見別人的驢叫，就跑去舔草，白天用撫摸驢子的姿勢撫摸空氣，把空氣當驢子給它水喝，這種描寫只是使人感到滑稽。拿農民的痛苦開玩笑，把農民的苦痛趣味化，正反映了作者的不正確的立場、思想和趣味。

又如，陳肇祥的《新芽》中的《加勁生產》，也是專門獲取農民中間的落後現象，並且誇大的描寫他們。標題雖然是《加勁生產》，內容卻是以大量的篇幅，竭力渲染著農民中的無原則的糾紛，作者把這種糾紛當作在戰爭環境下，生產運動中的主要障礙去描寫。由於作者對這種現象特別感到興趣，所以作品中所刻畫的人物形象就被醜化了。作者所描寫的久經鍛鍊和考驗的農民出身的黨員幹部，是無組織無紀律、任意侵犯人權的暴徒！作者所歌頌的正面人物——區長，被描寫成粗枝大葉、只會命令不善說服、缺乏預見、性情暴躁的領導者。

方之中的詩歌《人底改造》，描寫了思想落後的「解放戰士」張振東的思想轉變。作品中是怎樣表現他的轉變的呢？作者認為：主要是由於他臥病床上時，班長能夠不厭其煩地為他擦屎洗褲，這一行為感動了他，使他認識到「連隊就是自己的家」，於是思想轉變了。如果適當地把班長對戰士的生活上的照顧，描寫為「解放戰士」思想轉變的條件之一，當然是可以的。但是，這首詩卻片面地把它強調為改造「解放戰士」落後思想的關鍵，敲掉為張振東思想轉變的決定因素。尤其錯誤的是詩中把模範班長自覺地侍侯病號的高尚行為，寫成是個人「取得權威的手段」。這樣的作品，是把人民軍隊中嚴肅的改造思想的政治工作歪曲了。

沙惟根據《海河邊上》改編的劇本《我等著你》，加深和擴大了原作的錯誤。劇本中所表現的生活，沒有一點工人氣息。看不見工人同志們嚴肅的政治生活，也看不到他們鑽研技術、發明創造、努力學習和健康的文娛活動。劇本中所表現的人物是無所事事、專門談論別人短長，挑毛病，硬滑稽，耍貧嘴，把一切嚴肅的事情（生產競賽、團的生活、同志間的互助友愛、批評與自我批評、戀愛等）都低級趣味化。作品中的「工人」，都是油腔滑調、裝腔作勢、下流、蕩婦式的穿著工人服裝的落後小市民的形象。

諸如此類的小資產階級的思想、趣味來歪曲勞動人民形象的作品，都因為得到「十月文藝叢書」編輯人員的賞識，竟得以上市。

「十月文藝叢書」的另一現象是毫不慎重地出版舊作。這正是魯迅先生在十七年前就指責過的壞現象：把「原有一批零碎的舊譯作，一向不甚流行，而現在卻已經過了時候，於是聚在一起，略加類別，開成一串五花八門的目錄，而一大部煌煌巨製也就出現了。」這套叢書有將近三分之一的作品是屬於這種性質的「棧房角落的存書」。

譬如說，王林同志以西安事變為北京的獨幕劇《火山口上》，就是在「十月文藝叢書」中得到了出版的機會。這個劇本，連作者自己也認為是「在地下埋藏了十四年的古董」，它的技巧是很「原始的」。但作者和編輯者都沒有認真地考慮它有無現實意義，就拿來出版了。

又如，方紀同志的《山城紀事》，也是一篇延安文藝座談會以前的舊作，收在《阿洛夫醫生》短篇小說集內。這篇小說沒有表現出青年知識分子在反動統治下走向革命的真實過程。也沒有表現出革命工作者在蔣管區所進行的艱苦的鬥爭。反映的是小資產階級知識分子把革命事業與愛情看成互相對立的思想，把個人愛情的破滅看成是走向革命的動力。無疑的，這樣的作品是不能教育我們青年正確地認識革命的。如果文藝叢書不是作為某些作者寫作過程的紀念冊的話，那麼，編輯人員為什麼把它們（包括《趙發的故事》、《新芽》等舊作）都當成「值得出的東西」推薦給讀者呢？

總之，這套叢書除了個別作品之外，大部分對讀者沒有什麼幫助，有些甚至對讀者有害。為什麼這套文藝叢書的質量低劣到這種程度呢？我們認為主要的是：編輯人員文藝思想的混亂，和缺乏對人民負責的編輯態度。編輯者以少數人的偏愛代替了群眾的需要，向讀者發售了一些劣等的作品和廢品。

這種缺乏以嚴肅的態度來對待文藝叢書編輯工作的情況，並不

> 是個別的，我們指出「十月文藝叢書」的錯誤的目的，是希望能夠引起編輯文藝叢書的同志們重視這一工作，從而端正編輯思想，改進編輯工作，有計劃地為讀者選輯優秀的文藝讀物。〔註 73〕

這種公開以「簡評」的方式進行點名，實質上是一種非常直露的「文學批評」。王本朝先生曾指出，一九四九年至一九七六年的中國當代文學批評，「主要是用來領導文藝的，它所依據的不是中外文學理論，而是中國共產黨及其所制定的文學政策，它要達到的目的也是為了完成主流意識形態的統一和維護政治秩序的穩定。這也是當代文學批評的功能所在，規範文學秩序，整合文學價值，維護政治利益的合法性。」〔註 74〕這種說法有一定的道理，作為全國文藝政策動向窗口的《文藝報》，以點名批評的方式指向「十月文藝叢書」，其主要目的在於推進一九五二年全國文藝界的「思想改造」，認真學習毛澤東《在延安文藝座談會上的講話》，「編輯部」的整頓工作在這一年納入重點工作的範圍。那麼，這裡不得不反問的是，這套文藝小叢書到底在哪些地方出現了真正的「問題」？背後真是《文藝報》批判的「那樣」地簡單和單純？

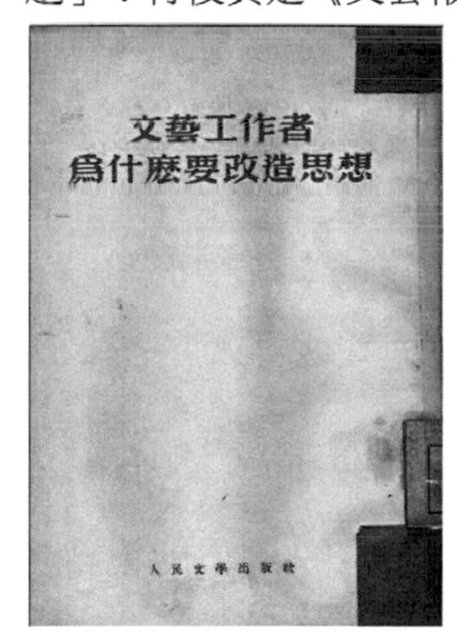

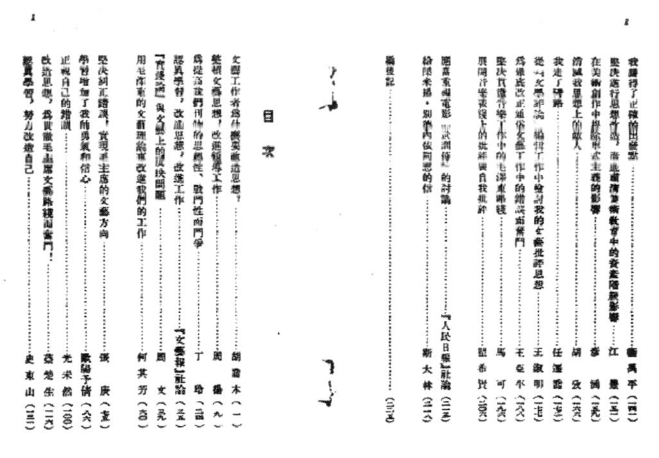

目次

文藝工作者為什麼要改造思想？……胡喬木（一）
整頓文藝思想，改進領導工作……周揚（九）
為提高我們刊物的思想性、戰鬥性而鬥爭……丁玲
認真學習，改造思想，改進工作……『文藝報』社論
「實踐論」與文學上的幾個問題……周文
用毛澤東的文藝理論來改造我們的工作……何其芳
堅決糾正錯誤，實現毛主席的文藝方向……張庚
學習增加了我們的勇氣和信心……歐陽予倩
正視自己的錯誤……光未然（一〇〇）
改造思想，為貫徹毛主席文藝路線而奮鬥！……蔡楚生
認真學習，努力改造自己……史東山
我懂得了正確的出發點……[illegible]
堅決進行思想改造，肅清美術教育中的資產階級影響……江豐
在美術創作中肅清形式主義的影響……[illegible]
清算我思想上的敵人……胡考
我走了彎路……任溶溶
從《文學評論》編輯工作中檢討我的文藝批評思想……王淑明
為徹底改正通俗文藝工作中的錯誤而奮鬥……王亞平
堅決貫徹音樂工作中的毛澤東路線……馬可
展開音樂戰線上的批評與自我批評……[illegible]
應當重視電影「武訓傳」的討論……『人民日報』社論
[illegible]的信……斯大林
編後記……

一九五二年思想改造運動參考書《文藝工作者為什麼要改造思想》的封面及其目錄

在「十月文藝叢書」這套書中，被重點批評的，無疑是蕭也牧的短篇小說集《海河邊上》、王林的劇本《火山口上》、路翎的短篇小說集《朱桂花的故事》、方之中的詩集《人底改造》、方紀的短篇小說集《阿洛夫醫生》。仔細考察蕭也

〔註 73〕簡評、李楓：《評「十月文藝叢書」》，《文藝報》1952 年第 13 期（1952 年 7 月 10 日）。

〔註 74〕王本朝：《中國當代文學制度研究（1949～1976）》，北京：新星出版社，2007 年 6 月版，第 194～195 頁。

牧、王林、方之中、方紀，我們發現他們有一個共同的「文化身份」:「晉察冀文化人」。儘管路翎不是晉察冀文人，但路翎能夠進入這套叢書中，與他和晉察冀文人圈有密切的交往有關係。如果沒有魯藜、方紀這樣的文人與阿壟的密切交往，沒有方紀和胡風的特殊關係，路翎也不會出現在這套文藝小叢書之中。這說明，人民共和國初期晉察冀文人還沒有如延安文人那樣，早已把胡風當作左翼文藝內部予以清理的對象。這也從側面可以看出，批判這套文藝小叢書的最終指向，還是晉察冀文人的「歷史問題」。原來，這套文藝小叢書牽涉的是人民共和國初期晉察冀文人的當代命運變遷。

本課題將圍繞這四種著作（作品集）的批判背後涉及的文史問題，展開專題性討論，試圖還原人民共和國初期生活在天津的晉察冀文人的文化命運，每一種書籍作為一個專題，結合當時文藝界比較敏感、集中的文藝理論、文藝政策進行微觀考察。具體安排如下：

> 第一章，重點考察蕭也牧《海河邊上》小說集的批判，著力點集中在他的兩部小說上（《我們夫婦之間》《海河邊上》）微觀考察一九五〇年、一九五一年蕭也牧的相關命運。
>
> 第二章，重點考察王林劇本《火山口上》的批判，著力點集中在王林的京派文學傳統、現實主義文藝觀（以長篇小說《腹地》為中心）和劇本的歷史感之間，從而還原王林獨特的文學追求與共和國初期文學規範之間的緊張關係。
>
> 第三章，重點集中考察方紀的《山城紀事》批判背後的文學史問題，並鉤沉《山城紀事》的姊妹篇《意識以外》在作家文學創作生涯中的特殊價值，進而深入探討「革命青年」的成長故事的文學史描寫。
>
> 第四章，重點集中考察方之中的詩集《人底改造》的批判，這涉及人民共和國初期文學寫作中的「人物轉變」主題，方之中的這種寫作，觸及了當時政策對文學的「引導」。

附錄一收錄了二〇一八年為蕭也牧百年誕辰寫作的紀念文章《〈我們夫婦之間〉批判的文史探考——紀念蕭也牧誕辰一百週年》，目的是對第一章的內容進行有效的「補充」和「完善」。書稿寫作的時候，有些材料並沒有真正呈現，相關線索和思路並不明朗。原計劃考慮把路翎納入這套叢書的專題性研究之中，因考慮路翎與晉察冀文人圈的這種比較疏遠的實際關係，本課題最終捨棄了對他被批判的短篇小說集《朱桂花的故事》的專題性研究，只能留待今後條件合適的專題中加以考察，這是需要特別說明和交待的。

當然，涉及工農兵文學形態的寫作，董迺相和大呂、陳肇祥等人的文學寫作也應該予以關照，限於課題的倉促也不得不捨棄，不能不說這是一種「遺憾」，相關的情況的研究進展，在附錄文章《「文化翻身」與工農作家形態生產的「反思」：以被遺忘的作家曹桂梅為例》〔註75〕有所體現，這也是筆者最新的思考成果之表現，至於專題性討論天津的工農作家寫作問題（包括對大型文藝叢書「工廠文藝習作叢書」〔註76〕的專題研究工作與計劃），也只能留待今後的學術研究來慢慢進行。

〔註75〕袁洪權：《「文化翻身」與工農作家形態生成的「反思」：以被遺忘的作家曹桂梅為例》，《平頂山學院學報》（社會科學版）2015年第1期。

〔註76〕這套叢書由天津的阿英主編，晨光出版社出版，包括書籍總計二十五種，如下：錢小惠作《工人寫作講話》；何苦創作《織布機翻身記》；錢小惠編《工人創作畫》；何苦創作《王寶林結婚》；田零、孫桂桐作《工廠素描集》；王昌定作《海河散歌》；錢小惠作《死車的復活》；阿英作《下廠與創作》；程墨作《工廠美術工作與新聞工作》；何苦創作《把冷了的火爐燒起來》；余曉創作《開花結籽》；錢小惠編《天津工人畫集》；任伍創作《滿堂紅》；王昌定作《控訴》；天津市音工團編《工人歌曲集》；任伍創作《光輝燦爛》；何苦創作《工廠裏的戰鬥》；吳繼雲作《小翠》；史林碧作《老歪和破耳朵》；滕洪濤作《皮猴》；鮑昌創作《為了祖國》；阿鳳創作《擦車》；張謫創作《潘長有》；蕭來創作《歡送》；余曉創作《第三次相見》。

第一章　「新式生活」的描寫、傳播及其悖謬——蕭也牧短篇小說集《海河邊上》的批判研究

考慮到蕭也牧在二十世紀五十年代人民共和國初期的文學批判運動中的「獨特性」，筆者把他列入課題的首篇來進行微觀考察與研究。〔註 1〕下面，我們把話題轉入蕭也牧這位作家。學界今天對蕭也牧這個名字並不陌生，這得益於一九七九年十一月天津百花文藝出版社出版的《蕭也牧作品選》這本書。書前有康濯（蕭也牧生前好友）的序言《鬥爭生活的篇章》，書後有張羽、黃伊（蕭也牧生前親密同事）關於蕭也牧在中國青年出版社生活與工作細節的回憶文章《我們所認識的蕭也牧》。這兩篇文章，至今仍舊是我們切入蕭也牧研究最為重要的文獻，關鍵的因素就在於不管是作序者還是編輯者，都是蕭也牧生前最為友好的朋友，他們的相關敘述都立足於事實陳述。

但為什麼是天津的百花文藝出版社（地方性出版社），而不是北京的人民文學出版社或中國青年出版社（國家級出版社），來出版蕭也牧這部作品選集呢？如果按照蕭也牧生前的工作單位來說，中國青年出版社出版這位故去的當代作家的作品選更合適，畢竟蕭也牧是中國青年出版社這個單位的公家人，為它工作長達近二十年的時間。如果以「撥亂反正」的方式來紀念作家並為他

〔註 1〕一直感覺自己虧欠蕭也牧這個被批判的作家，不是一個合格的學術研究者。我有這樣的認為，是基於我在二〇一〇年撰寫博士論文時，我把主要精力集中於一九五一年新中國文藝界的微觀考察，選取專題進行學術研究，但因堆的文字太多，最終捨棄了對蕭也牧的專題性研究。

「平反」，人民文學出版社也有不可推卸的責任，來出版蕭也牧的作品選集，畢竟蕭也牧作為中國當代作家在當代文學史上有不可忽視的文學貢獻。

但是，這兩個出版社至今均沒有表達出這方面的「意思」，確實讓人頗感奇怪〔註 2〕。讀邵部的近作《蕭也牧之死探考》才讓筆者知道，儘管在一九七九年十一月蕭也牧得以文藝平反〔註 3〕，但作家的家屬（蕭也牧的妻子李威和子女們）與單位（中國青年出版社）之間的「矛盾」，卻持續著很長的時間，蕭也牧的死因最終沒有得到結論性確認，致使作家蕭也牧在平反的政治框架上留下了一條不大的小尾巴。

蕭也牧生前照片

一九七九年十一月百花文藝出版社出版的《蕭也牧作品選》

把蕭也牧的作品選輯放置在天津由百花文藝出版社出版，顯然與蕭也牧和天津的密切交往有關〔註 4〕。作為延安解放區和晉察冀解放區走出來的文

〔註 2〕最近讀到《文藝爭鳴》上邵部的文章《蕭也牧之死探考》，發現蕭也牧當年儘管在政治上平反，但蕭也牧的死因卻牽涉到中國青年出版社內部人員的複雜性，家屬和出版社領導之間的死因矛盾爭執等，最終這兩個出版社都沒有出版蕭也牧的作品集。邵部：《蕭也牧之死探考》，《文藝爭鳴》2017 年第 4 期。

〔註 3〕蕭也牧的名字在中國文學藝術工作者第四次代表大會為被林彪、「四人幫」迫害逝世和身後遭受誣陷的作家、藝術家名單上。《中國文學藝術工作者第四次代表大會為被林彪、「四人幫」迫害逝世和身後遭受誣陷的作家、藝術家們致哀》，《新文學史料》1980 年第 1 期。

〔註 4〕未刊的《王林日記》建國後記錄了多次蕭也牧的天津之行，包括其小說《海河邊上》都是以天津生活為背景。王昌定先生的回憶錄文章《海河邊上》則透露人民共和國初期蕭也牧和天津的密切關係。

人，蕭也牧和天津的關係值得研究界真正重視，因為在人民共和國的初期歲月裏，天津有大量的晉察冀文人和蕭也牧有交往。而且，蕭也牧的作品標明的創作地點，大部分與天津的「海河之濱」有著密切的聯繫。查天津市文學工作者協會機關刊物《文藝學習》雜誌，筆者還發現：蕭也牧的作品散落在這份雜誌上，創刊號（一九五〇年二月一日）上有《紗廠詩抄》（詩歌），第二期（一九五〇年年三月一日）上有小說《攜手前進》（收錄進小說集《海河邊上》），第三期（一九五〇年四月一日）上有小說《言不二價》〔註5〕。作為蕭也牧文學創作的福地之一，天津在他的文學創作生涯中有著重要的分量，百花文藝出版社此時出版他的作品選，似乎亦有充分的理由。一九七九年文藝界平反之後，蕭也牧正式進入大量的文學工具書之中，其作品《我們夫婦之間》更是中國當代文學作品選的多種選本均入選篇目，對他都有相關的介紹，為了進一步熟悉蕭也牧的生平細節，我們抄錄一種翔實介紹他的生平文字：

> 蕭也牧（1918.7～1970.10.15）：現代作家。原名吳承淦、吳小武。生於浙江省吳興縣城內一個沒落的民族資產階級家庭。六歲上學，高小畢業後，考入東吳大學附屬中學。少年時代酷愛文學，曾用吳犁廠、吳小武等筆名在當地刊物發表詩歌和散文。後到杭州電業學校上學，畢業後，到上海浦東洋涇鎮益中瓷電機造廠做裝配工人。1937 年，「八·一三」後，回到老家吳興縣，參加縣城內民教館的救亡活動。吳興淪陷後，輾轉湖州、三番店等地，繼續從事救亡活動。後徒步至長沙，經徐特立介紹，考入山西民族革命大學。1938 年初，到晉察冀邊區西盟會五臺中心區工作，後到邊區行政委員會《救國報》、四分區地委機關《前委報》當編輯，在邊區鐵血劇社當演員。抗戰勝利前夕，任邊區《工人報》駐張家口特派記者兼編輯。1945 年 8 月加入中國共產黨。1946 年後曾在張家口鐵路局工人糾察隊任政委，撤離後，在華北《時代青年》負責出版工作。解放後，在團中央宣傳部工作，主持編寫《偉大的祖國》小叢書，為全國文聯會員。1953 年調中國青年出版社，任文學編輯室副主任，主編革命回憶錄《紅旗飄飄》叢刊。1958 年被錯劃為右派，「文化大革命」中遭迫害致死。四十年代初期開始從事文學創作。主要作品有：短篇小

〔註 5〕收錄入《海河邊上》初版沿用此名，修訂版和一九七九年蕭也牧作品選集版更名為《貨郎》。

說集《山村紀事》、《地道裏的一夜》、《海河邊上》、《難忘的歲月》和中篇小說《鍛鍊》及《蕭也牧作品選》（1980 年，百花文藝出版社）。〔註 6〕

但在特定的年代裏，蕭也牧卻是一個讓人難堪的「文化符碼」。文化老人流沙河先生在《慚憶蕭也牧》中，講訴了一九五六年蕭也牧生活中的一段細節：「翌年（指一九五六年）夏天，我在北京城鼓樓東大街 103 號中國作家協會文學講習所求學。一日忽見蕭也牧來課堂旁聽，便急忙跑去招呼他，懷著感恩報德之情，大叫一聲『蕭也牧同志』。他趕快聲明：『我是吳小武。』很熱情的，雙手握我，滿面笑容。我暗自驚慌，心想糟了，認錯人了。赧顏之後，不好解釋，也就假裝相識，含糊咿唔兩聲，退回自己座位去。此後多日，還遇見吳小武，我都設防迴避，假裝沒有看見。可是他啊，快步來，熱情招呼，使我尷尬不已。次數既多，吳小武覺察了我的有意迴避，也就不好再招呼我。難忘他那疑問的目光，使我內心不安。」〔註 7〕蕭也牧這個名字怎麼和「吳小武」區別開來的，之前我們的文學史並不知道，從流沙河先生的回憶文字中才讓人清楚，原來作家蕭也牧也害怕使用這個曾經大放異彩的「名字」，他寧願用「吳小武」那個本名。蕭也牧曾經憶及二十世紀五十年代初期那場批判運動給他造成的身心壓力，正好可以和流沙河的回憶文字形成呼應：

在一小部分作者的眼裏，似乎因為我寫過幾篇有錯誤的小說，受過《文藝報》那樣嚴重的批評，因而連我對旁人作品的意見，也必然是錯誤無疑的了。冷嘲熱諷者有之，沒等我把話說完，拂袖走者有之。作為一個編輯，當然要和作家們作廣泛的接觸，當然要向作家們組織稿件。然而這也遇到了種種出乎意外的困難，在這裡我不想一一細說了。為了工作的方便，每逢我出去進行組稿活動的時候，我是不用「蕭也牧」這個名字的。然而這也不行，據說這是因為蕭也牧經不起批判，連真實姓名也不敢用了。甚至，我到某些從未到過的機關去有事情，會客單上填的是我的真名而非蕭也牧，不知怎麼竟也有人知道，會客室的窗戶外邊竟會出現了許多好奇的、

〔註 6〕北京語言學院《中國文學家辭典》編委會：《中國文學家辭典（現代第三分冊）》，成都：四川文藝出版社，1985 年 3 月版，第 518～519 頁。

〔註 7〕流沙河：《愧憶蕭也牧》，《晚窗偷得讀書燈》，北京：新星出版社，2015 年 1 月版，第 131 頁。

含有輕蔑神奇的眼睛，和「蕭也牧、蕭也牧」的聲音。〔註 8〕

「蕭也牧」這個筆名，讓作家本人內心深處有一種羞恥感，據他自己的交待，它可以和「林語堂」、「高等華人」、「癩皮狗」等詞聯繫在一起。可以想見，當年的批判運動對蕭也牧造成的傷害之大。那麼，蕭也牧為什麼會有這種恐懼的內心呢？翻看人民共和國初期文學史的年輪，我們發現：一九五一年下半年是蕭也牧「最難挨的一年」〔註 9〕。從六月十日開始，全國文藝界有步驟地展開了對蕭也牧公開的「圍剿」。這種公開的「圍剿」，是來自文藝界領導層和國家級媒體合謀的組織性批判，這不僅包括文藝界重量級人物周揚、丁玲、馮雪峰等人對蕭也牧有批判文章，也包括《文藝報》《人民日報》《人民文學》等國家級刊物和報紙，還包括中國共產主義青年團中央和中華全國文協、中華全國文聯等組織相關批判文章公開進行批判，《中國青年報》《中國青年》雜誌以「社論」的方式引導共青團對蕭也牧進行批判，最終蕭也牧以「公開檢討」的方式，寫作了《我一定要切實改正錯誤》這份公開的檢討書，批判才慢慢平息了下來。

原以為平息下來的批判運動，卻在一九五二年七月再一次出現，這次批判並沒有一九五一年那種來勢洶洶的「氣勢」，只能是全國文藝界思想改造運動餘波的方式予以展開。《文藝報》開展對天津文藝界的「十月文藝叢書」進行批判，矛頭再一次指向了蕭也牧的短篇小說集《海河邊上》。批判文章引用周揚的話作為批判的「靶子」，「有以『知識分子的眼光和趣味歪曲勞動人民的形象，玩味著從舊社會帶來的壞思想和壞習慣，把政治庸俗化』（周揚）的蕭也牧短篇小說集《海河邊上》（其中包括《我們夫婦之間》等篇）。」〔註 10〕

這裡不得不回到《海河邊上》。它是一部短篇小說集，一九五〇年七月由天津知識書店初版，印數為三千冊，內收短篇小說六篇：《攜手前進》（一九四九年十二月二十二日夜、在天津海河之濱。一九五〇年二月某夜重寫於北

〔註 8〕 蕭也牧：《「百花齊放，百家爭鳴」有感》，《人民文學》1956 年第 7 期。作家王蒙在自傳中也有相關回憶，可以形成對應文字。

〔註 9〕 此處借用的是李向東先生整理丁玲 1943 年的日記，後來被冠名為「最難挨的一年」。當然結合蕭也牧的生平，我們知道他真正意義上最難熬的一年，是 1970 年去世之前的歲月裏。李向東：《最難挨的一年——關於 1943 年丁玲的幾則日記》，《新文學史料》2007 年第 4 期。

〔註 10〕 簡評、李楓：《評「十月文藝叢書」》，《文藝報》1952 年第 13 期（1952 年 7 月 10 日）。

京)、《海河邊上》(一九四九年十二月四日夜，天津海河之濱)、《追契》(一九四七年三月二十四日在阜平抬頭灣)、《言不二價(山村人物志之一)》(一九四六年十一月寫於阜平抬頭灣。一九五〇年三月十六日重改於北京御河橋)、《識字的故事》(一九五〇年四月十九日在北京御河橋寫畢)、《我們夫婦之間》(一九四九年秋天初稿於北京，重改於天津海河之濱)。一九五〇年十二月《海河邊上》再版，印數仍舊為三千冊。與初版本相比，此版變化較大：收錄的小說由原來的六篇變為七篇，小說篇目也發生了變化，刪掉了《言不二價》〔註 11〕，用小說《沙城堡的風暴》(一九四九年十二月十日晚上，在天津；一九五〇年十月八日在北京重寫)作了「替換」，增加了《我和老何》(一九五〇年六月二十八日在北京御河橋寫)。而一九五一年六月引發批判的兩篇小說《我們夫婦之間》和《海河邊上》，蕭也牧並沒有把這兩篇有問題的短篇小說作出「刪除」。畢竟再版的時間是一九五〇年十一月，那時對蕭也牧的批判運動還沒有真正醞釀。

一九五〇年七月版短篇小說集《海河邊上》初版本封面

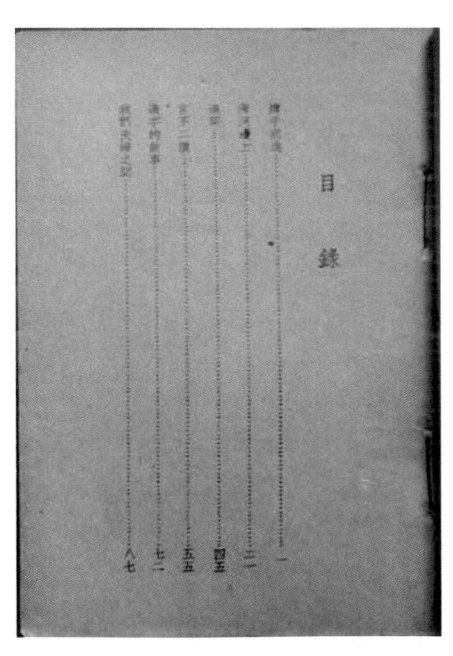

目錄

[illegible]……一
海河邊上……二一
追契……四五
言不二價……五五
識字的故事……七二
我們夫婦之間……八七

小說集「初版目錄」

〔註 11〕1979 年 11 月天津百花文藝出版社出版《蕭也牧作品選》時，《言不二價》這篇小說更名為《貨郎》。此種修改，是蕭也牧的「本意」，其實在一九五一年出版小說集《母親的意志》時，他已經把這篇小說進行了更名，估計與讀者的意見有密切的關係。

這裡就使人不得不產生了一個「疑問」，既然蕭也牧本人對小說《我們夫婦之間》有那麼大的「改動」，為什麼批評家們（包括丁玲、馮雪峰、陳湧、韋君宜、樂黛雲等人）在一九五一年六月之後的批判蕭也牧的文藝運動中，對這個修改版的小說文本卻採取視而不見的態度呢？

一、「新式生活」與作家的正面對待

其實，再回過頭來看蕭也牧的短篇小說集《海河邊上》，我們發現：收錄在小說集裏的這些短篇小說，佔據了主導性地位的，是一九四九年進城之後蕭也牧創作的文學作品，包括了短篇小說《攜手前進》《海河邊上》《識字的故事》《我們夫婦之間》四篇。與他一九四九年十月出版的《山村紀事》〔註 12〕相比，蕭也牧在文學創作上確實有自己重大的「突破」。這種「突破」，主要體現在小說的取材（城市題材）和文學觀察（知識分子的眼光）的視角上。進城之後的文學環境發生了重大變化，對一位真正敏銳於生活的作家來說，他必然要調整自己的文學寫作，進一步適應這種新的環境：「城市」。

我們且來看看當時環境的這種變化。一九四八年十二月至一九四九年一月，隨著中國共產黨在軍事戰線上的重大勝利，導致國民黨和共產黨之間的軍事力量對比也發生了比較顯著的變化。一九四九年一月三十一日，北方重大城市北平和平解放，中國人民解放軍舉行了隆重的入城儀式。為了順應這種軍事力量的變化和政治格局的重大轉折，中國共產黨中央委員會於一九四九年三月五日至十二日在河北省平山縣西伯坡村召開了七屆二中全會，毛澤東向大會作報告指出，「從現在起，開始了由城市到鄉村並由城市領導鄉村的時期。黨的工作重心由鄉村移到了城市。……但是黨和軍隊的工作重心必須放在城市，必須用極大的努力去學會管理城市和建設城市。既要學會同他們作公開的鬥爭，又要學會同他們作隱蔽的鬥爭。」同時，他還指出在城市鬥爭中必須依靠工人階級，「只有將城市的生產恢復起來和發展起來，將消費的城市編成生產的城市了，人民政權才能鞏固起來。」至於城市中的其他工作，包括黨的組織工作、政權機關工作、工會工作、其他各種民眾團體的工作、文化教育工作、肅反工作、通訊社報紙廣播電臺工作，「都是圍繞著生產建設這一個中心工作並為這個中心工作服務的。」〔註 13〕一九四九年十

〔註 12〕蕭也牧：《山村紀事》，北京：天下圖書公司，1949 年 10 月版，1950 年 2 月再版。

〔註 13〕毛澤東：《在中國共產黨第七屆中央委員會第二次全體會議上的報告（一九

月人民共和國成立之後，「城市工作」成為執政黨日常工作的最重要問題，在一九五一年二月十八日的中央政治局擴大會議中，儘管呈現的是工作座談的要點，「城市」仍舊是重點考慮的工作，它牽涉全國整體工作的「布局」：

> 1.各中央局、分局、省市區黨委今年必須召開兩次城市工作會議，議程如中央所通知，向中央作兩次專題報告。
>
> 2.加強黨委對城市工作的領導，實行七屆二中全會決議。
>
> 3.向幹部做教育，明確依靠工人階級的思想。
>
> 4.在工廠內，以實現生產計劃為中心，實行黨政工團的統一領導。
>
> 5.力爭在增加生產的基礎上逐步改善工人生活。
>
> 6.在城市建設計劃中，應貫徹為生、為工人服務的觀點。
>
> 7.全國總工會及各上級工會應著重解決下面的具體問題。
>
> 8.黨委及工會應著重典型經驗的創造，迅速推及各處。〔註14〕

這是成為執政黨的中國共產黨在新的形勢下對自己的政治要求，「城市」是每一個共產黨員幹部要重新介入的新對象，也是各級黨委的日常工作中的工作布局。七屆二中全會的會議精神，至少貫穿了一九四九年至一九五五年這一段時間中國共產黨的執政方針之中。

至於在文學創作上，這樣的布局觀念至少也給作家們提出了新的問題：如何描寫「城市」，如何展示工人階級的領導力量，都成為他們不得不思考的問題。但是，對於來自老解放區的作家而言，他們熟悉的主要生活環境應該是「農村」，此時突然轉入「城市」，這種轉變能否適應，可能是新的時代對作家提出的新的思考。而生活在原國統區的作家們，他們對「城市」確實非常熟悉的，但作為原國統區生活的作家，寫作此時不是至關重要的工作，對他們進行有效的「思想改造」，卻成為人民共和國初期重要的日常工作，恰如茅盾在有關國統區的全國文代會主題報告中所強調的那樣，

> 如果作家不能在思想與生活上真正擺脫小資產階級的立場而走向工農兵的立場、人民大眾的立場，那麼文藝大眾化的問題不能徹

四九年三月五日）》，《毛澤東選集》第4卷，北京：人民出版社，1991年6月第2版，第1428頁。

〔註14〕毛澤東：《中共中央政治局擴大會議決議要點》，《毛澤東選集》，第5卷，北京：人民出版社，1977年4月版，第35～36頁。

底解決，文藝上的政治性與藝術性的問題也不能徹底解決，作家主觀的強與弱，健康與不健康的問題也一定解決不了。〔註 15〕

一九四九年七月第一次全國文代會在北平召開，周恩來在給文代大會代表們的政治報告中指出，「我們主張文藝為工農兵服務，當然不是說文藝作品只能寫工農兵。比如寫工人在解放以前的情況，就要寫到官僚資本家的壓迫；寫現在的生產，就要寫到勞資兩利；寫封建農村的農民，就要寫到地主的殘暴；寫人民解放戰爭，就要寫到國民黨軍隊裏的那些無謂犧牲的士兵和那些反動軍官。所以我不是說我們不要熟悉社會上別的階級，不要寫別的階級的人物，但是主要的力量應該放在那裏必須弄清楚，必然就不可能反映出這個偉大的時代，不可能反映出創造這個偉大時代的偉大勞動人民。」〔註 16〕這一說法，很快在原國統區（新解放區）的上海文藝工作者中間引發了激烈的討論，他們以上海《文匯報》為中心，圍繞這一話題各抒己見，這就是八月底至十月初的「關於可不可以寫小資產階級」的論爭。何其芳代表文藝界當局對這一問題進行了說明與修正，

說這個問題就不應該提出，是不對的，因為這不能解決問題。說小資產階級的人物雖說還可以寫，但絕對不可以作為作品中的主角，是不能說服人的，因此也並不能解決問題。說小資產階級的人物可以寫，並且也可以作為作品中的主角，不過應該少寫，批判地寫，也還是比較表面的回答，還不能從根本上解決今天許多作者所共有的這個疑問和困惑。〔註 17〕

儘管何其芳沒有指明最終的解決方案，但閱讀到這篇文章的作家應該很清楚，「小資產階級知識分子」作為主要人物進行塑造，將是一個頗為敏感的話題。

那麼，文藝工作者如何面對「城市」呢？進入城市之後，最初在文藝工作上展開的，是有關工廠文藝活動的開展工作。當時考慮的是文藝的「政治性」，

〔註 15〕茅盾：《在反動派壓迫下鬥爭和發展的革命文藝——十年來國統區革命文藝運動報告提綱》，中華全國文學藝術工作者代表大會宣傳處編：《中華全國文學藝術工作者代表大會紀念文集》，北京：新華書店，1950 年 3 月版，第 64 頁。

〔註 16〕周恩來：《在中華全國文學藝術工作者代表大會上的政治報告（一九四九年七月六日）》，《人民文學》第 1 卷第 3 期（1950 年 1 月 1 日）。

〔註 17〕何其芳：《一個文藝創作問題的爭論》，《文藝報》第 1 卷第 4 期（1949 年 11 月 10 日）。

在具體的工作中，「為了有利於生產、發展生產，今天就應該更多著重反映工人階級的新勞動態度、職工如何團結、提高生產技術、發揮高度的生產熱情和積極性創造性等等；多從正面的積極的方面去描寫，加以表揚和鼓勵。而不是著重表現落後的消極的一面，多給以批評和指責。」〔註 18〕人民共和國初期有關劇本《紅旗歌》的討論，側面說明了這個問題。這個劇本塑造了一個典型的落後人物「馬芬姐」，儘管作為此時期重要的劇本，在演出中獲得巨大的成功，但周揚還是指出劇本存在的「缺陷」:「沒有很好地表現出工廠中黨的領導和工會活動的作用，但卻過多地、不適當地描寫了馬芬姐的孤僻、頑強的性格，使工業生產上的嚴肅的思想鬥爭，在某些地方變成了大梅和芬姐兩個不同性格的衝突。」〔註 19〕

文藝工作者們被定位為小資產階級的這一屬性，文藝界的領導、包括中國共產黨高層領導們都看得相當的清楚。在他們看來，這種屬性是不容易改掉的，即使要被改掉，也必須依託於文藝界的體制化推進。人民共和國初期文藝方針的確立，必然要求堅持無產階級的思想、立場來進行寫作，「我們的文藝既然要有益於工農兵，既然基本上是為他們服務，那麼我們的文藝思想便不能是資產階級或小資產階級的，而必須是無產階級的。因為只有無產階級的思想、立場，才能正確地認識工農兵及其他一切階級；只有用無產階級的藝術方法（革命的現實主義的方法），才能正確地反映工農及其他一切階級；也只有這樣，才能保證文藝經常地和人民群眾的需要，和實際鬥爭的需要相符合。」〔註 20〕而通過文藝作品實現教育廣大群眾的目的，必然依託於文藝作品的具體寫作，特別是「表現出新的人民的這種新的品質，表現共產黨員的英雄形象，他們的英勇事蹟和模範行為」。〔註 21〕

但是，進城之後的文藝工作者們將面臨嶄新的城市文明，這種文明有別於農業文明。城市文明的消費性、娛樂性將完全展現在他們的面前，逐漸在他們的實際生活中產生影響。這些影響，有正面的，也有負面的。周揚此時正在觀

〔註 18〕陳荒煤：《開展工廠文藝活動是為了發展生產》，《為創造新的英雄典型而努力》，北京：人民文學出版社，1952 年 5 月版，第 6～7 頁。

〔註 19〕周揚：《論〈紅旗歌〉》，《人民日報》，1950 年 5 月 7 日，第 5 版；周揚：《周揚文集》第 2 卷，北京：人民文學出版社，1985 年 10 月版，第 29 頁。

〔註 20〕周揚：《堅決貫徹毛澤東文藝路線》，《周揚文集》第 2 卷，北京：人民文學出版社，1985 年 10 月版，第 55 頁。

〔註 21〕周揚：《堅決貫徹毛澤東文藝路線》，《周揚文集》第 2 卷，北京：人民文學出版社，1985 年 10 月版，第 59 頁。

察這群文藝工作者們，他發現：

> 我們自己有些文藝工作者對毛主席的文藝思想也發生了一些模糊的認識，進了城以後，生活環境安逸了，於是就產生了一種傾向：脫離生產、脫離了群眾生活、脫離了實際鬥爭。有的甚至在入城以前就發生過動搖：認為我們解放區搞的這一套譬如秧歌等，進了城就吃不開了，相當沒有信心。當然，我們不是說解放區那一套都好，我們承認是低級的東西，但是那是人民的東西，是代表正確方向的東西，是有前途的，在城市也是吃得開的，事實也證明在城市是吃得開的，受到了廣大人民一致的歡迎！儘管它寫的是農民，但是它是些的在農村中所進行的革命。脫離生活、脫離實際、偏偏強調技術，認為到處都有生活，自己的生活已經夠了，我們現在是要提高；所謂提高就是要學習技術；所謂要學習技術，就是要學習西洋技術，這種傾向在一部分文藝工作者中是存在的。〔註22〕

胡喬木也有類似的觀察，「一部分在一九四九年大會上舉過手的作家，並沒有真正瞭解毛澤東同志關於文藝工作的指示的內容，他們對於文藝工作仍然抱著小資產階級或資產階級的見解。所以當他們聽說我們的文學藝術要以工人階級的人生觀世界觀去教育全體人民，去批評資產階級小資產階級的人生觀世界觀，因此也就要以工人階級的文學藝術觀去批評資產階級小資產階級的文學藝術觀的時候，他們就驚異起來，覺得似乎是『方針變了』。」〔註23〕

其實，為了順應時代環境的這種變化，文藝工作者們都在積極面對，文藝組織機構也積極推進作家們對新生活的面對。比如，從人民共和國初期開始，文聯和作協都組織文藝工作者深入生活。不管是組織下廠，還是組織到農村參加土改運動，還是組織去朝鮮參加志願軍戰地生活體驗，這表明，人民共和國初期的文藝工作者們至少在響應組織號召上，是一種積極的態度。包括曹禺、巴金、田間等老作家，都在這一響應之列。不過，響應是一回事，是否真正達到了人民共和國初期政治對文學的期待，則是另一回事。作為從老解放區進入城市的第一批文藝工作者，蕭也牧在這個序列中有著重要的地位，儘管他是共

〔註22〕周揚：《在中國共產黨第一次全國宣傳工作會議上的報告》，《周揚文集》第2卷，北京：人民文學出版社，1985年10月版，第74～75頁。

〔註23〕胡喬木：《文藝工作者為什麼要改造思想？》，人民文學出版社編輯部編：《文藝工作者為什麼要改造思想》，北京：人民文學出版社，1952年3月版，第1～2頁。

青團中央這一機構的工作人員。他的小說集《我們夫婦之間》裏的幾篇小說，是人民共和國初期最早反映入城生活的作品。不過，它的命運卻是相反的。我們轉入小說《我們夫婦之間》發表及其遭遇之中。

二、《我們夫婦之間》的正式發表與蕭也牧的「修改行為」

《我們夫婦之間》這篇小說的故事梗概，大部分人都耳熟能詳，這裡不再重複。但這篇小說究竟是個什麼「來頭」，導致引發了人民共和國初期在一九五一年下半年至一九五二年上半年間重要的文學批判運動〔註24〕？這裡，我們不得不從刊發這篇小說的刊物《人民文學》雜誌說起。一九四九年十月二十五日，《人民文學》雜誌創刊。在《發刊詞》中，時為主編、中華全國文學藝術工作者協會（簡稱「中華全國文協」）主席、中華全國文學藝術工作者聯合會（簡稱「中華全國文聯」）副主席的茅盾，提出了在創作上的具體要求：

> 一、要求給我們創作。詩歌、小說、劇本、報導、散文、雜文，長篇短章；反帝反封建反官僚資本主義的，為工農兵的；寫部隊、寫農村、寫城市生活、寫工廠的，寫解放戰爭，寫生產建設，寫小資產階級知識分子的改造，……凡是表現了人民的堅強英烈，反映了新民主主義中國的成長和發展的，都歡迎來罷。〔註25〕

它是人民共和國初期文藝界關於文學題材的寫作範圍上的「規範」，具體指導著文藝工作者們的文學創作活動。茅盾題寫的這份發刊詞對文學寫作的「規範」，顯然來自於對周揚的全國文代會報告《新的人民的文藝》內在精神的「把握」。此文之後還在《人民文學》創刊號上被刊載（相反，茅盾的文代會關於國統區文藝情況的報告卻沒有在《人民文學》上露臉，至少我們可以看出人民共和國初期對於來自原國統區文藝經驗的基本態度）。創刊號上，編輯部編排了六個人的文藝創作，他們分別是：柯仲平的《我們的快馬》（詩歌）、李霽野的《在「七一」慶祝大會上》（詩歌）、何其芳的《我們最偉大的節日》（詩歌）、康濯的《買牛記》（小說）、劉白羽的《火光在前》（小說）、馬烽的《村仇》（小說）。除了李霽野是資深的左翼作家之外，剩下的五個人均來自

〔註24〕洪子誠先生在《中國當代文學史》中說到1951年對蕭也牧的批評，其實，不僅是對小說《我們夫婦之間》的批評，還對《海河邊上》這篇小說進行了批評。

〔註25〕茅盾：《發刊詞》，《人民文學》創刊號（1949年11月25日）。

解放區。第二期一九四九年十二月一日出版，編輯部編排了七個人的文藝創作，分別是：文乃山的《一個換了腦筋的兵》（小說）、周元青的《堅定的人》（小說）、盧耀武的《雞》（小說）、劉白羽的《火光在前》（小說）、李冰的《趙巧兒》（詩歌）、鄒荻帆的《北京》（詩歌）。除了鄒荻帆是來自原國統區的進步文藝工作者之外，剩下的六人均來自解放區。從這兩期刊載創作作品情況來看，《人民文學》雜誌真正要塑造的，是來自解放區的「延安經驗」與「文藝傳統」，它在文藝工作者的選擇傾向性上非常明顯，連題材的選擇上都是如此。

《人民文學》的一九五〇年第三期，係該刊創刊後的第一個「新年號」〔註26〕，這是一個很有紀念意義的「新年號」。編輯部編排的作品，除去特輯「慶賀斯大林七十壽辰詩輯」之外，推出了七篇作品，分別為朱定的《關連長》（小說）、蕭也牧的《我們夫婦之間》（小說）、樊曉歌的《軍隊生活的回顧》（小說）、秦兆陽的《改造》（小說）、立高的《任務》（小說）、陳清漳等合譯《嘎達梅林》（詩歌）、李瑛的《號聲》（詩歌）。這一期在文藝工作者隊伍的編排上，有明顯的起色。而在題材的涉及上，更有突破，這分別是：秦兆陽的小說《改造》、朱定的小說《關連長》和蕭也牧的小說《我們夫婦之間》。《改造》涉及農村土改的時代主題，改造地主的現實指向；《關連長》涉及部隊軍官描寫的娛樂化問題；《我們夫婦之間》涉及城市改造的重要主題。那時，《人民文學》雜誌社小說編輯組組長為文藝理論家秦兆陽，他看到來稿中的《我們夫婦之間》這篇小說後為之一驚。儘管過去三十六年之後，秦兆陽的腦海裏仍留有深刻的印象：

> 《我們夫婦之間》原稿的文風非常樸實、自然、簡練，字跡也十分工整清秀。那時《人民文學》來稿的水平很低，不作修改就可以發表的稿子幾乎沒有，收到這樣主題新鮮而又不必加工的稿子，自然喜出望外，所以就一字不動，立即選送主編審查，在《人民文學》上發表出來了。〔註27〕

《我們夫婦之間》經由《人民文學》發表之後，其宣傳效應顯然是「不脛而走」，這一切得益於《人民文學》雜誌的現實地位。作為國家級文學刊物，從創刊開始就被政治話語賦予了它的獨特地位，為「最具權威性和代表性的文

〔註26〕本期的封面特別標明為「新年號」。
〔註27〕秦兆陽：《憶蕭也牧》，《隨筆》1987年第4期。

學刊物」。〔註 28〕那麼，「蕭也牧」是「誰」呢？我們還得從蕭也牧的本名吳小武的印象文字談起。

著名女作家陳學昭，為我們記下了晉察冀解放區時期的「吳小武」：

> 吳小武先生和我談了《工人報》的情形，也是從阜平搬來的。《工人報》之《晉察冀日報》一半大，準備從明年一月（一九四六年）起，擴大成《晉察冀日報》一樣版面。它現在是三日刊，每期印二萬份左右，編排得很活潑。有好些工人的通訊。吳先生還和我談晉察冀的工業建設和民兵英雄李殿冰、李勇、賈玉，以及冀中地道戰等的故事。我初以為他是一個工人，後來才知吳先生是個知識分子出身——曾是杭州工專的學生，在晉察冀，在敵後工作已很多年，和有實際工作經驗的人作一夕談，真是勝讀十年書。〔註 29〕

勉思女士（康濯的夫人）在回憶中，給我們這樣介紹了「吳小武」：

> 小武來自浙江湖州，老康來自湖南長沙，都是南方人。小武在上海讀了初中，以後去學徒，老康讀了高中。抗戰開始，他們各自回鄉搞抗日宣傳，然後北上，懷著一腔熱血，為挽救民族危亡，投奔共產黨領導的抗日戰爭，老康進了魯藝，小武到了山西犧牲救國同盟會，好像有緣分，他們又聚會到河北阜平縣——這抗日模範根據地。小武從浙江出發，爬一段火車，走一段路，千辛萬苦，老康一路還算順利。當某些農民出身的幹部問他們，你們都是坐火車來的，那火車是國民黨的，怎麼讓你們坐？兩個人只好相對苦笑。那時候提倡知識分子工農化，雖說他們已經經過了一定的考驗，自覺地改造自己，在有些人眼裏還是不大被信任，但他們還是努力向工農學習。那年剛開春，我曾看見小武和農民一起，跳進豬圈，圈裏還有冰渣子，他們把豬糞尿刨出來，扔到地面上，運到地頭漚肥。小武個頭高，幹這又髒又累的活時，他佝僂著身子、光腳挽著褲腿的樣子，至今還浮現在我眼前。〔註 30〕

這兩則材料十分有趣，陳學昭的記述接近歷史原貌（沒有文字修改），勉思

〔註 28〕吳俊、郭戰濤：《國家文學的想像與實踐——以〈人民文學〉為中心的考察》，上海：上海古籍出版社，2007 年 6 月版，第 1 頁。

〔註 29〕陳學昭：《漫走解放區》，上海：上海出版公司，1950 年 8 月版，第 47 頁。

〔註 30〕勉思：《揭開一頁塵封的歷史——憶吳小武同志（作家蕭也牧）》，《風雨故人情》，長沙：湖南文藝出版社，2006 年 12 月版，第 56～57 頁。

女士的回憶剔除了意識形態的包裝。在陳學昭的眼裏，吳小武儼然是一副「工人」的形象，他身上沒有一點小資產階級知識分子的氣息。而在勉思的眼裏，吳小武早已「知識分子工農化」了。這兩則細節文字記載，我們看到了現實生活中真實的蕭也牧形象。對比著毛澤東《在延安文藝座談會上的講話》的內容對小資產階級知識分子的要求來說，蕭也牧嚴格按照「文藝講話」的內在精神，認真地改造自己的思想和行為，切實地以工農兵的思想作為自己思想的「立足點」和「出發點」。這樣一位已經被徹底改造過的文藝工作者，其情感或許已經不單單是知識分子的那種情感了，至少情感上如毛澤東所說「起了一定的變化」。在一九四七、一九四八年間，蕭也牧創作了大量的通訊、報告文學作品，切實地以「黨的文學」的觀念進行自己的文學創作。據資料顯示，從一九四六年開始，蕭也牧的文學作品就散落於晉察冀解放區的一些文藝刊物上，如《時代青年》《華北文藝》《中國青年》等，還有作品集問世，包括《富德榮還鄉》《山村紀事》等。蕭也牧的文學寫作，「由於他有豐富的抗日戰爭的生活經歷，作品情感真摯感人，生活氣息濃厚，有獨特的藝術特色，一出來就受到各方面的關注，像主管宣傳工作的喬木同志，就傳出話來，說吳小武先不用寫長篇巨著，就寫抗戰中的小故事，寫一百個也很有意義，」〔註31〕

蕭也牧創作小說《我們夫婦之間》的過程，王昌定先生有相關的回憶：

> 大約在夏末秋初，作家蕭也牧也到棉紡二廠深入生活，我和他竟一見如故，談得十分投機。蕭高高的個子，浙江人，因在北方時間長了，有些南腔北調；但很善談，談起話來便滔滔不絕。他沒有什麼作家派頭，卻不乏文藝人弔兒郎當的弱點；這也很合我的脾氣。他對文藝界可稱瞭如指掌，北京的、天津的許多作家他都熟。我從他那裏，聽到不少有關中國文學界的最新消息，其中最重要的一條是即將創刊《人民文學》，由茅盾擔任主編。他還告訴我，他有一個短篇小說，是寫他和他老婆亦及洋包子與土包子關係的（即後來引起爭論的《我們夫婦之間》），準備向《人民文學》投稿。說著，他便將小說故事情節與人物關係向我繪聲繪色地描述了一番。他很有講故事的才能，又喜歡喝兩盅，常常拉著我到附近的小酒館裏，燙

〔註31〕勉思：《揭開一頁塵封的歷史——憶吳小武同志（作家蕭也牧）》，《風雨故人情》，長沙：湖南文藝出版社，2006年12月版，第58頁。

> 上一壺酒，買點醬雜樣對飲。每逢酒酣耳熱之際，便用不著我說話，只需帶著兩隻耳朵聽他海闊天空地議論。過一段時間，他回了一趟北京，返津時興致勃勃地告訴我說，他的小說已經過主編茅盾批了「可用」二字，計劃發表在1950年1月創刊的《人民文學》第三期上。我對他的消息靈通頗感驚訝。〔註32〕

王昌定先生這裡說的「夏末秋初」，其確切時間應該在一九四九年八九月間。而小說《我們夫婦之間》的落款時間上有「一九四九年秋天，初稿於北京」字樣，這說明蕭也牧創作這篇小說是以天津棉紡二廠的下廠觀察為基礎的。「洋包子」與「土包子」的這一說法，這也從側面可以看出蕭也牧當時觀察生活的著力點。

進入北平（一九四九年九月改為北京）之後，蕭也牧在現實生活中看到了一些不合理的現象。這種現象，時為蕭也牧上司的韋君宜也看到了：「解放初期那一陣，大家因為剛剛擺脫國民黨那種貪污、橫暴、昏庸無一不備的統治，的確感到如沐初升的太陽。就是我們這些從老解放區來的知識分子，也一下子擺脫了長年受歧視的境遇，一變而為『老幹部』。我記得剛進城時，我和楊述在北平街頭閒步，指著時裝店和照相館的櫥窗裏那些光怪陸離的東西，我們就說：『看吧！看看到底是這個腐敗的城市能改造我們，還是我們能改造這個城市！』」〔註33〕韋君宜的這段話，可以和蕭也牧在小說《我們夫婦之間》中女主人公張英說的話形成對應：

> 她卻不服氣：「雞巴！你沒看見？剛才一個蹬三輪的小孩，至多不過十三四，瘦的像隻猴兒，卻拖著一個氣兒吹起來似的大胖子——足有一百八十斤！坐在車裏，翹了個二郎腿，含了根煙捲兒，虧他還那樣『得』！（得意；自得其樂的意思）……俺老根據地那見過這！得好好兒改造一下子！」
>
> 我說：「當然要改造！可是得慢慢的來；而且也不能要求城市完全和農村一樣！」
>
> 她卻更不服氣了：「嘿！我早看透了！像你那腦瓜，別叫人家把

〔註32〕王昌定：《海河邊上》，《八十起步集》，天津：天津社會科學院出版社，2004年5月版，第192頁。

〔註33〕韋君宜：《思痛錄・露沙的路》，北京：文化藝術出版社，2003年1月版，第21頁。

你改造了！還說哩！」〔註 34〕

這個「改造」的文學主題，在小說《我們夫婦之間》中得到了很大程度的展現。人民共和國初期，到底是以農村的經驗作為主導、來改造城市和城市人，還是以城市的經驗作為主導、來改造「老幹部」，這的確是一個敏感的政治話題，也是一個相當敏感的文學話題。蕭也牧的小說《我們夫婦之間》，或許遇到了這個頗為棘手的現實問題。而《我們夫婦之間》在人民共和國初期的「不脛而走」，更進一步加劇了這篇小說的「危險傾向」。

作為文學寫作中重要的表達場景，「城市」將如何被加以描述呢？二十世紀三十年代的左翼文學和新感覺派文學，都關注過這一寫作對象，不過他們的出發點是不同的，「花開兩枝，各表一朵」：左翼作家（小說家）注重城市的「階級對立」與「階級鬥爭」，形成了政治化書寫；新感覺派作家（小說家）注重的是城市的「娛樂功能」與「消費價值」，形成審美現代性追求〔註 35〕。四十年代進入解放區的小資產階級知識分子們，不同程度地進行了所謂的「思想改造」，形成了新的城市觀念。而在人民共和國初期，中國共產黨對「城市」有著自己的構想，文藝界的領導周揚倒是有明確的說明：

> 在城市，我們必須開展工廠文藝的活動。我們進入城市的時候，向工人介紹了在農民藝術形式基礎上發展起來的新秧歌，向工人宣傳了農民如何受地主剝削，他們如何起來進行鬥爭，農民在抗日戰爭與人民解放戰爭中作了多麼重大的貢獻，使工人階級認識農民這個永久同盟軍的重要。我們還要告訴工人，城市必須用一切方法幫助農民，不但供給他們工業日用品，而且還應供給他們精神食糧。〔註 36〕

也就是說，「城市」應該是物質生產和工業建設的城市。它不是作為消費文化承載的城市，更不是娛樂文化風行的城市。蕭也牧的小說《我們夫婦之間》觸及到了這個主題，但它同時偏離了這個主題：張英同志的生活習俗的變化，與城市的消費性是密切聯繫的。他的這種寫作的「偏離」，顯示出文藝工作者敏感的捕捉生活之能力，但這種偏離性的文學書寫，卻也是容易遭人誤解的地

〔註 34〕蕭也牧：《我們夫婦之間》，《人民文學》第 1 卷第 3 期（1950 年 1 月 1 日）。

〔註 35〕袁洪權：《左翼、新感覺派都市小說創作及差異論》，重慶師範大學 2004 屆碩士論文，2004 年 6 月，指導教師：郝明工教授。

〔註 36〕周揚：《新的人民的文藝——在中華全國文學藝術工作者代表大會上關於解放區文藝運動的報告》，《人民文學》創刊號（1949 年 10 月 25 日）。

方。在小說裏，蕭也牧著筆於城市中的「大洋樓」、「霓虹燈」、「舞廳」、「電影院」、「高級飯廳」。這些地方，在城市的文化語境裏，卻是真正的消費場所與娛樂場所。他的這篇小說和時代政治之間的結合度，確實應該打上一個大大的「問號」。所以，當小說發表之後，天津文藝界就敏感地意識到這個問題，發表批評文章表達了這種疑問：

> 使人讀了這篇文章之後便會發生如下的疑問：是知識分子的面子觀念妨礙李克在其妻子面前坦白錯誤？還是他的錯誤就是他自己說的「有一定距離」，「不自覺」的無關緊要的錯誤呢？由於作者放鬆了對李克的批評，因而就不能不使我們擔心：這一對知識分子與工農結合的夫妻究竟能否真正的彼此取長補短，好好結合，來恢復他（她）們以前那種靜穆、和諧的生活？〔註37〕

天津文藝界對小說《我們夫婦之間》表達的關注，還表現在對小說進行了包裝並為它製作文學廣告，推介這部小說集的出版。《海河邊上》一九五〇年七月由天津知識書店初版本，天津文協機關刊物《文藝學習》很快在二卷一期（一九五〇年八月一日）刊登了這本書的文學廣告：

> **《海河邊上》（原名《我等著你》）**
>
> 蕭也牧著·最新出版
>
> 本書共有六個短篇小說，都是作者深入工農群眾親身體驗的結晶。有《攜手前進》《海河邊上》《追契》《言不二價》《識字的故事》《我們夫婦之間》等。《海河邊上》即《我等著你》，這是一篇寫青年切身問題的小說，在一般群眾中獲得普遍好評，《我們夫婦之間》也是很受歡迎的佳作，在這篇故事裏，作者深刻切實生動的反映了剛自農村進入城市時，部分幹部的思想意識。
>
> 基本定價　五元
>
> 知識書店印行

查《天津日報》我們還知道，《海河邊上》最初刊載的時候其題目為《我等著你》。文學廣告對小說《海河邊上》《我們夫婦之間》進行推介，並對《我們夫婦之間》進行高度評價，認為蕭也牧「深刻」、「切實」、「生動」地反映了時代的「思想意識」。這種評價，無疑帶有「同人刊物」評價的傾向，這樣的用詞

〔註37〕陳炳然：《〈我們夫婦之間〉讀後》，《文藝學習》第1卷第3期（1950年4月1日）。

容易讓人產生「誤解」〔註38〕。

《我們夫婦之間》發表之後，「不僅有青年知識分子的讀者，而且還有工人讀者，甚至在我的同伴中，以及老幹部中，不管他們說的有意無意，總之是有不少人說好的」〔註39〕，蕭也牧收到很多「讀者來信」。蕭也牧對《我們夫婦之間》的寫作，從內心深處來說是很認可的，「《我們夫婦之間》這一篇，寫作過程倒並不草率的，已醞釀了一、二年，構思達數月，確也下過一番工夫的。」〔註40〕

一九五〇年十一月再版本短篇小說集《海河邊上》封面

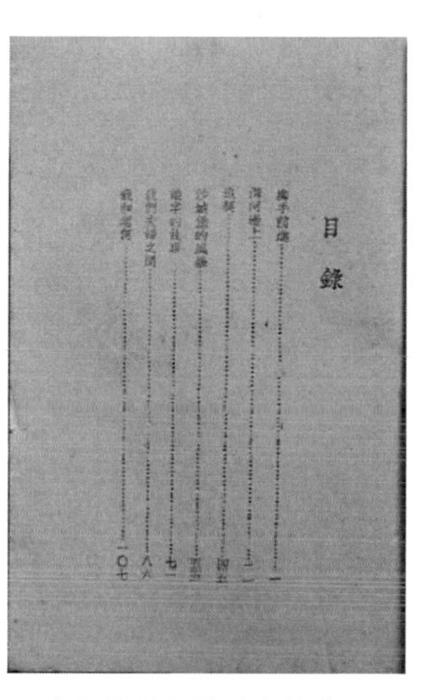

改版後所收錄的小說篇目

前面筆者提及一九七九年版《蕭也牧作品選》，內收錄了《我們夫婦之間》這篇小說，但它依據的並不是《人民文學》第一卷第三期的「初刊版」，編者在編入的過程中並沒有交待這個小說曾經進行過修訂，更不會提及蕭也牧到底修改了哪些地方。蕭也牧卻有自己修改的「交待」，「在一九五〇年秋，《我

〔註38〕儘管至今我沒有找到周揚、丁玲及當時文藝界高層對天津文藝界的看法，但從《文藝學習》雜誌的創刊、發表文章情況和後來的停刊來看，北京高層文藝界對這個刊物是不滿意的，至少從側面說明天津文藝界在人民共和國初期的一些狀況。

〔註39〕蕭也牧：《我一定要切實地改正錯誤》，《文藝報》第5卷第1期（1950年10月25日）。

〔註40〕蕭也牧：《我一定要切實地改正錯誤》，《文藝報》第5卷第1期（1950年10月25日）。

們夫婦之間》這一篇，我曾經作了兩次刪改，例如：張同志不罵人了，李克一進北京城那段城市景色以及『爵士樂』等等刪了，張同志『偷』李克的錢以及夫婦吵架的場面改掉了，凡『知識分子和工農結合』等字眼，在李克自認的錯誤之前，加上了『嚴重』『危險』等形容詞，並且把李克改成參加革命才四、五年的一個新幹部等等。」〔註41〕蕭也牧還說，「但不管怎樣刪改，其結果，只動皮毛，筋骨依舊。」這種「說法」，顯然是當時為了迎合檢討的語氣，其實並不是這樣的，至少他在情感色彩上進行了轉變，從原先批判者在原刊小說中看到的對老幹部的「歪曲」，進而在語言上更加貼切了人物的「身份」。

蕭也牧最先交待自己對小說《我們夫婦之間》的「修改」，是一九五一年三月出版小說集《母親的意志》的時候，他寫了《附記》，談到了這種修改的行為：

> 收在集子裏的《我們夫婦之間》一篇，曾在我的另一本短篇小說集——《海河邊上》裏印過。後來不斷接到讀者的來信，對這篇東西，提出了不少有益的意見。我根據了這些意見，修改了一次，就成了現在的樣子。覺得需要重印一次，所以又收在這集子裏了。〔註42〕

「讀者的來信」作為一種獨特的中國當代文學批評方式，顯然對蕭也牧形成了某種壓力。這裡的「讀者」，既可能是真正的讀者，也有可能是假想的讀者。經過對比，我們發現：初刊版和初版本是一致的，內容沒有修改，只是在標點符號上有一些細微的改動。一九四九年秋天創作於北京，之後修訂的地點在「天津海河之濱」。一九五〇年七月首次結集輯入小說集《海河邊上》，蕭也牧保持了《人民文學》刊載的面貌。一九五〇年十一月出版《海河邊上》再版本時，蕭也牧不僅對小說集的封面進行了修改，還對《我們夫婦之間》這篇小說的部分文字進行了修改，也對《海河邊上》的內容進行了「恢復」〔註43〕。封

〔註41〕蕭也牧：《我一定要切實地改正錯誤》，《文藝報》第5卷第1期（1950年10月25日）。

〔註42〕蕭也牧：《附記》，《母親的意志》，北京：青年出版社，1951年3月版，第84頁。

〔註43〕《海河邊上》最先在《天津日報》副刊發表，因報紙篇幅的限制進行了刪改，出版小說集時蕭也牧把這些地方恢復。蕭也牧自己有交待，「《海河邊上》這一篇，發表以後，我也曾作了一些修改，那是把發表時編者所刪掉了的章節，全部又增補上去了。」蕭也牧：《我一定要切實地改正錯誤》，《文藝報》第5卷第1期（1951年10月25日）。

面原先立足的是兩個人物，看樣子像是小說《我們夫婦之間》的主題展現，但修改後的封面則成為一群人物，表達的文化含義顯然有顯著的「差別」。出版小說集《母親的意志》時，已經是《我們夫婦之間》這篇小說第三次入集，修訂面目的第二次入集。那麼，蕭也牧修改了《我們夫婦之間》的哪些地方呢？

蕭也牧的短篇小說集《母親的意志》

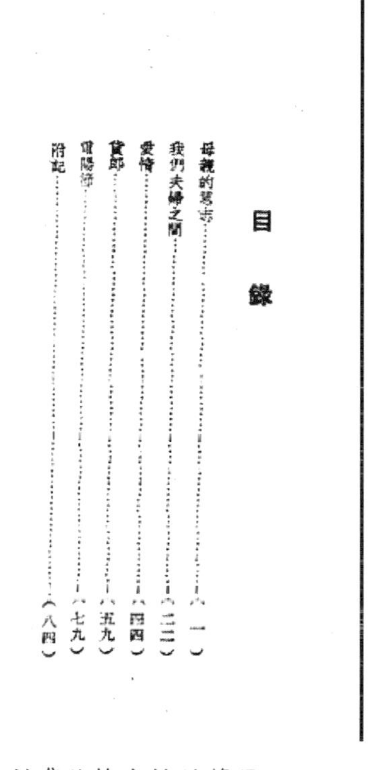

目錄

小說集收錄小說的篇目

初步統計，《我們夫婦之間》的重要修改，主要集中在四個方面。第一是對小說中的小標題全部進行了刪除，《人民文學》初刊版和初版本中都有四個題目，分別為：（1）「真是知識分子和工農結合的典型！」；（2）「……李克同志：你的心大大的變了！」；（3）「她真是個倔強的人。」；（4）「我們結婚三年，直到今天我彷彿才對她有了比較深刻的瞭解……。」作者把原小說的四個部分，變更為五個部分，分別用「一」、「二」、「三」、「四」、「五」加以標注。初刊本第一部分，與修訂版的第一部分是吻合的。初刊本的第二部分，在修訂時變成了兩部分。初刊本第三部分，和修訂版的第四部分吻合。初刊本第四部分，和修訂版的第五部分吻合。

第二是對內容的大量刪除，這裡所列即為刪除的內容：

1.同志們也好意地開玩笑說：「看你這兩口子，真是知識分子和工農結合的典型！」（第八十九頁）

2.這城市，我也是第一次來，但那些高樓大廈，那些絲織的窗簾，有花的地毯，那沙發，那些潔淨的街道，霓虹燈，那些從跳舞廳裏傳出來的爵士樂……對我是那樣的熟悉，調和……好像回到了故鄉一樣。這一切對我發出了強烈的誘惑，連走路也覺得分外輕鬆……雖然我離開大城市已經十二年的歲月，雖然我身上還是披著滿是塵土的粗布棉衣……可是我暗暗地想：新的生活開始了！（第八十九至九十頁）

3.「雞巴」一詞刪除。（第九十頁）

4.「她的狹隘，保守、固執……越來越明顯，即使是她自己也知道了，她也不認輸！我對她的一切的規勸和批評，完全是耳邊風」。（第九十二頁）

5.刪去「他媽的」。（第九十四頁）

6.夠買一雙皮鞋，買一條紙煙，還可以看一次電影，吃一次「冰淇林」……我很高興，我把錢放在枕頭心裏，不讓她知道。（第九十四頁）

7.於是我就很正經地說：「這錢不是我的！」「得了！你別唬弄我沒文化了！稿費單上還有你的名字呢！」「是，是，我這錢，我有用處！我要去買一套《幹部必讀》——十二本書！好好加強理論學習，比什麼也重要！」「誰還知不道誰哩！加強你的『冰雞寧』『煙斗牌』煙去吧！」（第九十四頁）

8.他對我，越看越不順眼，而我也一樣，漸漸就連她一些不值一提的地方，我也看不慣了！比方：發下了新制服，同樣是灰布「列寧裝」，旁的女同志們穿上了，就另一個樣兒：八角帽往後腦瓜上一蓋，額前露出蓬鬆的散髮，腰帶一束，走起路來，兩腳成一條直線，就顯得那麼灑脫而自然……而她呢，怕帽子被風吹掉似的，戴得畢恭畢正，帽沿直挨眉邊，走在柏油路上，還是像她早先爬山下坡的樣子，兩腿向裏微彎，邁著八字步，一搖一擺，土氣十足……我這些感覺，我也知道是小資產階級的，當然不敢放到桌子面上去講！但總之一句話：她使我越來越感覺過不去，（第九十六頁）

9.我想她這種狹隘、保守、固執……恐怕很難有所改變的了！她真是一個倔強的人！（第九十六頁）

10.這情景，在我看來，也已經是很生疏的了！（第九十八頁）

11.正像武俠小說裏所描寫的——那種「路見不平，拔刀相助」的俠客的神氣！（第九十九頁）

12.但同時，馬上又模糊地想：她真是好管閒事！不知道怎麼著才好……（第九十九頁）

13.我有什麼說的！那樣的事，在城市裏多得很，憑你一個人就管清了？（第一百〇一頁）

14.去雞巴的吧！（第一百〇一頁）

15.「他媽的」「雞巴」……一類的口頭語也沒有了！（第一百〇四頁）

16.說實話，也就是說：我沒有那樣大的勇氣！（第一百〇五頁）

17.你記得我們在「拍頭灣」的時候，同志們不是曾經好意地和我們開玩笑嗎，說：「看你這兩口子真是知識分子和工農結合的典型！」我看，我們倒是真要在這些方面彼此取長補短，好好地結合一下呢……（第一百〇八頁）

第三是簡單文字的「增加」，這種修改，屬於基本的語言圓潤的修改策略，可以不做評論，比如：1.可是她呢？（第九十頁）2.我想：（第一百〇一頁）。第四是內容的修改與替換，如：

1.「我想一個『農村觀點』十足的『土豹子』」（第九十一頁），**修改為**：「我想一個才從農村裏來的人」。（第九十頁）

2.「放你媽的臭屁！」（第九十二頁），**修改為**：「光會說漂亮話！」（第九十二四）

3.「直找得頭上冒煙！」（第九十二頁），**修改為**：「直找得頭上冒汗！」（第九十四頁）

4.「一看她的精神」（第九十五頁），**修改為**：「一看她的神氣」

（第九十三頁）。

5.「我們分手以後」（第九十六頁），**修改為**：「分手以後」（第九十四頁）。

6.「我連忙說：『對對對！正確！』同時也覺得有點好笑，我真想說：什麼叫『無政府主義』？你知道麼？瞎用新名詞兒！可是，我知道這句話是說不得的。」（第一百〇一頁），**修改為**：「我說：『我的話還沒有說完呢，你怎麼那樣著急？』」（第九十九頁）

7.「因此，有些地方他就顯得固執、狹隘……甚至顯得很不虛心了！特別是對於我更是如此。」（第一百〇三頁），**修改為**：「但是在我看來，就有些地方她就顯得固執、狹隘……甚至顯得很不虛心了！」（第一百頁）

8.「革命歷史——和你一樣；工作職位——我是個資料科科長；每天所接觸的是工作材料，總結報告；腦子裏成天轉著的是——黨的政策。」（第一百〇八頁），**修改為**：「革命歷史也不算很短了。」（第一百〇五頁）

9.「我參加革命的時間不算短了！」（第一百〇八頁），**修改為**：「我參加革命已經四五年了！」（第一百〇五頁）

10.「依然還保留著一部分小資產階級脫離現實生活的成份！和工農的思想感情，特別是在感情上，還有一定的距離，舊的生活習慣和愛好，仍然對我有著很大的吸引力，甚至是不自覺的。——你有這個感覺嗎？」（第一百〇八頁），**修改為**：「依然還保留著一部分很濃厚的小資產階級的東西！有時候甚至模糊了革命者的立場，這是一個嚴重的思想問題！」（第一百〇五頁）

這種修改行為是在一九五一年六月公開批判蕭也牧作品之前就已經完成的行為，至少說明蕭也牧對作品的修改行為，是一種主動的修改行為。本來說，這應該為作家的言說提供便利的條件。但是，從後來的文藝批判運動的展開情況來看，批判者們根本沒有注意（也有可能是故意忽略）到蕭也牧的這種修改行為的積極價值，反而一味地沉浸在他初刊於《人民文學》雜誌上的「原刊」，甚至在摘抄相關內容時也表現出這樣傾向。此事確實顯得有些「蹊蹺」，為什麼會造成這樣的格局呢？

三、傳播及其悖謬：《我們夫婦之間》批判的「背後」

1. 傳播：文藝界評論、同名電影的製作與共青團中央的推介

小說《我們夫婦之間》發表之後，全國各地報紙和刊物，紛紛轉載或發表評論文字，對這篇小說大加讚賞，它很快成為蕭也牧的「代表作」。一九五〇年、一九五一年間，蕭也牧出版過兩部短篇小說集，分別為《海河邊上》和《母親的意志》〔註44〕，《我們夫婦之間》成為這兩部小說集重要的「篇目」〔註45〕，成為兩部短篇小說集的保留篇目。戲曲界、美術界對《我們夫婦之間》也進行了關注。在山東、河南、山西和河北地區等老解放區，它被改編為唱本文學和劇本，美術界直接把小說改編成連環畫。一九五〇年，由李紋改編的劇本《我們夫婦之間》由上海文化工作社出版，列入「文化工作社戲曲叢書」。一九五一年一月，由李卉改編的連環畫《我們夫婦之間》由上海五星出版社出版發行，很快印刷第二版。蕭也牧曾給繪畫改編者李卉寫信，「《我們夫婦之間》這篇小說本身是有缺點的，但在畫上看來還不顯著，把這篇小說變成圖畫，確實是很吃力的」。〔註46〕一九五一年，金文田改寫《我們夫婦之間》，由上海群眾書店，列為「群眾戲曲叢書」之一種。蕭也牧曾向自己的好友康濯透露，「《我們夫婦之間》和《海河邊上》，合起來總有一二十個報紙轉載，其中包括一些地方的黨報和團報。」〔註47〕這從側面也能說明，小說《我們夫婦之間》發表之後，確實引發了當時文藝界的重要關注。

最先對蕭也牧的這篇小說進行評價的，其實來自晉察冀文化人重要聚集地點的天津文藝界。天津文協機關刊物《文藝學習》刊載了《〈我們夫婦之間〉讀後》的評論文章，認為《我們夫婦之間》「深刻地發掘了知識分子和工農結合的曲折過程，並且切實生動的描寫了出來，因而它吸引著許多讀者

〔註44〕蕭也牧：《母親的意志》，北京：青年出版社，1951年3月版。此書列為「青年文藝叢書」之一種。

〔註45〕筆者查閱了1950年7月由知識書店出版的小說集《海河邊上》和1951年3月由青年出版社出版的小說集《母親的意志》，其中《我們夫婦之間》是重要的作品之一，都被收入這兩部小說集中。可見，不僅編輯部和出版社看重《我們夫婦之間》這部作品，蕭也牧本人也很看重這部作品。

〔註46〕李卉：《〈我們夫婦之間〉連環畫改編者的檢討》，《文藝報》第5卷第1期（1951年10月25日）。

〔註47〕康濯：《我對蕭也牧創作思想的看法》，《文藝報》第5卷第1期（1951年10月25日）。

——尤其是一些由知識分子和工農出身的幹部底興趣」。〔註 48〕文章也對蕭也牧的寫作提出「批評」:「作者對李克的批評是不夠的」。這裡筆者要說的是，之前學界在梳理蕭也牧批判事件的時候，都是從一九五一年六月十日陳湧的文章開始。如果從文章發表的時間先後順序來看，真正對蕭也牧進行批評（評論）的文章，陳炳然的《〈我們夫婦之間〉讀後》這篇文章才是真正意義上的「第一篇」。而筆者要說的是，陳炳然的這篇批評《我們夫婦之間》的文章，蕭也牧還曾經讀到過。為什麼這麼說，因為蕭也牧在這一期刊載過他的小說《言不二價》（山村人物志之一），陳炳然的批評文章和這篇小說是連續著頁碼的。這從側面說明，處於天津文藝界的晉察冀文人對蕭也牧的《我們夫婦之間》這篇小說是十分關注的。《人民文學》也收到一部分「讀者來信」，對《我們夫婦之間》表達讚賞，「除直接描寫工農兵的作品外，《人民文學》上還有一些很好的作品我們以為值得推薦，如：《我們夫婦之間》以一個知識分子和工農結合的典型，提出目前幹部作風和戀愛方面的問題。」〔註 49〕一九五一年四月七日，《光明日報》的副刊《文學評論》刊發文章，對《我們夫婦之間》進行高度評價，

> 《人民文學》一卷三期上，蕭也牧的一篇小說《我們夫婦之間》，所描寫的是一件很平凡的事，但這篇小說中寫出的兩種思想的鬥爭和真摯的愛情，農村幹部的思想和城市生活的距離，一些從老解放區來的農村幹部，對於城市中的一些生活習慣是看不慣的，這是一個很普遍的問題，雖然不是轟轟烈烈的事情，但有一定的社會意義。像這樣的事情在我們生活中是經常見到的，因為沒有認識到它的典型意義，也就馬虎過去了。〔註 50〕

此時，蕭也牧的寫作熱情得以高漲，共和國初期的一九四九年至一九五一年，是他文學創作的旺盛期。在接受中華全國文學工作者協會編輯部的一九五〇年文學工作者創作計劃調查中，蕭也牧談了自己在一九五〇年擬寫作的作品及其主題：

〔註 48〕陳炳然：《〈我們夫婦之間〉讀後》，《文藝學習》第 1 卷第 3 期（1950 年 4 月 1 日）。

〔註 49〕徐康：《讀者意見》，《人民文學》第 2 卷第 4 期（1950 年 8 月 1 日）。

〔註 50〕白村：《談「生活平淡」與追求「轟轟烈烈」的故事的創作態度》，《光明日報》，1951 年 4 月 7 日，第 6 版。

圖表一：蕭也牧一九五〇年文學創作計劃〔註51〕

創作計劃（題目）	主　題	形式	字數	完成時間
《土包子和洋包子》	知識分子與農民幹部結合，互相幫助、學習，及其成長	中篇小說	共十五萬	三月
《一個農村的布爾什維克》	農村整黨	中篇小說		三月
《大家動手》	紗廠節約生產	短篇小說		十二月
《海河解凍的時候》	寫工人的夫婦、兄弟、母子……之間的故事，接受革命思想前後，在家庭生活中引起的變化	短篇小說		三月
《紗廠散記》		散文		三月
《識字的人》	老區農民建設文化的過程	短篇小說		三月

一九五一年三月，蕭也牧回顧總結了一九五〇年這一年的文學創作情況，「完成《鍛鍊》（中篇），十萬字。短篇《沙城堡的風暴》等三篇，約三萬字。超額完成的有《我和老何》、《母親的意志》、《進攻》、《英雄溝》等四萬多字。」〔註52〕在一九五〇年的這一年時間裏，蕭也牧創作的文字達十三萬字。要知道，這是他在正常工作之外進行的業餘文學寫作，能夠有如此高的產量確實讓人驚訝。可以看出：《我們夫婦之間》發表之後，的確刺激了蕭也牧的創作欲望〔註53〕。不出意外，迎接蕭也牧的將是文學創作真正的「春天」。

為了適應人民共和國電影觀眾的「審美趣味」，和實現私營文化企業的政治經濟轉型，私營電影製片廠崑崙影業公司也把眼光轉向到《我們夫婦之間》這篇小說，確定要把小說改編成同名電影，一九五〇年底最終拍攝完畢，一九五一年開始在華東區上映〔註54〕。小說被改編成同名電影之後，其傳播的速度

〔註51〕中華全國文學工作者協會編輯部：《一九五〇年文學工作者創作計劃調查》，《人民文學》第1卷第6期（1950年4月1日）。

〔註52〕中華全國文學工作者協會編輯部：《一九五〇年文學工作者創作計劃完成情況調查（一）》，《人民文學》第3卷第5期（1951年3月1日）。

〔註53〕蕭也牧後來把這稱之為名利思想。

〔註54〕五十年代的電影發行有明確的規定，各電影製片廠拍攝的電影，只能在電影所屬的行政大區中放映，如果要全國上映，還得向中央電影局申請獲得批准後才可以。

和廣度更快，受到的關注度也就更高。不過，崑崙影業公司的私營性質，注定了他們拍攝影片將面臨更加嚴厲的審查，這是由於崑崙影業公司的企業屬性決定的。人民共和國初期，新生政權對上海電影業進行了有效的管理，其中重要的措施就是政治定位，對崑崙影業公司的定位有如下的判斷，「進步的私營電影製片機構一個，崑崙影業公司，其製片方針完全符合共產黨在蔣管區的電影政策」〔註55〕。崑崙影業公司的地位在人民共和國初期得到了認可，「它團結了廣大的電影工作者，對戰後進步電影運動的發展具有重大的意義與作用。」〔註56〕的確，崑崙影業公司是戰後民營電影業中很重要的文化企業，先後拍攝過很多重要的藝術片。而且，崑崙影業公司聚集了大批進步電影工作者，中國共產黨的地下組織早就滲透到了該公司，包括陽翰笙、蔡楚生、史東山、田漢、陳白塵、陳鯉庭、鄭君里、徐韜、王為一、於玲、孫瑜、王谷林、白楊、舒秀文、鳳子、趙明、吳茵等。〔註57〕

《我們夫婦之間》電影海報

《我們夫婦之間》劇照之一

另外，崑崙影業公司選中《我們夫婦之間》作為拍攝電影的影片，還在於上海文藝界的重要領導人夏衍的「建議」。夏衍認為，《我們夫婦之間》這篇小說既然由《人民文學》雜誌刊出，改編它成為電影劇本，在政治上是沒有問題的。之後，夏衍領導的上海電影文學研究所改編這篇小說為電影劇本，提供給

〔註55〕《文化部工作計劃草案（第三篇）》，1949年，檔案號：B177-1-46，上海市檔案館。

〔註56〕程季華主編：《中國電影發展史》第二卷，北京：中國電影出版社，1963年2月版，第210頁。

〔註57〕任宗德：《回首崑崙（三）》，《電影創作》2000年第3期。

困境中的崑崙影業公司。一九五〇年九月，崑崙影業公司正式開始拍攝，鄭君里任導演，趙丹扮演丈夫李克，蔣天流扮演妻子張英（張同志），吳茵扮演黨的幹部秦豐，劉小滬扮演小娟，文銘扮演張母，王桂林扮演小娟的父親，程漠扮演根福，張乾扮演舞廳老闆，傅伯棠扮演紗廠廚師。〔註 58〕電影改編者認為，改編《我們夫婦之間》這篇小說為電影，「原意是在提示革命幹部：進城後，不論是工農出身或知識分子出身，都應該不斷克服自身局限，適應城市生活和工作特點，由外行轉為內行，以利城市建設。」〔註 59〕其實，影片《我們夫婦之間》的拍攝，顯示出的是崑崙影業公司為了適應新的時代要求，「以可貴的政治熱情」〔註 60〕，拍攝工農兵題材的故事片。一九五一年四月，電影《我們夫婦之間》正式在華東區上映。不過，導演鄭君里對小說文本進行了大量的「修改」，其中最大的變化有兩點：一、故事發生的地方進行了改變，從首都北京搬到了大都市上海。二、作品中拉進了「黨」的形象，而這個形象後來帶來了致命的問題。

與此同時，蕭也牧所在的單位中國共產主義青年團（簡稱「共青團」）中央，也對《我們夫婦之間》這篇小說產生了「興趣」。從一九四九年開始，共青團中央下屬的青年出版社曾建構了一套讀物叢書，名之為「中國青年叢書」。這套叢書有編輯例言：

> 一、本叢書定名為「中國青年叢書」，供給具有中等以上文化程度的青年工人、學生、幹部等閱讀。
>
> 二、本叢書編輯方針為幫助廣大青年學習、研究與解決廣大青年思想、生活等問題、指導青年工作並介紹國內與國際青年運動。
>
> 三、叢書範圍，包括青年修養、青年工作論文、青年團活動介紹、國際青年運動、文化知識、文藝等。
>
> 四、本叢書陸續編印出版。〔註 61〕

〔註 58〕查閱這個演員表，我們發現：電影演員構成以當時進步電影工作者為主，其演技都很有水平。中國電影資料館、中國藝術研究院電影研究所編：《中國藝術影片編目》（上冊），北京：文化藝術出版社，1982 年 6 月版，第 80～81 頁。

〔註 59〕趙丹：《地獄之門》，上海：文匯出版社，2005 年 8 月版，第 148 頁。

〔註 60〕孟犁野：《新中國電影藝術史稿（1949～1959）》，北京：中國電影出版社，2002 年 9 月版，第 76～77 頁。

〔註 61〕《中國青年叢書》編輯例言。

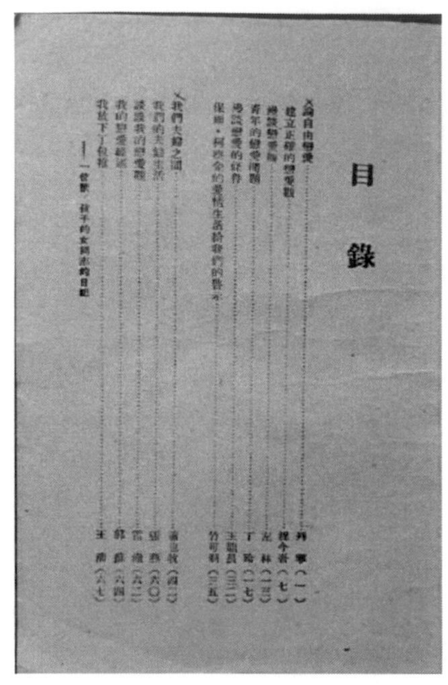
目錄

建立正確的戀愛觀
青年的戀愛問題……丁玲（一七）
我們夫婦之間……蕭也牧（四三）

青年出版社一九五〇年六月版《青年的戀愛與婚姻問題》及其目錄

也就是說，「中國青年叢書」主要承載的是對人民共和國初期青年人的思想的「塑形」。這套叢書每一種的發行量都不小（總計發行量最低不低於十萬冊，最高則可達上百萬冊），一九四九年至一九五二年間，總計出版了四十多種。其中有一種名之為《青年的戀愛與婚姻問題》，青年出版社一九五〇年六月出版，初版印數一萬冊。內收蕭也牧的《我們夫婦之間》這篇小說，選自《人民文學》一卷三期。入選蕭也牧的這部小說《我們夫婦之間》，主要考慮的是對青年的婚姻觀念的「引導」，此時剛剛頒布了新的婚姻法。中國共產主義青年團利用團組織的這一「便利」，積極組織廣大共青團員認真閱讀這些叢書。這種組織行為的閱讀方式，不僅存在於「中國青年叢書」這套叢書之中，還存在於人民共和國初期比較重要的文藝書籍之中，包括對蘇聯文藝作品的接受問題，比如當年非常出名的長篇小說《鋼鐵是怎樣煉成的》。不過，歷來在考察共青團的「組織閱讀」行為時，研究界都忽視了這種推介的重要價值及其背後的影響力。其實，共青團中央不僅推薦了《我們夫婦之間》這篇小說，《海河邊上》也是被推薦的小說之一，「《海河邊上》並被地方青年團定為團員課本或必讀書的。」〔註62〕這種推介的背後，往往看中的是小說文本的政治價值。

〔註62〕康濯：《我對蕭也牧創作思想的看法》，《文藝報》第5卷第1期（1951年10月25日）。

2. 批判引導與責任剝離：全國文藝界、共青團中央兩種截然不同的態度

把蕭也牧定位為人民共和國初期「第一個挨棍子」的文藝工作者，筆者還是覺得有點抬高、進而粉飾了蕭也牧。在此之前，包括王林、路翎、胡風、方紀、孫犁等人都不同程度地受到了文藝界的「批評」，真正有組織對蕭也牧的文學創作進行批評，的確開始於一九五一年六月。蕭也牧創作《我們夫婦之間》時，身為團中央宣傳部的革命幹部，先後擔任過青年出版社編輯科副科長、宣傳科副科長、教材科科長〔註63〕，也算是國家體制內的成員。從全國文藝界對蕭也牧的批判來看，他明顯地又屬於中國作協的成員之一。

陳湧的批判立足於蕭也牧作品的「傾向」。在他看來，蕭也牧的作品的確代表了人民共和國初期的一種新的文學樣式，它與國家在政治工作中的重心地位是一致的：文藝工作的重心由「鄉村轉移到城市」。但可惜的是，蕭也牧在實際的寫作中，主要的是「在於能否正確地去描寫」。陳湧在批評蕭也牧的過程中，並不是要真正置蕭也牧於死地，還特別提到了他的小說集《山村紀事》，「這集子表明，作者對農民是有熱情的，因而它能夠親切地描寫著農村裏的平凡的人物，描寫著農村的風習、氣氛。並且從這裡，我們也可以感覺得到抗日、減租、土地改革過程中解放區農村的變動。」〔註64〕儘管化名「李定中」的馮雪峰試圖把蕭也牧推向政治的對立面，並以林語堂、左琴科來對比、影射蕭也牧，顯得的確有些過火，他的這種批評也受到「讀者」的反批評，認為李定中的《反對玩弄人民的態度，反對新的低級趣味》「不論其論點如何正確，我覺得他把蕭也牧同志和白華作家林語堂相比，與蘇聯的左琴科相比，在批評態度上，實際是陷於敵我不分，亦是失去立場的批評」，「蕭也牧是人民的作家」，「如果把這樣的作家就當作敵人看待，這就非常錯誤。」〔註65〕

丁玲的公開信，還是試圖把蕭也牧問題引伸出來，並且立足於文藝界思想的整頓和清理，並沒有達到「清算」的高度。丁玲在那篇公開信的文章中提到，「只是想幫助你思考你的作品的問題」，丁玲深知蕭也牧的寫作能力，但一旦偏離了政治對文學的需要，特別是成為一種文學創作的傾向時，對作家提出忠告不可避免。丁玲對蕭也牧還是寄予了期望，「你是有寫作能力的，希望你老

〔註63〕石灣：《蕭也牧悲劇實錄》，《紅火與悲涼：蕭也牧和他的同事們》，上海：上海錦繡文章出版社，2010年8月版，第10頁。
〔註64〕陳湧：《蕭也牧創作的一些傾向》，《人民日報》，1951年6月10日，第5版。
〔註65〕裘祖英：《論正確的批評態度》，《光明日報》，1951年7月28日，第6版。

老實實地站在黨的立場，站在人民的立場，思索你創作上的缺點，到底在哪裏。」〔註 66〕之後文藝界、電影界召開座談會，談小說和電影《我們夫婦之間》，最終的立足點是針對老解放區、新解放區文藝工作者的小資產階級思想問題，為下一步的全國文藝界思想改造製造種種輿論，至一九五一年十一月份北京文藝界思想改造運動正式開始。

周揚在動員大會上也提到蕭也牧的《我們夫婦之間》，「城市小資產階級思想嘛，我們在小說和電影《我們夫婦之間》中也領教過了，它以知識分子的眼光和趣味歪曲勞動人民的形象，玩味著從舊社會帶來的壞思想和壞習慣，把政治庸俗化。這難道和我們在創作上所提倡的，要正確地表現人民中的新的人物和新的思想，要嚴肅地表現政治主題的要求是能夠相容的嗎？」〔註 67〕此處提及蕭也牧，針對的正是人民共和國成立以來文藝界複雜的思想狀況，這些思想狀況必須進行有效的清理，才能真正推進文藝界的工作。

但共青團中央在處理蕭也牧的問題上，卻顯示出過火的行為。蕭也牧的短篇小說《我們夫婦之間》《海河邊上》是在共青團中央的安排下、成為共青團團員閱讀的文獻。本來說要追究真正的責任，其實應該追究的是共青團內部的宣傳與組織機制。但在批判蕭也牧時，他們把責任完全推卸給了作為文藝工作者的蕭也牧，顯示出一種很不地道的政治行為。在這一批判過程中，共青團中央機關刊物組織了批判蕭也牧專號，這就是一九五一年《中國青年》第十期。在這一期上，刊載了如下文章批判蕭也牧：

（1）力揚：《蕭也牧寫作傾向底思想根源》，第六至八頁。

（2）韋君宜：《評〈鍛鍊〉》，第九至十一頁。

（3）本刊編輯部：《本刊編輯部召開座談會討論蕭也牧作品的幾個問題》，第十二至十三頁。

（4）毛憲文：《讀〈海河邊上〉》，第十四至十五頁。

（5）陳寧：《兩點體會——學習批評蕭也牧作品的一些文章以後》，第十五頁。

（6）張念嘉：《認真改造自己——讀蕭也牧作品的批評後的感

〔註 66〕丁玲：《作為一種傾向來看——給蕭也牧同志的一封信》，《文藝報》第 4 卷第 8 期（1951 年 8 月 10 日）。

〔註 67〕周揚：《整頓文藝思想，改進領導工作——一九五一年十一月二十四日在北京文藝界整風學習動員大會上的講演》，《文藝工作者為什麼要改造思想》，北京：人民文學出版社，1952 年 3 月版，第 12 頁。

想》，第十五至十六頁。

韋君宜在晚年的重要思想反省大著《思痛錄》中，並沒有關於她參與蕭也牧批判事件的反思，這不得不說是很可惜的。但毛憲文先生卻對此有自己的回憶：

那時我是北京大學中文系的三年級學生，因我是北大通訊社社長，與校外的報刊社聯繫較多。有一天，《中國青年》的一位記者找到我，說他們主編有事要與我談一下。我是一個很單純的文學青年，對知名作家韋君宜自然很敬慕，就立即興奮地趕到《中國青年》雜誌社去見她。韋君宜待人很隨和，她向我介紹了文學界批判蕭也牧作品的情況，約我為《中國青年》寫一篇批判蕭也牧作品的文章。我如實告訴她，學校功課很緊，加上北大通訊社很活躍，課餘活動多，蕭也牧的作品我一篇也沒看過。韋君宜就給了一本蕭也牧的小說集《我們夫婦之間》。讓我再認真讀一下《文藝報》上丁玲批判蕭也牧的文章，按她的口徑，寫一篇《海河邊上》的讀後感。經她這麼一點撥，我就寫了那篇《讀〈海河邊上〉》。現在回過頭來看，蕭也牧是個很了不起的作家，如果不遭受那場『左』的批判，肯定會出更好的作品甚至很偉大的作品來。〔註68〕

如果不是毛憲文先生的這些文字，我們根本不知道《讀〈海河邊上〉》這篇文章的「背後」，原來還有那麼複雜的故事。這些回憶文字，也進一步證實了我對二十世紀五十年代文學現象觀察的「判斷」，那就是：「政治組織」在文藝閱讀中的參與者身份〔註69〕。這種所謂的組織參與，在某種程度上可以說是對文學閱讀、文學接受的有效規訓行為。

本章小結

二〇一四年五月，文學史家、清華大學中文系教授解志熙先生曾在信件裏和筆者交談時談到，

應該說，學界在反感政治對現代文學的干預之餘，又不由自主地產生了另一種政治悲情和政治想像，在這種悲情的歷史想像中，

〔註68〕石灣：《蕭也牧悲劇實錄》（上），《江南》2009年第3期。

〔註69〕筆者曾仔細觀察過《拖拉機站站長和總農藝師》在二十世紀五十年代的傳播問題，其背後就是中國共產主義青年團的作用。袁洪權：《共和國文學中「組織」運作下的文學閱讀——以〈拖拉機站站長和總農藝師〉為例》，《海南師範大學學報》2014年第1期。

> 沈從文四十年代末的自殺與發瘋以及不能參加文代會等事，都理所當然地被視為「政治迫害」的結果、沈從文也因此被塑造成一個文化悲劇英雄。這其實與實際情況不符。然而多年來人們競相敘說、不斷誇飾，似乎成了鐵案，當他們這樣慷慨陳說的時候，自己也儼然成了學術英雄。

當前學術研究中有關蕭也牧的研究，其實也有這種「傾向」。蕭也牧在「文革」中的悲慘遭遇，我們在中國當代文學史中不能迴避，但如果把「文革」中的這一遭遇與人民共和國初期的文學批判運動完全聯繫並等同起來，而不加以區別，顯然還是遮蔽了「事實」的真相。

前面引述王昌定先生的話，其中有一句話對筆者頗有衝擊，「他沒有什麼作家派頭，卻不乏文藝人弔兒郎當的弱點」〔註 70〕。儘管這篇文章發表了十多年，這句話很多人閱讀時可能都選擇了一晃而過。筆者卻很在意他的這句話，這才應該成為我們學術界進入二十世紀五十年代初期蕭也牧真實生活的一條「途徑」。蕭也牧在日常生活中的「弔兒郎當」，不只是王昌定先生一個人的「說法」，而是很多見過蕭也牧的人都有這樣的印象。這種人在現實生活中必然碰壁，特別是對單位人事的「弔兒郎當」之類的議論，更會引起單位領導的不舒服，進而產生一定的惡感。蕭也牧在二十世紀七十年代末的平反過程中留下的不大尾巴，正也說明了這個問題。

蕭也牧的文藝創作引發的批評甚至批判，的確是當代中國文學歷史中值得反思的學術問題，但我們還要看到另一面，這就是在一九五二年的三反運動中對蕭也牧的「批評」。據說在三反運動之後，蕭也牧被降了兩級：「父親挨批後由行政 11 級降為 13 級。當時行政 13 級就屬於高幹，用現在的話說，享受司局級幹部待遇。因此，他調到中國青年出版社任文學編輯室副主任後，上下班仍然有小轎車接送。」〔註 71〕這從側面說明一個問題，儘管蕭也牧的文學創作受到了批評，但他並沒有真正被「清算」，進而從政治體制中被排除（開除）。他仍舊有自己的單位（「青年出版社」和後來的中國青年出版社），有比較高級別的實際工作（編輯室的重要工作人員，擔任文學編輯室副主任之職務）。

〔註 70〕王昌定：《海河邊上》，《八十起步集》，天津：天津社會科學院出版社，2004 年 5 月版，第 192 頁。

〔註 71〕此處引用蕭也牧兒子吳家岩先生的「說法」。石灣：《紅火與悲涼——蕭也牧和他的同事們》，上海：上海錦繡文章出版社，2010 年 8 月版，第 49 頁。

第二章　現場敘寫與歷史建構之間的「內在矛盾」——王林劇本《火山口上》的批判研究

本章裏，我們把眼光轉向王林這位在中國現代文學史、中國當代文學史曾留下深深足跡的作家。但從文學史對作家的關注密度的文獻梳理來看，還是令人感到非常的遺憾，王林是中國現代文學史被遺忘、中國當代文學史上被批判的著名作家〔註 1〕。儘管筆者是從事中國當代文學史教學與研究的工作人員，但在二〇〇八年以前，確實不知道作為作家的王林，更不知道作為作家的王林創作了什麼樣的文學作品。筆者過眼過的中國現當代文學史及小說史、戲劇史著作，包括《中國現代文學三十年》〔註 2〕、《中國現代小說史》〔註 3〕、《中國當代文學史》〔註 4〕、《中國現代文學史 1917～1997》〔註 5〕、《中國現代小

〔註 1〕王林之子王端陽先生為王林百年紀念文集寫的前言中的文字說明：「在展示抗戰文學的展館面前，仔細觀察，非但沒有我父親的著作，甚至連他的名字都沒有。王林確實被現代文學『遺忘』了」。王端陽：《前言》，《被遺忘的王林：王林百年紀念文集》。進入中國當代文學，王林以長篇小說《腹地》遭遇批判，該小說是中國當代文學史上第一部被批判的長篇小說。

〔註 2〕錢理群、吳福輝、溫儒敏、王超冰：《中國現代文學三十年》，上海：上海文藝出版社，1987 年 3 月版。

〔註 3〕夏志清：《中國現代小說史》，上海：復旦大學出版社，2005 年 7 月版；揚義：《中國現代小說史》（一、二、三），北京：人民文學出版社，1986 年 9 月、1988 年 10 月、1991 年 5 月版。

〔註 4〕洪子誠：《中國當代文學史》，北京：北京大學出版社，1999 年 8 月版。

〔註 5〕朱棟霖主編：《中國現代文學史 1917～1997》，北京：高等教育出版社，1998 年 8 月版。

說史》〔註 6〕、《中國當代文學思潮史》〔註 7〕、《中國當代文學發展史》〔註 8〕、《中國新文學史稿》〔註 9〕等，均沒有涉及到王林的小說創作、戲劇創作及其人民共和國初期遭遇批判的相關細節〔註 10〕。

可以說，王林是一位被中國現當代文學史遺忘得「乾乾淨淨」〔註 11〕的作家。這對一位作家的文學創作、對中國現代文學與當代文學圖景的描繪而言，顯然是不公平〔註 12〕和不恰當的。二〇〇三年，出版《晉察冀革命文化藝術人物志》這本工具書時，王林列入「已故人物部分」作了全面介紹，這裡抄錄簡介文字如下：

> 王林（1909～1984），原名王弢，河北衡水縣人。1930 年春在北平加入共青團，是年在青島大學轉為共產黨員並擔任地下黨支部書記。1932 年夏因領導罷課鬥爭被學校開除，後逃亡到上海做工，並參加「左聯」，從事進步戲劇活動。1934 年返回北平從事學運，1935 年參加「一二九」愛國學生運動。這個時期開始文學創作，曾出版長篇小說《幽僻的陳莊》等。1936 年被黨派往西安，做東北軍的工

〔註 6〕楊義：《中國現代小說史》（一、二、三），北京：人民文學出版社，1986～1991 年分別出版。

〔註 7〕朱寨主編：《中國當代文學思潮史》，北京：人民文學出版社，1987 年 5 月版。

〔註 8〕程光煒、孟繁華：《中國當代文學發展史》，北京：人民文學出版社，2004 年 1 月版。

〔註 9〕此處的《中國新文學史稿》指的是王瑤先生的著作，二十世紀八十年代由上海文藝出版社出版，這個版本剛好刪掉了五十年代版本的附錄《新中國成立以來的文藝運動（一九四九年十月至一九五二年五月）》。其實在這個附錄中，王瑤談到了作家王林被批判的事情。

〔註 10〕王瑤：《中國新文學史稿》，上海：新文藝出版社 1953 年版。

〔註 11〕2007 年，《中國現代話劇文學史》出版時，提及劇本《火山口上》，這是文學史第一次提及這個曾產生影響的劇本，但文字相當簡單，這裡做摘引：「西安張寒暉領導的『一二一二』劇團的《火山口上》，都很受歡迎。其中，《火山口上》由王林編劇，是以『西安事變』為背景的」。（《曾慶瑞趙遐秋文集》（第 5 卷），北京：中國傳媒大學出版社 2007 年 11 月版，第 511 頁。）所以，任彥芳指出，「六十年，沒有對這樣一位偉大的真實反映歷史的作家，給予公正的評價。至今無論是現當代文學是，還是中國廣大讀者，對王林並沒有在文學史給予應有的地位，中國廣大讀者對這位偉大的作家並不瞭解」。任彥芳：《他永遠站在冀中大地上》，《被遺忘的王林：王林百年紀念文集》，自印本，2009 年，第 34 頁。

〔註 12〕2009 年 11 月 4 日，在王林迎來百年誕辰的時候，中國現代文學館、天津市作家協會、解放軍出版社聯合舉辦了「紀念王林百年誕辰暨《王林文集》出版座談會」，與會的文學前輩和當代學者都認為，「王林是不應該被遺忘的，而《王林文集》的出版也標誌著歷史記憶的恢復」。

作。西安事變前後，創作了獨幕話劇《打回老家去》、《火山口上》、《黎明——二一二之晨》。「七七」事變後，回到家鄉參加開創冀中抗日根據地的工作。抗戰初期，任冀中火線劇社社長，曾創作《活路》、《警號》、《火把》、《家賊難防》等話劇。長期擔任冀中文建會、文聯負責人，積極開展鄉村文藝活動，熱情扶植群眾文藝創作。與孫犁等人主編的有十萬群眾參加寫作的《冀中一日》，成為記錄抗戰鬥爭歷史的一代文獻。1942 年，在日寇殘酷的「五一」大「掃蕩」中，與群眾同生死、共患難，並作為「遺囑」寫出了 20 多萬字的《腹地》初稿，記錄下冀中人民的壯麗鬥爭。解放戰爭期間，奔忙在戰鬥前線並參加土改，寫了大量通訊報導，還創作了小說《五月之夜》、中篇小說《夜明珠》和劇本《死蠍子活毒》、《親骨肉》等在報刊發表或出版。1949 年 1 月進入天津，任市總工會文教部長。之後陸續出版了短篇小說集《十八匹戰馬》、中篇小說《女村長》、《五臺山下》，還編寫了天津共運史話《播種》。1956 年出版了《站起來的人民》；1963 年完成了《一二九進行曲》，於《新港》連載，1980 年完成西安事變全貌的長篇小說《叱吒風雲》，在上海出版。〔註 13〕

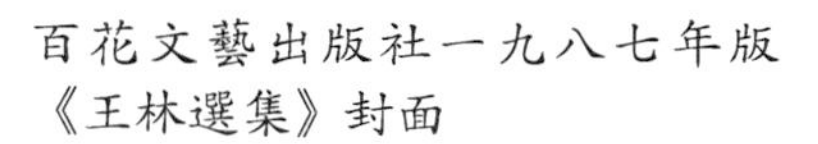

百花文藝出版社一九八七年版
《王林選集》封面

解放軍文藝出版社一九八五年版
《腹地》修訂本

〔註 13〕晉察冀革命文化史料徵集協作組編：《晉察冀革命文化藝術人物志》，太原：山西人民出版社，2003 年 1 月版，第 7～8 頁。

這份有關王林的作家介紹文字，是目前學界看到的最為詳實的介紹。其實，結合報刊雜誌等原始文獻，我們明顯地感覺到這還是遮蔽了他的部分文學創作活動。查閱相關文獻可以進一步瞭解到，一九八四年王林去世之後，天津的百花文藝出版社和北京的解放軍文藝出版社，出版過王林的兩種著作。一為《王林選集》上下兩冊，收錄王林生前創作的重要文學作品，算是作家選本的一種具體表現，書前有呂正操（時為全國政協副主席）的「序言」，對王林的創作與為人均有很高的評價，書後有張學新的《後記》，對編輯過程和作家王林的為人細節有所涉及。一為長篇小說《腹地》，此為一九四九年天津新華書店出版社版本的「修訂版」，書後有《後記》，則是一則重要的文學史料，尤其值得研究者注意：「這本小說的初稿，寫於一九四二年冬到翌年夏。當時正值日寇對於冀中平原敵後抗日民主根據地瘋狂地進行所謂『五月大掃蕩』。我相信中華民族抗戰必勝，但不敢幻想自己能夠幸存到最後勝利。為了給這場偉大的神聖的民族自衛戰爭留下一點兒當事人的見證，我就守著洞口動起筆來，隨時寫隨時藏在牆窟窿裏，對於全書的結構和人物的考慮，是談不到的。全國解放以後進入大都市，又忙於參加接收工作，沒有經過認真的加工就匆忙由新華書店出版了。三十多年來一直使我惴惴不安，覺得有愧於英勇戰死者和同時代的人民群眾。這次加工修改，幾乎等於重寫，希望對於冀中平原根據地軍民粉碎日囚岡村寧次親自指揮的所謂『五月大掃蕩』鬥爭的英雄史蹟能表現其萬一。能否如願，尚待讀者評定」〔註 14〕。修訂版《腹地》與原稿相比，差距頗大，修改與改動之處甚重，是中國當代文學史上重要的文學現象，值得學界予以重視。

從上面的介紹文字中還能發現：王林在中國現代文學歷史中留有深深的「足跡」。一九三二年，王林參加左翼文藝運動，在他的老師沈從文先生的指導、幫助下，先後創作、出版過《幽僻的陳莊》《這年頭》《龍王爺顯靈》等小說；抗戰期間，王林進入冀中地區，曾擔任過火線劇社社長、冀中文協主任，創作的劇本有《活路》《警號》《火把》《老虎》《打回老家去》《火山口上》《家賊難防》等〔註 15〕，被同時代人稱之為「冀中的莫里哀」〔註 16〕，在晉察冀解放區文藝界（特

〔註 14〕王林：《〈腹地〉·後記》，《腹地》，北京：解放軍文藝出版社，1985 年 8 月版，第 476 頁。

〔註 15〕胡可：《憶前輩劇作家王林》，《被遺忘的王林：王林百年紀念文集》，2009 年自印本，第 9～12 頁。

〔註 16〕張學新：《冀中的莫里哀》，《火山口上》，北京：解放軍出版社，2009 年 5 月版，第 291～294 頁。

別是冀中文藝界）有著深遠的影響力。人民共和國成立之後，王林接受時為天津市黨委書記黃敬的「建議」，留在天津擔任市總工會文教部部長〔註17〕。居留天津，王林經歷了兩次全國性的文藝批判運動：一是長篇小說《腹地》（一九五〇年五月）的「批判」；二是獨幕劇本《火山口上》（一九五二年）的「批判」。目前，有關長篇小說《腹地》的藝術價值及文學史地位的評價論述文章，立意都比較高，發表文章的刊物的關注度也非常高，相關評述的文章主要有以下幾篇：

（1）謝小萌：《隱蔽的革命文藝分歧——王林日記中的趙樹理》，《現代中文學刊》二〇二一年第一期，第九十五至一百頁。

（2）張平：《「現實主義」的末路——王林〈腹地〉的再討論》，《現代中文學刊》二〇一九年第一期，第三十至三十九頁。

（3）鄒華：《關於〈腹地〉文本命運的美學思考》，《中國現代文學研究叢刊》二〇一七年第三期，第一百五十至一百五十八頁。

（4）楊聯芬：《「紅色經典」為什麼不能煉成——以王林〈腹地〉為個案的研究》，《現代中文學刊》二〇一五年第二期，第四至二十頁。

（5）劉衛東：《王林：解放區作家的另類寫作》，《中國現代文學研究叢刊》二〇一三年第五期，第一百一十二至一百一十九頁。

（6）曹霞：《論「十七年」文學批評的主題與意識形態的規約：從王林的〈腹地〉及其批判說起》，《佳木斯大學社會科學學報》二〇一二年第二期，第六十三至六十八頁。

（7）董之林：《「旁生枝節」對寫實小說觀念的補正：以〈腹地〉再版為關注中心》，《文學評論》二〇一二年第一期，第一百九十二至二百〇三頁。

（8）邢小群：《「〈腹地〉事件」引起的思考：從新中國成立後被批判的第一部長篇小說談起》，《南方文壇》二〇〇九年第六期，第六十九至七十三頁。

（9）王端陽：《王林和他的〈腹地〉》，《新文學史料》二〇〇八年第二期，第五十至五十九頁。

這些研究成果對學術界產生很大影響，重讀《腹地》成為當下中國當代文學教學的重要工作之體現，包括天津的南開大學和天津師範大學，北京的中國人民

〔註17〕王端陽：《父親王林和黃敬》，《被遺忘的王林：王林百年紀念文集》，2009年自印本，第297頁。

大學和首都師範大學等高校，相繼開展了對王林這部長篇小說的「關注」，揭開了中國當代文學研究中一條隱秘的文學史線索。相比較而言，研究界對王林戲劇創作的關注相對比較冷淡〔註18〕，目前涉及他戲劇的研究文章更有限〔註19〕，包括他在人民共和國初期出版的劇本《火山口上》，顯然都是被遺忘之列的作品，至於他冀中時期的劇本創作的研究，也只是二〇〇九年推出《王林文集》之後才逐漸開展起來，但相關成果還是太少，與他的戲劇貢獻是不相稱的。

一、舊作需「注述」〔註20〕：《火山口上．前記》之「解讀」

下面，我們重點圍繞《火山口上》這部被遺忘的劇本進行研究，從而考察人民共和國初期晉察冀文人在中國當代文學脈絡中的命運問題。一九四九年十月，天津的讀者書店構建了一套大型文藝叢書，取名為「十月文藝叢書」。這是地方文藝出版社建構大型文藝叢書的一種「嘗試」，它與人民共和國初期的兩套文藝叢書——「中國人民文藝叢書」〔註21〕和「文藝建設叢書」〔註22〕——有著內在的「張力」。王林的獨幕劇《火山口上》，列入「十月文藝叢書」之一種，一九五一年二月初版，印數為五千冊。一九五二年七月全國文藝界展開思想改造運動時，「十月文藝叢書」受到《文藝報》公開的嚴厲批判。針對地方性的文藝機構的「十月文藝叢書」之建構，《文藝報》一方面對蕭也牧、路翎等創作的當前現實生活題材提出「批評」，一方面對「舊作」的出版也提出了「批評」。舊作首當其衝受到批判的，正是老作家王林的劇本《火山口上》：

〔註18〕從王端陽編輯的《被遺忘的王林》（自印本，2009年）中，筆者看到學者陳建功、張洪義、董保存、石堅、林希、冉淮舟、任彥芳、蘭草、刑小群、黃桂元、藏策、張志強閻立飛等人都把論述的重點集中在《腹地》的討論上，對其他文藝創作涉獵較少。

〔註19〕期刊網裏研究王林戲劇的論文只有一篇：李俊慧的《「冀中的莫里哀」——王林戲劇創作思想與演出活動綜論》（《文教資料》2014年四月號中旬刊）。

〔註20〕從《前記》的閱讀中筆者發現，作家王林的「注述」，其實就是今天的「注釋」，為了貼近劇本的歷史語境，我們仍舊採用王林先生的提法。

〔註21〕「中國人民文藝叢書」係解放區文學實績的冀中展現，編輯時間從1948年至1953年，由新華書店（後改為人民文學出版社）陸續出版，對建國初期文藝界閱讀產生重要影響，對解放區文藝的文學史地位的奠定產生深遠影響，周揚、陳荒煤、康濯、趙樹理等參與編輯這套文藝叢書。

〔註22〕「文藝建設叢書」係人民共和國初期建構的大型文藝叢書，編輯時間從1950年至1952年底，由三聯書店（後改為人民文學出版社）出版，1952年10月全國文藝界整風運動結束之後，該叢書停止編輯，丁玲、趙樹理、老舍、康濯等參與編輯此叢書。

> 王林同志以西安事變為背景的獨幕劇《火山口上》，就是在「十月文藝叢書」中得到了出版的機會。這個劇本，連作者自己也認為是「在地下埋藏了十四年的古董」，它的技巧是很「原始」的。但作者和編輯者都沒有認真地考慮它有無現實意義，就拿出來出版了。〔註23〕

具有革命老作家資格的王林出版最有原始記錄的革命歷史劇本，卻遭致了批判，這到底是怎麼回事？為了重新勾勒批判劇本《火山口上》的歷史及其文學史、思想史的價值，我們還得從《火山口上》的「現場敘寫」的現實主義文學觀，與人民共和國初期革命歷史題材書寫規範之間的矛盾分析入手。這裡不得不提及的是《火山口上》的《前記》文字，它充分體現了王林堅守的文學觀念。

說王林的劇本《火山口上》終於得到了出版的機會，這句話一點不假。一九五〇年十月十二日，王林在未刊日記中寫到，「今天將《火山口上》出版前記趕出，等付印了。」〔註24〕一九五〇年十一月十二日，「另一事就是《火山口上》已出版，議定書剛簽定。」〔註25〕真正拿到這個劇本的樣書，則是一九五一年的事情，「《火山口上》送來二十本，立刻分發送贈出去」〔註26〕。劇本《火山口上》要得到出版的執著追求，在王林的腦海裏不斷地「閃現」，為此，作家專門為劇本的出版寫了一篇《前記》，這為我們重新進入這部劇本，提供了一些思路和角度。為了便於後面論述的開展，這裡先抄錄這份有價值的材料：

> 《〈火山口上〉· 前記》
>
> 在地下埋藏了十四年的《火山口上》要出版了。在這十四年當中，中國歷史經歷了多少大事件，起了多大的變化，因此，關於這個劇本的一些歷史問題，需要注述一下。當時有一位署名「大戈」的看了這戲的演出，曾經在西安《文化》雜誌上寫了四五千字的批評和介紹。可惜現在搜羅不到了。目前能見到的，只是在張庚同志編的《四十年來劇運編年史》油印本上，有這麼一段記載：
>
> 一九三七，民國二十六年，丁丑。

〔註23〕簡平、李楓：《評「十月文藝叢書」》，《文藝報》1952年第13期（1952年7月10日）。

〔註24〕王林未刊日記（1950年10月12日）。

〔註25〕王林未刊日記（1950年11月12日）。

〔註26〕王林未刊日記（1951年2月24日）。

國共第二次合作。七七抗戰，上海八一三事變。一月，一二·一二劇團再在西安公演《火山口上》。

庚按：一二·一二劇團是東北軍中一批救亡青年，所謂「一夥流浪漢，一群愛國犯」所組織的。開始活動於「九一八」五週年紀念日……至雙十二事變不過三個月中間，他們已演出了《中華的母親》、《回春之曲》、《蘇州夜話》、《喇叭》、《壓迫》、《打回老家去》等劇。而《打回老家去》一劇，是由王林編的，以東北軍的士兵為題材，剿共為背景。因為非常抓住了觀眾的情緒，所以博得了意想不到的效果，觀眾哭得鼻子發酸。當場尚有一個剿匪總部的士兵放聲大哭，被官長逐出會場，怕擾亂秩序。……王林又以雙十二事變為背景，寫了一個獨幕劇《火山口上》。新年在易俗社演出，在劇情頂點時，觀眾怒吼之聲，使提示者淹沒在聲浪之中。甚至有觀眾立起來叫喊。時有人著文評云：「《火山口上》清晰地明白地解釋給觀眾聽，一二·一二事變究竟是怎麼一回事，為什麼要有一二·一二事變的行動。」第一天演出後風聞到了前線，於是竟有許多軍官告假回來看這戲了。直到和平結束前，尚有許多官兵返家囑咐朋友：「《火山口上》再演的時候，你可給我捎個訊，我一定告假回來看看。」此後此劇團即以一二·一二命名。後又作過咸陽與幽州的公演。……

西安雙十二事變的主角是張學良。「九一八」瀋陽事變的時候，他奉了蔣介石的密令：「不抵抗」。後來到法西斯德、意轉了一遭回國後，帶領著從關外逃進關來的舊東北軍，在湘、鄂、贛幫助蔣介石進行反共反人民的內戰，也挺賣力氣。可是在這反革命的內戰裏，他和他部下也感受到了中國共產黨和中國人民紅軍「對內和平，對外抗戰，幫助東北軍打回老家去！」的政治號召，同時，又受到了「一二·九」「一二·一六」全國救亡運動的影響。中國紅軍長征到了陝北，內戰中心轉到西安的時候，張學良當時是蔣介石內戰的副司令，經過幾番爭取，他才下決心要接受中共的抗日號召。為了吸收新的血液，充當舊東北軍的政治骨幹，他就通過革命組織和東北救亡總會，秘密招集了一批流落在關裏的東北青年，和因為參加愛國運動而被蔣介石政府當局目為「愛國犯」，加以開除、通緝和逮捕的平津學生。這一批青年來到西安，住在東城門樓上，下邊有蔣介石的軍憲特秘密監視，準備隨時逮捕。上邊就有張學良將軍的衛隊二營「保鏢」。雙十二事變的當天午間，他們才公開出現在西安大街上。於是一般人把這幫青年叫做「東城門樓學生隊」。我也是其中一個。雙十二事變前，我們曾經打算編一個代表我們這幫青年特點的隊歌。我寫了個歌詞，由梁琰同志譜了出來，唱了出去，很多人不滿意，可也流傳起來。這個歌詞也很有歷史趣味，抄在下邊吧：

我們是一夥流浪漢，／我們是一群愛國犯。／家鄉，家鄉，一片沃野的家鄉，／早成了倭寇的屠場；／自由，自由，救亡圖存的自由，／已經被漢奸剝奪得絲毫沒有。／看啊，全國的憤怒已到沸點，／全世界的革命浪潮正在狂卷，／同學們，／我們要掀起全國抗日的暴風，／我們要站在世界浪頭的先頭，／衝啊，勇敢地往前衝！

還有一點應該說明的，是關於改編《打回老家去》劇本的經過。原來我們決定用上海出版的話劇本《打回老家去》。因為劇情，實在和具體觀眾太不接近，同志們就分派我改寫。我寫，當然就順便用陝北反共反人民內戰前線上東北軍的生活了。同時又借中國紅軍在火線上向東北軍喊話的口氣，另寫了一個《中國人不打中國人》的歌子。劇本早被人忘掉了，這個歌子後來卻流行起來，在歷史上起了一定的作用。（曲子是徐瑞林同志譜的）

最後還有一點應該說清的，就是《火山口上》這個劇本不是雙十二事變後才寫的。雙十二事變前不久，我就計劃好了寫這麼一個劇本。當時的腹稿是「純悲劇」：國特利用一個失足女子毒害抗日軍官，這個失足女子覺悟之後用抗日軍官的手槍打死國特，最後自己也在悲痛中服毒自殺。當時《我的家在松花江上》歌曲的作者張寒暉同志聽了，認為一切都很好，就是結局不好。他認為抗日軍官不能死，結局要有明確的出路，才是新寫實主義。我回去了就寫，對於結局還在苦惱。寫了正好一半，暴發了西安雙十二事變。於是我的矛盾解決了，就成了現在的收場。

新年演出以後，得到了意料不到的效果。於是引起了國際友人史沫特萊女士的注意。她要翻譯成英文，用廣播電臺向世界廣播出去。但是當時的西安軍警督處長孫銘久，怕影響因保送蔣介石回南京而被扣押起來的張學良將軍的安全，而沒有叫廣播。

事到如今，已經十四年了。這十四年當中，它被風雪和潮水浸濕著，幸而是油印本，還能看得清楚。這也許是一個可喜的古董。

今天蔣匪特務已經不能利用統治地位，公開殺害人民了。但是它的隱蔽活動，因為有美帝國主義的支持，一時還會蠢蠢欲動，每個人必須提高警惕。然而同時，它在歷史上所做過的滔天惡行，也不應該泯沒。

這個劇本，要叫今天的東北同胞們看來，一定是很沉痛的。可是就因為這種沉痛，使人們勇敢地團結起來，使人們更勇敢地接受了中國共產黨和毛主席的領導，於是乎中國才有今日！

這是當時的原作，除了錯白字改正過來以外，沒有什麼增減。西安雙十二事變，將來或者可能成為歷史家和歷史劇作家的有趣材料，可是目前還不會有人有心情拿它當創作主題。這個在歷史上曾經曇花一現的劇本，今天看來，它的寫作技巧是很原始的。可是它不無可取之處，也許就在於它也原始地保留住了歷史的真實。

一九五〇年十月十二日在天津

王林被批判的劇本《火山口上》

王林列入「十月文藝叢書」的另一種圖書《女村長》

在《〈火山口上〉·前記》的文字裏，王林有這樣的「交待」：「在地下埋藏了十四年的《火山口上》要出版了。在這十四年當中，中國歷史經歷了多少大事件，起了多大的變化。因此，有關這個劇本的一些歷史問題，需要注述一下。」〔註 27〕從一九五〇年十月倒推十四年，那正是一九三六年。從一九三六年十二月算起，至一九五〇年十月，中國的確發生了很多重大事件：國共聯合抗日、抗戰勝利、國共內戰、人民共和國成立。當然，最重大的政治事件，莫過於人民共和國的成立，它是二十世紀世界歷史中的重大事件。但是，正如王林所說，「因為這種沉痛，使人們勇敢地團結起來，使人們更勇敢地接受了中國共產黨和毛主席的領導，於是乎中國才有今日！」王林此時出版劇本的「初衷」，顯然與人民共和國初期的歷史訴求之間有著本身的一致性。但要真正理解這個歷史過程，以及理解劇本作者的創作初衷，它的確需要「注述」（這裡我們稱之為「注釋」）。否則，人民共和國初期的讀者們會對劇本的劇情、主要人物產生一定的「疑惑」，甚至帶來閱讀上的誤解或歧義。

或許，這正是王林寫作這篇《前記》的「重要原因」。重新解讀《前記》並做出「注述」，是今天研究界得以進入這個劇本的有效途徑。那麼，哪些地方需要我們今天進行「注述」呢？在筆者看來，至少有三個方面是值得「注述」的：一是《火山口上》曾經遭遇出版的「大折」，二是王林摘引張庚《四十年來劇運編年史》本部分對這一問題進行詳細的梳理，三是一篇舊材料《評〈火山口上〉及其演出》的「解讀」。下面我們分別來看這三個方面。

1. 注述一：王林致呂正操和萬毅的兩封信件

我們不得不先從王林一九四六年日記片斷記錄的閱讀談起。一九四六年四月二十八日，王林在日記中寫到：「王亢之看了《火山口上》，說應該寄給東北老呂去想法出版，尚有政治作用。我就如此做一做，同時還給萬毅去一信，萬可能見過這齣戲。不過，要先寄給白曉光——現在晉察冀編輯增刊。」〔註 28〕這裡的「老呂」，指的是呂正操（一九〇四——二〇〇九），時為東北民主聯軍副司令員；萬毅（一九〇七——一九九七），時為東北人民自治軍吉遼軍區副司令員、東北民主聯軍第七縱隊司令員、遼北軍區司令員。兩封信的內容如下：

〔註 27〕王林：《前記》，《火山口上》，天津：知識書店，1951 年 2 月版。
〔註 28〕王林未刊日記（1946 年 4 月 28 日）。

呂司令員：

總算熬到今天了。今天生活比較安全，吃喝也強了，可是人們還想著你們在冀中的情形，有的就夢將來找你們去。北京話：「骨頭！」你看過一半的我那長篇小說《平原上》早被敵人燒光了。「五一」掃蕩後我在六分區又寫了二十多萬字的《腹地》，一九四四年四月入山整風，又寫了六幕話劇《偉大的兩年間》，描寫「五一」後的兩年鬥爭的。《腹地》前半是描寫「雙十綱領」頒布後的冀中民主政、經、文、武的繁榮和健全，後半是「五一」大掃蕩的環境紊亂和鬥爭。我都謄寫出來了，但是沒有人看，更沒有可能演出和出版。因為現在沒有你們在時的「閒在」。

一九三六年「雙十二事變」時，我以東北少壯軍人反內戰、要求抗戰與國特以東北人制東北人為背景，而以「雙十二」為轉機，寫了個獨幕劇《火山口上》，當時在新曆年節即在西安易俗社連演出三場，又到咸陽騎兵集團軍內連演三場。效果奇強，史沫特萊與另一美記者要用無線電廣播出去，但怕影響副司令安全，所以沒有叫他廣播。事到如今，蔣介石又在蜚言浮躁，說自己抗過日。於是我又想起我這《火山口上》劇本來了。這劇本在擁蔣抗日口號下被壓迫多年了，似乎今天應該出土和蔣介石對對口供了。

不是誇海口，這劇本根據的是當時真實材料，甚至連口吻惟妙惟肖。不是我「發表欲」臭氣衝天，我實在覺得出版了有作用。這作用若不叫別人鼓吹，我尚無此勇氣。今將此《火山口上》劇本寄你們出版也許有顧慮，但權當受一次物質損失，用一某某社印行，總算對「雙十二事變」與因此無期被押的張學良將軍略表紀念，可乎不可？

此致

敬禮

王林

一九四六年四月二十八日晨〔註29〕

〔註29〕王林：《致呂正操司令員的信》，《火山口上》（戲劇集），北京：解放軍出版社，2009年5月版，第226～227頁。

萬毅將軍：

你一定不認識我，但我永遠記得你。「雙十二」前，你到東城門樓上學生隊裏講過一次話。「雙十二」後，我聽說你被扣，抗戰前又傳說你在山東被扣，下落不明。我們學生隊同學們見了面即談你。七大中委宣布後，我們才算最後放了心。

「雙十二」事變後，我寫出了個劇本《火山口上》。在西安易俗社與咸陽演出多次，你是否看過？當時收效極大。今天我也認為有叫東北「九一八」後生青年知道知道你們在關內從事抗日活動的困難和作用。此劇本我已寄給呂司令員，你若當時曾見此劇本演出，即請介紹一番。否則作罷。

人心向東北。從「雙十二」前想到今天，真有無窮的感想。你們恐怕沒有閒工夫想這些閒事，我們讓東北青年應該知道這些事。意下如何？〔註30〕

王林給呂正操寫信，主要談及《腹地》的不被理解、劇本《火山口上》被掩埋的基本情形。但他給萬毅寫信，主要目的卻是希望他對觀看《火山口上》的情況向呂正操做一番介紹。王林希望得到呂正操、萬毅兩位東北區高級將領的「幫助」，讓劇本《火山口上》能夠出版，因為它涉及到「『雙十二事變』與因此無期被押的張學良將軍略表紀念」，也希望那段歷史能夠「讓東北青年應該知道這些事」。處於冀中的王林曾為東北軍軍人的一分子，此時看到東北淪陷區復原，打算把《火山口上》涉及張學良將軍抗戰的戲劇場景與情節，融入到東北民眾的政治教育之中，他希望這個劇本此時可以得到出版的機會，以便實現它的政治價值。但這個劇本在東北戰事紛飛的年代，並沒有如作家的「願望」，它的出版計劃最終還是夭折了，這是否仍舊涉及和張學良的命運的關聯，我們至今不得而知。王林對此有自己的感受，「事到如今，已經十四年了。這十四年當中，它被風雪和潮水浸濕著，幸而是油印本，還能看得清楚。這也許是一個可喜的古董」〔註31〕。從這裡可以看出，劇本《火山口上》一九三六年十二月創作出來之後，儘管在戲劇界有影響，但它只停留在戲劇的觀賞、演出活動之中，而文本一直沒有得到出版的機會。一九四六年四月，《火山口上》本來有出版的「機會」，但還是一晃而過。一九五〇年十月知識書店出版《火山口上》，終於讓這個埋沒了十四年的劇

〔註30〕王林未刊日記（1946年4月28日）。
〔註31〕王林：《前記》，《火山口上》，天津：知識書店，1951年2月版。

本得以出土，不過此時它的確成為了「古董」。

2. 注述二：張庚《四十年來劇運編年史》

王林提到的《四十年來劇運編年史》油印稿本，是戲劇史家張庚對一八九八年至一九三八年中國劇運活動的編年記錄。此油印本筆者至今沒有親見，但這部分內容已經收錄入《張庚文錄》第七卷，冠名為《話劇運動大事編年》。〔註32〕油印本中有這樣的記載：「一九三七，民國二十六年，丁丑。國共第二次合作。七七抗戰，上海八一三事變。一月，一二一二劇團再在西安公演《火山口上》。」張庚為這一則劇運大事記寫下了「按語」（此按語和王林在《前記》中的引述有差別）：

> 一二一二劇團是東北軍中一批救亡青年，所謂「一夥流浪漢，一群愛國犯」所組織的。開始活動於「九一八」五週年紀念日，活動分子有劉味根、趙野凡、王雋聞等。到雙十二事變，不過三個月中間，他們已經演出了《中華的母親》、《回春之曲》、《蘇州夜話》、《喇叭》、《壓迫》、《打回老家去》等劇。而《打回老家去》一劇，是由王雋聞編的，以東北軍士兵為題材，「剿共」為背景。因為非常抓住了觀眾的情緒，所以博得了意想不到的效果，觀眾哭得鼻子發酸。當場尚有一個「剿匪總部」的士兵放聲大哭，被官長逐出會場，怕擾亂秩序。不久，西北政訓處大道劇社結束，原班演員組織了解放劇社。他們約了一二一二共同做新年公演，王雋聞乃以雙十二事變為背景寫了一個獨幕劇《火山口上》，新年在易俗社演出。「在劇情頂點時，觀眾怒吼之聲，使提示者湮沒在聲海之中，甚至有觀眾立起來喊叫。」當時有人寫了劇評說：「《火山口上》清晰地、明白地解釋給群眾聽，一二一二事變究竟是怎麼一回事，為什麼要有一二一二事變的行動？」第一天演出後，風聞到了前線，於是竟有許多軍官告假回來看這戲了。直到和平結束前，尚有許多官兵這樣囑咐朋友：「《火山口上》再演的時候，你可給我捎個信，我一定告假回來看看。」此後，此劇團即以一二一二命名，又作過咸陽與幽州的公演。〔註33〕

〔註32〕張庚：《張庚文錄》，第7卷，長沙：湖南文藝出版社，2003年9月版，第360～565頁。

〔註33〕這裡，筆者對王林在《火山口上．前記》中對張庚油印本的摘錄，發現其有諸多摘錄錯誤，最後直接引用張庚的原材料。張庚：《話劇運動大事編年》，《張庚文錄》，第7卷，長沙：湖南文藝出版社，2003年8月版，第531～532頁。

七卷本《張庚文錄》之第一卷，此為張庚文獻之重要收錄版本

這裡提到的「王焦聞」，就是王林。按照王林對《火山口上》創作時間的「回憶」，這部獨幕劇的創作完成於一九三六年十二月十九日。我們知道，劇本完成的前一週（十二月十二日），西安剛剛發生了震驚中外的「雙十二事變」〔註 34〕。劇本圍繞的正是對「雙十二事變」前後青年人的革命成長歷程所做的歷史的記錄與現實的展望，王林對此有這樣的回憶：

> 雙十二事變前我開始寫著一個劇本。描寫封建的東北軍在日寇步步侵略和蔣賊賣國求榮的「攘外必先安內」的無恥口號和逼迫下，如何彷徨苦惱，受到中共和中國人民紅軍「幫助東北軍打回老家去」的口號感召，東北青年軍人如何興奮和要求衝破蔣賊親日政策，自動抗戰。而蔣賊特務又如何下毒手破壞這個愛國的又是眷愛故土的偉大革命運動。這個劇本，寫成以後叫《火山口上》。剛寫出一半，就發生了雙十二事變。下一半寫出以後，新曆年上由學生隊「一二．一二」劇團在易俗社演了出來。因為密切反映著這個震動世界的事件，所以在人心動亂中的西安軍民中，引起很大的激動。我又當演員，又輪換著當提示。〔註 35〕

〔註 34〕「雙十二事變」，在後來的歷史敘寫中都被稱之為「西安事變」。
〔註 35〕王林：《史沫特萊女士——中國革命患難中的朋友》，《天津日報》1950 年 5 月 13 日。

王林對戰爭時期的文學觀念，與文學對於社會的責任，還是有著自己的獨特理解的。他認為：「這正如同演戲演到高潮一樣，我不能中途退場。作為一個文藝寫作者，我有責任描寫這一段鬥爭歷史，我不能等事過境遷，再回來根據訪問和推想來寫，我要做為歷史的一個見證人和戰鬥員，來表現這段驚心動魄的民族革命戰爭史。那時，我就是這樣同領導述說的。」〔註36〕「責任」、「見證人」、「戰鬥員」等描述性詞語，表達的正是王林堅守的現實主義文學觀念。可以看出，他對現實主義有著自己的真實把捉，真正脫離了二十世紀三十年代中國左翼文藝的敘述策略，與當時正在興起的「國防戲劇」運動有著密切的配合，當然這得益於他接受了張寒暉的建議，「他認為抗日軍官不能死，結局要有明確的出路，才是新現實主義」〔註37〕。作為一位在小說創作中已經顯示出很高才華的文學青年，王林轉入戲劇文學的創作，他的文學觀的脈絡其實是一致的。

3. 注述三：白文《評〈火山口上〉及其演出》

白文的《評〈火山口上〉及其演出》，顯然是研究劇本《火山口上》的一篇重要文獻資料。這對我們重新進入劇本《火山口上》的歷史現場有著重要的價值。所以，王林才在《〈火山口上〉· 前記》中念念不忘地提及此文對於劇本的「意義」，還用相關的文字予以詳細地說明。該文發表於《文化週報》一卷十期，出刊時間為一九三七年一月十七日。這篇文章對戲劇家張庚產生了深刻的影響，在油印本《四十年來劇運編年史》中，他就把劇本《火山口上》放置在一九三七年一月這一時間序列中，列為次年劇運歷史上重大的事件，而直接的材料來源就是白文的這篇文章。可見，當年《火山口上》劇本在西安及咸陽演出的影響力以及傳播的深度。二十世紀八十年代，曾身為國務院副總理的谷牧在他的回憶錄裏也談到了《火山口上》當年的影響力，「史沫特萊等國際友人和外國記者也看過該團（指的是一二一二劇團）演出的由王林編寫的話劇《火山口上》，並到後臺慰問演員和編劇，表達祝賀和支持。」〔註38〕王林在追憶史沫特萊的文字裏，也談到了這一相關的細節：

有一天正忙得滿頭大汗，忽然有人說史沫特萊女士來訪問

〔註36〕劉繩：《在王林的記憶裏》，《作家與冀中》，石家莊：花山文藝出版社，1983年5月版，第143頁。

〔註37〕王林：《〈火山口上〉· 前記》，天津：知識書店，1951年2月版。

〔註38〕谷牧：《谷牧回憶錄》，北京：中央文獻出版社，2014年9月版，第37頁。

我。……看後她要翻譯成英文，用廣播電臺廣播出去，讓全中國全世界瞭解雙十二事變的真正原因和真正力量。但是因為張學良將軍為了爭取全國共同抗日，護送蔣介石回南京，當時東北軍負責人認為廣播這齣戲，揭露蔣介石罪惡太甚，怕影響張學良將軍的安全，所以沒有叫廣播。〔註 39〕

如果不是從出於保護張學良將軍人生安全的「需要」，或者鞏固抗日民族統一戰線的「需要」，劇本《火山口上》將成為抗戰前夕中國現代戲劇史上最先走向世界的重要劇本之一。王林的內心深處，對《火山口上》這個劇本的牽掛或許有這方面的思考。

的確，白文的《評〈火山口上〉及其演出》是《火山口上》這個劇本在西安和咸陽演出活動的最近評價，它的史料價值非同一般。這篇文章認為，劇本《火山口上》能夠獲得成功，主要在於「它充分地把握了現實的真實，也就反映了真實的本質。它暴露了現實的黑暗面，也指出了現實的光明面」，同時指出劇本存在的問題，「這一般地可以分為編劇、導演和演員的表演三個方面」:「編劇者努力於文字的創作，還欠注意於舞臺面的想像」;「導演的技巧是比較的生疏，對於每個場面的布置不能很活潑，以至演出尚不能有更大的發揮」; 演員方面，「女主角是歌難演的角色」、「特務員是全劇中最難討好的角色」。〔註 40〕

二、「古董式」的現場敘寫：《火山口上》體現出的「戲劇觀」

我們回到《火山口上》劇本的寫作上。

劇本的故事梗概為〔註 41〕：因蔣介石的「不抵抗」政策，東北軍進入關內，一九三六年被派到西安坐鎮剿匪，試圖把西北的中國工農紅軍消滅掉。因中國共產黨的宣傳政策強調「中國人不打中國人」、「停止內戰，一致對外」，引起東北軍下級軍官和士兵的強烈共鳴。劇本女主人公梅麗英的父親也是這

〔註 39〕王林：《史沫特萊女士——中國革命患難中的朋友》，《天津日報》1950 年 5 月 13 日。

〔註 40〕白文：《評〈火山口上〉及其演出》，《文化週報》第 1 卷第 10 期（1937 年 1 月 17 日）。

〔註 41〕關於《火山口上》的故事梗概，本來王林先生有回憶與總結，但在讀劇本的時候，我發現他的回憶是錯誤的，這裡不予以採用。王林：《我怎樣學習寫話劇的》，《火山口上》（戲劇集），北京：解放軍出版社，2009 年 5 月版，第 272 頁。

樣的東北軍高級軍官，名叫梅世昌，但在國民黨特務王權時、白天民的讒言下他不幸身亡，死後還給他製造了很多的流言蜚語。梅麗英到西安來找尋父親，希望父親能夠資助她去上海繼續讀書，但在西安遍尋父親而不得。父親的下級軍官史果航一直在調查梅世昌的死因，儘管隱隱之中有「線索」，但他不能確定。此時，梅麗英到西安後沒有錢，特務白天民和王權時經常出入於梅麗英的賓館。善於玩弄女人的白天民和梅麗英談起了戀愛，而白天民和王權時，正是害死梅世昌的真正兇手。這一切，梅麗英並不知道。史果航擬往東北軍前線去，此消息不小心被梅麗英透露給白天民。白天民和王權時想利用梅麗英的「美人計」，結果掉這位進步的青年軍官的性命。當史果航和梅麗英再次見面時，史果航告訴了梅麗英殺害她父親的真正兇手，就是她正在熱戀的對象白天民。知道真相後梅麗英很是沮喪和自責，「我真該死！我真沒臉皮活在這世界上啦！我竟愛上了害我父親的劊子手」。在史果航的開導下，梅麗英鼓起了勇氣，奪過手槍打死了白天民，在兵諫的聲浪中，參加到偉大的鬥爭浪潮中去，並發出呼籲：「我們的熱血，已經變成了一團火！走，我們趕快跟這座火山一塊燃燒去！」

劇本取名為「火山口上」，其實是一種客觀的現實政治環境或政治形勢的真實描寫，它立足的是對當時西安政治局勢的真實描寫，劇本中也提到了這種所謂的「火山口」，只是借用了反面人物、國民黨特務王權時之口說出的，「日本公使川越，說中國充滿了極容易燃燒的反日氣體，一處點著，即刻會漫延全國，這個比喻很好。可是我覺得那種熱情，好像地心火一樣，時時刻刻想衝破了地層而噴發出來」，「並且還接近火山」，「火山噴發也和大水決口一樣，最初極其細小，可是只要沖出來一點，立刻就會沖成大火山。」雙十二事變前夕的西安政治局勢，的確像這個火山噴發口，抗日進步力量和反抗日的反動力量的較量一觸即發。蔣介石想趁機解決掉東北軍，並把西北的紅軍繼續加以剿滅。最終，「火山口」在十二月十二日凌晨爆發，東北軍實行兵諫，扣押蔣介石，和紅軍達成協議。在中國共產黨的斡旋與談判下，蔣介石接受了中國共產黨的建議，實行聯共抗日。劇本主人公梅麗英在進步軍人史果航的啟發和帶領下，成為時代進步的女青年。這部劇本對後來王林文學觀的形成，起著重要的紐帶作用。前面筆者提及過他早期的小說創作如《幽僻的陳莊》《龍王爺顯靈》，包括劇本《火山口上》在內，都是不可忽視的一條線索，正如冉淮舟所說，「王林同志因為參加『一二九』運動和西安事變，『七七』事變後投身抗日戰爭，

《幽僻的陳莊》沒有接著寫下去。不知道原計劃寫到何時止，我在校讀時想，如果寫到抗日戰爭，這無疑是一部史詩作品。也不知道丟失的反映冀中平原抗戰初期鬥爭生活的長篇《平原上》，和這部作品有無聯繫。」〔註42〕

如前面所指出的，在對王林的相關學術研究中，長篇小說《腹地》的重視程度遠遠超過了《火山口上》，王林在日記中對《腹地》也有刻骨銘心的「關注」，那是他的一塊「心病」〔註43〕。有關《腹地》寫作的回憶文字，我們可以看出對現實敘寫的真實態度：

> 關於反「掃蕩」鬥爭的艱苦生活，我都如實地寫進《腹地》中了。在那樣殘酷的環境裏，得時時刻刻準備著犧牲，留在冀中的同志們，當時傳著這樣依據口頭語：「端起飯碗來，也不一定能吃完這頓飯。」因為，敵人的點碉如林，汽車路、封鎖溝密如蜘蛛網，隨時隨地都可能與敵人遭遇。我雖然堅信最後勝利一定屬於中華民族，但並不敢幻想自己能夠在戰火中幸存。我就這樣，像準備遺囑一樣，蹲在堡壘戶的地道口上，開始了《腹地》的寫作。〔註44〕

王林的這種寫作觀念，在最初的戲劇道路上就有這樣的觀點，他回憶《打回老家去》有這樣的「說法」：

> 原來上海有易揚編的話劇《打回老家去》，我們本來打算排演它。可是它的內容距離我們的現實生活很遠，於是由我執筆，以當時東北軍的具體情況為素材寫了個獨幕劇，劇名仍叫《打回老家去》。〔註45〕

劇本在西安東城門樓的演出的確產生了現實效果，據王林透露，「就是看這齣話劇而鼻酸淚流、或放聲大哭的衛隊二營的官兵，在『雙十二』的黎明前首先衝進臨潼的華清池，冒著狂風暴雨般的掃射衝上五間廳，又跟蹤追上驪山，把蔣介石從山窟窿掏出來的。」它和歷史有著驚人的一致，這從側面看出王林戲

〔註42〕冉淮舟：《〈王林文集〉校讀記》，王端陽編：《被遺忘的王林》，自印本，第28頁。

〔註43〕王端陽先生曾專門輯錄王林日記對《腹地》的情感記錄，分發給部分研究者閱讀，取名為《〈腹地〉備忘錄》，從中可以看出王林對小說《腹地》傾注的感情。王端陽：《王林和他的〈腹地〉》，《新文學史料》2008年第2期。

〔註44〕劉繩、劉波：《在王林的記憶裏》，《作家與冀中——十位作家訪問記》，石家莊：花山文藝出版社，1983年5月版，第143頁。

〔註45〕王林：《我怎樣學習寫話劇的》，《火山口上（戲劇集）》，北京：解放軍出版社，2009年5月版，第270頁。

劇觀念的現實主義的深厚基礎，以及他對現實政治和現實環境的貼切理解。

王林寫作劇本《火山口上》的文學觀到底是什麼？在《〈火山口上〉·前記》中，作者王林有這樣的「交待」：

> 還有一點應該說清的，就是《火山口上》這個劇本不是雙十二事變後才寫的。雙十二事變前不久，我就計劃好了寫這麼一個劇本。當時的腹稿是「純悲劇」：國特利用一個失足女子毒害抗日軍官，這個失足女子覺悟之後用抗日軍官的手槍打死國特，最後自己也在悲痛中服毒自殺。〔註46〕

二十世紀八十年代回顧其話劇創作的歷程時，王林還對《火山口上》有如下的文字：

> 西安事變前，東北大學的學生代表（也是北平學聯的代表），因為躲避國民黨特務的抓捕隱蔽在西安東城門樓學兵隊。他向我述說了很多東北人和東北軍的家屬在「九一八」事變後流浪在關裏的悲慘故事。蔣介石對日本帝國主義的侵略不抵抗，葬送了東北三省，使東北人嘗夠了亡省亡國的悲慘滋味。蔣介石害怕東北人和東北軍跟中國紅軍合作抗日，就收買那些無恥的東北人當內奸出賣要求抗日復土的東北志士。我根據這些現實的素材，在「雙十二」捉蔣前就開始醞釀話劇《火山口上》。〔註47〕

王林為什麼要特別強調，「在『雙十二』捉蔣前就開始醞釀話劇」？這本身涉及的就是對他戲劇文學觀念的「理解」。王林沒有直接照搬易揚的《打回老家去》，而是結合東北軍和西安的現實政治、現實環境來進行戲劇的建構。而在《火山口上》的寫作中，他擬寫成「純悲劇」：「醞釀時的結局是純悲劇，史果航和王權時（應為白天民——引者注）在互相射擊中都倒地身亡，梅麗英也悲痛自殺」。〔註48〕但劇本寫作過程中發生了震驚中外的雙十二事變，為劇作家的結尾提供了新的「啟發」，最終他採用了「現在的收場」。

在《〈火山口上〉·前記》中，王林特別強調，劇本《火山口上》是一個「可喜的古董」。這個劇本原稿為「油印本」，跟隨王林出生入死長達十四年的時間，

〔註46〕王林：《〈火山口上〉·前記》，天津：知識書店，1951年2月版。

〔註47〕王林：《我怎樣學習寫話劇的》，《火山口上》（戲劇集），北京：解放軍出版社，2009年5月版，第272頁。

〔註48〕王林：《我怎樣學習寫話劇的》，《火山口上》（戲劇集），北京：解放軍出版社，2009年5月版，第272～273頁。

從側面可以看出王林對這個劇本的特殊情感。一九五〇年十月知識書店推出出版的時候，王林除了對錯字和別字進行過訂正之外，「沒有什麼增減」，也就是說，他按照劇本的原貌進行出版，而不是改寫後的版本。其實，這一點對作家來說很重要，他可以修改而不做任何修改，這到底是為什麼。王林自己給出了答案，「西安雙十二事變，將來或者可能成為歷史學家和歷史劇作家的有趣材料，可是目前還不會有人有心情拿它當創作主題」。我們知道，雙十二事變的真正主角是張學良，對這樣一位歷史人物的歷史評價，涉及到中國現代思想史的方方面面，也涉及到中國共產黨有關歷史和事件的評價。這是一個重大的歷史題材，但這個歷史題材不是文學家來定位的，它需要來自執政黨中國共產黨對歷史事件的「認定」。

劇作家寫作的當年（一九三六年），可以不考慮後來這些複雜的事，它考慮的問題實質上很簡單，「《火山口上》清晰地明白地解釋給群眾聽，『一二・一二』究竟是怎麼一回事，為什麼要有『一二・一二』的行動？它暴露了法西斯的對抗日運動的陰謀阻撓，它暴露了法西斯為個人利益出發的對愛國運動的危害。它暴露了法西斯用什麼方法在屠殺抗日分子，在殺害愛國青年。它也暴露了中國法西斯的卑鄙齷齪，生活的腐化，和貪生怕死，它更告訴我們法西斯怎樣在進行更大的陰謀——『一二・一三』暴動。」〔註 49〕王林一直沒有忘記白文的這篇評論文章，或許正是白文在文中對「火山」深刻的觀察，他認為，九一八事變之後的東北民眾，五年的時間在他們內心深處形成了「一座火山」：

> 它已經融會成一座火山，流亡者在西北融會成一座火山，全國不願做亡國奴的人們的血在西北總匯成一座火山，這火山已經不必再受高熱度的影響，它只要有一個小孔就會爆發，轟的一聲爆發。

「火山」這一說法形象地概括了一九三六年十二月西安的政治局勢，確實為後來的歷史事實所證明。王林置身其中，以藝術感悟的方式記錄了這一真實時刻。但十四年後出版的歷史語境，卻不得不考慮複雜的這些事和複雜的這些人。一旦劇作得以出版，它必然步入公眾的視野。儘管王林覺得劇本「原始地保留住了歷史的真實」，但這個「歷史的真實」由作家個人界定之後，就是「真實」的歷史常識嗎？它能對現實文學規範起示範性的作用嗎？

〔註 49〕白文：《評〈火山口上〉及其演出》，《文化週報》第 1 卷第 10 期（1937 年 1 月 17 日）。

三、「歷史建構」的政治意識形態化：人民共和國初期革命歷史的「書寫規範」

回到《火山口上》的出版環境之中。我們知道，一九四九年十月一日，一個新生的政權——中華人民共和國——誕生了。作為執政黨的中國共產黨開始為其政治合法性進行意識形態的現實建構，這種建構一方面得益於中國共產黨意識形態部門的強大宣傳攻勢，一方面還得依託於作家、文藝工作者們在文學作品中展開其「革命敘寫」，後來被文學史家稱之為「革命歷史書寫」。黃子平先生就注意到這種「革命歷史敘寫」的重要性，在對革命歷史書寫的文類觀察中，他特別留意「革命歷史小說」的敘寫：

> 「這些作品在既定的意識形態的規限內講述既定的歷史題材，以達成既定的意識形態目的：它們承擔了將剛剛過去的「革命歷史」經典化的功能，講述革命的起源神話、英雄傳奇和終極承諾，以此維繫當代國人的大希望與大恐懼，證明當代現實的合理性，通過全國範圍內的講述與閱讀實踐，建構國人在這革命所建立的新秩序中的主體意識」。〔註 50〕

周揚的全國文代會主題報告
《新的人民的文藝》單行本

周揚文代會報告時的側影

〔註 50〕黃子平：《「灰闌」中的敘述》，上海：上海文藝出版社，2001 年 8 月版，第 2 頁。

也就是說，「政治宣傳」成為這類作品最大的特點。作為全國文藝界的實權派領導，周揚在人民共和國成立前夕的第一次全國文代大會上，也強調對革命歷史題材寫作，他針對當時對革命歷史題材寫作的批評，提出了新的看法，表達了當時文藝界、意識形態管理高層對這一問題的意見：

> 革命戰爭快要結束，反映人民解放戰爭，甚至反映抗日戰爭，是否已成為過去，不再需要了呢？不，時代的步子走得太快了，它已遠遠走在我們前頭了，我們必須追上去。假如說在全國戰爭正在劇烈進行的時候，有資格記錄這個偉大戰爭場面的作者，今天也許還在火線上戰鬥，他還顧不上寫，那麼，現在正是時候了，全中國人民迫切地希望看到描寫這個戰爭的第一部、第二部以至許多部的偉大作品！它們將要不但寫出指戰員的勇敢，而且要寫出他們的智慧、他們的戰術思想，要寫出毛主席的軍事思想如何在人民軍隊中貫徹，這將成為中國人民解放鬥爭歷史的最有價值的藝術的記載。〔註51〕

周揚強調的是寫「人民解放戰爭」，也就是抗日戰爭結束以後的戰爭題材，它帶有明顯的「限定性」。而在這些題材的寫作過程中，主要思想的表達才是衡量作品成敗的關鍵。正如周揚所說，要寫出指戰員的勇敢、智慧、戰術思想，進而寫出毛澤東軍事思想的偉大勝利，才是這類作品要真正追求和表達的，這恰如當時柳青寫作《銅牆鐵壁》受到的評價那樣：

> 這是一本描寫陝北農民在第三次國內戰爭中支持前線的長篇小說，共十八萬字。題材是一九四七年八月間的沙家店戰役——西北戰場的轉折點。小說通過糧食工作來反映老根據地農民支持戰爭的活動，表現了農村黨員、幹部和群眾如何不怕困難幫助人民解放軍戰勝蔣胡匪幫的。作品著重描寫了糧站的負責人——一個年輕共產黨員的英雄的高貴品質和自我犧牲精神。全書並貫穿著毛主席留在陝北和陝北軍民一塊堅持鬥爭的偉大作用。在小說的結尾，戰役勝利結束以後，毛主席出現在廣大的勝利的群眾中。這本小說反映了：

〔註51〕周揚：《新的人民的文藝——在全國文學藝術工作者代表大會上關於解放區文藝運動的報告》，中華全國文學藝術工作者代表大會宣傳處編：《中華全國文學藝術工作者代表大會紀念文集》，北京：新華書店，1950年3月版，第90頁。

> 我們的勝利是人民群眾和人民軍隊的力量在偉大正確的領導之下得來的。〔註52〕

而在書籍的內頁顯眼之處，還專門引用了《毛澤東選集》當中很重要的一段話來說明這種政治性表述，「同志們，真正的銅牆鐵壁是什麼？是群眾，是千百萬真心實意地擁護革命的群眾。這是真正的銅牆鐵壁。什麼力量也打不破的，完全打不破的。反革命打不破我們，我們卻要打破反革命。在革命政府的周圍團結起千百萬群眾來，發展我們的革命戰爭，我們就能消滅一切反革命，我們就能奪取全中國。」有研究者指出，這樣的字眼成為理解這部小說真正的「鑰匙」。人民共和國初期，包括《人民文學》等國家級文學刊物在內，對這一類題材的關注並不少，湧現出了不少作家〔註53〕，包括劉白羽、徐光耀、梁斌、吳強等。一九五一年六月創刊《解放軍文藝》之後，專門描寫部隊題材的作品逐漸增多，之後陸續推出「解放軍文藝叢書」，成立重要的文學出版機構解放軍文藝出版社。

在這樣的政治環境中出版一部像《火山口上》的「舊作」，顯然與這個時代是不相匹配的。首先在於，《火山口上》涉及中國現代史上重大的政治事件「雙十二事變」，其主角是「張學良」。張學良並不是共產黨員，他是地地道道的舊軍閥。如果按照當時的標準來予以衡量，張學良的手上還是沾著革命者的鮮血的。儘管張學良在西安事變這一重大社會問題上顯示出了其審時度勢的理智態度，站在人民和歷史的要求上，推進了國內形勢的良性發展，但張學良的性格還是值得探討的。寫這樣一個有爭議的人物進入人民共和國初期的文學史，恐怕沒有一位作家敢來涉及整個題材，這正如王林自己的判斷，「目前還不會有人有心情拿它當創作主題」。儘管王林認為劇本在二十世紀五十年代的政治環境中有其價值：

> 今天蔣匪特務已經不能利用統治地位，公開殺害人民了。但是它的隱蔽活動，因為有美帝國主義的支持，一時還會蠢蠢欲動，每個人必須提高警惕。然而同時，它在歷史上所做過的滔天惡行，也不應該泯滅。

〔註52〕書籍的「文學廣告」。《文藝報》第4卷第11、12期合刊（1951年10月1日）。

〔註53〕《人民文學》在第一卷總結時，專門提到，「一年來，我們發表作品的字數將近兩百萬，內容比重，則反映部隊的最多，反映農村的此致，反映工人的最少。」《人民文學》編輯部：《編後》，《人民文學》第2卷第6期（1950年10月1日）。

這個劇本，要叫今天的東北同胞們看來，一定是很沉痛的。可是就因為這種沉痛，使人們更勇敢地團結起來，使人們更勇敢地接受了中國共產黨和毛主席的領導，於是乎中國才有今日！〔註 54〕

王林立足的劇本價值有兩個方面，一是它的「現實價值」，一是它的「歷史價值」。現實價值中，他希望劇本能夠提示人民對美帝國主義保持高度的警惕，注意蔣匪特務隱蔽的活動。歷史價值中，他希望東北同胞們不要忘記那一段痛苦的歷史（一九三一至一九四五年），希望在閱讀那段痛苦歷史的過程中，堅定時下中國的道路選擇，「更勇敢地接受了中國共產黨和毛主席的領導」。不過，王林的這種出版意圖，和此時的歷史語境之間形成了某種張力性的矛盾。可文藝批評家們並不這樣看待《火山口上》，對它提出了嚴厲的批評，說「這個劇本，連作者自己也認為是『在地下埋藏了十四年的古董』，它的技巧是很『原始』的。但作者和編輯者都沒有認真地考慮它有無現實意義，就拿出來出版了。」王林覺得有「現實意義」，但在批評者看來，《火山口上》已經失去了「現實意義」。

其次，從《火山口上》整個劇本情節的建構來看，這裡面看不到中國共產黨的人物形象，和中國共產黨這一黨組織在其中的領導力量與作用。在批評者看來，這對人民共和國初期讀者們的革命、歷史教育並沒有真正的現實意義。王林對此應該很清楚，長篇小說《腹地》受到的批評，主要原因就在這裡，「在刻畫作者所選擇的英雄的人物形象上，在處理幹部的關係與黨的領導上，這些內容的主要方面，無論從主題上說，從人物、題材、結構甚至語言上說，都存在著本質的重大的缺點。」〔註 55〕但回到劇本《火山口上》的創作歷史背景中來看，西安發生的這場雙十二事變，其主導力量的確不是中國共產黨在進行領導。儘管後來王林創作了長篇小說《叱吒風雲》，描述到了中國共產黨的領導力量，但小說的影響力還是很有限。

而與二十世紀四十年代在延安戲劇創作中很有影響力的劇本《同志，你走錯了路！》《把眼光放遠點》《子弟兵和老百姓》相比，《火山口上》的政治主題與它們確實相去甚遠。周揚十分親睞《同志，你走錯了路！》，曾對它有高度的評價，內容上「第一次在藝術作品中反映了我們黨和八路軍的內部生活及

〔註 54〕王林：《〈火山口上〉·前記》，天津：知識書店，1951 年 2 月版。
〔註 55〕企霞：《評王林的長篇小說〈腹地〉》，《文藝報》第 3 卷第 3 期（1950 年 10 月 25 日）。

其思想鬥爭，處理了黨內反傾向鬥爭的嚴重主題，反對了階級投降主義」，形式上「突破了從來舞臺語言、動作的某些舊形式，相當地克服了過去話劇所常犯的洋八股和學生腔的毛病」〔註 56〕。

《火山口上》儘管是一部歷史文獻的讀物，但在王林的眼裏，他建構的是一種歷史的現場感，而不是現場的歷史感。或許，這才是人民共和國初期理解《火山口上》的差異之所在。批評家看中的，與作家想表述的東西之間，儼然有著很大的差別。王林在《〈火山口上〉·前記》中特別強調，《火山口上》「不無可取之處，也許就在於它也原始地保留住了歷史的真實」。這才是我們真正進入王林戲劇觀念的切入口。

本章小結

作為王林的同時代人，鮑昌在追憶王林的文字中曾這樣說到，「抗戰八年間，他（指王林——引者注）沒有離開晉察冀邊區，基本上是在冀中根據地堅持工作，當過《冀中導報》社記者，當過火線劇社社長，當過冀中文化界抗日建國會副主任；到了一九四五年，他是冀中文藝界協會主任」〔註 57〕。王林在冀中文藝界的影響力很大，他被稱之為「冀中的莫里哀」，但這個「莫里哀」戲劇觀念的最初形態，無疑體現在他的早期劇本《火山口上》。一九五二年七月，這部劇本受到《文藝報》的點名批評，這是王林在人民共和國初期第二次被《文藝報》公開批評。劇本《火山口上》從此消失在中國當代文學作品的選本之中，長達近五十年後的一九九一年，中國社會科學院文學研究所現代文學教研室編的《中國現代獨幕話劇選 1919～1949》（人民文學出版社，一九八四年十二月版），重新收錄了這個劇本（此前的一九八七年《王林選集》出版時，劇本收錄到選集之中）。

不過，王林頗看中《火山口上》劇本本身。儘管《文藝報》公開點名批評了《火山口上》這部舊劇及其體現的文學觀點，但王林在日記里居然提都不提《文藝報》的官方批評，反而在這年十二月十二日日記中這樣寫道，「十六年來我還沒有寫出一個比《火山口上》和《中國人不打中國人》歌詞更成功的東西，多慚愧！」〔註 58〕也就是說，在作家自己的內心深處，《火山口上》是一

〔註 56〕周揚：《關於政策與藝術——〈同志，你走錯了路〉序言》，《解放日報》，1945 年 6 月 2 日，第 4 版。

〔註 57〕鮑昌：《王林的生平與創作》，王端陽編：《被遺忘的王林：王林百年紀念文集》，2009 年自印本，第 238 頁。

〔註 58〕王林未刊日記（1952 年 12 月 12 日）。

個難以超越的重要文學文本。儘管十六年過去了，他依然如此看待這個劇本的文學價值，並對自己創作的一些作品進行了否定。或許，正因為這個劇本的「原始」和「古董」，才讓王林在文學寫作中一直堅守著這種觀念，不管是在長篇小說《腹地》的創作及其相關批判中，還是在人民共和國初期的相關文學寫作中，他都堅持著自己的文學觀，沒有發生變化。王林在人民共和國初期的這種文學點名批評，並沒有對作家的政治地位造成影響，他仍舊擔任天津地方政府重要的文化官員，並在實際的生活中，不斷反駁來自《文藝報》甚至文藝界的領導對他不公平的文學批評。

《中國現代獨幕話劇選 1919～1949》
第三卷封面

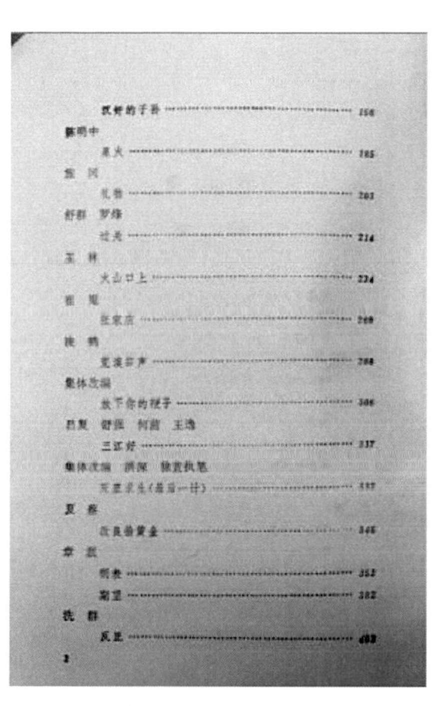
王 林
火山口上 ······ 224

收錄《火山口上》的目錄頁

這從側面說明，王林在人民共和國初期的文藝界，並不是文藝界當局和意識形態核心部門（包括中共中央宣傳部）真正要清算的文藝對象。對他的長篇小說《腹地》、劇本《火山口上》的批評，針對的僅僅是他文藝觀中的具體觀點。這仍舊屬於人民共和國初期文藝界的內部矛盾，它處於被清理的位置而已。但新生政權對王林政治身份的認定，自始至終都沒有產生真正的「懷疑」（文革期間是特殊時期，應算作例外）。當然，這很大程度上得益於他作為資格較老的「革命者」身份。儘管王林在二十世紀五十年代初期試圖改編自己的文學作品為電影文本，甚至提交人民共和國的國營電影製片廠攝制電影，但鑒於他文藝觀的這種「特殊性」，執政黨的意識形態領導部門、管理部門並沒有讓他的電影文本及其電影片與大多數觀眾見面。

第三章　革命故事的規訓策略：革命青年如何「成長」？——方紀短篇小說《山城紀事》和集外文《意識以外》的批判反思

本章裏，我們把話題轉向作家方紀，他也是一九五二年七月《文藝報》批判「十月文藝叢書」時被公開點名的作家，並且是屬於延安解放區和晉察冀解放區走出來的著名的現代作家。說起方紀，當代中國文學史最大程度地記住他，是因為他是散文名篇《揮手之間》〔註1〕的寫作者。作為中學語文教科書中重要的「學習篇目」，《揮手之間》曾對人民共和國成立以來的幾代人（主要指五〇後、六〇後和七〇後）的人文精神塑形產生過很大影響。

《揮手之間》發表於國家級文學刊物《人民文學》雜誌一九六一年十月號，因這篇散文寫的是特定歷史（一九四五年抗戰建國）中的偉人毛澤東的生活細節與中國命運之走向，不管是在政治上還是在文學上，都是重大的社會主題和文學主題。一九六三年九月作家出版社推出方紀的散文集《揮手之間》時，這篇經典散文作為書名更得以廣泛流傳。不過，《揮手之間》很大程度上還是遮蔽了作為作家的方紀豐富的文學經歷，以及他在二十世紀中國文學史發展脈絡中深深的「烙印」，「他畢生都被視為邊緣人物」〔註2〕。在當前的中國語言

〔註1〕《揮手之間》曾經編入中學課本，作為重要的語文教學篇章，方紀的名字伴隨著這篇散文也廣為流傳。

〔註2〕林希：《悲夫，方紀！》，《上海文學》2016年第9期。

文學專業教學中，方紀也顯得並不重要，很多中國現當代文學史教材撰寫中根本沒有提及他。

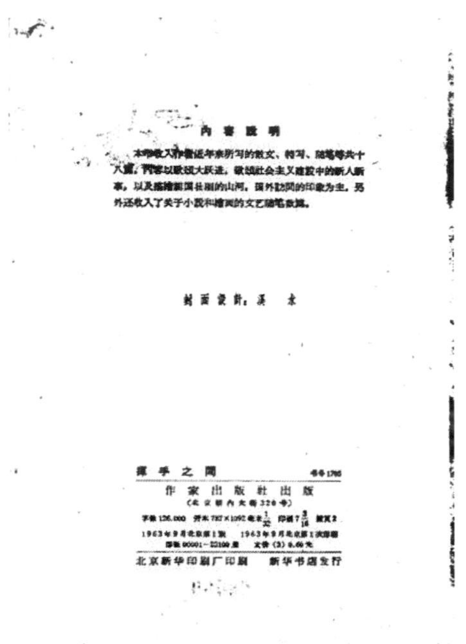

内容说明

本书收入作者近年来所写的散文、特写、随笔等共十八篇。内容以歌颂大跃进，歌颂社会主义建设中的新人新事，以及描绘祖国[illegible]的山河，国外访问的印象为主。另外还收入了关于小说和诗词的文艺随笔数篇。

封面設計：[illegible]

挥手之间　书号1765

作家出版社出版
（北京朝内大街320号）

字数126,000　[illegible]

1963年9月北京第1版　1963年9月北京第1次印刷

[illegible]

北京新华印刷厂印刷　新华书店发行

作家出版社一九六三年九月版《揮手之間》封面及版權頁

但是，據王樹人先生的《方紀著作年表》透露，從一九三六年以筆名「風季」在《今日文學》上發表報告文學作品《游擊戰》開始〔註3〕，至一九九八年四月二十九日方紀去世，其文學創作生涯長達六十二年。這樣的作家，其文學生涯、甚至某些文學史細節，尤其值得研究者關注。更何況方紀在北平文化圈生活了好幾年，注定了他與「京派文學」之間存在的某種關係，而他之後的解放區（不管是延安解放區，還是晉察冀解放區）的作家身份，如何把他之前的文學影響進行變異，這本身是一個很大的學術話題，涉及「京派文學」在二十世紀四十年代解放區文學中的流變問題〔註4〕。具有傳奇色彩的人生經歷，原本擁有豐富創作經驗的方紀被疏遠到如此的地步，本身就是我們中國現當代文學史書寫中的「過失」。

〔註3〕王樹人：《方紀著作年表》，《方紀文集》，第4卷，北京：人民文學出版社，1985年12月版，第295頁。

〔註4〕方紀在個人自述文字中，講到他當年怎麼受《益世報》、《平報》的影響，進而對文學寫作產生了興趣。而《益世報》《平報》當年都是發表京派文學作品的重要陣地。方紀：《長江自有浪花在》，中國人民政治協商會議天津市委員會文史資料委員會編：《天津文史資料選集》1995年第3輯（總67輯），第3頁。

那麼，原本具有豐富多彩的創作經驗的作家方紀，是怎麼被中國現當代文學史冷落下來的呢？他是否與我們即將展開的「十月文藝叢書」的批判有著密切的關係呢？我們把眼光轉向有關方紀的文字介紹之中。二十世紀五十年代至八十年代關於方紀的介紹文字，都有著一定的故事情節編造的「痕跡」，其可信度並不高，這裡均不採用。二〇〇三年出版《晉察冀革命文化藝術人物志》時，收錄了對方紀的生平介紹，其文字相對平實，此處抄錄如下：

> 方紀（1919～1998），原名馮驥，河北束鹿人。中學畢業後到北平求學，對文學發生濃烈的興趣，並參加「左聯」。1935 年參加「一二．九」學生運動。1936 年參加共青團，同年轉為中共黨員。受組織委派回束鹿縣發動群眾抗日。1937 年抗戰爆發後，曾組織一支游擊隊隨軍南下，後到武漢，在八路軍辦事處工作。1939 年離開重慶到延安，先後在陝甘寧邊區文藝工作者協會、文藝界抗敵會和《解放日報》社從事編輯工作和寫作，曾寫過一些散文、小說、詩歌和評論文章。抗戰勝利後，離開延安，到承德任熱河省文聯主席，創辦了文化藝術業餘學校和文藝刊物《熱潮》，發表了《山城紀事》、《張老太太》等短篇小說。解放戰爭中，先在前線當隨軍記者，後在冀中黨委宣傳部、冀中文聯、《冀中導報》社工作。在參加土改中寫了長篇小說《老桑樹底下的故事》、中篇小說《不連續的故事》。1949 年到天津，先後任《天津日報》文藝部主任，市中蘇友協總幹事、市文化局局長、市文聯黨組書記、市委宣傳部副部長、中國作家協會天津分會主席等職。曾為培養工人業餘作者和組織工廠史的寫作做了大量工作。1956 年到西南寫下散文特寫集《長江行》。1958 年 6 月由周恩來總理提名，參加了長江水文勘察隊，體驗生活，寫成了長詩《不盡長江滾滾來》和《大江東去》。同年還發表了短篇小說《來訪者》和描述毛澤東同志 1945 年赴重慶談判的散文特寫集《揮手之間》。「文化大革命」中受迫害造成嚴重病殘。1979 年全國四次文代會上被選為中國文聯委員、作協理事。1985 年出版《方紀文集》五卷。（第 19～20 頁）

不過，這裡要說明的是，這樣的作家生平文字介紹，只能是給研究者提供一種「線索」而已。真正要研究一個對象，還得花費一番工夫，包括文獻資料的原始查找。這則作家生平文字對我們研究人民共和國初期的方紀而言，還是顯得非常的模糊。他這一段時間到底寫了什麼作品，遇到了什麼樣的「挫折」，在文字裏我們是無法知曉的，包括我們本章要討論的《阿洛夫醫生》這本報告文學與短篇小說的合集，在介紹中就看不到。

被公開點名批判的「十月文藝叢書」中，方紀的短篇小說舊作《山城紀事》被重點提到，它收錄在《阿洛夫醫生》這部報告文學、短篇小說合集之中。《阿洛夫醫生》出版於一九五〇年九月，第一版印數為兩千冊，一九五一年三月發行再版本，再版印數為三千冊，總計印數為五千冊，定價為三千三百元。這部報告文學、短篇小說合集內，收錄短篇小說三篇和報告文學作品一篇，分別為：《魏媽媽》（短篇小說，一九四四年十二月，創作於延安）、《阿洛夫醫生》（報告文學，一九四四年十二月，創作於延安中央醫院）、《張老太太》（短篇小說，一九四六年五月二十一日，創作於承德）、《山城紀事》（短篇小說，一九三九年八月末創作於重慶，一九四六年五月改寫於承德）。儘管作家方紀把《山城紀事》這篇短篇小說置於報告文學、小說合集的「最後一篇」，它還是被敏銳的文學批評家們發現。從創作的時間上來說，《山城紀事》確實有點「特殊」，它是一九四二年五月延安文藝整風運動之前的文藝作品。也就是說，它的確屬於「舊作」的範圍。「簡評」文字中是這樣批判它的〔註5〕：

一九五〇年初版的《阿洛夫醫生》封面

一九五〇年攝于天津

方紀一九五〇年生活照

〔註5〕簡評、李楓：《評「十月文藝叢書」》，《文藝報》1952年第13期（1952年7月10日）。

> 方紀同志的《山城紀事》，也是一篇延安文藝座談會以前的舊作，收在《阿洛夫醫生》短篇小說集內。這篇小說沒有表現出青年知識分子在反動統治下走向革命的真實過程。也沒有表現出革命工作者在蔣管區所進行的艱苦的鬥爭。反映的是小資產階級知識分子把革命事業與愛情看成互相對立的思想，把個人愛情的破滅看成是走向革命的動力。無疑的，這樣的作品是不能教育我們青年正確地認識革命的。

在這裡很明顯地可以看出，「延安文藝座談會」召開的時間（一九四二年五月），是衡量中國現代作家文藝創作的重要時間分界線〔註6〕。關於這一點，周揚在一九四九年七月文代會上有重要的說明，「毛主席的『文藝座談會講話』規定了新中國的文藝的方向，解放區文藝工作者自覺地堅決地實踐了這個方向，並以自己的全部經驗證明了這個方向的完全正確，深信除此之外再沒有第二個方向了，如果有，那就是錯誤的方向。」〔註7〕也就是說，方紀的《山城紀事》屬於典型的「舊作」，它與延安文藝整風運動之後的解放區文藝實踐有著本質的「差別」。一九五二年七月受到點名批評之後，一九八〇年一月出版《方紀小說集》〔註8〕（此小說集由百花文藝出版社出版）時，《山城紀事》這篇小說沒有收錄在這個集子中，這從側面說明在二十世紀七十年代末編選小說集（個人創作自選集）時，作家內心深處對二十世紀五十年代的這種批判還是有顧慮的。一九八五年出版《方紀文集》時，小說《山城紀事》才重新與讀者見面，它在人民共和國文學的出版業中消失了三十四年的時間。那麼，《山城紀事》這個小說寫的內容，如何觸犯了人民共和國初期文藝界的「文學規範」呢？

一、《山城紀事》：寫了什麼樣的「故事」？

要真正瞭解《山城紀事》受到公開批評的「原因」，我們還得先回到這個短篇小說文本的故事上來。小說《山城紀事》的結尾有落款標明寫作時間，「一

〔註6〕這一點，也可以看看當時建構的大型文藝叢書「中國人民文藝叢書」和「新文學選集叢書」在作品選輯的時間上，有著嚴格的分工。新文學選集編輯委員會：《編輯凡例》，1951年3月。

〔註7〕周揚：《新的人民的文藝——在全國文學藝術工作者代表大會上關於解放區文藝運動的報告》，中華全國文學藝術工作者代表大會宣傳處編：《中華全國文學藝術工作者代表大會紀念文集》，北京：新華書店，1950年3月版，第70頁。

〔註8〕此書和1979年8月人民文學出版社出版的《方紀散文選》，標誌著方紀在文學界的平反。

九三九年八月末寫於重慶，一九四六年五月改於承德」。據資料顯示，這篇小說最初發表於熱河省重要的文藝刊物《熱潮》第一卷第二期上，一九四六年六月十六日出版〔註 9〕。可惜的是，今天我們無法看到一九三九年八月末寫畢的那份「手稿本」，也無從瞭解方紀對這篇小說的文字修改程度到底有多大，但根據小說結尾的落款，讓我們可以作出判斷：《山城紀事》這部小說有修改的「痕跡」。經歷一九四二年五月的延安文藝整風運動之後，方紀的文學創作思想發生了一定的「變化」，他是這樣陳述的：「我明確了文學創作的方向和指導思想，增添了創作的力量，要深入到實際生活中去，要加速改造世界觀的步伐」〔註 10〕，這使他必然按照「文藝講話」精神的要求對小說情節進行「修改」。因這篇小說不長，這裡全文抄錄，並與一九八五年的「文集版」進行版本校讀：

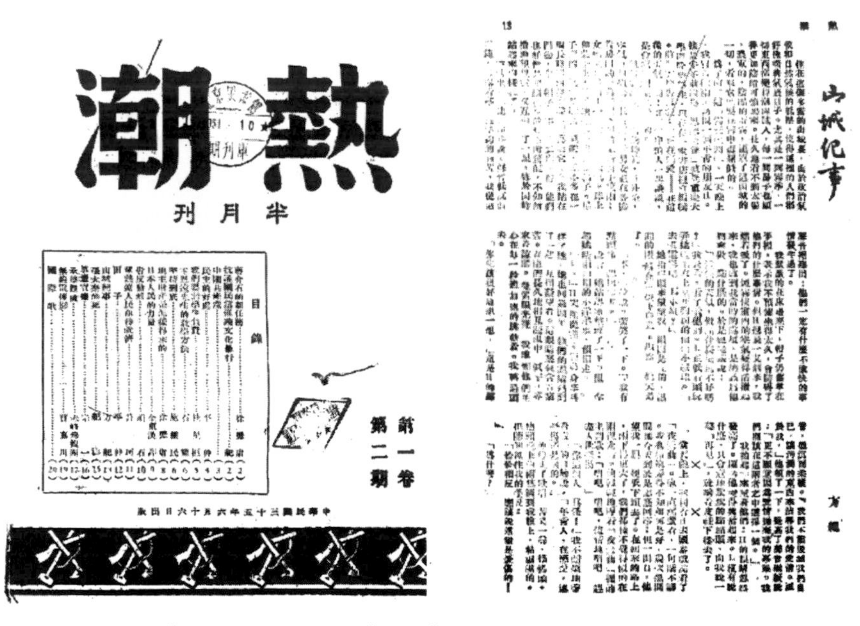
熱潮
半月刊
目錄
第一卷
第二期
中華民國三十五年六月十六日出版

山城紀事
方紀

刊載方紀短篇小說《熱潮》一卷二期的封面及內頁

《山城紀事》

住在這個多霧的山城裏，由於政治氣候和自然氣候的低壓，使得這裡的人們都好像喘著氣過日子。尤其是一到霧季，一切東西都變得潮濕膩人，每一間房子也顯得更加陰暗可怕起來。長久地看不

〔註 9〕王樹人：《方紀著作年表》，《方紀文集》，第 4 卷，天津：百花文藝出版社，1985 年 6 月版，第 297 頁。

〔註 10〕方紀口述，方衡筆錄：《新的起點——回顧延安文藝座談會前後》，《新文學史料》1982 年第 2 期。

到太陽，濃重的，陰濕的黴霧，籠罩了這山城的一切，看來它就要在霧中黴爛似的。

為了消解這「霧底煩悶」，一天晚上，我冒著微雨去訪問一個年青的朋友 H。他是半年前因為「思想龐雜」被從重慶大學開除的學生，現在在一家書店裏當編輯。前些天他告訴我：他正在戀愛——在這樣的天氣，同正在戀愛中的人一起談談，也許是一種快樂的事。

但當我踏進他房間的時候，意外地，空氣更加煩悶：我看到一對男女正在各據著房間的一角發悶：男的靠著窗子望雨；女的坐在屋角上一張破沙發裏歎氣。床上和桌子上，散亂地攤著一些書和稿子。屋子裏的空氣像是凝結了似的，可以感覺到，在一個長時間內沒有聲音震盪過它了。我站在門邊，拿著帽子，不知該怎麼辦好？他們也好像是剛剛被我的到來所驚醒，不知所措地望望我，又互相看了一眼，終於同時站了起來迎接我。

「請坐，」他們同時說。聲音低沉而遲鈍，透露著某種被壓抑的痛苦；我從這聲音裏聽出：他們一定有什麼不愉快的事情發生過。

我默默的在床邊坐下，帽子仍舊拿在手裏，表示我不預備坐得太久，會妨礙了他們的什麼事情。但 H 遞過一支煙來，我燃著吸了。**煙霧使室內的空氣變得活潑起來，我也感到我當時的處境，是應該為他們來做一點什麼的，於是便提議說：**

「這樣的天氣，做點什麼玩玩不好嗎？」我說著，看了看他們。〔註 11〕L 正低著頭玩弄她藍毛衣上垂在胸前的兩個小絨球。「去看電影吧，L 小姐？」

她抬起頭來望望我；眼圈是紅的，濕潤的眼睛在電燈下發光；顯然，她哭過了。

「不，」她說。苦笑了一下，「我有點頭痛，想回家去。」

說著，她站起來整理了一下衣服，拿起她那晴雨兩用的小洋傘來，預備走。

「L，」H 突然從窗前轉過身來叫住她，她也回過頭來，他們的

〔註 11〕黑體字部分在 1985 年版《方紀文集》收錄時進行了刪除。這種刪削，使小說人物中「我」的展現逐漸減輕，更能凸顯男女主人公在對待革命問題上的轉變細節。

眼睛遇到了一起，互相凝望著，這眼睛裏包含著痛苦。在他們長久地相互凝視中，似乎在尋求著諒解。從這眼光裏，我感到他們的心在每一秒鐘加速的跳動著。我轉過頭去。

「你應該很好地想一想，」這是H的聲音，低沉而柔緩：「我們不能毀滅我們自己，讓污濁的東西來沾辱我們的愛情；至於我，」他頓了一下，提高了聲音繼續說：「更不願意因為愛情拋棄我的事業；我們應該在這兩者之中選擇一個。」

我抬起頭來望著他們，H的眼睛忽然發亮了；顯然他變得興奮起來。L沒有說什麼，只會意地默默的點點頭，向我說一聲「再見」，就響著皮鞋下樓去了。

× × ×

當天晚上，我同著H去國泰戲院看了《夜鶯曲》。他一直沉默著，一句話不說。我也給他弄得不知如何是好？幾次想問他今天到底是怎麼回事；但我一張口，他望我一眼，便低下頭去了。在回來的路上，雨下得更大了，我們都像不覺得似的在雨裏走著。他輕輕地哼著《夜鶯曲》裏的主題歌：「唱吧，唱吧，盡情地唱吧，趕盡人世憂傷……」

「你這個人，真怪！」我不耐煩地帶著責備的口吻說：「年青人，在戀愛，憂傷都是甜的啊！」

他停止歌唱，苦笑一聲，搖搖頭；他頭髮上的雨點灑到我臉上，黏濕濕的。但隨即抓住我的手說：

「恰恰相反，應該說這甜是憂傷的。」

「為什麼？」

「而且越來越苦了……」他不直接回答我的問話，只顧自己繼續說：「L你是知道的，很純潔。要求進步，可是：你知道嗎？她有一個哥哥，在重大讀書，以前我們同學，近來變成三青團的要人了！」

他以一種不屑的口吻述說這件使我大吃一驚的事。我立刻聯想到今天的不愉快一定是出在這位「三青團要人」的哥哥身上了。我厭惡地搖搖頭，這事使我有一種不祥的預感。

「近來她常常問起我一些莫名其妙的問題：」H繼續說，一反剛才的沉默，滔滔不絕地說下去。「譬如說我有些什麼樣的朋友，他們做什麼事，住在什麼地方，而且常常任意亂翻我的稿子……你想，這是什麼意思？」他放開我的手，把話頓住。

「那你又怎麼樣呢？」

「L是純潔的，要求進步的，」他重複著他的信念說，「我不相信她肯來害我；但是，她很幼稚，而且他們是親兄妹……我很愛她，這你知道，但你自然同樣知道，我更愛我的理想。現在擺在我面前的，是選擇那一個？」

說最後一段話的時候，他的聲音又變得低沉而苦痛了。雖然他還算是個性格比較強〔註12〕的人，但他此刻的處境，使他顯得脆弱了。他又沉默起來。在這沉默當中，我感到他心里正在翻騰著霧一樣的抑鬱和憤懣，像要炸裂開來。

雨還在下著。這時，才感到背上涼冰冰的；摸摸衣服，濕透了。現在我總算知道了這事情的原委，但這是誰也沒有辦法的事！我無可奈何地用沉默把他陪送到家。在我從他寓所門口轉角的地方走過時，我忽然發現一個穿著黑色雨衣，用黑雨帽遮著眼睛的高大的人影，從我背後閃過。

×　×　×

從此以後，有一個多禮拜我再沒有去看H了，原因是我討厭那個黑色的人影，雖然這對於生活在這個山城的人，差不多成為一種不可免的「榮譽」。但我一直很為他擔心，我預感到他或者已有什麼不幸的事情發生。

又是一個雨天的晚上，我正在燈下校閱一篇翻譯小說，有人敲了我的門。但沒有等到我回答，隨即闖進來。沒有戴帽子，長頭髮上滴著水，一件藍絨線上衣也因為雨淋變成黑色了。我吃驚地站起來，好久才辨認出是L。

「×先生，」她站在門口慌張地喘著氣叫道，「H不在你這裡？」

「沒有！」我也急速的回答，同時感到有什麼嚴重的事情發生。「我好久沒有看到他了！」我又補充了一句。

〔註12〕「比較強」，在1985年版《方紀文集》第一卷中修改為「比較堅強」。「比較強」作為一種關於人的描述詞，其含義的指向比較模糊而寬泛，而修改為「比較堅強」進一步突出了男主人公H的性格特點。

「那麼，你知道他到那裏去了？」她緊接著追問。她那因為氣喘而泛起紅暈的臉上，兩條秀眉蹙得緊緊的，顯得她的眼睛更深了。

「這個……」我遲疑起來。而且我也真的不知道H的去向。

「我是來救他的！」她直截了當地說。顯然她看出了我對她的不信任。而這話，更引起了我的懷疑。我抬起眼睛來看著她。

「請你不必懷疑，如果你真的知道他……」她的聲音變軟了，幾乎帶著哭聲，眼睛低下去，頹然坐在就近的一張椅子上。

我也沉默起來。顯然情況是很嚴重的，想起了H的話：L純潔的、要進步的，她是不會來害我的……但她有一個哥哥……我又想到那個黑色的人影，不由的向窗外一望，說不定就站在我的門口！

「也許，我來遲了！」她若有所失的起來。自言自語說：「但也許我還來得及！」她接著說。這聲音是果斷的。同時立即開了門要走。我制止了她。

「你得到什麼準確的消息嗎？」我走進她正面地問。

「他們說九點鐘動手，我是八點鐘知道，立刻就趕來的。」

我看看表，九點過一刻。在這沉默的霎那，我聽到表的滴答滴答的聲音，我的心一陣陣緊縮。

「我要去了……」她開開門，「也許我還來得及！」

她走了出去，我跟在後面，雨還濛濛的下著，也許是落霧。剛出大門口，遠遠看到沙坪壩方向駛來一輛特別樣式的小汽車。

「這是他！」L突然驚叫了一聲衝上前去。我也分明看到汽車裏坐著H和另一個不相識的青年，兩邊被兩個穿黑衣服的人持槍「保護」著，只一閃，就從我眼前馳過，駛向黑暗的遠處。……

× × ×

一個月以後，我接到一封字跡潦草，署名「L」的信。上面寫著：

「告訴你這個不幸的消息：你的朋友，H終於在他們的魔手下犧牲了！他沒有辱沒他底理想，我也絕不會沾污我們的愛情。他底血，使我清醒起來，增加了我的勇氣！我看清了他們在幹什麼！這些法西斯劊子手們！我痛苦、我悔恨！但我將承繼H底理想奮鬥下去。我要為他復仇，為我們底愛復仇！明天一早，我就要離開這霧氣重重的血腥的山城，到那陽光普照的西北高原上……」

讀到這裡，我抬起頭來，向窗外望去：沉重的陰濕的霧正壓著一切。但我彷彿看到一個身體修長的，穿著藍毛衣的女子，衝破濃重的黑霧，勇敢地向前走去。……

一九三九、八月末，寫於重慶

一九四六、五月改於承德

如果不是從中國現代文學版本學的角度來進行「校讀」，可能我們並不知道《山城紀事》還有版本的「差異」〔註13〕。《熱潮》初刊版和「文集版」相比，重要的修改有「兩處」，在前面的注釋中筆者對這種修改或刪削進行了說明。儘管有一定程度的修改，但這種修改並沒有達到人民共和國初期某些小說那種「傷筋動骨」的程度〔註14〕，而應當作是文本在文飾方面的簡單修改行為。認真閱讀《山城紀事》這個短篇小說我們還發現，方紀寫的是一個「女青年」成長為「革命者」的故事，其故事梗概為：曾經為重慶大學學生的男青年H，因從事革命活動被學校以「思想龐雜」為由開除學籍，他轉而在重慶一家書店以做編輯為掩護、繼續從事革命活動，他同學的妹妹L正和他談戀愛，但此時L的哥哥（也是H的同學）卻成為「三青團要人」，L經常打聽H友人的相關情況，導致H內心很痛苦。H很愛L，但在革命理想信念和浪漫愛情面前，他不得不痛苦地「憂鬱」。「我」剛好在霧季下雨的一天去看H，看到兩個年青人在痛苦中相互煎熬。H告訴了「我」關於L的純潔與革命追求，但他仍舊害怕L的哥哥對她的「影響力」。在觀看電影後陪送H回寓所的路上，「我」在他的寓所門口看到了一個晃動的「黑影」（指暗探）。一週後，L來找「我」談了她的哥哥將抓捕H的消息，她冒險來救H，但這行為並沒有救起H，最終H還是被捕。一個月後L給「我」來了一封信，告知H已經犧牲，她自己已經走上了革命的道路，前往「陽光普照的西北高原」（暗指「延安」）。這篇小說刻畫的真正立足點，顯然在女主人公L身上，故事的結局是這樣的：L最終成長為一個堅定的「革命者」，被組織認可並接納，前往革命聖地（延安）繼續從事革命工作。

按照中國當代小說發展歷史的類型來說，《山城紀事》顯然是一篇典型的「革

〔註13〕至於手稿版和《熱潮》初刊版之間的修改力度有多大，因目前沒有看到原初的手稿，我們並不清楚。

〔註14〕「不連續的故事」系列之五《讓生活變得更美好罷》，初刊於《人民文學》第3期（1950年1月1日），受到《人民日報》批評之後，方紀在小說集出版前進行了大量的「修改」。

命歷史小說」，但這個小說不是具有新質素的、符合共和國初期文學規範的「革命歷史小說」。儘管小說寫的是革命發展過程中頗為重要的革命故事，作家方紀在「文集版」中還有一定的「修改」，但這篇小說並沒有真正切合這種新的革命歷史小說的寫作本質，這主要原因在於小說的創作時間上的「限制」。它是一九四二年五月之前的文學作品，被文學批評家判定為「舊作」，並不是我們在當代文學史上談及的共和國初期建立之後革命歷史小說的那種特殊內涵，「在既定的意識形態的歸限內，講述既定的歷史題材，以達成既定的意識形態目的」〔註 15〕。新的「革命歷史小說」，必然以一九四二年五月毛澤東的《在延安文藝座談會的講話》精神為指導，特別講求文藝為什麼人服務的問題。而在這個標準上來予以衡量，《山城紀事》至少還停留在「舊作」的水平上，它在某種程度上不可逃離的是有著為小資產階級知識分子服務的「嫌疑」。

既然《山城紀事》描寫的是抗戰期間陪都重慶的一名革命青年如何從一個小資產階級的「青年人」成長為一名無產階級的「革命者」的成長歷程，這裡面，必然有「愛情」，也要有「革命」，它又屬於典型的「革命＋戀愛」小說。開「革命＋戀愛」小說創作之風的是左翼作家蔣光慈，他曾創作過大量的小說，風靡於二十世紀二十年代末至三十年代初期，那時的作家們更注重於革命與愛情的「糾葛」書寫，但最終主人公們都要走上革命的道路。方紀的《山城紀事》中的革命與戀愛，卻是以犧牲男主人公為基礎的。他的寫作和二十世紀三十年代之前的寫作還是有很大的差異，但也有其潛在的「影響影子」。

不過，作為「革命＋戀愛」小說的基本模式，方紀並沒有嚴格按照二十世紀三十年代的小說類型來進行建構，比如，「決裂」作為革命者成長的必然環節，其革命過程的描寫是作家們著筆最為豐富的地方〔註 16〕，階級對立和階級矛盾這一重大的話題，在《山城紀事》這個短篇小說中顯然是看不到的，包括對女青年 L 的革命成長的悲壯場景的描寫，都顯得非常的「平淡」，並沒有二十世紀三十年代之前的「悲壯場景」，更沒有那種讓人震撼的「決裂場面」。其次是「中國共產黨」的領導者形象，在《山城紀事》中是缺失的，至少我們看

〔註 15〕黃子平：《「灰闌」中的敘述》，上海：上海文藝出版社，2001 年 1 月版，第 2 頁。

〔註 16〕筆者曾留意到從二十年代至五十年代的這類小說寫作，這一場景對小說的建構有著重要的影響。袁洪權、袁高遠：《「決裂」：知識分子革命者成長的悲壯場景——以〈咆哮了的土地〉〈田家沖〉〈在醫院中〉〈青春之歌〉為中介》，《西昌學院學報》2007 年第 1 期。

到這個女青年的成長歷程中，並沒有依託於「中國共產黨」的領導，更大程度上還是因為她對於愛情的「忠貞」。或許，方紀在當時進行創作時根本就沒有考慮那麼多的問題，而是簡單傳達革命者的「成長經歷」而已。但這樣的敘述方式，很容易導致被中國當代文學批評家們嚴厲「反駁」，因為它的這種書寫遮蔽了「革命」的悲壯與神聖，以及「中國共產黨」對革命青年成長的領導地位，對教育當代中國的青年會產生負面的影響力。《文藝報》的這種點名批評的「背後」，顯然有這樣的一種看法。

二、遮蔽了的真正「舊作」：被遺忘的短篇小說《意識以外》

《山城紀事》這個小說梗概中，我們發現女主人公 L 去了戰時的紅色革命搖籃——延安根據地。那麼，她接下來的「命運」是如何安排的呢？作家方紀有沒有自己的「文學構思」，甚至是接續其文學創作呢？讀方紀的回憶文章《新的起點——回顧延安文藝座談會前後》《我的〈意識以外〉》《長江自有浪花在》，我們發現：他當年確實是想建構了一個「系列小說」，與《山城紀事》形成了某種前後呼應，這篇小說就是《意識以外》，初稿刊載於《文藝月報》第十四期（一九四二年四月十五日）。《意識以外》這篇小說才真正是一篇「舊作」，而且是作家方紀深藏在內心深處一直守口如瓶的「秘密」。一九八五年六月《方紀文集》編排出版時，這篇小說沒有被收錄進去，其說法是「這篇小說現在我手頭沒有存稿，有關資料恐怕已經很難再查到了」〔註 17〕，顯然係方紀的集外之文。為了便於後面的論述，我們先把這篇小說的相關文字整理出來。

《意識以外》〔註 18〕

方紀

她被由×校調到××醫院去做護理工作，是去年五月的事。

當時，對於這完全不曾料到的消息，很使我驚異。現在回想起那時的看法來，大概總覺得她被派到這樣一個工作是很值得惋惜的。這惋惜中，也許會含有某些成份的私人情感作用；但，人之間的情

〔註 17〕方紀：《新的起點——回顧延安文藝座談會前後》，《新文學史料》1982 年第 2 期。

〔註 18〕這篇小說因曾受到嚴厲的批評，對方紀造成很大的心靈傷害，長期不被方紀提及，也沒有被學界所注意，此處從原始報刊抄錄，辨識文字的過程中，有些字很模糊，文中以「□」代替，每一個「□」代表一個字，特此說明之。本章內容曾在《河北民族師範學院學報》2022 年第 4 期刊載，但因版面的原因，小說的主體內容被壓縮為梗概內容，這次按原樣恢復。

感，不是建築在相互理解上嗎？而在我們幾年來的交往中，照我所知道的她，這樣一個工作對於她是再不適合沒有了。自然，我並不是說她過去不曾學過一點醫護的技能和知識，而她所學的是音樂，以及她一向對於自己藝術前途所懷的那麼熱切的理想，因為像這類能力和志趣的問題，在現在已經完全不能成為理由了。——沒有學過是可以學而且必需學的。至於說到個人的志趣，為著革命工作不是應該作勇敢的自我犧牲麼？不然，要每個人都按照自己的志趣去要求工作，那麼請想想看：世界將會變成個什麼樣子呢？

不過無論如何，雖然那些理由是連自己都可以駁倒的，而且也再找不出任何別的更好的理由來，但在內心裏，總以為人做著自己所不能做或不願做的事情會是非常不舒服的。就像人們常說的那樣：職業和事業的分離是人的生命底分裂；而這，卻正是人生最深的痛苦。因此，我便常對她的前途感到某種出於人性共感的不安和期待。儘管告訴我這消息的朋友，當時曾以無限敬佩，極力證明著除了當幹部處開始告訴要調她到醫院去工作的一瞬，她稍稍遲疑了一下之外，就再沒有過絲毫猶豫或不滿。而且，在她離開學校搬往醫院去的時候，是用了那種能給人以力量的自信的微笑，回答了歡送她們的同學們。——對於這，我除了衷心裏讚歎之外，還能有什麼別的話說呢。

此後，由於工作性質的不同，和住處的相距太遠，我便再沒有機會見到她了，但那副熱情而愉快的面孔，總常常帶著那能給人以力量的自信的微笑，在我面前出現。

× × ×

前不久，我因為割盲腸去住醫院了。在沒有去之前，我便想到要見她，而且想：如果她能工作得很好，這會見將是愉快的。雖然我對她的那種不安和期待的心情，也許正會因此而成正比例地增加。但，一個人，能滿意而且自信地做著自己的工作，不就正是人生最大的快樂麼？

當我踏進醫院第一步的時候，情感便自動預支了某種希望底快樂在玩味著了。而我的眼睛，便也在來往奔走著的白衣護士群中尋找那副熟悉的面孔；但這所有的面孔似乎都一樣，像是用同一個模型翻印出來的頭像：滯呆，平板，沒有任何表情。你不能從這些面孔上看出她們的心緒，她們對於自身工作的態度——滿意或者不滿意，愉快或者煩惱。

然而，這中間，沒有她，沒有那副我所熱切希望著要看一看的面孔。

這第一個印象就很使我不安。直到我找到了被指定的床位，安排好了一切，我都沒有心思去注意一下這是一個什麼樣的病房；同房的都是些什麼樣的病人。在這整個過程中，我的全部思想都為一個問題佔有著：難道那副熱情而愉快的面孔也會變得這樣麼？

我越想，要見她的心情便也越切。後來，實在耐不住了，便對一個走來登記我病歷的護理員問：

「K 同志在什麼地方？」

「她不在外科工作。」

只這麼一句短短的回答，而且連看都沒有看我一眼，等不及我再問第二句便已匆匆地走掉了。

後來，我又問了第二個，第三個，甚至第四個護理員同志，但所得到的回答，除了由於各人的生理機構不同，聲音的粗細大小偶有差別而外，都說著那同一句簡短的話。甚至誰都沒有增加或者減少這話的一個字。像是被誰指定了必須這樣回答，或者這話本身在她們變成了一句成語似的。

你們可以想像我當時的心情——那種預感的希望底快樂，早為別種預感的不安底煩躁所代替了……

一整夜，我都沒有辦法睡著。直到第二天上午要動手術之前，我還時時在期望著她的到來；總覺得也許會在某一個我不注意的瞬間，她也穿著同樣的白衣在我面前出現。但沒有。直到我躺在手術床上，還環顧了一下站在我周圍的人們當中有沒有她在內。

施過手術之後，由於全身麻醉所致成的痛苦，使我一次都不能入睡。頭暈眩得恐懼發昏，比第一次乘船航海留下來的暈船的記憶都可怕得多；而嘔吐，也比這來得厲害；而且這是不停止的乾嘔，因為腸胃老早就被灌得什麼都不帶了，再加以醫生吩咐了不准有任何即使輕微的動作，只能那麼直挺挺地躺著，處在這種情況下，人的心情的煩燥，是只有親身體驗過這種苦痛的人才可以想像得到的。然而，奇怪的是我總不能忘掉她，老覺得她進來了，在我的床前站住……

半夜，夜裏查病房的護理員同志又來了。挨次試驗著體溫，脈搏，問著病狀和需要，這中間還常常加進一兩句安慰的話。但聲音是那麼低低地，溫存地，像是唯恐擾亂了病人的心緒和睡眠。

這時，我已經不再注意這進來的是不是她了。我已經由那要見她的過於殷切的急望，變得懷疑這種可能而至絕望了。

當查到我床前的時候，我仍舊照原來的樣子平躺著，眼睛閉著。一任那支體溫表插進我的嘴裏，我也只是習慣地含起來。連想睜開眼睛看一看的意念都沒有。

可是，馬燈的光在我臉上一閃，接著便是一個熟悉的聲音在喚著我的名字。這聲音，由於出自意外的驚喜，而致大大超過了剛才說話聲音的高度。但在我，不知道是由於眩暈得頭昏了，還是絕望到不敢再相信自己的耳朵，感覺得那麼遲鈍。好久，才明確地意識到這聲音是她。當時若不是傷口痛得不能動轉，和全身像被抽掉了骨頭似疲軟無力，我一定會從床上跳起來了。

她趕緊制止我。而且似乎意識到自己剛才用了過高的聲音說話的失當，彎下身來，用抑壓得更低的聲音對我說：「不要動。」接著就問我幾時來的，施過手術之後的情形等。

我不記得我怎樣回答了那些關懷的問話，或者簡直就沒有回答。因為當我一看到她的時候，便被一種完全意外的驚喜所窒住，什麼也說不出來了。我只是熱切地看著她，想從她的臉裏找出一些什麼來——找出我久懷著的不□和期望的答案。

使我驚奇而快慰的，是那副熱情而愉快的面孔幾乎沒有多少改變，眼睛仍舊是那麼大，仍舊透射著那麼堅定而明朗的光輝。不同的，是這光輝裏本來含有的□□少女底天真和淳樸減少了，甚至幾乎完全沒有了。代替這的是一說便知聞的作成的老練，而且顯然是由於睡眠不足，眼睛周圍加添了一圈黑邊，並且顯現著極端疲憊的神情。不過嘴角上還仍然帶著那能給人以力量的自信的微笑。就整個面部表情看來，除過皮膚變得粗□而更顯著健康之外，似乎還增加了一些為她以前所沒有的東西——或者就是很不明顯的悒鬱和沉默吧。但因為她還極力保持著原有的熱情和愉快，這使得除非特別熟悉的人就不容易察覺出來的。

「你不是不在外科工作嗎？」好一會，我都找不出適當的話說，而忽然想到了這樣一句帶有報復性的問話。

「我在傳染科，」她很平淡的回答，「今天是代一位同志上班。」

下面又沒有話說了。她檢查著我的體溫，脈搏，在一張表上登記著。我只是默默地望著她。本來，我要問問她這半年來的生活和工作，想從這裡知道一些她的心緒和情感。但這不是一時所能談完的。她還要繼續她的工作，而且在我，也似乎覺得不應該去□□她那心靈深處的創痛。——自然，我的思想並不一定對。

她又站了一會兒，像是要說什麼，但終於只說了一句「以後再來看你。」就提起馬燈走了，這時，我才看到她腿上還帶著一灘准是由於坡雪滑跌所沾上的污泥。

此後，她幾乎每天都來看我一兩次。但總是很匆忙地待一下，談幾句很平常的話就又走了。不知道是由於病房的環境不方便呢，還是她故意避免談到那些為我們的友誼所應該談的話。因此我想要問她的話，便也有好幾次都衝到口邊又收住了。而且實在說：當她帶著那能給人以力量的自信的微笑站在我面前的時候，我感到自己那些想法是可恥的，而對於她，那也許會是一種污辱吧。

總之，不管怎樣，我所看到和聽到關於她的，都和我所想到的相同。我沒有辦法證明她對工作懷著任何不滿，和由此而來的即使是微小的苦悶。我們每次的見面和談話，雖然都很短促，但每次都留給我一個愉快的印象。而且我也似乎無形中受到她的感染，改變著我以前對於某些問題的看法。同時，在從她的同伴和病人中聽到所有關於她的話，也都只能證明她對工作的積極，負責任，熱情，和能幫助人等等。就照我看到的實在情形，無論是她的同伴或病人，都對她像小妹妹一樣的愛護和尊重著。至於她的忙，後來我才知道：她除了像其他人一樣，每天要上八個鐘點的班（代替別人的時候是□連做到十六個鐘點的，而在她這又是常事）之外，還擔任著黨的、行政的，和學習的小組長。

這樣，我還能再有什麼想懷疑呢？除開解脫了我□□的不安和期待，而且還給了我以安慰和鼓勵之外，我還為那種頑強的布爾什維克的工作精神所深深感動了。

× × ×

兩個禮拜之後，我的創口完全復原而且可以自由走動了。就在我出院的前一天晚上，我為那種久病初愈的人所特有的強烈活動欲望所催促，一個人跑到河邊去散步了。

時間已經晚了。夜是冷寂的。快要圓的月亮被風吹得有點慘白，孤獨的掛在天上。時而為遊雲遮住，不久又從雲縫裏透露出來。

我慢慢地走著。腦子裏毫無所謂地思索著些什麼。當將到河邊的時候，忽然有一個人影從斜坡下轉過來。低著頭，兩手插在衣袋裏，像在計算著步子似的慢慢地走著。近了，從沒有戴帽子的頭髮上可以看出來是個女的。而且接著，我便認出了是她。

這使我微微感到驚異。因為，獨自一個人散步而且在這麼晚的時間，按照她過去的習慣這是非常稀有的現象，□□這半年來的工作，連她的某些生活習慣——就如散步吧——都會改變了嗎？可是，為什麼當她看到我臉上便突然浮一種那樣的表情呢——就像人當深夜獨處，揭開自己心扉的最後一層，正在審視著心靈深處的時候，忽然發覺被人窺看了的那種不是驚恐，也不是羞慚，而是一種出於自尊的倔強的掩飾性的表情呢？這時，我就沒有敢先開口問她什麼，而只默默地看著她。結果倒是她先說話的，那口吻帶有一點解釋的性質，告訴我她是剛送走了一個朋友。

「誰？」

「L。——她去魯藝學習了。」她回答。似乎儘量想說得平淡，但口吻裏終於帶出了被抑壓的羨慕的情感。

「那麼，你呢？」我像忽然想到了什麼似的問。

「我？」她驚奇地望我一眼，沒有回答，而且把臉轉向了別處。

我立刻感到了自己的冒失，也沉默下來。

好一會，她才顯然是為了打破這沉默，而且不讓談話接回到自己，告訴了我一些關於L的事情。

L也是我所認識的一個和她同樣年齡的女孩子。進過美專的四川小姐。是她最好的朋友之一。在×校時候，她們是同班同組，而且是一同派調來醫院工作的。自然，由於她過去所學和所理想的是美術，而不能滿意這種與自己願望相違反的工作。但開初，她雖然一面發些牢騷，而另外她又為自己的政治覺悟所□勵，總還極力想把該做的工作做好。但後來，她終於不能控制自己了：而且逐漸因為精神底□強度抑壓致成了歇斯特里。但這，卻更招致了周圍人們的諷嘲和非議。

「現在，」她結束著：「她終於離開這裡了——也許她的病會因此好了吧。」

最後一句她是自語般的望著月亮說的。末尾還加上了一個輕微到幾乎聽不見的歎息。

我困惑了。這些話，使我由於她的感動而正將改變的觀點又復活了。而且以難解的紛亂侵擾了我。

像是我的沉默，使她感到了什麼，突然回過頭來，望著我困惑不安的表情。大概這使她覺到我們之間當時所存在的另一種關係了——就是除了友誼之外，我是住院的病人，而她，是病人的護理者。於是，馬上，她改換了在病房裏所用的聲調和態度向我說話了：

「我們回去吧。」

我沒有說什麼，只默默地點點頭，跟在她後面。腦子裏反覆著一個難解的問題。當快要到門口的時候，我忽然停下來，問：

「你們這裡講過精神分析學麼？」

「你說的是弗羅特（S.Freud）教授的精神分析學麼？」她也停下來，望著我。我點點頭。「知道一點。不過他說人的潛在意識是意識底主動一點，是值得討論的；因為主動人的行為的還是人的意識，而人的意識——就按弗羅特的說法，是被前意識所規定著的。其實，這所謂前意識，就是外在的社會生活和社會觀念。」

「那麼，如果人底某種意念，被前意識——成者照你的說法，被外在的社會觀念阻隔到潛在意識的深淵裏便永遠不會出現了麼？」

「那已經是意識以外的存在了。」

「但這會不會突然衝過前意識，從這意識跑到意識裏來呢？」

「那只能是變相的而且必須在人做夢的時候——可是你為什麼問起這種問題呢？」

我沒有回答。她奇怪地望著我，我也望著她。就這樣，我們互相凝望著站了好久。

後來，她先低下頭了，試探般的伸著腳步慢慢向門口走去。而我仍舊站在那裏不動，默默地望著她那黑色的背影。

走到門前，她又停住了；遙望著變黑了的用石頭建築的大門。

突然，她尖銳地驚叫一聲，轉身向我跑來，而且撲在我懷裏，恐怖地戰慄著。

「怎麼？……」我為這深夜荒野的叫聲驚住了，急切地問。她恐怖的戰慄也傳染了我。

「你看！」她把蔽在我懷裏的臉，側過半面來，恐懼地望著醫院的大門：「你看，那黑門，那白字……還有那柳樹……那是什麼，那是些什麼可怕的東西啊……」

我望過去，慘淡的月光，照在那黑石頭門上鐫著的大白字，陰森森地張望著；禿了頂的老柳樹，拖長著怕人的黑影，在寒風裏發出淒厲的哀號……

第二天，我就出院了。

那天我起得特別早。把一切東西理好了，便站在門外的欄杆前呆呆地向遠方凝望著。似乎是在等人來接我出院，然而又像期待著別的什麼。

忽然，她從我背後走過來。告訴我她要上班，不能送我，希望以後能常通信；還看看我的東西是否收拾好了，問我要不要她幫忙。

話都很簡短，而聲調是那麼懷愧，在我的記憶裏，似乎從不曾聽到過。

我也覺得沒有什麼話說，只默默地點點頭，望著她。從她的眼睛裏，仍可以看出來昨夜恐怖的痕跡。但現在有一種倔強的微笑，蓋在她悒鬱的臉上了。

接著，上班的鐘聲命令她離開我。她望著我，緊握我的手，懇求似的重複著那句話：「希望以後能常通信。」

我完全為她擾亂了。一直很久很久，總有兩副面影在我面前出現。一副，熱情而愉快，兩頰上泛著少女的紅暈；一副，倔強的笑影掩蓋著深深的悒鬱；而面色，也越來越蒼白了。那句被重複了兩遍的話也常常在我耳邊響著，催促著我數次拿起筆來給她寫信，但除了「K 同志」之外，便再也寫不出一個字……

終於，我接到她的信了。是用鉛筆寫在一張廢報紙上的，字迹模糊而潦草。好久我才辨識出下面幾句話——

「趁我現在清醒，寫這幾句話給你。

我病了。但不知道是什麼病。醫生們也診斷不出來。只覺得全身癱軟無力，時常昏迷著。同伴們說我常常夢囈，我也覺得好像做過不少夢，但一醒來，便什麼都不記得了……

你能抽時間來看看我麼？

K 上」

（四二年一月末，於藍家坪）〔註 19〕

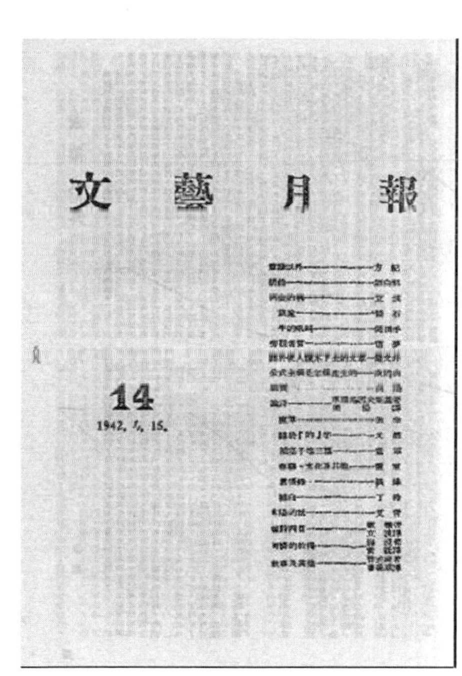

文藝月報

14

1942. 4. 15.

意識以外

方紀

方紀短篇小說《意識以外》，原載《文藝月報》第十四期，一九四二年四月十五日

《意識以外》這篇小說的故事梗概曾被王昌定先生這樣敘述：「一個熱愛文藝，希望從事文藝工作的青年女共產黨員，被組織上分配到當時極為需要的護士崗位上，她服從組織分配，積極工作，但思想上卻有痛苦、有矛盾，因而對整個醫院的環境（『黑石門』上的『白字』，『禿了頂的老柳樹』在院中映出

〔註 19〕儘管《文藝月報》有影印版，但文中仍舊有些無法辨識的地方，因時間倉促我沒有來得及細緻辨識，一律用「□」來進行標注，特此進行說明。今後有時間的時候，我將核對原刊把這些地方進行考釋。

的『黑影』等）以及周圍的人，產生了一些不愉快的情緒。」〔註20〕其實，小說主人公之一的「H」不僅是產生了「不愉快的情緒」，而是生病了，她患上了歇斯底里症。同時還需要注意的是，小說的主人公K並不是「共產黨員」，而是一位帶有革命傾向的左翼青年而已。在《意識以外》中，只出現過革命組織（或革命政黨），但沒有出現真正的共產黨員，更不是周良沛先生在《近思方紀》中描述的那樣〔註21〕。

值得注意的是，《意識以外》這個短篇小說一直被埋藏在作家方紀的「內心深處」，始終沒有在人民共和國初期歲月中被方紀主動提及。從故事梗概來看，《意識以外》接續的是《山城紀事》中小說女主人公L的後續故事，不過主人公變成了K。L成為故事的隱形主人公之一，去延安後因其有美術特長進入了延安魯藝美術系。而K也是具有藝術特長（愛拉小提琴）的革命青年，本想從事文藝工作，卻被「組織」安排到××療養院做護理工作。不管是L還是K，在延安這個地方曾患過「精神病」。這前後的兩個故事，顯得特別具有意義，至少表達了作家方紀某種關聯性思考與寫作：《山城紀事》和《意識以外》作為姊妹篇小說的文學史價值。

那麼，這裡就產生了一個疑問：為什麼方紀一直隱藏《意識以外》這篇續篇的短篇小說呢？直到二十世紀八十年代初期和中期，方紀才回顧了《意識以外》這篇小說的實際創作情況。他的回顧主要有三次：第一次是為紀念延安文藝座談會講話發表四十週年（一九八二年），他寫作了《新的起點——回顧延安文藝座談會前後》，對這篇文章的內容有所交待，

> 我的小說《意識以外》，寫於一九四一年（應為一九四二年——引者注）文藝座談會召開之前。小說寫的是一個剛剛從大後方來到延安參加革命不久的女青年，她對革命抱有不切合實際的幻想，因為她會拉小提琴，所以一心想搞文藝工作。但組織上卻分配她到醫院當護士。於是就產生了個人利益與革命需要的矛盾，在她的內心

〔註20〕王昌定：《方紀論》，《天津社會科學院專家論文選集（第1輯）》，天津：天津社會科學院出版社，2006年8月版，第16頁。

〔註21〕周良沛是這樣寫的，「早在延安，方紀為他的短篇《意識以外》的『轟動效應』還是風光了一番的作家。小說寫到一位黨員女醫生為自己的政治條件而擇偶的苦惱，也是作者寫自己和夫人的初戀，卻被批判為『宣揚人性』、『誣黨性束縛人性』。」周良沛：《近思方紀》，《神鬼之間》，濟南：山東畫報出版社，1999年5月版，第49頁。

形成了強烈的苦悶，儘管如此，她每天還是積極的工作，努力完成自己的本職任務，以最大的毅力壓抑自己內心的苦悶。但由於長期憂鬱，最後患了精神分裂症。〔註22〕

為了迎合《在延安文藝座談會上的講話》發表四十週年，方紀的發言顯然算得上是「中規中矩」。第二次，是為《書訊報》寫專題文章「我的第一本書」時，專門談及他的《意識以外》這篇小說（一九八五年），

「我的創作道路是不平坦的，經歷過多次的坎坷和挫折，其中有成功的經驗，也有失敗的教訓」，「我想談談自己四十年代初在延安寫《意識以外》這篇短篇小說的創作思想，以供一些愛好文學者之鑒戒。這是我青年時代一篇不成熟的作品，現在已經找不到原稿了。」〔註23〕

第三次是一九九五年，方紀最後一次回顧自己的人生歷程文章《長江自有浪花在》一文中，他提到小說《意識以外》，「《意識之外》，是我創作並發表的第一篇小說，作品在《文藝月報》上剛一發表，有些同志向我道賀，也有些同志提出了批評，說我主張個性解放，宣傳小資產階級情調」。〔註24〕顯然，《意識以外》這篇小說在方紀的文學創作生涯中有著重要的地位，他把它看做是「坎坷」和「挫折」。這讓人不禁要問，經歷四十多年的時間，為什麼越到晚年歲月，方紀對《意識以外》這篇小說的牽掛越重呢？而他對小說內容的記憶又是那樣的清晰呢？是不是因為這是他的第一篇發表的小說的「緣故」？

實則不然。查閱文獻材料中可以發現，短篇小說《意識以外》發表之後，很快受到了批評者的「嚴厲批評」。剛剛發表小說兩個月後的一九四二年六月十五日，署名「劉荒」的批評者就在延安《解放日報》發表批評文章，對《意識以外》的主題、思想進行了否定性評價。劉荒認為，小說《意識以外》的主題「很模糊」，缺乏「積極性」，對醫院的描寫儘管真實，不過作為一個現實主義的作家，「是否僅僅客觀地形象地反映了這個事實就夠了呢？」進而認為，「《意識以外》所顯示的那位看護同志的苦痛是黨給予她而被方紀同志同情著

〔註22〕方紀：《新的起點——回顧延安文藝座談會前後》，《新文學史料》1982年第2期。

〔註23〕方紀：《我的〈意識之外〉》，上海《書訊報》編輯部：《我的第一本書》，長沙：湖南人民出版社，1985年8月版，第97～98頁。

〔註24〕方紀：《長江自有浪花在》，中國人民政治協商會議天津市委員會文史資料委員會編：《天津文史資料選集》1995年第3輯（總67輯），第11～12頁。

呢？抑或是由於這苦痛是這看護同志的脆弱所招致，使方紀同志的同情變成袒護？讀者——我，很不容易看得清楚。」進而，對小說進行了否定性的判斷，「《意識之外》的主題的積極性應該是讚揚在艱辛里克服自己的『意識以外』的或者意念的人，或者否定這個在克服自己的『意識以外』的意念時顯得脆弱以致歇斯底里的人。」〔註 25〕

劉荒的這篇批評文章，和半個月前（一九四二年六月十日）署名「燎熒」的批評者批評丁玲的《在醫院中時》有著驚人的一致。燎熒那篇文章的題目為《「人……在艱苦中生長」——評丁玲同志的〈在醫院中時〉》，文章裏對丁玲的現實主義文學寫作的姿態提出了嚴厲的批評，「這篇小說的主要缺點是在於主題的不明確上，是在於對主人公的周圍環境的靜止描寫上，是在於對於主人公的性格的無批判上，而這結果，是在思想上不自覺的宣傳了個人主義，在實際上使同志間隔膜」〔註 26〕。丁玲在延安文藝整風運動期間，為這篇小說寫過深刻的「檢討書」〔註 27〕，可以想見當年對她心靈的「傷害」。一九五〇年開明書店擬出版「新文學選集」叢書時，《丁玲選集》也納入出版的範圍之中，但丁玲在對延安的文學作品進行選輯之時，卻把《在醫院中時》這篇小說進行了「遮蔽」，原因也在於當年延安文藝界對小說的圍攻性批判。細讀丁玲的這篇小說，我們發現它涉及了對黨和黨組織的描寫，甚至還涉及對黨員形象的描述，這些都是敏感的地方，也是最容易遭人批評的地方，而當年的批評文字中確實有這樣的批評指向。〔註 28〕像丁玲這樣的作家對延安被批評的作品都有內心的恐懼與擔憂，方紀不提《意識以外》這個作品也在可以理解的範圍內。更何況，方紀熟悉當年延安文藝整風運動中的內幕，甚至還知道丁玲為《在醫院中時》寫過「檢討書」，以及當年丁玲在整風與審幹運動期間的人生處境。而黎辛在回憶延安歲月中，也提及當年《意識以外》發表之後方紀的舉動，可以作為印證：「祖春說方紀膽小，可能與他的《意識以外》受到批評有關係。祖春看的作品多，他還記得幾個月以前方紀的小說《意識以外》受到批評，在

〔註 25〕劉荒：《「意識之外」——評方紀〈意識之外〉》，《解放日報》（延安版）1942 年 6 月 25 日，第 4 版。

〔註 26〕燎熒：《「人……在艱苦中生長」——評丁玲同志的〈在醫院中時〉》，《解放日報》（延安版），1942 年 6 月 10 日，第 4 版。

〔註 27〕此檢討書文稿由丁玲秘書王增如整理，冠名為《關於〈在醫院中〉（草稿）》。丁玲：《關於〈在醫院中〉（草稿）》，《中國現代文學研究叢刊》2007 年第 6 期。

〔註 28〕袁洪權：《開明版〈丁玲選集〉梳考》，《現代中文學刊》2013 年第 4 期。

報上作了自我批評與說明。」〔註 29〕可惜的是這份自我批評與說明文字筆者至今沒有收到，其內容到底如何很難「猜測」，但既然是和丁玲《關於〈在醫院中〉（草稿）》類似的文字，從丁玲的殘稿文字中也可以猜出一二來。

因小說《來訪者》在《收穫》的發表，一九五九年底，天津文藝界展開對方紀的批判（主要陣地在《新港》），《意識以外》成為了陪綁作品，康濯就有這樣的批判文字：「在抗日戰爭的艱苦的年代，作者的《意識以外》據說就把革命工作描寫得陰森森的，把一個女幹部在個人利益和集體利益的矛盾當中的生活，描寫得痛苦而又可怕。倘若情況果然如此，那麼，很明顯，作者當時思想上跟黨和人民的距離，自應看作是資產階級和無產階級的敵對性的分歧。」〔註 30〕康濯把《意識以外》看成是方紀「從事短篇小說寫作的各個時期，在政治思想方面幾乎跟黨和人民的要求有著或大或小的差距，甚至還有著敵對性的分歧」的代表作品。儘管《意識以外》對共和國的普通讀者而言是不常見的，甚至在一九六〇年批判方紀時很多人（包括方紀本人）都無法看到，但他們卻對它有約定俗成的看法：「有著嚴重錯誤的短篇《意識以外》」。〔註 31〕著意於批判思路建構的批判者們認為，《意識意外》把革命工作描寫得「冷酷可怕」：「革命竟逼得女主人翁的人格分裂，不得不偽裝積極，應付革命工作，而內心受著個人理想和革命工作相矛盾的痛苦的煎熬，竟到了絕望的地步，從而作者把革命和個人理想對立起來，把黨性和人性對立起來，認為革命工作必然要『摧殘』或『扼殺』個人的理想和幸福，而女主人公只能懷著理想和幸福將要破滅的痛苦，用『倔強的笑影掩蓋著深深的悒鬱』，不敢表露內心的矛盾。只有女主人翁周圍那些被『扼殺』了理想和人性的『呆滯、平板』得『像是用一個模型翻印出來的塑像』似的人們，才感覺不到革命和個人理想、黨性和人性的矛盾的痛苦，而機械地工作著。」〔註 32〕《意識以外》不僅在延安文藝整風運動前期被當作人性論的代表作，且被認為是方紀「從創作實踐上，有力地配合了修正主義者向黨和革命的進攻」〔註 33〕，甚至在一九五九年仍舊是批判者們可抓的「辮子」。顯然，這使方紀的內心深處對它的觸碰要加以刻意迴避，對《意識以外》的緘口不語是有深層原因的。

〔註 29〕黎辛：《親歷延安歲月》，西安：陝西人民出版社，2016 年 1 月版，第 118 頁。
〔註 30〕康濯：《方紀短篇小說批判》，《新港》1960 年第 3 期。
〔註 31〕康濯：《方紀短篇小說批判》，《新港》1960 年第 3 期。
〔註 32〕沉思：《方紀創作中的「人性論」傾向》，《新港》1960 年第 2 期。
〔註 33〕沉思：《方紀創作中的「人性論」傾向》，《新港》1960 年第 2 期。

三、從「本事」到「文學文本」：「革命＋戀愛」在新的時代的內在要求

《文藝報》的批判者以《山城紀事》的故事梗概不僅「沒有表現出青年知識分子在反動統治下走向革命的真實過程」、而且「也沒有表現出革命工作者在蔣管區所進行的艱苦的鬥爭」為理由，對小說進行了徹底的否定，進而對小說中側重的「把個人愛情的破滅看成是走向革命的動力」的這種觀點，進行了嚴厲的批評〔註34〕。當然，這樣的小說在批判者們看來，不可能具有教育共和國初期青年的作用。那麼，「知識分子」在反動統治下走向革命的「真實過程」，到底是怎樣的過程並予以文學的書寫呢？依據周揚在全國文代會上的報告，我們看到描述五四以來的知識分子的革命歷程，原來是這樣明確的規定的，「『五四』以來，描寫覺醒的知識分子，描寫他們對光明的追求、渴望，以至當先驅者的理想與廣大群眾的行動還沒有結合時孤獨的寂寞的心境的作品，無疑地是曾經起過一定的啟蒙作用的。但現在，當中國人民已經在中國共產黨領導之下，奮鬥了二十多年，他們在政治上已有了高度的覺悟性、組織性，正在從事於決定中國命運的偉大行動的時候，如果我們不盡一切努力去接近他們，描寫他們，而仍停留在知識分子所習慣的比較狹小的圈子，那麼，我們就將不但嚴重地脫離群眾，而且也將嚴重地違背歷史的真實，違背現實主義的原則。」〔註35〕「新」的東西是什麼，周揚這裡說得很清楚，不能停留在知識分子所習慣的「比較狹小的圈子」。

《文藝報》對《山城紀事》進行批判的理由，第一條就是因為它是「舊作」。有關「舊作」在人民共和國初期的出版，原本是很正常的事情。但是，「舊作」的出版過程中，確實也有不謹慎的一些書籍出現：「有些作品是不夠令人滿意的，特別是有些為群眾較熟悉的作者們在近年出版的舊作和『少作』。這些作品有的單獨成冊，有的和其他作品集合成書」。〔註36〕《文藝報》公開點名的舊作書籍，包括冀汸的詩集《有翅膀的》（泥土社，一九五一年一月版）、王采的詩集《開花的土地》（文化工作社，一九五一年四月版）、周而復的《夜行集》（群益出版社，一九五〇年三月版）。如果從《文藝報》一九五一年的這種批

〔註34〕簡評、李楓：《評「十月文藝叢書」》，《文藝報》1952年第13期（1952年7月10日）。

〔註35〕周揚：《新的人民的文藝——在中華全國文學藝術工作者代表大會上關於解放區文藝運動的報告》，《人民文學》創刊號（1949年10月25日）。

〔註36〕葛傑：《慎重出版舊作》，《文藝報》第4卷第8期（1951年8月10日）。

判出發來衡量，《山城紀事》確實屬於「舊作」之列，它也帶有「作家自選集」的性質，是作家方紀對其文學創作生涯的一種總結方式。在《山城紀事》出版之前，儘管方紀出版過《阿洛夫醫生》〔註37〕（報告文學，冀中新華書店，一九四七年七月版）、《人民的兒子》〔註38〕（小說，天下圖書公司，一九四九年十月版）兩部文學作品，但作為個人自選集的選輯本並沒有呈現出來。此時出版一部個人自選集作品，進而奠定其在共和國文學史的地位，對一位作家來說也應該是份內之事。但面對一名革命作家，選擇革命文學作品做進一步的展示也是順理成章的事情。

那麼，「革命」的故事到底要怎樣敘寫呢？筆者一直相信，方紀的這兩篇小說《山城紀事》《意識以外》是有其「本事」的。也就是說，這兩個小說的寫作有真實的來源，因為方紀本身是一位革命作家。聯繫方紀的生平情況我們也知道，他曾經在八路軍辦事處工作過，也在山城重慶工作過一段時間，「1939年6月，我隨同八路軍辦事處轉移到重慶，在周恩來同志直接領導下從事宣傳工作」，「1939年12月到達延安」。〔註39〕而《山城紀事》中透露的正是陪都重慶的革命青年生活，與方紀的現實觀察是有著密切的聯繫的。《山城紀事》與方紀的回憶錄形成了「互文性」，剛好可以對比閱讀：

> 我們到達重慶時，蔣介石在日本誘降和英美勸降的背景下，制定了「防共、限共、溶共、反共」的投降路線，頒布了《限制異黨活動辦法》等一系列反共措施，製造了冀中深縣、湖南平江等地的多次慘案，還將大批愛國青年送進集中營「甄別受訓」。中國共產黨為了保存抗日力量，將國民黨統治區內的進步青年，一批批地送往抗日根據地和延安，我記得當年有許多青年是經重慶去的，看著一批批青年去了延安，我也提出申請要去延安。〔註40〕

而《意識以外》這篇小說，更是直接來源於對現實故事的「提煉」，方紀

〔註37〕只收錄了《阿洛夫醫生》這篇報告文學作品，書前有李富春的對阿洛夫醫生的題詞「阿洛夫同志在醫學上的功績，是我們八路軍新四軍醫務工作者的新方向」，書後有《附記》。

〔註38〕這部小說集收錄的作品有：《紡車的力量》、《副排長謝永清》、《人民的兒子》和《秋收時節》四篇短篇小說。

〔註39〕方紀：《長江自有浪花在》，中國人民政治協商會議天津市委員會文史資料委員會編：《天津文史資料選集》1995年第3輯（總67輯），第8～9頁。

〔註40〕方紀：《長江自有浪花在》，中國人民政治協商會議天津市委員會文史資料委員會編：《天津文史資料選集》1995年第3輯（總67輯），第8頁。

是這樣說的：

> 這篇小說塑造的典型性格，是我親眼所見的一段往事的藝術再現，1940 年春，有位名叫林蘭的 16 歲女學生告別雙親，背著一把小提琴千里迢迢來到延安。她對革命事業有著無比的熱情，可又對參加革命抱有不切實際的幻想：她酷愛提琴藝術，亦頗有天分，希望能在音樂方面發揮自己的才能。可組織上卻安排她在醫院裏當護士。她理智上認識到這是戰爭環境下的革命需要，可一時又難以改變自己的追求，在理想與現實的衝突中，人變得憂鬱苦惱，最終導致精神失常。〔註 41〕

兩個「本事」故事的處置方式，在方紀看來，都是用的「現實主義」的眼光，但在批判者看來，他用的是「舊現實主義」的眼光，而不是在人民共和國初期追求的「革命的現實主義」。茅盾曾專門回到「革命的現實主義」的概念，認為它「是區別於舊現實主義而言的，高爾基把俄國革命前的舊現實主義稱為批判的現實主義，因為這些現實主義的作品雖然批判了世界的罪惡，卻沒有指示出前進的道路。十九世紀的西歐其他國家的現實主義作家也復如此。批判的現實主義在當時也有其進步的意義，十月革命後，蘇維埃文學的現實主義稱為社會主義的現實主義，簡短說，『表現蘇維埃人民底新的崇高的品質，不但表現我們人民底今天，而且還展望他底明天，用探照燈幫助照亮前進的道路』，就是社會主義的現實主義。」〔註 42〕說的直白一點，「革命的現實主義」就是現實主義與浪漫主義的有機結合。如果按照這個內涵來看方紀的《山城紀事》《意識以外》這兩篇「舊作」，無疑地都沒有達到這樣的藝術高度。

一九四九年，方紀的年齡僅僅三十八歲。對於一名文藝工作者而言，三十八歲意味著他處於精力旺盛的時期，其文學創作的激情隨時可以迸發出來。人民共和國初期歲月裏，確實是方紀文學創作的「豐產期」，他有兩部長篇小說就是此時創作出來的，即《老桑樹底下的故事》和《不連續的故事》。《老桑樹底下的故事》，三聯書店一九五〇年九月出版，列為「文藝建設叢書」之一種，小說採用中國通俗小說的「模式」，對冀中地區的抗戰民眾生活有細緻的描寫，特別是他塑造了兩個典型人物：「趙大山」和「周小霞」。《不連續的故事》，上

〔註 41〕方紀：《長江自有浪花在》，中國人民政治協商會議天津市委員會文史資料委員會編：《天津文史資料選集》1995 年第 3 輯（總 67 輯），第 12 頁。

〔註 42〕茅盾：《略談革命的現實主義》，《文藝報》第 1 卷第 4 期（1949 年 11 月 10 日）。

海文化工作社一九五〇年六月出版，列為「文學叢書」之一種，小說由五個短篇小說片段組成，每個片段圍繞一個主人公進行寫作，分別為：《一個人怎樣會變得聰明起來》（主人公郭東成）、《仇恨和解了》（小說主人公為趙雙印與何青臣）、《懶人不是生就的》（小說主人公陳二莊）、《「人心是塊壞肉」嗎》（主人公趙明雲）和《讓生活變得更美好吧》（主人公小環）。方紀的小說寫作，顯示出作家堅守的文學觀念和文學態度，但也經常遭受批評者們的「質疑」。而《讓生活變得更美好吧》這篇小說經由《人民文學》發表之後，他就受到了「讀者」的批評：

> 這篇作品的作者，為什麼把一個所謂年青美麗的姑娘在人們的社會政治生活中所發生的力量，不正確地誇大到這樣的地步呢？就以參軍運動來說，難道我們翻身農民自動參軍的政治覺悟還比不上一個漂亮姑娘所發生的作用嗎？難道我們黨在農村中長期對農民所進行的教育和政治上組織上的領導作用，也還不如一個漂亮姑娘所起的作用嗎？作者這樣地描寫是合乎事實的嗎？我認為這篇作品的思想是錯誤的，應該加以批判與糾正。〔註43〕

《人民日報》編輯部對讀者意見持讚賞的態度，同時指出《讓生活變得更美好》的主題思想失敗，暴露出作者「戀愛至上主義」或「或弗洛依德主義者對於人民政治生活和婦女社會作用的歪曲描寫」，呼籲共和國的文藝作家們，「特別是共產黨員的作家們，用新的正確的態度來對待婦女，對待包括婦女在內的社會生活，並用以教育人民」。〔註44〕方紀頂著巨大的壓力，最終以檢討的方式收場，他在檢討中深刻檢討了自己的問題，「除了由於馬列主義水平低，思想上還殘留著不健康的因素外，還因為題材和主題不一致」，「題材和主題，形式和內容，藝術和政治的必然統一和前者必須服從後者。」〔註45〕

進入人民共和國初期的文學語境之後，方紀的《山城紀事》《意識以外》都成了革命歷史小說。不過，關於革命歷史小說又有了新的規範，黃子平曾指出過，「『革命歷史小說』的情節發展當然一律是反敗為勝、從水深火熱走向革命人民的盛大節日、從勝利走向更大的勝利。作者和讀者都深深意識到自己置

〔註43〕郝彤、編者：《從一篇小說看文藝創作中的一種傾向》，《人民日報》，1950年3月12日，第6版。

〔註44〕郝彤、編者：《從一篇小說看文藝創作中的一種傾向》，《人民日報》，1950年3月12日，第6版。

〔註45〕方紀：《我的檢討》，《人民日報》，1950年5月21日，第5版。

身於滾滾向前的歷史洪流之中，浩浩蕩蕩，順之者昌，逆之者亡。」〔註 46〕《山城紀事》從作家選本中走向消失，而《意識以外》只能存留作家內心深處，可見當時對方紀的自我審查功能形成有很大的影響。

本章小結

記得在翻閱舊材料的時候，看到一本書名為《鋤毒草批黑書資料彙編》的書，裏面涉及對方紀的短篇小說《意識以外》的「評價」，這裡不妨抄錄一段：

> 方紀何許人也？原來是一個被周揚一夥包庇下來的胡風分子，周揚安插在天津的死黨和心腹，一個十足的反革命修正主義分子。早在一九四二年，他就炮製了反黨小說《意識以外》，和丁玲的《在醫院中》一吹一唱，污蔑我們偉大的黨，偉大的軍隊和革命的紅色政權，當時就被《解放日報》點名批判。〔註 47〕

儘管這種批評文字帶有「文革」的語言特色，但這從側面說明了一個問題，當年方紀故意忽略這篇小說還是有深層次原因的。

方紀曾經說過，催發他創作《意識以外》這篇小說，除了客觀原因之外，還有三個方面的主觀因素：

> 首先，在我寫這篇小說之前，剛剛看完了魯迅先生翻譯的日本文學家廚川白村寫的《苦悶的象徵》一書，對於魯迅先生，我是非常崇拜的。從在家鄉上中學時我就很喜歡讀他的作品，他的《摩羅詩力說》、《文化偏至論》等文章，對我走上革命道路和文學道路都有著重要的影響。那時我不僅讀魯迅先生的文章，而且也儘量去讀他所介紹、翻譯的作品，因此在我接受馬克思主義革命理論以前，也接受了尼采、叔本華、康德等西方哲學家的思想，這些思想對我創作是有影響的。魯迅先生對《苦悶的象徵》一書評價很高，他說：「作者自己就很有獨創力」，並說藝術創作就得有天馬行空的大無畏精神才行。魯迅先生認為廚川白村的創作主旨就是：「生命力受了壓抑而生的苦悶懊惱乃是文藝的根柢」。這種創作思想當時給了

〔註 46〕黃子平：《「灰闌」中的敘述》，上海：上海文藝出版社，2001 年 1 月版，第 26 頁。

〔註 47〕《把新老康敏夫及其後臺統統揪出來》，《鋤毒草批黑書資料彙編》編輯組：《鋤毒草批黑書資料彙編（三）》，1969 年 12 月，第 55 頁。

> 我很大的啟發和影響，我把它與自己小說中的人物的苦悶和自己求學時的一些苦悶聯繫在一起，使我產生了寫《意識以外》的動機。其次，在這以前我還讀了尼采的《察拉圖斯特的如是說》一書，這裡所宣揚的「超人」思想對我也有一些影響。雖然我當時也認為這種思想中包含了極端個人主義的因素，是唯心主義的，但還是欣賞他所講的超人意志。因此在小說中，我著力描寫了個人與環境的對立，以突出女護士在苦悶中所表現出來的超人的意志，突出她強烈的個性。此外，弗洛依德的「精神分析學」中思想活動受潛意識支配的觀點，對我寫這篇小說也有影響，小說中女護士在苦悶中得了精神分裂症也是由此而來。小說的命名也是從這種「潛意識」的概念中生發出來的。這些哲學思想的影響，構成了我寫《意識以外》的主觀原因。〔註48〕

在二十世紀八十年代中期，儘管方紀仍舊以否定的態度來對待他的舊作《意識以外》，儘管二十世紀五十年代初期共和國文學的守護者讀出了方紀小說《山城紀事》的「問題」，也公開批判他的新作《讓生活變得更美好罷》，但直到今天，我們才發現批判它（包括《山城紀事》、《讓生活變得更美好罷》）或者遮蔽它（《意識以外》）的重要原因，最主要的還是在於這幾篇小說明顯地有心理主義小說的傾向，它們受到弗洛伊德心理主義觀念的影響頗深。而對「京派文學」熟稔的讀者都知道，這個文學圈正是受了西方心理主義文學思潮的影響，不僅周作人這位「文壇盟主」，還包括京派文學的理論核心朱光潛先生，以及創作中深受影響的沈從文，都是人民共和國初期要「清算」的對象，而不是「清理」的對象。

上世紀五十年代初期方紀批判的「背後」，是否有文藝界當局這樣的考慮呢？八十年代方紀顧慮的「背後」，顯然也與中國現代文學史對「現代主義文學」的評價有關。至少從周揚一九四九年文代大會的報告可以看出，進入人民共和國初期，文藝界對西方現代主義文學思潮保持著高度的「警惕」，在他們看來，「我們必須學習技術。但我們又必須反對與防止一切技術至上主義（例如技術與思想分開，盲目崇拜西洋技巧等等）、形式主義，必須確立人民文藝的新的美學的標準：凡是『新鮮活潑的、為老百姓所喜聞樂見的中國作風與中

〔註48〕方紀：《我的〈意識以外〉》，上海《書訊報》編輯部：《我的第一本書》，長沙：湖南人民出版社，1985年8月版，第99～101頁。

國氣派』的形式，就是美的，反之就是醜的。」〔註49〕茅盾一九五八年在《夜讀偶記》中對「現代派」的思想根源進行了批判，這些都是一脈相承的文學史觀察思路。不過，儘管人民共和國初期文藝界對方紀有所批評（主要是點名），方紀也在公開場合以「檢討」的方式亮相，但這並沒有影響他的政治地位（黨員身份）和社會地位（幹部身份），這正好呼應了我們對他的境遇的判斷，對方紀的批判是「清理」而不是「清算」，它屬於人民共和國初期的「內部」問題，而不是公開的敵對關係。

〔註49〕周揚：《新的人民的文藝————在中華全國文學藝術工作者代表大會上關於解放區文藝運動的報告》，《人民文學》創刊號（1949年10月25日），第31頁。

第四章　「落後人物」轉變的敘寫問題——方之中詩集《人底改造》的批判研究

本章中，我們將討論一位特殊的作家，他是方之中將軍。方之中這個名字擺放出來，估計大部分的讀者是不知道其人的。這很正常，他被我們的中國現當代文學史遺忘了，而且遺忘得很久很久。方之中不僅是一位作家，而且還是一位軍人。不過，方之中的軍人身份，很大程度上掩蓋了他的作家身份。作為現代中國作家及編輯家，方之中顯然也被遺忘了。說實話，如果不是為了研究「十月文藝叢書」這套文藝小叢書，筆者可能不會和方之中產生關聯，更不知道這個作家在文學史上有什麼價值，有什麼貢獻。但當筆者發現詩集《人底改造》列入「十月文藝叢書」的批判聲浪之中，筆者對詩人及其詩作產生了濃厚的學術興趣，從而對這位被忽視的作家產生了一定的「好感」。

一九九九年五月，天津百花文藝出版社出版《方之中文集》時，在書前的《出版說明》中，有如下文字對方之中進行了文學史評價：

> 方之中同志是一位著作甚豐的資深作家，也是一位戰績卓著的革命將軍，他以筆和槍作武器，為中國人民的解放事業和建設事業辛勞一生，他的革命功績將永留人世。他的文章從不同角度，以不同體裁記錄了他在文壇和戰場的戰鬥足跡，也是留給後世的一份珍貴的歷史資料。〔註1〕

〔註1〕《出版說明》，方之中：《方之中文集》，天津：百花文藝出版社，1999年5月版。

本章試圖對方之中的情況做簡單介紹，並結合他被批判的詩集《人底改造》進行分析。內容由兩部分構成：一是介紹方之中的軍人身份和作家身份；一是集中討論詩集《人底改造》的寫作問題，主要涉及人民共和國初期人物轉變的文學寫作規範。《人底改造》作為方之中人民共和國初期重要的文學創作，出版後卻遭到《文藝報》的點名批評，這使帶有軍旅作家身份的方之中，最終停止了其文學創作活動，從中我們可以窺見二十世紀五十年代初期全國文藝界關於文藝工作者隊伍的「內部清理」。

一、方之中其人簡介

筆者在梳理「十月文藝叢書」時，對方之中這位作家產生了濃厚的興趣，他有一部名為《人底改造》的詩集，納入這套叢書的出版之中。但正如前面提及的，方之中是誰，筆者確實不知道，連基本的線索都沒有。一本薄薄的詩集《人底改造》，到底能證明方之中什麼呢？筆者從事中國現代文學研究也算有十年的時間，但龐雜的現代文學及文人關係，以及「文人事」背後的諸多複雜點，我們的中國現代文學史教學中並沒有完全涉及到。據門歸在論文《一位不該被遺忘的作家——一方之中》中透露，《湖南文學史》中連方之中的名字都未提及〔註2〕，湖南籍作家都很難進入地區文學史的視野，更何況是中國現當代文學史。目前涉及到對方之中研究的論文，以「題目」出現方之中的研究論文只有如下篇目：

華容縣委黨史辦：《文人武將——介紹方之中少將》，《湖南黨史通訊》，一九八六年第四期，第一二至一三頁。

林溪：《魯迅與方之中》，《魯迅研究動態》，一九八六年第四期，第二三至二五頁。

門歸：《一位不該被遺忘的作家——方之中》，《湘潭大學社會科學學報》，二〇〇一年第四期，第七五至七八頁。

周燕：《文人武將方之中》，《百年潮》，二〇〇四年第一期，第三九至四三頁。

周燕：《方之中：從瀟湘大地走出的文人武將》，《湘潮》，二〇〇七年第一期，第一六至一九頁。

〔註2〕門歸：《一位不該被遺忘的作家——一方之中》，《湘潭大學社會科學學報》2001年第4期。

> 李曰：《方之中與〈夜鶯〉月刊》，《湖南農業大學學報》（社會科學版），二〇〇八年第二期，第七七至八〇頁。
>
> 徐續紅：《「海燕」飛過有「夜鶯」——方之中與魯迅》，《湖南第一師範學院學報》，二〇一三年第五期，第九五至九七頁。

這些研究成果，真正立足於方之中的文學創作進行研究、評價的論文，其實只有三篇（門歸、李曰和徐續紅），這是否符合作為文學家的方之中的文學史評價本真狀態，確實有待學界進一步的查考。不過，對他的詩集《人底改造》的研究論文確實沒有，這部詩集當然被中國現當代文學研究界遺忘得乾乾淨淨。

二〇一〇年十月底，利用到上海教學經驗考察與交流的間隙，筆者拜訪了筆者的導師、文學史家陳子善教授，他給筆者講述方之中的一些事蹟：方之中早年和魯迅有過一些交往，編輯過《生存》《夜鶯》《禮拜六》等進步文學刊物或週報。既然跟魯迅有交往，顯然，二十世紀二三十年代的方之中是一個文學愛好者，或者甚至可以說是一名文學青年。陳子善先生二十世紀七十年代末參與了一九八一年版《魯迅全集》書信卷的注釋工作，他對方之中的情況是相當熟悉的。他的這一「提示」，無疑給筆者提供了一條思考的線索，使筆者對方之中產生了獨特的、好奇的感覺：他到底是怎樣一個人？這個人在人民共和國成立後的遭遇是怎麼樣的呢？我們知道，和魯迅親密的、交往過的很多著名文學家，人民共和國成立後都經歷過「煉獄」般的生活〔註3〕。不過，方之中不是正面樹立的「榜樣」，而是作為對立面，成為文藝界批判的「對象」。顯然，方之中這個人是並不簡單的。借助網絡，筆者查看了方之中的基本情況，它有這樣的介紹文字：

> 方之中（1907～1987），湖南省華容縣人。1925 年入黃埔軍校第四期學習，1926 年參加北伐戰爭，曾任國民革命軍第 6 軍 19 師政治指導員。1927 年加入中國共產黨，同年參加湘鄂西秋收暴動，土地革命戰爭時期，任工農革命軍獨立第一師師長。解放戰爭時期，任張家口衛戍區司令部副參謀長、察哈爾軍區司令部參謀長、察哈爾軍區司令部參謀處長、華北野戰軍第二縱隊第 5 旅副旅長、第 20 兵團 67 軍 199 師副師長、第 200 師師長。中華人民共和國成立後，

〔註3〕最近，吳中傑先生對魯迅的「抬棺人」進行了個案性研究，書中他羅列了胡風、蕭軍、聶紺弩、馮雪峰、巴金、黃源在建國後的命運，顯示出魯迅精神在中國當代文學史、思想史中的尷尬命運。吳中傑：《魯迅的抬棺人——魯迅後傳》，上海：復旦大學出版社，2011 年 6 月版。

任華北軍區軍參謀長、中國人民志願軍參謀長、中國人民解放軍副軍長、河北省軍區副司令員兼天津警備區司令員。〔註4〕

這同陳子善先生提供的線索存在很大的「差異」，網絡文字介紹立足的，是作為軍人的方之中。作為文藝愛好者或文學青年甚或文學家的方之中，並沒有被真正呈現出來。熟悉網絡的人都知道，網絡信息只是提供了一種線索，因為它的編輯者的「非專業性」，常常導致這些介紹性文字出現知識性的錯誤。方之中係軍人，並且擔任過如此高的軍事職務，顯然他是不可忽視的歷史人物。當筆者仔細查閱軍人的相關信息和資料時，沒想到方之中居然還是少將級別的軍人，他在一九五五年第一批被授予少將軍銜。《黃埔軍校三百名將傳》中，對方之中是這樣介紹的：

方之中（1907～1987），黃埔軍校第四期畢業。解放軍將領。湖南華容人。1925 年秋，南下廣州，考入黃埔軍校第四期入伍生隊。1926 年 3 月，正式升入第四期學生隊。1926 年 10 月畢業後，任國民革命軍第六軍第十九師連政治指導員，參加北伐戰爭。1927 年 3 月，加入中國共產黨。後根據黨組織的派遣回家鄉工作，組織成立中共第一屆華容縣委，任軍事委員。大革命失敗後，參加鄂中鄂西秋收暴動，先後擔任漢陽縣農民自衛軍軍長和工農革命軍獨立第一師師長。1930 年，方之中到上海，在國民黨的嚴重白色恐怖之下，從事黨的地下鬥爭。他加入「左聯」，主編《生存》月刊和《夜鶯》月刊，並積極為《晨報》、《大眾日報》等進步報紙撰稿，以文化工作者身份秘密為黨工作，堅定地站在偉大的文學家、思想家和革命家魯迅一邊，同國民黨反動派的文化「圍剿」進行堅決鬥爭。抗日戰爭時期，方之中曾在國民黨第一戰區政治部任編輯，在國民革命軍新編第五軍教導大隊任軍事總教官，為宣傳國共合作，共同抗擊日本帝國主義侵略做了大量工作。1940 年，奉調到延安，任邊區《群眾報》編輯。解放戰爭時期，方之中先後擔任張家口衛戍司令部副參謀長，察哈爾軍區司令部參謀處處長，晉察冀野戰軍第二縱隊第五旅副旅長，華北軍區野戰軍第二兵團第二縱隊第五旅副旅長、華北軍區第三兵團第二縱隊第五旅副旅長，中國人民解放軍第二十兵團第六十七軍第一九九師副師長、第二00 師師長等職，先後參加察南戰役、保北戰役、平張戰役、太原戰役

〔註 4〕百度百科中的方之中簡介，參見 http://baike.baidu.com/view/107877.htm。

和平津戰役。新中國成立後，方之中歷任華北軍區軍參謀長、中國人民志願軍軍參謀長、中國人民解放軍副軍長，河北省軍區副司令員兼天津警備區司令員等職。1950 年，率部奔赴朝鮮，參加抗美援朝戰爭。1955 年，被授予少將軍銜和一級解放勳章。1976 年離休後被選為天津市人大代表、天津市政協常委和天津市文聯名譽主席。1978 年 2 月，被選為中國人民政治協商會議第五屆全國委員會委員。1987 年 10 月，在天津病逝。〔註 5〕

從軍事人物傳記知識的角度來說，這是一份比較完整的方之中軍事生涯的介紹。但讀到一九三〇年代，他曾經在上海和魯迅接觸、并編輯《夜鶯》等進步文藝刊物的時候，筆者想：作為軍人的方之中，其文學生涯也就值得我們「關注」。雖然有很多軍人後來成為文藝家，但方之中先軍人後文藝家，再軍人的傳奇經歷，確實是中國現代文學一道別致的風景線。人民共和國成立後居然還拿起筆並寫作詩歌，顯示出方之中詩人的「本性」。筆者在讀秀數據庫繼續搜集他的作家生平介紹，發現《左聯辭典》中一則更為重要的生平資料。《左聯辭典》係對左聯成員的介紹，原來方之中是重要的左聯成員，書中對他的介紹相對而言更為詳細：

方之中(1908—1987年)

方之中先生軍人像

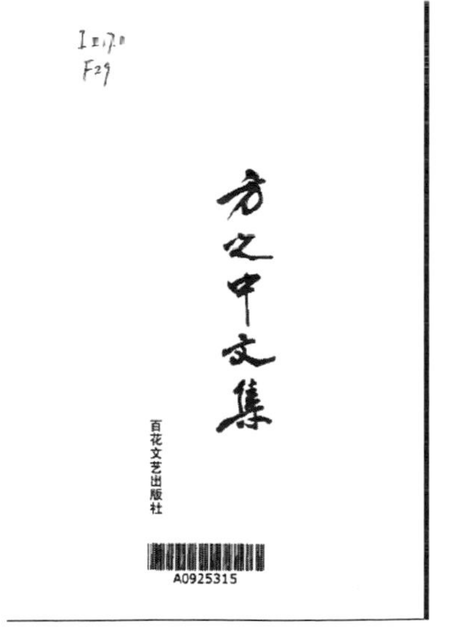

天津百花文藝出版社一九九九年版《方之中文集》封面

〔註 5〕王永均編著：《黄埔軍校三百名將傳》，南寧：廣西人民出版社，1989 年 6 月版，第 75～76 頁。

> 方之中（1908～1987）：左翼作家。筆名方鏡，湖南華容縣人。中共黨員。早年參加北伐，大革命失敗後來上海，入群治大學半工半讀，在該校結識李初梨、馮乃超、潘梓年、陽翰笙、田漢等左翼作家，受到他們的薰陶。1930 年 4 月 1 日《萌芽月刊》1 卷 4 期發表他的第一篇雜文《文藝雜觀》。同年 6 月，由陽翰笙介紹加入中國左翼作家聯盟，從此決心獻身左翼文學事業。1934 年 1 月，作《一年來之中國電影運動》一文，認為 1933 年的優秀電影，「第一值得我們大書特書的是由小說改成的《春蠶》」，認為這「是一首樸素的田園詩」。同年 5 月起，為上海《民報》電影副刊《影譚》撰寫電影評論。1935 年，第一部小說集《詩人的畫像》（原名《花家沖》）出版，生活書店經售。1936 年 3 月，編輯左翼文學月刊《夜鶯》，得到魯迅的支持，給刊物送來雜文《三月的租界》。在編輯工作中提倡「新聞小說」，認為「在民族解放鬥爭尖銳化的今日」，作家應當「正視現實」，作品要「有充實的內容」，「應是英雄行動的讚美」，以「策勵」讀者「再接再厲的勇氣。」同年 6 月，在《我們對於推行新文字的意見》上簽名，支持應用、推廣拉丁化新文字。同年 7 月，大力協助左翼文學月刊《現實文學》創刊。同年，在以魯迅為首的《中國文藝工作者宣言》上簽名，擁護文藝界的抗日統一戰線。同年，小說《速寫集》由上海天馬書店出版。此外還在《中華月報》、《文學叢報》、《現實文學》、《夜鶯》等報刊上發表了許多小說、散文和評論，未收集成冊。〔註 6〕

對作為文藝家的「方之中」，《中國文學家辭典》還有這樣的補充介紹：「1930 年在上海加入『左聯』，1934 年加入『劇聯』，任上海藝華影片公司編輯，上海道中女子中學教員，主編《生存》、《夜鶯》月刊、《禮拜六》週報。……撰有《湘鄂西蘇區的最新一支人民武裝》等回憶文章，出版有小說集《詩人畫像》、散文集《速寫集》等。」〔註 7〕但人民共和國成立之後，方之中的文學創作生涯卻「隻字未提」，形成學界對研究一名文藝家的「空白地帶」，甚至是一種認識上的「盲區」。這對全面認識有著重要文學活動經歷的方之中而言，顯然是不適當的。如

〔註 6〕 姚新編著：《左聯辭典》，北京：光明日報出版社，1994 年 12 月版，第 50～51 頁。

〔註 7〕 北京語言學院《中國文學家辭典》編委會：《中國文學家辭典　現代第三分冊》，成都：四川人民出版社，1985 年 3 月版，第 41 頁。

果按照我們當前的文學研究角度來看，方之中無疑是一個「軍旅作家」，人民共和國初期，這些作家統統稱之為「部隊作家」或「部隊文藝工作者」。據讀秀數據庫的記載，方之中創作的作品主要有五部，按年代先後順序為：

(1)《詩人畫像》(詩集)，《前夜》文藝社，一九三五年十二月版；

(2)《花家沖》(詩集)，龍虎書店，一九三五年版，係《詩人畫像》的重版；

(3)《速寫集》(散文集)，上海天馬書店，一九三五年版；

(4)《人底改造》(詩集)，知識書店，一九五一年四月版；

(5)《方之中文集》(作品集)，百花文藝出版社，一九九九年五月版；

(6)《方之中文選》(作品集)，百花文藝出版社，二〇〇五年八月版。

當然，在這之外，還有一些零散的文章，並沒有進入研究者的「視野」。其實，不僅零散的作品沒有進行研究，即使是有著重要影響的文學作品，也並沒有引起研究者必要的「關注」。下面將要討論的詩集《人底改造》，就是這樣一部重要的、且被遺忘的文學作品。

二、詩集《人底改造》的相關「批判」

按照我們一般的「思維觀念」可以做出這樣的推斷：作為一種作家身份，「部隊作家」有時往往成為一種特殊的「保護色」。方之中這種「部隊作家」的身份，對他的文藝創作真起到了「保護」的作用了麼？據查方之中生平情況，人民共和國成立後他擔任的職務是華北軍區軍參謀長等職，這一職務至少也算是軍隊裏的高級職務。戎馬生涯的方之中卻利用業餘時間裏，仍拿起筆從事一些文學活動，詩歌的創作顯然是他重要的組成部分（當然其他方面的創作，目前筆者還沒有完全予以關注）。雖然當前關於方之中在人民共和國時期的文學活動並沒有完整的梳理，但詩集《人底改造》的創作，本身就是一個文化象徵符號。這裡，讓我們把話題轉向人民共和國初期方之中創作的詩集《人底改造》。筆者對作為詩人的「方之中」感興趣，是因為在筆者梳理的這套「十月文藝叢書」中，方之中的詩集《人底改造》列為叢書的一種，筆者差點遺忘了這部詩集及這個有著「傳奇色彩」的軍旅詩人。

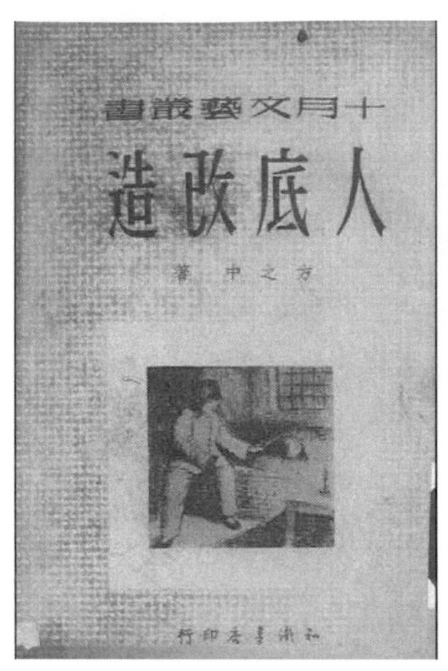

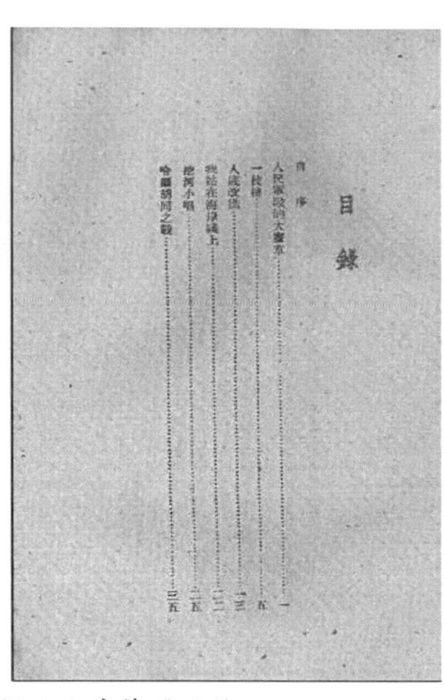

目錄

詩集《人底改造》封面及其詩選目錄

《人底改造》這部詩集，一九五一年四月由天津知識書店出版〔註 8〕，初版印數為五千冊，定價為二千一百元。《自序》之外，收錄的詩歌有：《人民軍隊的大憲章》（一九四九年九月）、《一支槍》（一九五〇年七月底）、《人底改造》（一九五〇年一月三十日）、《我站在海岸線上》、《挖河小唱》（一九五〇年五月二十二日）和《哈爾胡同之戰》，共六首，頁碼為四十七頁。雖然有幾首詩沒有標明詩歌創作的時間，但從詩歌寫作的內容來看，這些詩基本的創作時間，主要集中在一九四九年九月至一九五〇年七月之間〔註 9〕。詩歌結集出版之時，方之中以第三首詩——《人底改造》——作為整部詩集的「詩眼」。在《人底改造》這部詩集出版之前，詩歌《人底改造》早已刊行過，曾經編入阿英等執筆出版的《山靈湖》中〔註 10〕。《山靈湖》是天津文協共和國初期創辦的十月文藝叢刊，此集為「十月文藝叢刊」第三集，一

〔註 8〕目前研究方之中文學生涯的論文，門鼎先生的論文算是重要的一篇，但在論文中他指出詩集《人底改造》出版於 1952 年，顯然依據的是批判時的時間，並不是詩集出版的真正時間。即使是人民共和國之後的方之中文學生涯，介紹也是很簡略的。

〔註 9〕從詩歌的編排順序來看，他有內在的時間線索，第一首詩顯然是最先創作的，內容上確定是 1949 年 9 月政協會議召開之後，而在《自序》中他表明的時間是 1950 年 8 月。這裡筆者據此做了「推斷」。

〔註 10〕頁碼範圍為第 41～51 頁。阿英等執筆：《山靈湖》，天津：讀者書店，1950 年 4 月初版。

九五〇年四月出版。

顯然，方之中很看重《人底改造》這首詩在詩集中的「重要意義」，否則他就不會把詩集用一首「不合時宜」的詩來用以「指代」稱謂整部詩集。「人底改造」，本身在人民共和國初期的文學建構中，就是一個重要的政治主題和社會主題。一九五〇年十月召開政協一屆三次會議之後，「思想改造」成為人民生活中重大的政治話題，毛主席說，「思想改造，首先是各種知識分子的思想改造，是我國在各方面徹底實現民主改革和逐步實現工業化的重要條件之一。」〔註 11〕把「思想改造」上升到這樣的國家高度，可以想見當時有關思想改造話題的文藝創作，顯得有多麼的重要和迫切。身處在這樣的時代環境之中，方之中也對這樣的文藝主題表達了自己的興趣，創作了《人底改造》這首詩並出版詩集《人底改造》。讀罷《人底改造》整部詩集後，筆者發現最重要的詩歌集中在《人底改造》和《哈兒胡同之戰》上。方之中在詩集前寫了《自序》，它為我們進入詩歌文本提供了最直接的「思路」，這裡抄錄如下：

《自序》

寫詩，我是門外漢；出詩集，更是破題第一遭。詩歌行家見之，可能不以為然。

然我在詩中有一個企圖，即用聲調色彩等等形象來烘托一個故事，並從而給讀者一些經驗教訓，不過我非畫家，缺乏彩筆，致有力不從心之感。

取材全係軍隊生活。就題材來講，有的宜於寫小說，然因對於這種形式，我更感到生疏；（連用詩底形式，我也不熟練）同時近來敘事詩又似很流行，故此就用詩底形式來寫了。

在語言上，我還染有舊的流毒，另一面又感到極其貧乏，所以在某些地方，削弱了內容的生動感人的力量。雖然清洗和修整了好幾次，仍不合樣。這個缺點，只好慢慢改正。

希望讀者們給我提些意見。

一九五〇年八月於海濱

〔註 11〕《中國青年》社論：《思想改造必須進行》，《怎樣改造思想》，重慶：青年出版社西南營業處，1952 年 5 月版，第 4 頁。

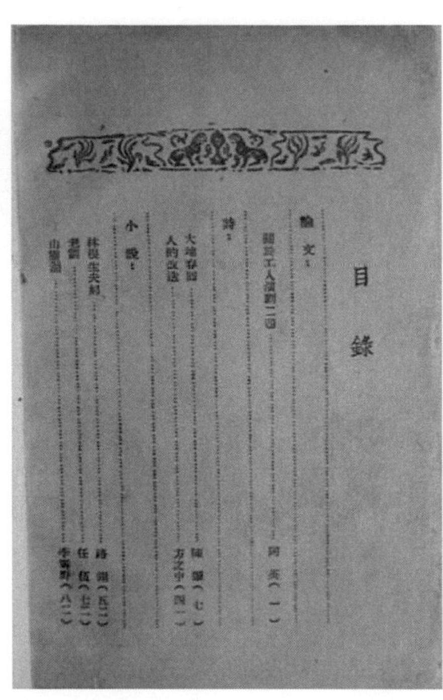
目錄

論文：

……阿英（一）

詩：

大地春回……

人的改造……方之中（四一）

小說：

山靈湖……

詩集《人底改造》最初刊發的「十月文藝叢刊」第三輯《山靈湖》及本期目錄

《人底改造》這部詩集，收錄的都是「敘事詩」，包括《人民軍隊的大憲章》《一支槍》《我站在海岸線上》《人底改造》《挖河小唱》《哈爾胡同之戰》等。確實正如詩人自己交代的，用敘事詩的形式寫小說。詩集《人底改造》的取材，「全係軍隊生活。就題材來講，有的宜於寫小說，然因對於這種形式，我更感到生疏；（連用詩底形式，我也不熟練）同時近來敘事詩又似很流行，故此就用詩底形式來寫了。」他在詩歌創作上還有一種「企圖」，「即用聲音色彩等形象來烘托一個故事，並從而給讀者一些經驗教訓，不過我非畫家，缺乏彩筆，致有力不從心之感。」不可否認，詩集存在著這樣或那樣的「缺點」，詩人自己對詩歌的不足也有充分的認識。他認為，「在語言上，我還染有舊的流毒，另一方面又感到極其貧乏，所以在某些地方，削弱了內容的生動感人的力量。雖然清洗和休整了好幾次，仍不合理。這個缺點，只好慢慢改正。」雖然有「力不從心之感」，雖然詩歌有「不足」的地方，方之中還是把這部詩集出版出來，可見他還是非常看重這部詩集，故他把詩集的出版稱之為「破題第一遭」〔註 12〕。不過，這個所謂的「破題第一遭」，顯然是作者的「自謙」之說法。

從《自序》的文字中，我們可以發現：方之中表達出「謙恭」的態度，並

〔註 12〕方之中：《人底改造》（詩集），天津：知識書店，1951 年 4 月版，第 1 頁。

沒有張揚的「意思」。查方之中的文學創作歷程，詩集《人底改造》確實是他的第一部詩集，之前他創作過的主要是小說、雜文等體裁，詩歌的創作只是零散的，並沒有像《人底改造》這麼集中。這「破題第一遭」的詩集《人底改造》，卻受到了來自《文藝報》的嚴厲批判，公開點名有問題的詩歌，正是他非常看重的《人底改造》。沒有讀到這部詩集之前，筆者只知道「十月文藝叢書」遭遇《文藝報》的點名批判，但這部詩集為什麼會遭遇批判呢？查一九五二年七月號《文藝報》，它是這樣公開批評詩歌《人底改造》的：

> 方之中的詩歌《人底改造》，描寫了思想落後的「解放戰士」張振東的思想轉變，作品中是怎樣表現他的轉變的呢？作者認為：主要是由於他臥病床上時，班長能夠不厭其煩地為他擦屎洗褲，這一行為感動了他，使他認識到「連隊就是自己的家」，於是思想轉變了。如果是適當地把班長對戰士的生活上的照顧，描寫為「解放戰士」思想轉變的條件之一，當然是可以的。但是，這首詩卻片面地把它強調為改造「解放戰士」落後思想的關鍵，強調為張振東思想轉變的決定因素。尤其錯誤的是詩中把模範班長自覺地伺候病號的高尚行為，寫成是個人「取得威信的手段」。這樣的作品，是把人民軍隊中嚴肅的改造思想的政治工作歪曲了。〔註 13〕

顯然，詩歌《人底改造》遭遇來自《文藝報》的這一「批評」，與張振東這一人物形象的塑造有很大的關係，它才是被點名批判的真正癥結之所在。那麼，張振東這一人物形象的塑造上，到底出現了什麼樣的「問題」？從落後人物形象向先進人物形象的「轉變」上，人民共和國初期到底有哪些潛在的「規則」呢？所以，《文藝報》的這種批評方式，其實正暗含了人民共和國初期文藝創作的「規範問題」，這反倒是值得我們好好加以梳理的。

三、人物的「轉變」敘寫及其誤區

關於人物的「轉變問題」，在人民共和國成立的初期確實是文藝工作者們將面臨的重要問題。周揚曾說，

> 英雄從來不是天生的，而是在鬥爭中鍛鍊出來的。人民在改造歷史的過程中，同時也改造了自己。工農兵群眾不是沒有缺點的，

〔註 13〕簡評、李楓：《評「十月文藝叢書」》，《文藝報》1952 年第 13 號（1952 年 7 月 10 日）。

> 他們身上往往不可避免地帶有舊社會所遺留的壞思想和壞習慣。在鬥爭中，也只有在鬥爭中，人的精神品質、我們民族的勤勞勇敢的優良性格，才能得到充分的發展。〔註14〕

「轉變」主題真正寫作的重點，只能集中在「鬥爭」這一問題上。這種「鬥爭」，既包括殘酷的政治鬥爭，還包括尖銳的思想鬥爭。但是，在人民共和國初期的文學寫作中，不善於描寫矛盾和鬥爭的作品很多，文藝理論家何其芳就有自己的觀察：

> 有的人只知道作品要寫生活，有的人進一步，知道要有一個把生活集中起來的故事，有的人更進一步，知道有了故事還不夠，還要寫出人物來。但是他們不知道或者不夠深刻地知道生活的核心就是矛盾和鬥爭，故事應該就是這種矛盾和鬥爭的發展，人物也應該就是這種矛盾和鬥爭的各個方面的有代表性的分子。如果我們不能把這種矛盾和鬥爭反映得好，那是寫不出真正成功的故事，也寫不出真正成功的人物的。〔註15〕

查閱人民共和國初期的重要刊物《文藝報》和《人民文學》，我們可以發現：關於「新人物」的寫作及有關小資產階級人物描寫的「討論」，當時是相當的頻繁的。比如，《文藝報》第一卷第一期，刊登何其芳的文章《一個文藝創作問題的爭論》透露，上海文藝界展開「關於可不可以寫小資產階級」的討論〔註16〕，對這一話題提出嚴格的「規定」:「寫小資產階級知識分子的轉變，便不應該以寫小資產階級，寫他們的生活、意識、思想、情感為主，必須著重寫出工農兵的生活、意識、思想、感情。著重寫出如何在這些具體的教育之下改造了一個小資產階級的知識分子」〔註17〕；《文藝報》第一卷第七期，展開關於寫作「新人物」的討論，共有三篇討論文章，其中有這樣的

〔註14〕周揚：《新的人民的文藝——在中華全國文學藝術工作者代表大會上關於解放區文藝運動的報告》，《人民文學》創刊號（1949年10月25日）。

〔註15〕何其芳：《文藝作品必須善於描寫矛盾和鬥爭》，《人民文學》第1卷第2期（1949年12月1日）。

〔註16〕新文協會議結束後，回滬的文藝代表陳白塵在上海影劇協會開會歡迎文代大會話劇電影代表的宴會上，談及「文藝為工農兵，而且應以工農兵為主角，所謂也可以寫小資產階級，是指在以工農兵為主角的作品中可以有小資產階級、資產階級的人物出現」，這引發了《文匯報》對這種寫作觀點的「討論」，持續的時間是1949年8月底到9月底。

〔註17〕本文寫於1949年10月23日。何其芳：《一個文藝創作問題的爭論》，《何其芳文集》，第4卷，北京：人民文學出版社，1983年版，第187頁。

論述：「寫新人物不如寫舊人物生動，原因是新的人物正在各方面生長中，在逐漸形成中，不容易看到，如何寫新人物是一個需要研究的問題」〔註 18〕；《人民文學》一卷二期上，發表何其芳的另一篇文章，提出「文藝作品必須善於寫矛盾和鬥爭」〔註 19〕。

可以看出，尋找更好的寫作途徑，表現人民共和國成立後的新的時代裏新人物的精神風貌，是執政黨的中國共產黨給予廣大的文藝工作者的「政治任務」，也是每一位在新形勢下的文藝工作者應該承擔的「使命」。周揚在第一次全國文代大會上就此專門談及，「英雄從來不是天生的，而是在鬥爭中鍛鍊出來的」。顯然，周揚在這裡強調的，是英雄人物成長中的平凡意義。雖然工農兵的主體地位得以確立，但周揚認為，「工農兵群眾不是沒有缺點的，他們身上往往不可避免地帶有舊社會所遺留的壞思想和壞習慣」，但是，「在共產黨的領導和教育以及群眾的批評幫助之下，許多有缺點的人把缺點克服了，本來是落後分子的，終於克服了自己的落後意識，成為一個新的英雄人物」〔註 20〕。

在這樣的文學勸誡和暗示之下，寫真人真事顯然是最有教育的意義的，所以，周揚提出「寫真人真事是藝術創造的方法之一」，正切合了人民共和國初期政治對文藝的「期待」。在他看來，這一方面實現了教育的目的，一方面也實現了藝術的價值。但真人真事和典型的問題，卻成為每一位文藝工作者面臨的棘手問題，誠如茅盾指出的：「關於真人真事與典型性的問題，好多同志有這樣的感覺：作品的人物又要真人真事，又要典型性，似乎不能兩全似的，照理論上說來，人物的典型性之構成，在於概括，既要概括，就不能用真人真事。然則真人真事與典型性果真有衝突麼？事實上並不如此。」〔註 21〕

真正落實到人民共和國初期具體的文學寫作過程中，「人物轉變」其實成為一個重要的話題。有關「人物轉變」的討論，也是人民共和國初期「文藝界」領導們和文藝理論家們經常討論的問題，之後甚至涉及到對新的英雄人物的創造問題上，這些都牽涉到對人物的「轉變過程」的文學描述。而當時有關「人

〔註 18〕胡丹佛整理：《創作・政策・新人物等問題》，《文藝報》第 1 卷第 7 期（1949 年 12 月 25 日）。

〔註 19〕何其芳：《文藝作品必須善於寫矛盾和鬥爭》，《人民文學》1949 年第 2 期（1949 年 12 月 1 日）。

〔註 20〕周揚：《新的人民的文藝——在中華全國文學藝術工作者代表大會上關於解放區文藝運動的報告》，《人民文學》創刊號（1949 年 10 月 25 日）。

〔註 21〕茅盾：《目前文藝創作上的一些問題》，《文藝報》第 1 卷第 9 期（1950 年 1 月 25 日）。

物轉變」的話題是很多的：

以寫鄉村中二流子在生產過程中的轉變，土改工作中的最初走了岔道，後來又得到改正的題材居多；自人民解放戰爭獲得偉大勝利，革命力量由鄉村進入城市以後，表現各種樣式的轉變，內容的作品就更加廣泛起來了。這裡，有以知識分子的改造，和舊職員對新政權認識的改變為題材的；也有反映工人對勞動態度與技術觀點的改變，那麼溫對管理工人方式的改變的；還有：表現工農幹部在進入大城市後，對城市工作的不熟悉，從消極退避到再學習的過程的。

顯然，在人民共和國初期，處於新舊政權交替、新舊思想滲透於反滲透的革命時代，「反映現實生活的人物轉變，常常是作家們要選擇的主題」，「這因為革命本身，就是一件翻天覆地的事情。我們每個人，在這威力無比的偉大變革裏，無論如何，是不能不表示一定的向背態度，而不容有絲毫遲疑與猶豫。或者是走向人民，為革命服務；或者是繼續做違反人民利益的事情；兩者總不能取其一。而如果選擇前者，那就不能不對於自己過去的一切——包含生活態度與思想意識在內——重新來考慮與決定一下；因為不這樣，你就無法接近人民，也就更不能為革命服務；歷史就要將你遺棄在後面，而人民也將不需要你。」〔註22〕其實，中國革命本身的目的，就是要「改造世界和改造全人類」，那麼，這就需要千千萬萬的人都湧入到革命的洪流中，參加到改造人類的偉大事業之中。著名文藝理論家蕭殷就曾經專門在「文藝黨校」的中央文學研究所〔註23〕，為年輕的文藝學員們講授怎樣在文學作品中描寫「人物轉變」的話題。在他看來，二十世紀五十年代的「人物轉變」描寫存在的形式有五種：

（1）只把人物轉變前後的表現，並列地描寫出來；

（2）很注意人物轉變過程的描寫；但是，他們只從表面現象上去注意人物的轉變；

（3）描寫思想變化的作品，雖然思想關鍵被作者抓住了，矛盾也被抓住了，但是思想變化被表現得過分突然；

〔註22〕王淑明：《論作品中的人物轉變》，《論文學上的樂觀主義》，北京：文藝翻譯出版社，1952年4月版，第49～50頁。

〔註23〕中央文學研究所1950年7月籌備，1951年1月正式開學，招收的學院以工農兵文藝工作者為主，主要是提高他們的知識素質，進一步形塑他們的文藝創作。後來中央文學研究所被稱之為「文藝黨校」。

（4）寫人物轉變的作品，思想矛盾被描寫得很明確，但作者所努力促成他轉變的，著力於物質的力量或感情的體貼。作者企圖以這些來感動人物，促進人物轉變；

（5）寫「轉變」的作品，把思想矛盾提出之後，作者很有意識地去解決矛盾，而且緊緊地抓住這基本的思想矛盾；但是由於作者所選擇的主題並不是從現實生活中汲取來的，而是從概念出發，即從概念中提出一個矛盾，就企圖通過作品加以解決。〔註24〕

但這五種形式的「人物轉變」描寫，並沒有真正打動讀者，導致讀者界和批評界對這樣的寫作提出批評。顯然，「人物的轉變」的描寫是複雜的，為什麼這些「人物的轉變」的描寫最終沒有打動讀者的情感呢？這說明，人民共和國初期的「人物的轉變」的文學描寫並不是完全成功的，用蕭殷的話來說：

「不管你描寫的是思想轉變也罷，或描寫思想發展也罷，要使作品能起教育作用，必須真實動人地寫出思想矛盾」，「因為一個人的落後或『思想不夠進步』，在他意識裏是存在著一種思想障礙的，只有把思想障礙解除了，思想的變化和發展才有可能」。〔註25〕

但上面所列的五種人物轉變描寫，並沒有真正實現這樣的「目標」。人民共和國建立之前，周揚在第一次全國文代大會上專門強調，「現在擺在一切文藝工作者面前的主要任務就是創造無愧於這個偉大的人民革命時代的有思想的美的作品」〔註26〕，既然是要「創造無愧於這個偉大的人民革命時代」的文學作品，那必然是最具有教育意義，實現其政治目標的文藝作品。「人物轉變」的描寫，也必然要實現其政治目的。那麼，怎樣來表現人物的「轉變」呢？理論家們提供了新的「思路」：

我們的作者，當在其作品中表現人物的思想轉變的時候，就不能僅限於描寫主人公內心矛盾與鬥爭過程，而應該將他放置在一定的事件的進行上，各種行動的場合上，內在的與外在的相互關係

〔註24〕蕭殷：《論人物的轉變與新人物的描寫》，《人民文學》1951年第3期（1951年7月1日）；蕭殷：《論生活、藝術和真實》，北京：人民文學出版社，1980年2月版，第90～93頁。

〔註25〕蕭殷：《論生活、藝術和真實》，北京：人民文學出版社，1980年2月版，第94頁。

〔註26〕周揚：《新的人民的文藝——在中華全國文學藝術工作者代表大會上關於解放區文藝運動的報告》，《人民文學》創刊號（1949年10月25日）。

上來處理他，解決他。如果不這樣做，那麼，人物的思想轉變，就會變成是自發地，抽象的發展，沒有客觀存在的社會基礎，這同樣也是不合於現實的真實，會被讀者認為作品中的主人公，是出於作者的虛構，不能給人以親切感，只是一個概念地抽象地存在的人物。〔註27〕

其實，在人民共和國初期的文藝環境中，在面對寫作「人物轉變」這一話題時，最重要的是寫出人物的「思想變化」的過程，它與人民共和國初期提出的「思想改造」有著密切的聯繫，這也正切合了毛主席在《在延安文藝座談會上的講話》中現身說法的那樣：

我是個學校裏學生子出身的人，在學校養成了一種學生習慣，在一大群肩不能挑手不能提的學生面前做一點勞動的事，比如自己挑行李吧，也覺得不像樣子。那時我覺得世界上乾淨的人只有知識分子，工農兵總是比較髒的。知識分子的衣服，別人的我可以穿，以為是乾淨的，工農兵的衣服，我就不願意穿，以為是髒的。革命了，同工農兵在一起了，我逐漸熟悉他們，他們也逐漸熟悉了我，這時，拿未曾改造的知識分子與工農兵比較，就覺得知識分子不但精神有很多不乾淨處，就是身體也不乾淨，最乾淨的還是工人農民，儘管他們手是黑的，腳上有牛屎，還是比大小資產階級都乾淨。這就叫做感情起了變化，由一個階級變到另一個階級。我們知識分子出身的文藝工作者，要使自己的作品為群眾所歡迎，就得把自己的思想感情來一個變化，來一番改造。沒有這個變化，沒有這個改造，什麼事情都是做不好的，都是格格不入的。〔註28〕

方之中在《自序》中交代，《人底改造》這部詩集的取材來自於軍隊生活，那麼，他創作的這些詩顯然帶有真人真事的「成分」。作為文學創作（當然包括詩歌的創作），「張振東」這一解放軍戰士形象僅僅是一典型人物而已，他是經過詩人的藝術雕琢之後，成為其具有重要意義的典型形象。但從「舊人物」到「新人物」的「轉變」，怎樣的「轉變」才是最合理的呢？關於這一點，當時就有很多

〔註27〕王淑明：《論作品中的人物轉變》，《論文學上的樂觀主義》，北京：文藝翻譯出版社，1952年4月版，第56頁。

〔註28〕毛澤東：《在延安文藝座談會上的講話》，北平：解放社，1949年5月版，第7～8頁。

的討論，其中有這樣的觀點值得我們加以注意：「至於描寫舊人物的改造過程，應該同時是描寫新人物的萌芽、生長的過程。如果我們能很真實的把握人物內部思想變化規律，並把握住這變化的社會（或階級）原因，然後藝術地表現出來！這是很有意義的。」〔註29〕這裡所說的「舊人物的改造」，其實就是舊人物的「思想轉變」這一主題。《文藝報》的這種討論，顯然透露出一個重要的「實質」，舊人物如何轉變成為新人物，它有內在的「規範」：「人物轉變的一般規律，是主人公最初在思想上落後保守，中間由於某種外因的啟發和幫助，引起他重新思考，內心繁盛激烈的鬥爭，後來終於轉變了。但一般規律性之外，還有其特殊性；一個人的思想轉變，除了遵循一般的發展規律外，還有其特殊的具體的發展規律，帶著某種時與地的限制，人物的個性等具體根據和條件」。〔註30〕

在這樣的歷史語境中，方之中的詩歌《人底改造》以藝術的形式，試圖對「人物轉變」的寫作進行新的嘗試。他所形塑的人物，就是詩歌中的主人公之一——張振東。作為新的解放軍戰士，張振東經歷了很多不平凡的人生遭際，當他成為解放軍戰士之後，他並不願意當「解放軍」，詩歌中是這樣傳達張振東這一落後人物形象的：「張振東仍是老主意：／吃飯打衝鋒，／早操他不起，／上課老打吨，／行軍他掉隊，／他希望『開除』，／正好回家裏；／如果關禁閉，／正好要休息。／他怨解放軍『解』而不『放』，／當『解放』無任何出息。／開會鬥爭他，／他的聽覺似乎早已麻痹，／臉上浮出傻笑，盤算著：／批評比『國軍』打罵好受十倍。」

顯然，在張振東這一落後人物形象的「背後」，其實指向的是他在思想上的毛病，需要進行徹底的「改造」。作為紀律嚴明的人民軍隊，出現張振東這樣的人物是很正常的。軍隊承擔著重要的使命，它本身就是思想改造的「熔爐」。張振東雖然成為解放軍戰士，但思想上他離解放軍戰士還很遠。他老是想著回老家，想著脫離人民的軍隊。這樣的人物，必然成為落後人物的「象徵」。那麼，落後的人物向先進的人物的「轉變」，顯然成為這首詩歌討論的重要主題，也是這首詩歌最容易遭人詬病的地方。張振東在舊軍隊裏，是一個「舊人物」，他在解放戰爭時期既然進入了人民解放軍隊伍裏，他必

〔註29〕《文藝報》編輯部：《關於寫新人物》，《文藝報》第1卷第10期（1950年2月10日）。

〔註30〕王淑明：《論作品中的人物轉變》，《論文學上的樂觀主義》，北京：文藝翻譯出版社，1952年4月版，第62頁。

然向「新人物」的方向「轉變」。

詩歌中是怎樣描述張振東的這一「轉變」的呢？詩人從偶然的事件出發：「一個寒冷的冬夜，／張振東突然大聲哭喊：／肚腸顛倒了秩序」，班長張耀堂並沒有因為張振東的落後而袖手旁觀，我們看詩歌中對他的形象塑造：「急得班長冒熱汗；／他請來了醫生，／又為病者輕輕地揉撼；／病人口渴腹肌，／又去燒水作飯。……班長只好自己脫下給他穿。／他忍受著刺鼻的臭氣，／洗滌褲子的肮髒，／心潮洶湧地向上翻騰，／意識卻十分明朗：／只有苦難中救人，／才能取得人的信仰。／可是洗的褲子還未烤乾，／病者又拉了第二趟，／班長穿上潮濕褲，／又脫下乾的給他換。」〔註31〕疾病的摧殘下，張振東得到班長張耀堂的「悉心照顧」，特別是張耀堂的「熾熱真誠的火」，「融化了張振東頑固的心」，張振東實現了所謂的思想上的「轉變」。他有了「懊悔」的表現，他回憶起自己的出身及祖輩們的苦難生活，思想上對新的生活方式重新進行了認識，所以他「莊嚴地向班長提出保證：壞樣兒讓它死去，永遠跟著你前進，前進！」

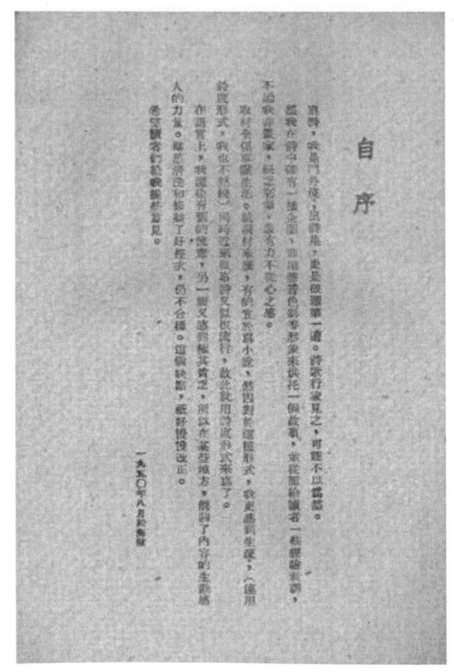
自序

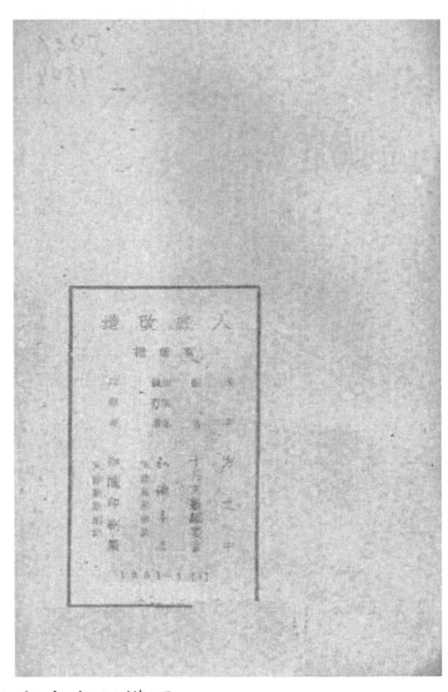

《人底改造》的自序與版權頁

〔註31〕方之中：《人底改造》（詩集），天津：知識書店，1951年4月版，第17～19頁。

《人底改造》對落後人物的這一「轉變」的傳達，顯然立足的是班長張耀堂對落後人物的「思想洗禮」，但落後人物自己內心矛盾的「刻畫」，特別是這一過程的生動「描述」，卻並沒有在詩歌中得以體現（或者詩歌顯得更加簡單化）。張振東的這一「轉變」，如果從詩歌中來尋求解答，我們認為其根本的原因，就是張耀堂在張振東生病期間的「悉心照顧」，最終才導致張振東從落後人物中轉變了過來。顯然，詩人方之中企圖以班長張耀堂的這些思想與感情的付出來感動落後人物張振東，促進落後人物張振東的「轉變」。

這是最容易引起讀者批評的地方。張振東這一人物形象的「轉變」，在人民共和國初期的讀者們和批評家看來，顯得很「唐突」，詩人方之中把班長張耀堂的「悉心照顧」，當作獨特的精神動力，張振東實現真正的「轉變」所面臨的「思想障礙」，卻顯得過於簡單化。詩人內心深處，太看重所謂的物質和感情對落後人物的轉變的重要作用。這樣的「人物的轉變」，容易引起人們的詬病。這種描寫，與周恩來在第一次全國文代大會上的政治報告有不一致的地方。周恩來曾說，解放戰爭三年來的時間裏：

> 人民解放軍又經過了一次思想改造。我為什麼要用改造這兩個字呢？因為它的絕大部分戰士，不久以前還是俘虜兵，不經過改造就不能遵守解放軍的紀律。最有效的改造武器，就是喚起他們的階級覺悟，實行訴苦運動和查階級、查思想、查作風的三查運動，評幹部、評黨員、評戰功的三評運動。使他們感覺到大家的出身都是勞動人民，都曾經受過反動派的壓迫剝削，人民解放軍是勞動人民自己的軍隊，大家應該團結一致，為自己的利益，向曾經壓迫他們、剝削他們的仇敵作戰。〔註32〕

所以，《文藝報》提出「詩中把模範班長自覺地伺候病號的高尚行為，寫成是個人『取得威信的手段』」〔註33〕，切中的正是詩歌的要害之處。方之中試圖通過「兵演兵」的方式，擴大對張振東這一落後人物形象的轉變的政治意義及思想意義，但詩歌的閱讀感受卻適得其反。「人物的轉變」的傳達不能顯得很突兀，「這是由一種思想戰勝另一種思想的矛盾鬥爭的過程，這變化是由內外

〔註32〕周恩來：《在中華全國文學藝術工作者代表大會上的政治報告》，《人民文學》1卷3期（1950年1月1日）。

〔註33〕簡評、李楓：《評「十月文藝叢書」》，《文藝報》1952年第13號（1952年7月10日）。

的各種因素的影響和刺激逐步完成的，不是一下子完成的。雖然，有些人好像由一件事情（一個因素）的刺激就徹底改變了他的思想，實際上，這個因素只不過是一個促成突變的近因；在這之前，一定已有其他的刺激不斷地影響他，已動搖過他的思想根基了」〔註34〕。「人物的轉變」的寫作，正是要把這樣一個心理過程和行動過程切實地描寫出來。

在人民共和國初期的文藝話語建構過程中，共產黨的形象和共產黨黨員的形象的有效傳達，是兩種重要的政治使命，但從對方之中《人底改造》這首長詩的閱讀中，我們並沒有發現來自黨組織和黨員形象給予落後人物的影響，並直接描寫出落後人物在這種影響下的「轉變」。詩歌《人底改造》為什麼遭遇批判，其原因顯然不難理解。但這種批判本身，從組織的批判下指向個人時，導致的是什麼樣的結果呢？伴隨著中國革命的進程，「統一戰線」最終成為中國革命的重要歷史經驗。文學戰線作為軍事戰線的重要體現，它必然有軍事思維的影響體現於其中。人民共和國初期的「文藝界」，「統一戰線」的文藝政策成為「文藝界」制定政策的出發點之一。即使到一九四九年十月人民共和國成立的前夕，文藝界仍舊實行著「統一戰線」的文藝政策，第一次全國文代大會的召開，就是最明顯的例子。黨的文藝工作者和非黨的文藝工作者，最終結成所謂的「聯盟」，在毛澤東文藝思想的旗幟下，實現了空前的「團結」。但黨的文藝界領導人們，始終對文藝隊伍保持著高度的「警惕」。比如，作為文藝界的頭號人物，郭沫若就有如此的表述：「文藝上和政治上一樣，統一戰線裏面有著不同的階級，就自然有著不同的藝術觀點。這些不同的觀點不可能一下子就歸於一致。」〔註35〕

那麼，具體到人民共和國初期的文藝運動中，全國文藝界必然採取兩個方面的措施：一方面是「形塑」新的文藝工作者，進而充實「黨的文學」框架下文藝思想的「正統地位」；另一方面，是加強對異質性文藝創作的「批判」，從而起到一定的「規訓」和「懲戒」的作用。形塑工農兵文藝工作者成為作家，是人民共和國成立後很快著手辦理的事情，這從中央美術學院〔註36〕、中央戲

〔註34〕蕭殷：《論人物的轉變與新人物的描寫》，《論生活、藝術和真實》，北京：人民文學出版社，1980年2月版，第94頁。

〔註35〕郭沫若：《為新中國的人民文藝而奮鬥》，中華全國文學藝術工作者代表大會宣傳處編：《中華全國文學藝術工作者代表大會紀念文集》，北京：新華書店，1950年4月版，第40頁。

〔註36〕1950年4月，國立北平藝術專科學校和華北大學三部美術系合併組建成立中央美術學院，校址在北京王府井金街校尉胡同5號，校名係毛澤東題字。

劇學院〔註 37〕、中央音樂學院〔註 38〕等高等院校的創立可以看出。以文藝界而言，一九五〇年七月也開始籌備建立中央文學研究所，仿照高爾基文學院的建構模式，試圖形塑人民共和國新的文藝工作者和文藝管理人員。而對異質性文藝創作傾向的批判，當我們再一次遠離時代去翻閱那一冊冊《文藝報》時，我們發現這樣的「規訓」或「懲戒」，充滿著濃厚的火藥味。

對詩集《人底改造》的批判，我們更應該注意的是作為詩人的方之中，在這場批判運動中所承受的「壓力」。福柯曾經指出，規訓的主要功能是「『訓練』，而不是挑選和徵用，更確切地說，是為了更好地挑選和徵用而訓練」，「它不是為了減弱各種力量而把它們聯繫起來。它用這種方式把他們結合起來是為了增強和使用它們」〔註 39〕。方之中既然作為黨的文藝工作者，雖然他知道自己的問題屬於「內部」的問題，但他應該知道這樣的批判背後指向的是什麼？我們看到，人民共和國初期對「人物的轉變」的「批判」，歸根到底都有一個最重要的原因，那就是被批判的文藝工作者們沒有把馬列主義和毛澤東思想系統地學習好〔註 40〕。顯然，對方之中詩集《人底改造》的點名批判，是一種所謂的「規訓」，即對詩人方之中的有效「訓練」，黨的文藝組織希望方之中在這樣的訓練中，逐漸成為堅實的黨的文藝工作者。

《人底改造》本身想表達的是一個「思想改造」的時代主題，它演繹的雖然不是《白毛女》所表達的「舊社會把人變成鬼，新社會把鬼變成人」的主題，但從舊的人物轉變到新社會需要的新人物，詩人的主觀意圖無論如何都是好的，但詩集出版後文藝界最終才「發現」，需要改造的更是寫作詩歌的詩人。這或許是人民共和國初期文藝創作的一個令人尷尬的話題，好心的寫作，等真正發表其作品的時候，卻受到的是來自文藝界的「批評」。主觀意圖和客觀需要之間怎樣才能達成真正一致，或許是二十世紀五十年代初期文藝工作者們絞盡腦汁的「問題」。但我們在看待文藝界這種批判運動的時候，不能以常態

〔註 37〕1950 年 4 月，華北大學文藝學院、南京國立戲劇專科學校等合併組建成立中央戲劇學院，校址在北京市東城區東棉花胡同 39 號，校名係毛澤東題字。

〔註 38〕1950 年 6 月 17 日，南京國立音樂院、東北魯藝音樂系、國立北平藝術專科學校音樂系、燕京大學音樂系等合併組建成立中央音樂學院，當時校址在天津河東區十一經路 57 號，1958 年後遷往北京現址，校名係郭沫若題字。

〔註 39〕〔法〕米歇爾.福柯：《規訓與懲罰》，劉北成、楊遠嬰譯，北京：三聯書店，1999 年 5 月版，第 193 頁。

〔註 40〕這方面不僅王淑明、蕭殷在文章中有這樣的強調，在周揚、何其芳、周文、丁玲等人的文章中，仍舊有這樣的話語表達。

的方式加以「理解」。福柯在觀察「規訓權力」的體制中發現：「懲罰藝術的目的既不是將功補過，也不是僅僅為了壓制。……它具有規範的功能。」〔註41〕《文藝報》提出對方之中詩歌《人底改造》的批判，正是為了實現其「規範的功能」，這種批判是為了實現「整齊劃一」的模式，即「人物的轉變」寫作模式的有形軌跡的「描述」，它最終形成了模式化的寫作。這也應驗了一九五一年十一月文藝界整風學習運動中，中共中央宣傳部對共和國初期文藝隊伍的整體判斷：

> 一部分在一九四九年大會上舉過手的作家，並沒有真正瞭解毛澤東同志關於文藝工作的指示的內容，他們對於文藝工作仍然抱著小資產階級的見解。所以當他們聽說我們的文學藝術要以工人階級的人生觀世界觀去教育全體人民，去批評資產階級小資產階級的人生觀世界觀，因此也就要以工人階級的文學藝術觀去批評資產階級小資產階級的文學藝術觀的時候，他們就驚異起來，覺得似乎是「方針變了」。〔註42〕

本章小結

接著本章行文的即將結束，這裡還需要交代一個「題外的話」。《人底改造》這部詩集，有一個很奇怪的現象，也是值得我們研究者關注的地方。前面已談及，在梳理「十月文藝叢書」的時候，筆者差點遺漏了方之中的這部詩集。如果不是按照最笨拙的辦法用出版社查找書目的檢索方式，筆者肯定不會在孔夫子舊書網上發現這部詩集。之後，筆者通過網絡進入天津南開大學圖書館查找方之中的這部詩集，都沒有找到庫存樣本和庫藏本〔註43〕。南開大學本身位於天津市，係知識書店的所在地，居然在館藏中無法查找到詩集《人底改造》。筆者還是用這種方法在北京大學、清華大學、華東師範大學、北京師範大學、

〔註41〕〔法〕米歇爾.福柯：《規訓與懲罰》，劉北成、楊遠嬰譯，北京：三聯書店，1999年5月版，第206頁。

〔註42〕胡喬木：《文藝工作者為什麼要改造思想？——一九五一年十一月二十四日在北京文藝界整風學習動員大會上的講演》，《文藝工作者為什麼要改造思想》，北京：人民文學出版社，1952年3月版，第1～2頁。

〔註43〕筆者先利用網絡，後委託朋友在南開大學圖書館查找《人底改造》和方之中著作。前一種方式無法查找到此書，後一種方式查到的是期刊《夜鶯》和《方之中文集》。最近筆者在中國國家圖書館檢索圖書時發現，《人底改造》居然在國圖有藏本。

復旦大學、南京大學、武漢大學、四川大學、中山大學等文科重點高校的圖書館查找，得到的結果是一致的，詩集《人底改造》在這些高等學校圖書館並沒有館藏。這說明，「十月文藝叢書」出版受到批判之後，書籍被書店或者人民共和國的出版部門進行「收回」。

現在，我們能夠在孔夫子舊書網上看到這部詩集，也算是《人底改造》詩集和方之中的「幸運」。坊間畢竟遺落下這部詩集，使後來的研究者知道在二十世紀五十年代初期還有方之中這麼一個詩人及其受到的批判。作為黨內的部隊文藝工作者，方之中並沒有因為詩集《人底改造》被《文藝報》的點名批評，就成為文藝界的「另類人物」，他躲過了高壓下的文藝運動及批判，一九五〇年十月，他作為志願軍高級參謀參加了偉大的抗美援朝戰爭。但詩集《人底改造》，卻被中國當代文學史徹底遺忘。直至一九九九年五月《方之中文集》出版時，《人底改造》重新進入文集，得以再一次面世。不過，《方之中文集》印數不大，只有兩千冊，這也使這部詩集的流傳範圍並不廣泛。這也許是幸運中的「不幸」。不過，與方之中同時受到批判的文藝工作者如路翎、蕭也牧等人，就並不是那麼幸運的。他們兩人卻接受了最嚴厲的命運制裁，特別是文革中，蕭也牧被活活折磨致死，路翎成為一個「精神病患者」。在某種程度上，作家的軍人這一身份，成為了一種特殊的「保護色」。

同時，我們還應該注意到，從人民共和國初期歲月的政治文化領域來看，儘管文學領域展開了對方之中的批判，但在政治塑造中和政治定位中，他並沒有受到真正的影響，這又說明了另一個問題，文藝界展開對方之中的文學批評，僅僅是一種文學規範的確立而已，它屬於文藝界的「內部清理」問題，而沒有真正上升到所謂的「清算」。

結束語　回到史料語境，繼續探尋歷史與歷史中的人和事

謝泳先生曾說過，「沒有史料的拓展工作，我們對中國當代文學史的敘述，就只能依賴固有的史料，改變敘述的方式或者改變評判立場，一般就成為中國當代文學史寫作的主要方式，而這個簡單的轉換，對於文學史的深入研究是很不夠的。由於沒有建立中國當代文學研究的文獻學自覺意識，因此主流的中國當代文學史研究中，更注意文學批評，而相對忽視文學史料的研究。在研究方法上，我們更在意闡釋，而較少注意對文學史事實的清理」〔註 1〕。他的這種觀察，可以說切合了當前中國當代文學史研究的核心問題，過分注重文學或文本批評，而忽視了對文學史的學科關注，這是當代中國文學史生產的癥結之所在。那篇文章裏，謝泳先生點到了洪子誠、陳思和、董健、王彬彬、陳曉明諸位先生的中國當代文學史研究，儘管不免「誇大其詞」，但還是說到了當前文學研究中的嚴峻問題。到底是「以論帶史」，還是「論從史出」，學界有多重的理解，但筆者覺得從事中國當代文學史的研究，史料的收集、閱讀與闡釋是最基礎性的工作。

本課題的撰寫工作，最主要的特點就是立足於文獻材料的搜集、整理之基礎上，試圖推進對中國當代文學史的微觀研究。儘管中國當代文學史的公開材料獲取相對比較容易，但認真閱讀這些發黃的、易碎的報紙和雜誌的人並不多，這是當代文學史研究界的兩種不同的介入方式，一是注重文學理論的深度

〔註 1〕謝泳：《中國當代文學史敘述中的史料拓展問題——以 1951 年劉盛亞〈再生記〉事件為例》，《文藝研究》2010 年第 12 期。

思考，一是注重文學史敘述的歷史厚重〔註2〕。或許是因為自己感覺在理論闡釋上有先天的「缺陷」，筆者從二〇〇五年開始，就轉入到對中國當代文學史料的搜集、整理與閱讀的過程之中。二〇〇八年開始撰寫博士論文《「統一戰線」政策下的「整合」：1951 年新中國文藝界研究》時，筆者有意關注了天津文藝界的情況，發現京津冀在人民共和國初期歲月裏，其文學運動本身是一個「整體」，與中國現代文學的歷史現場有著本質的「差別」。雖然有這個本質的差別，但京津文人的交往，還是繼承了現代文學的傳統，北京圈內的文化人，有一批人和天津保持著密切的聯繫，從未刊的王林日記可以看到，包括蕭也牧、趙樹理、老舍、周揚、丁玲等在內，他們頻繁出入於天津文藝界。但可惜的是，那時因為時間的倉促，筆者對天津的關注反而慢慢忽略了。

但最近幾年裏，筆者和王林（1909～1985）之子王端陽先生聯繫密切，經常向端陽先生請教有關他父親王林的一些材料，使筆者對王林在人民共和國初期的批判運動有了比較深入的瞭解。表面上看，長篇小說《腹地》受到《文藝報》的批判是一個很偶然發生的事件，但如果我們再聯繫人民共和國初期有關方紀的小說《讓生活變得更美好》、蕭也牧的小說《我們夫婦之間》，進而伸展到對丁克辛早期小說《春夜》和人民共和國初期小說《老工人郭福山》，沙惟的改編劇本《我等著你》的一系列批判運動，我們發現另外一個真正的學術問題：這實質上涉及晉察冀文人的當代命運，和晉察冀文人的文藝觀的當代批判問題。這裡所列舉的王林、蕭也牧、方紀、丁克辛、沙惟，甚至包括孫犁、勞榮、楊潤身、徐光耀、張學新、方之中、王血波〔註3〕，都和晉察冀解放區文藝有著密切的聯繫。儘管晉察冀解放區也屬於中國共產黨領導下的人民革命邊區，但和延安解放區的「中央級」級別相比，它仍舊有它單獨的、獨特的地方。或許丁玲在一九四八年九月已經注意到了這個問題，「我覺得華北因為作者〔疑為家〕工作者大半是晉察冀生長大的，又與本地群眾有結合，現在又無大城市，思想較純一，但要有進城的準備，我對準備是這樣的看法，是要堅持向民間（不是向低級趣味）好些。」〔註4〕人民共和國成立之後的初期歲月裏，他們定居或經

〔註2〕張均教授最近對當代文學研究的這兩種傾向有比較深刻的認識和闡述。張均：《當代文學研究中的「史料派」與「史論派」》，《文藝爭鳴》2023 年第 9 期。

〔註3〕《全體代表名單》，《文藝學習》第 2 卷第 3、4 期合刊（1950 年 10 月 1 日）。

〔註4〕《丁玲給胡喬木、周揚的信》，轉引自徐慶全：《1948 年：「一本書是會包含許多缺點的」——丁玲與周揚矛盾的開始》，《文壇風雲與名家書札》，北京：中國文史出版社，2009 年 5 月版，第 2 頁。

常出入於天津這個文化城市，無形之中在文學的寫作中逐漸形成了以「海河」為中心的創作之地。而天津在人民共和國初期的政治建構上，從原先京畿的重要輔助城市變成河北省的一個地級市，它的這種變化，為天津文藝界的獨立地位的形成提供了某種契機，其原因在於天津市委的領導人黃敬時為天津市委書記，在天津城市建設中截留了大量的晉察冀文化人，他們留下來後佔據了天津文教與宣傳的主要部門。而天津文藝界的相關文藝活動，和這些人就有著天然的聯繫。對人民共和國天津文藝界的考察，必然以這些人的文藝活動、文藝創作為中心，從而為還原人民共和國初期歲月的人事等相關問題提出新的思考。

不過，這些人的晉察冀背景，卻是當前學術研究中被忽略的地方。讀劉繩、劉波的《作家與冀中》這篇論文，以及他們後來形成的作家採訪著作《作家與冀中——十位作家訪問記》，給筆者很大的啟發，這就有關冀中文學寫作與中國現當代作家命運之間的關係。文章中特別指出，「新中國成立後，從冀中戰火中滾過來的這批文藝工作者，連同從晉察冀其他根據地轉來的和在熱烈讚美解放後新生活創作熱潮中成長起來的一批作家，彙集在當時的河北省省會——保定，形成河北文藝界人才濟濟的繁榮景象。這支可觀的作家隊伍，或是將戰爭年代積累的生活落實於文字，昇華為藝術，或是以冀中為生活基地，著手新的構思和創作，寫出了一大批同冀中生活相關聯的優秀作品，在全國產生了廣泛深遠的影響。」〔註5〕這就提出了一個更大的學術話題：如何梳理晉察冀文人在二十世紀四十年代後期以來的文學創作，如何評價他們自一九四五年以來的文藝活動。這其實回到了洪子誠先生在中國當代文學研究中的一些問題。

在研究中國當代文學史的時候，洪子誠先生曾對研究界提出「告誡」：

> 研究「當代文學」不能從 1949 年開始。這不只是指知識背景，或者只是問題的溯源。大家都明白，談「當代文學」自然要對延安文學，對左翼文學的情況有深入瞭解。我這裡說的，是一種「實體性」的研究。至少應該從 1945 年，就是抗戰結束開始。當代文學的生成或發生，在時間上，應該是 40 年代下半期到 50 年代這樣一段時間。對「當代文學」歷史的敘述，應該從 40 年代後期開始，包括文藝上的一些論爭，文藝創作的情況，文藝界各種力量的對比、組

〔註5〕劉繩、劉波：《作家與冀中》，《長城》1981 年第 1 期。

合、調整、衝突等。〔註6〕

而冀中文化界的這些作家們的相關文學創作與文學活動的梳理，將是我們解開人民共和國初期文學創作與文學運動的一個重要的觀察途徑。不管是在天津自身的地域文學與文化的建設中，還是在人民共和國初期國家層面的文學與文化建設中，對冀中作家群的研究都是不能也不該忽略，甚至不能迴避的。表面上看，我們看到了主流文學界對王林《腹地》的批判、對孫犁《白洋淀紀事》的批判，還有對丁克辛的批判，但它同時著意於冀中歷史的描寫作品，像徐光耀的《平原烈火》、梁斌的《紅旗譜》等作品的強調。這文學現象背後的問題，說明冀中文人圈內流行著兩種、甚至多種不同的文學觀，它們的交錯與多元，至今沒有引起學界的「重視」。比如：王林和沈從文的文學觀、周作人與方紀的文學觀、蕭也牧與中國傳統文學觀念的當代轉型、方之中與左翼文學等，每一個問題都關係著中國現代文學觀念在當代文學的流變的問題。

課題以考察人民共和國初期文藝書籍出版為契機，試圖透過書籍出版探討人民共和國初期文學體制的某些特質。人民共和國初期文學書籍的出版，的確是一個重要的學術研究領域，目前學界已經展開了對「中國人民文藝叢書」、「新文學選集叢書」、「文藝建設叢書」等書籍的相關學術研究工作，但「十月文藝叢書」的研究顯得很滯後。觀察這套文藝小叢書的作者們，筆者驚異地發現一個頗為重要的學術問題：解放區文藝界的內部矛盾和京派文人、左翼文人的延安與共和國轉型及其路徑的問題。一直以來，左翼文藝界存在著深刻的內部矛盾，並在人民共和國初期歲月裏不斷上演激烈的文藝運動，但對延安解放區文藝形成後的解放區文學的研究中，延安文藝內部的矛盾問題一直是研究中諱莫如深的敏感區。老祖宗在經典名言中曾告訴我們：「物以類聚，人以群分」。只要是有關人類的活動，都離不開人群的關係建構，一旦形成不同的人群，人與人的相關矛盾甚至宗派主義問題均會出現。

本課題裏關照的蕭也牧、王林、方紀、方之中四位作家，其晉察冀邊區的生活經歷對於他們的文學創作顯得十分重要。但是，我們不能忘記，其中的三個作家都有被批判的「前科」：蕭也牧的短篇小說《第一課》〔註7〕、王林因長

〔註6〕洪子誠：《問題與方法——中國當代文學史研究講稿（增訂版）》，北京：三聯書店，2015年10月版，第132頁。

〔註7〕此則信息，來自於蕭也牧好友康濯的透露。康濯：《我對蕭也牧創作思想的看法》，《文藝報》第5卷第1期（1951年10月25日）。

篇小說《腹地》〔註8〕、方紀的短篇小說《意識以外》和《讓生活變得更美好罷》，都曾受到來自文藝界的「批判」。也就是說，他們這種文藝觀的表現，一直在前共和國時期和共和國時期都帶有異質性，導致了組織內部對他們始終保持著警惕和關注。一體化的文學機制建構過程中，異質性的文學觀念的空間到底有多大，它們如何潛藏於這樣的機制之下而不至於被文學觀念被一體化，這可能已經不是文學研究的範圍，而是文化研究的領域。「十月文藝叢書」儘管點名批評了蕭也牧、王林、方紀、方之中四位作家，但他們在人民共和國初期文學的政治身份、文化身份並沒有真正受到衝擊，也就是說，對他們的批判是人民內部的矛盾，是一種組織內部的清理行為，並沒有上升到真正意義上的「清算」，把他們推到政治的對立面而成為階級敵人。

需要交代的是，「十月文藝叢書」批判只是一九五二年文藝界思想改造運動的一個很小方面的內容。它的目的非常明確，一是清理小資產階級文藝觀；二是確立毛澤東文藝思想的領導地位。不管是蕭也牧在《文藝報》的公開檢討書，還是王林在日記中的個人私人記錄，還是方紀在《人民日報》的「檢討」，他們都按照這個政治要求來進行。而這一切，其原點都是為了塑形威權的思想：「以貫徹毛主席的文藝思想，指導文藝創作，推進全國文藝運動」。一九五一年十二月二十日，全國文聯下發通知：

> 各地文聯及各協會應將《文藝報》規定為各地區、各部門文藝幹部經常閱讀的學習刊物。對於《文藝報》所提出的有關文藝思想、文藝創作和文藝運動等方面的重大問題，應通過各種方式，組織本地區或本部門的文藝幹部聯繫自己的情況和問題進行討論。各大行政區文聯的機關刊物，應有計劃地組織和發表討論這些問題的文章。《文藝報》上重要的社論和文章，各地文藝刊物亦應及時予以轉載和介紹。〔註9〕

作為天津文協的機關刊物《文藝學習》，從創刊開始，它都有很強的「獨立性」，至少沒有轉載過《文藝報》和《人民文學》這兩個刊物發表的重要社論文章，

〔註8〕《腹地》受到《文藝報》點名批評，批評人為陳企霞。企霞：《評王林的長篇小說〈腹地〉》，《文藝報》第3卷第3期、第3卷第4期（1950年11月25日、1950年12月10日）。

〔註9〕中華全國文學藝術界聯合會：《全國文聯為加強文藝幹部對〈文藝報〉的學習給各地區文聯和各協會的通知》，《文藝報》1952年1月號（1952年1月10日）。

也很少形成對全國其他省份文藝界的相關關注，儼然一個獨立的「王國」，這更容易招致對它的批判。而且遭遇到批判之後，他們還會奮力反抗。為什麼天津文藝界會形成這樣的文學格局，如果不追溯二十世紀四十年代延安解放區文學圈內特殊的戰爭背景下，各根據地文藝圈的獨立性地位，可能根本無法理解它們的這種影響在人民共和國初期的演變過程。

附錄一　《我們夫婦之間》批判的文史探考——紀念蕭也牧（一九一八年七月十日～一九七〇年十月十五日）誕辰一百週年

小說《我們夫婦之間》因其遭遇激烈的非文學批判，牽涉出作家蕭也牧後來悲慘的人生命運，成為當代文學作品的「敘述經典」〔註 1〕，也是人民共和國文學運動描述不可迴避的重要話題，朱寨主編的《中國當代文學思潮史》提出當年（指一九五一年）對蕭也牧的「過火批判」〔註 2〕。洪子誠的《中國當代文學史》對《我們夫婦之間》的批判遭遇亦有所關注，並引發一九九九年以後多數研究者的思路，即從文學批判運動的角度對這一文學現象

〔註 1〕據初步統計，《我們夫婦之間》在二十世紀八十年代文學史學習中，被列入重要篇目，有如下書籍做了選輯：《短篇小說選 1949～1979》（《人民文學》編輯部編，人民文學出版社，1980 年 9 月版）、《讓生活變得更美好些》（中國當代文學研究會編，1983 年 5 月版）、《中國當代文學參閱作品選》（二十二院校編寫組編，福建人民出版社，1983 年 10 月版）、《中國當代文學作品選讀》（《中國當代文學作品選讀》編寫組，雲南人民出版社，1985 年 12 月版）、《中國當代文學作品選》（王慶生主編，華中師範大學出版社，1988 年 5 月版）、《1949～1987 中國當代文學作品選評》（鮑昌主編，浙江大學出版社，1988 年 1 月版）、《文學風雨四十年：中國當代文學作品爭鳴述評》（於可訓主編，武漢大學出版社，1989 年 6 月版）。

〔註 2〕朱寨：《中國當代文學思潮史》，北京：人民文學出版社，1987 年 5 月版，第 82 頁。

進行關注。〔註3〕這樣的文學研究思路在推進蕭也牧學術研究的同時，也為深入研究蕭也牧形成突破的可能性。〔註4〕

新近邵部和李屹的兩篇學術論文〔註5〕，從歷史語境和政治語境出發，試圖勾勒當年批判《我們夫婦之間》這篇小說及作家蕭也牧致死的真正原因，顯示出厚實的學術功底。當然，這兩篇論文也有其局限，論述中並沒有注意到屬於「宗派文化」（也可看成是左翼文學內部的宗派主義問題，或共和國文學前史的支流文學觀念）的晉察冀文藝，與人民共和國文藝（主流文學界，或資深的左翼文藝界）之間存在的「內在張力」。二〇一一年至二〇一七年，筆者在關注天津知識書店版「十月文藝叢書」一九五二年七月被《文藝報》批判時注意到這一文化現象〔註6〕。今年恰逢蕭也牧（一九一八年七月十日～一九七〇年十月十五日）誕辰一百週年，本文的寫作，一方面希望有助於蕭也牧研究的空間拓展，從文本修改的背後和文學運動的醞釀過程及其最後的政治與文化指向，探考人民共和國初期文藝界及其文藝運動的複雜狀況，另一方面藉此機會對蕭也牧表達獨特的哀悼與紀念。

一、《蕭也牧作品選》出版牽出的「歷史問題」

蕭也牧於一九七九年四月正式平反（但在家屬看來並不徹底），這年十一月召開的中國文學藝術界第四次全國代表大會，蕭的名字進入大會主席團致哀的含冤去世的作家序列〔註7〕，十一月十七日在北京八寶山舉行蕭也牧追悼會。儘管是最後被提及的作家，但其意義仍舊非同小可，蕭也牧以正面的作家

〔註3〕洪子誠先生把對蕭也牧的關注，主要放置在第三章《矛盾與衝突》的「頻繁的批判運動」之中。洪子誠：《中國當代文學史》，北京：北京大學出版社，1999年9月版，第37頁。

〔註4〕特別是在洪先生著作的第一、二章內，涉及人民共和國初期文藝界內部的諸多問題，值得學界真正反思。

〔註5〕邵部：《蕭也牧之死探考》，《文藝爭鳴》2017年第4期；李屹：《從北平到北京：〈我們夫婦之間〉中的城市接管史與反思》，《文藝爭鳴》2017年第4期。

〔註6〕這一點學術思考的真正緣起，筆者至今還得感謝羅崗老師。他2010年6月對筆者談及延安解放區文學內部的複雜問題，包括第一次文代會中的延安文學問題，提出了善意的引導，並指出解放區文藝的複雜性，遠遠超過了我們認定的國統區文學，值得今後的學術研究細細探考。

〔註7〕《中國文學藝術工作者第四次代表大會為林彪、「四人幫」迫害逝世和身後遭受誣陷的作家、藝術家們致哀》，《新文學史料》1980年第1期。

形象進入到文學史的敘述框架〔註8〕。其作品的出版，先於第四次全國文代會召開前已著手籌備〔註9〕。

現存蕭也牧作品的最權威結集，主要是《蕭也牧作品選》這部書。編輯者係蕭也牧生前好友兼同事張羽、黃伊，編輯過程中還得到康濯、孫犁、馬烽、秦兆陽、陳登科、吳江、蕭殷、林吶、王血波、李清泉、張學新、曾秀蒼、陳允豪、高野夫、陸風、柳溪、王勉思、李庚、江曉天、陳斯庸、馬肖肖、姜英等人的幫助〔註10〕。除去陳登科、高野夫、李庚和江曉天、陳斯庸之外，這批作家（編輯家）的人民共和國成立前的工作地或文人交往圈，與晉察冀解放區有關聯。

出版《蕭也牧作品選》的目的很明確，這是為二十世紀五十年代反右運動期間和六十年代後期被迫害的作家蕭也牧進行政治與文學的雙重平反。正如康濯的交待，「八年多以前，蕭也牧同志被林彪、『四人幫』迫害致死，最近已得平反、昭雪。二十一年前，他還因反右派鬥爭擴大化而被錯劃，最近也得改正」〔註11〕。康濯寫序時間為一九七九年五月十二日，可以看出這本書的編輯背後本身就是政治力量的「博弈」〔註12〕，也是文革結束後晉察冀文人圈對蕭也牧的一次集體行為。但是，導致蕭也牧在人民共和國文學中被放逐的最初原因，真是一九五七年反右運動的擴大化和一九六六年爆發的文化大革命嗎？它明顯地遮蔽了人民共和國初期那場聲勢浩大的、有組織行為的文學批判運動，掩蓋了文藝界的「宗派主義」論爭，以及此時段對原解放區文藝的「內部清理」等問題。

一九七九年九月十八日，中共中國青少年出版社黨委會做出《關於吳小武同志的結論的覆查意見》，指出「吳小武同志一九三八年參加革命，在戰爭歲月裏，跟著黨和毛主席幹革命，他服從組織的分配，密切聯繫群眾，踏實地為黨工作。解放後，吳小武同志在黨的領導下，積極從事青少年文學讀物和革命

〔註8〕遲至1983年9月，蕭也牧的作家身份才在當代文學史敘述中成為肯定作家。華中師範大學《中國當代文學》編寫組：《中國當代文學（第1冊）》，上海：上海文藝出版社，1983年9月版，第149～154頁。

〔註9〕四月份平反，五月份啟動作品選的出版，其速度之快的確讓人驚訝。

〔註10〕張羽、黃伊：《我們所認識的蕭也牧》，《蕭也牧作品選》，天津：百花文藝出版社，1979年11月版，第376頁。

〔註11〕此序寫於1979年5月12日。康濯：《鬥爭生活的篇章》，《蕭也牧作品選》，天津：百花文藝出版社，1979年11月版，第16頁。

〔註12〕邵部：《蕭也牧之死探考》，《文藝爭鳴》2017年第4期。

回憶錄的編輯出版工作，工作是有成績的」，並對文化大革命初期吳小武同志參加出《紅岩戰報》進行重新認定，得出覆查結論認為「一九六九年對吳小武同志的審查結論和處理決定是錯誤的，應予撤銷，推倒一切污蔑不實之詞，給吳小武同志平反昭雪。」〔註 13〕這份覆查意見的正式出臺，雖然從政治上進一步給予蕭也牧平反，也對人民共和國初期蕭也牧的工作行為和工作態度進行了政治認定，但它仍舊迴避《我們夫婦之間》在人民共和國初期被批判的歷史細節，無法從歷史現場中恢復歷史事件的真實過程。所以，要回溯蕭也牧的悲劇命運，恐怕還得從《我們夫婦之間》被批判談起。

另外，蕭也牧作為中國青年出版社的資深編輯，既然被組織（共青團中央、中國文學藝術工作者代表大會、中共中國青少年出版社黨委）結論認定為因「文革」而冤死，他的作品出版放在原單位的中國青年出版社（或中國青少年出版社〔註 14〕），或者國家最高文學出版機構的人民文學出版社，其平反的意義和作家評價的價值應該更大。但最終，《蕭也牧作品選》的出版，接納它的卻是天津的百花文藝出版社，這是一個地方（省級）級別的文學出版社〔註 15〕。也就是說，在二十世紀七十年代末至八十年代初期文學語境中，含冤去世的作家蕭也牧的文學作品，並沒有被北京文化圈（不管是人民文學出版社，還是中國青年出版社）認可，反而被天津文化圈（百花文藝出版社）認可，這背後的複雜性至今並沒有人認真探究〔註 16〕。在張羽和黃伊感謝名單中，「林吶」這個名字值得注意，他此時身為百花文藝出版社社長，也是晉察冀走出來的文化人，可能是他最後接納了《蕭也牧作品選》的出版〔註 17〕。

出版《蕭也牧作品選》的過程中，蕭也牧的作品被選擇性漏掉，包括中

〔註 13〕此則材料來源于邵部先生提供的原件掃描圖片，它對我的啟發很大，特致謝。

〔註 14〕中國青年出版社和中國青少年出版社，看上去是兩個平行的出版機構，其實他們是兩塊牌子一個實質機構而已，這是要特別注意的地方。

〔註 15〕儘管張羽和黃伊在《蕭也牧作品選》的後記中特別說明，編輯此書曾得到陳翰伯同志的關切，但仍舊沒有讓這本書的出版回到北京文化圈，至少讓我們看出背後涉及複雜的政治與人事。

〔註 16〕蕭也牧家人在蕭也牧平反過程中，表達出與中國青年出版社、團中央在處理上的分歧，這一行為或許導致張羽、黃伊最終在付印《蕭也牧作品選》時，最終沒有放在中國青年出版社，避免雙方之間的矛盾進一步加劇。

〔註 17〕林吶任過豫北太行南區政治部民運工作隊隊長、中共太南地委劇社社長、冀中六分區政治部報社社長等職，可看出和蕭也牧曾有同事之誼。中共中央宣傳部出版局編：《出版家列傳》，重慶：重慶出版社，1996 年 4 月版，第 670 頁。

篇小說《鍛鍊》，天津文藝界機關刊物《文藝學習》和《天津日報》副刊所刊載的部分文章，《中國青年》刊載的蕭也牧其他作品。值得一提的是，《鍛鍊》是人民共和國初期蕭也牧創作的重要文學作品，也是知識分子思想改造話題的力作之一，還是有關晉察冀解放區抗戰記錄的文學作品。一九五〇年共青團中央機關刊物《中國青年》進行連載過，後收錄入「青年創作叢書」，初版印數高達一萬五千冊。這部小說曾受到來自共青團中央的定性批判，它真正的文史價值反而被遮蔽。當然，早期被批判的小說《第一課》（也是蕭也牧被批判的第一篇小說），因年代久遠仍舊沒有讓研究者看到它的原貌，至今沒有、更談不上所謂的重視，學術界無法窺探蕭也牧文學寫作的最初形態，以及他與新文學傳統之間的內在關係。同時，作為青年出版社（後於一九五三年與開明書店合併，更名為中國青年出版社）的資深編輯，蕭也牧主持編輯的「偉大的祖國小叢書」，《五四的故事》（為蕭也牧編輯）列入其中之一種〔註 18〕，顯然對他此時段文學創作有內在影響，作品選中亦沒得到有效呈現。而在一九五六年至一九五七年短暫的百花時代，綻放出蕭也牧第二次文學創作熱情的部分作品，包括《「百花齊放、百家爭鳴」有感》《只認衣衫不認人》《不要再沉默了！》《編輯．作者．作品》《一個編輯的呼聲》等並未被鉤沉，這遮蔽了蕭也牧的文學編輯家身份。而頗為明顯的問題，則是《我們夫婦之間》文本的版本變遷〔註 19〕，並沒有引起編輯者的特別注意，遮蔽了蕭也牧文學寫作的特殊行為。幸虧在《蕭也牧作品選》的序言中，康濯有這樣的交待：

> 這篇作品同他本人的生活或許不無絲毫聯繫，如小說中所寫，他這個知識分子出身的幹部就是戰爭中同一位貧農出身的女工結婚的，進城初期雙方也確有點矛盾。但也正如小說寫的那樣雙方都是好同志，其矛盾並非偶然，也不難解決。現在本書中這一篇曾在發表後修改過，讀來仍如上面所感，並覺得抓住了我們幹部中進城之初某些值得重視的問題而頗有意義，寫得也真實親切。發表的初稿記得確有過缺點，主要是對工農幹部個別地方似略有醜化，對知識分子幹部一二細節的點染也或有過分；然而即使如此自也並不影響

〔註 18〕蕭也牧：《五四的故事》，北京：青年出版社，1951 年 3 月版。

〔註 19〕收入在《蕭也牧作品選》中的《我們夫婦之間》，其實是修改後的文本，並不是 1950 年 1 月《人民文學》的初刊本和 1951 年 7 月收錄在小說集《海河邊上》的初版本。

作品積極一面的基本傾向。缺點則當可探討，事實上作者那時也聽到和考慮了一些批評。不過發表後主要是歡迎，並拍成了電影。或許影片對缺點又有加重，致引起較多的意見，還上了報刊。這本來並非不正常，可惜的是當時有的文章不實事求是地一頓批判，不顧總的傾向而全部予以否定，甚至還波及作者其他作品；卻不是容許發表各種意見的自由討論，和對作品的一分為二。〔註 20〕

原來在一九五〇年《我們夫婦之間》有蕭也牧的修改行為，但這種修改行為卻被遮蔽，甚至在一九五一年蕭也牧作品批判運動中，批判者不管是陳湧、李定中（馮雪峰的化名），還是丁玲和韋君宜，都無視蕭也牧的這種修改行為。收錄在《蕭也牧作品選》中的《我們夫婦之間》就是修改版，只是編者在整理作品之時並沒有加以有意的標注。蕭也牧這種主動修改的文學寫作行為，到底是什麼力量刺激的呢？作家又是基於什麼理由不得不進行修改的？

二、最初的聲音：晉察冀文人群對《我們夫婦之間》的看法

《我們夫婦之間》初稿寫於一九四九年秋天的北京，重改於天津海河之濱。〔註 21〕小說最後的定稿地點在天津，它注定打上鮮明的天津文人群（晉察冀文化人）印記。小說創作過程中，蕭也牧與天津文藝圈內（晉察冀作家群）的朋友有所交談〔註 22〕。小說的兩位主人公，有明顯的晉察冀革命工作者的身份和晉察冀工作場景。《我們夫婦之間》在《人民文學》雜誌的亮相時間，為一九五〇年一月一日，恰逢一九五〇年的元旦節，刊載在該雜誌第一卷第三期上。時為《人民文學》編輯部小說組組長的秦兆陽，對這篇自然來稿印象深刻：「《我們夫婦之間》原稿的文風非常樸實、自然、簡練，字跡也十分工整清秀。那時《人民文學》來稿的水平很低，不作修改就可以發表的稿子幾乎沒有，收到這樣主題新鮮而又不必加工的稿子，自然喜出望外，所以就一字不動，立即選送主編審查，在《人民文學》上發表出來了。」〔註 23〕小說發表後，很快引起一些評論。

〔註 20〕康濯：《鬥爭生活的詩篇》，《蕭也牧作品選》，天津：百花文藝出版社，1979 年 11 月版，第 13～14 頁。

〔註 21〕蕭也牧：《我們夫婦之間》，《人民文學》第 1 卷第 3 期（1950 年 1 月 1 日）。

〔註 22〕蕭也牧和王昌定就有關於《我們夫婦之間》創作的交談，王昌定在回憶中特別予以強調。王昌定：《八十起步集》，天津：天津社會科學院出版社，2004 年 8 月版，第 192 頁。

〔註 23〕秦兆陽：《憶蕭也牧》，《隨筆》1987 年第 4 期。

天津文協的機關刊物《文藝學習》上，曾刊載過評論文章，作者署名陳炳然，題目為《〈我們夫婦之間〉讀後》〔註 24〕。因這篇文章在蕭也牧文學評價中有著重要的意義，此處全文抄錄：

《我們夫婦之間》是蕭也牧同志寫的，發表在《人民文學》第三期。由於作者，深刻地發掘了知識分子和工農結合的曲折過程，並且切實生動的描寫了出來，因而它吸引著許多讀者——尤其是一些由知識分子和工農出身的幹部底興趣。因為這裡接觸了他們一部分的真實生活，反映了我們剛自農村進入城市時部分幹部的思想意識。

作者擷取了幾個平常的生活斷片，生動而又細膩地刻畫出這位女幹部的特性:「她一伸手，一指頭直通到我的額角上:『你沒良心的鬼，你忘了本啦！這十年來誰養活你來著？』,『你進了城就把廣大的農民忘啦？你是什麼觀點？你是什麼思想？光他媽的會說漂亮話』,『嗯！你真明白！你以為還像在舊社會裏——有錢能使鬼推磨，有錢能使驢上樹？那怕你掏一百萬人民券，也不能允許你隨便壓迫人；隨便破壞人民政府的威信！走！咱們到派出所去！咱們是有政府的！』」誠然，這在文質彬彬的知識分子看來是有幾分過於率直，近乎粗魯的性格。然而這是一種可愛的性格，一種倔強的、堅定的、率直的具有高度原則精神的性格。她不為利所誘，不為威所屈。大公無私，敵友分明。儘管這裡還摻雜著一些缺點：固執、急躁、保守，然而這些並不是她生活里根本的東西，她時時在否定著這些缺點，並在不斷吸取新的生活。以前她卑視甚至單純地憎恨那些塗脂抹粉，頭髮燙的像草雞窩似的婦女，但接著她就明白不能單從形式上和生活習慣上看問題，那是數千年封建壓迫的結果；她說話也不再滿口「他媽的」「雞巴」的了，衣飾也開始講求整潔樸素；但這不是矯揉造作，更不是同流合污，而是她明白地意識到這是應該的。總之她是時時刻刻在進步。在向著新的生活道路邁進。

然而李克，一個知識分子出身的，她的丈夫呢？在他入城之後，

〔註 24〕陳炳然：《〈我們夫婦之間〉讀後》，《文藝學習》第 1 卷第 3 期（1950 年 4 月 1 日）。

> 卻重溫他過去夢幻著的舊生活來，那些窗帷、地毯、沙發、霓虹燈、爵士樂……開始對他重新發出強烈的誘惑。他失去了對新鮮事物的感覺的敏銳性，認為一些事情政府和黨自會想辦法，自己操心也不頂事，於是就閉著眼睛過日子……「……那樣的事，城市裏多得很，憑你一個人就管清了？這是社會問題，得慢慢！」。這是失去了革命立場向舊社會中的惡勢力屈服，是知識分子動搖性的具體表現，絕不是簡單的知識分子舊思想意識的復活。
>
> 顯然，作者對李克的批評是不夠的。李克一直是以輕薄、嘲弄的態度對待他的妻子那些優點，因此就利用他妻子一些微小的缺點來掩蓋自己的重大錯誤。李克一直沒有意識到自己錯誤的嚴重性，在最後作者是讓李克以家長式的口吻來對待他自己的缺點的:「你！不要笑！這是真話，我參加革命的時間不算短了，可是在我的思想感情裏邊，依然還保留著一部小資產階級脫離現實生活的成分，和工農思想感情上，特別是感情上，還有一定的距離，舊的生活習慣與愛好，仍然對我有著很大的吸引力，甚至是不自覺的」。這裡是李克對自己思想的全部揭露，顯然這是不夠深刻、不夠徹底的。這不是自我批評，而是李克的小聰明，他是為了鼓勵他的妻子而故意給自己這麼輕描淡寫地來一下的。
>
> 這樣，使人讀了這篇文章之後便會發生如下的疑問：是知識分子的面子觀念妨礙李克在其妻子面前坦白錯誤？還是他的錯誤就是他自己說的「有一定距離」,「不自覺」的無關緊要的錯誤呢？由於作者放鬆了對李克的批評，因而就不能不使我們擔心：這一對知識分子與工農結合的夫婦究竟能否真正的彼此取長補短，好好結合，來恢復他（她）們以前那種靜穆、和諧的生活？

國內流行的相關學術著作，一直認定陳湧的文章《蕭也牧創作的一些傾向》是人民共和國成立以來第一篇批判（批評）蕭也牧的文章〔註25〕。而陳炳然《〈我們夫婦之間〉讀後》這篇文章的鉤沉，讓我們看到真正的歷史原貌：它才是批判（批評）蕭也牧的第一篇文章，出刊時間為一九五〇年四月一日。

〔註25〕石灣採用的仍舊是這樣的觀點，顯然是有誤的：「最先發表文章批評《我們夫婦之間》的『革命家』是陳湧」。石灣：《紅火與悲涼：蕭也牧和他的同事們》，上海：上海錦繡文章出版社，2010年8月版，第16頁。

考慮刊物特有的出版週期可以推定：這篇批評文章應該寫於一九五〇年三月。這距離《我們夫婦之間》發表不到兩個月，其速度之快可以想見。文章裏，評論者認為《我們夫婦之間》「深刻地發掘了知識分子和工農結合的曲折過程，並且切實生動的描寫了出來，因而它吸引著許多讀者——尤其是一些由知識分子和工農出身的幹部底趣味」，接觸了「生活真實」，反映了「進城幹部的思想意識」。《我們夫婦之間》有很強的現實針對性，蕭也牧夫人李威在追述中也談到此點〔註 26〕。儘管蕭也牧成功塑造了兩個典型人物——張同志（張英）和李克，但在批評者陳炳然看來，小說是有缺點的：一是作家對李克的批評不夠；二是作品會讓讀者產生質疑。也就是說，小說最大的問題，還是在李克這一人物形象的塑造上。另外，值得注意的是發表評論的刊物《文藝學習》，它是天津文學工作者協會的機關刊物，主要發表天津文藝界作家的文藝作品〔註 27〕。而天津作家群的文化人，除了一部分國統區作家之外，大部分來自晉察冀解放區，包括王林、孫犁、王血波、張學新、方紀、魯藜、勞榮等人。

陳炳然這篇評論文章之後，《文藝學習》沒有刊載蕭也牧作品評論的文章（直至它停刊，都沒有出現過）。它至少給人一種印象：這篇文章似乎表達了天津文藝界文人群（甚至包括晉察冀文人）的總體看法。還有一個細節需注意，陳炳然這篇評論文章排版之前一篇，發表的正是蕭也牧的短篇小說《言不二價》（後更名為《貨郎》），說明這篇文章蕭也牧可能閱讀過。

一九五〇年七月，知識書店出版短篇小說集《海河邊上》，初版印數三千冊。小說集收錄六篇小說，分別為：《攜手前進》《海河邊上》《追契》《言不二價》《識字的故事》《我們夫婦之間》。既有解放前創作的文學作品，還有人民共和國初期創作的文學作品。我們無法查考在出版第二部小說集〔註 28〕，蕭也牧為何不使用《我們夫婦之間》作為書名，反而選用刊載在地方報紙上的小說作為書名（而在推出第三部小說集《母親的意志》時，偏偏使用的正是《人民文學》發表的同名小說作為題目）。天津文藝界迅速對《海河邊上》的出版表

〔註 26〕石灣：《紅火與悲涼：蕭也牧和他的同事們》，上海：上海錦繡文章出版社，2010 年版，第 11～12 頁。

〔註 27〕從刊物具體實踐來看，其野心顯然不止這些，他們大膽發表過非天津圈作家的作品，包括後來被批判的作家路翎。

〔註 28〕蕭也牧人民共和國初期的第一部小說集，為《山村紀事》，出版時間為 1949 年 10 月，由葛一虹主持的天下圖書公司公開出版。

達出興趣，在《文藝學習》上做起文學廣告：

《海河邊上》（原名《我等著你》）

蕭也牧著．最新出版

本書共有六個短篇小說，都是作者深入工農群眾親身體驗的結晶。有《攜手前進》《海河邊上》《追契》《言不二價》《識字的故事》《我們夫婦之間》等。《海河邊上》即《我等著你》，這是一篇寫青年切身問題的小說，在一般群眾中獲得普遍好評，《我們夫婦之間》也是很受歡迎的佳作，在這篇故事裏，作者深刻切實生動的反映了剛自農村進入城市時，部分幹部的思想意識。

基本定價　五元

知識書店印行〔註29〕

收錄的六篇小說，廣告詞重點推出《海河邊上》和《我們夫婦之間》。這則廣告還讓人知道，小說集《海河邊上》最初名字是《我等著你》。後來沙惟改編為劇本，用的書名正是《我等著你》（一九五一年三月仍由知識書店出版）。對《我們夫婦之間》的廣告推薦用語，用「作者深刻切實生動的反應了剛自農村進入城市時，部分幹部的思想意識」的文字，顯然來自陳炳然的說法。不管怎麼說，從一九五〇年四月一日天津文協機關刊物《文藝學習》刊載《〈我們夫婦之間〉讀後》，到這年七月一日又推出《海河邊上》的文學廣告，我們可以看出天津文藝圈對蕭也牧作品的推介和歡迎，它從側面說明晉察冀解放區文人在文學取向上的共同性。當然，如果細讀蕭也牧的作品，並對比閱讀孫犁、王林、方紀等人此時期的作品，我們能夠發現其文學追求上的共同傾向：對晉察冀民眾抗戰及戰後歷史生活的特殊記錄。蕭也牧本身就是資深的晉察冀文人，其作品鮮明地打上了晉察冀生活印記。

蕭也牧人民共和國初期發表作品的陣地，除了主流媒體及刊物（包括《人民日報》《中國青年》《人民文學》）之外，主要集中在天津文藝界的相關報刊上，包括天津文協機關刊物《文藝學習》，天津市黨報《天津日報》等。據《文藝學習》所刊載的文章統計來看，前三期蕭也牧算得上是該刊的主推作家，發表他三篇作品：詩歌《紗廠詩抄》（創刊號）、小說《攜手前進》（第二期）和《言不二價》（第三期）。孫犁在書信中亦有透露，蕭也牧經常寄送稿件給

〔註29〕《海河邊上》，《文藝學習》第2卷第1期（1950年8月1日）。

孫犁〔註30〕。另外，從王林日記手稿（一九四九～一九五二）來看，蕭也牧時常奔走天津〔註31〕，他此時蹲點天津紗廠進行實地生活體驗〔註32〕。這說明，他與晉察冀文人群的密切交往習慣在人民共和國初期仍保持著〔註33〕。雖然限於材料的閱讀範圍，但就筆者所涉及的天津文藝界材料來看，一九五一年至一九五二年在批判蕭也牧過程中，天津文藝圈內的晉察冀作家群，沒有順應全國文藝界批判蕭也牧的這場運動，並進而形成與北京文藝界批判運動的互動關係，他們選擇的是集體的沉默。

三、《我們夫婦之間》的文本修改與受歡迎程度

《我們夫婦之間》收進小說集《海河邊上》後，蕭也牧對它進行了「修改」。一九五〇年十二月，知識書店推出第二版，印數為三千冊。再版透露出明顯的修訂痕跡，呈現出版本差異：首先，書籍的封面圖片進行了更換，第一版凸顯的小說含義和第二版呈現出明顯的差異，消除個體意識，表達集體意識；其次，篇目數發生了變化，由原來的六篇變成了七篇，《言不二價》予以刪除，增加《沙城堡的故事》與《我和老何》；第三，《我們夫婦之間》的修改，「後來不斷接到讀者的來信，對這篇東西，提出了不少有益的意見」，「我根據了這些意見，修改了一次，這就成了現在的樣子」〔註34〕。也就是說，從一九五〇年七月至十一月的這段時間裏，蕭也牧主動對《我們夫婦之間》進行了修改。這種修改行為，反而在學術研究中並未引起注意。

具體針對到《我們夫婦之間》，首先主要體現在刪除了初刊本和初版的四個標題：「一、真是知識分子和工農結合的典型！」；「二、……李克同志：你的心大大的變了！」；「三、她真是個倔強的人」；「四、我們結婚三年，直到今天我彷彿才對她有了比較深刻的理解……」。標題本身具有概括該部分所涉及

〔註30〕「蕭也牧寄給我一篇《關於〈臘梅花〉及其他》，我覺得寫得還好，想給他壓縮一下發表。」孫犁：《孫犁文集》（補丁版），第9卷，天津：百花文藝出版社，2013年4月版，第46～47頁。

〔註31〕《王林日記》（1945～1952）係王林之子王端陽先生提供，在此特表達筆者的謝意。

〔註32〕據王林1950年日記透露。

〔註33〕另外，小說集《海河邊上》收錄的小說中，小說創作落款寫著與天津有關的，就有《攜手前進》《海河邊上》《我們夫婦之間》三篇，這從側面說明蕭也牧在1949年至1950年間頻繁出入天津文藝界。

〔註34〕蕭也牧：《附記》，《母親的意志》，北京：青年出版社，1951年3月版，第84頁。

內容的特殊功能：「標明文章、作品等內容的簡短語句」〔註35〕，給人醒目的提示，使人明確地瞭解到每部分內容的主旨，這一刪除使得內容的凸顯度被降低。最初作家設置每部分的標題，是讓讀者在閱讀這部分內容之前，就對這一部分內容產生一些聯想或想像，從而增加文本在讀者閱讀時的內在吸引力；刪除之後，其吸引力明顯降低。其次，是初刊本和初版的第二部分，在再版本中一分為二，導致文本由最初的四部分，最終變成五部分。這樣的修改，文本內部的內容設置顯得合理，每部分間的內容相對對等，文本結構顯得比初刊本、初版本更為緊湊適宜。

隱藏在《我們夫婦之間》文本內部的文字修改，則更加複雜。據統計，蕭也牧在一九五〇年十二月修訂版《我們夫婦之間》中，刪除字數不低於一千二百字。從修改細節來看，可以分為部分修改、部分刪除、整體刪除三種類型，主要涉及兩位主人公（李克和張英）的形象修改。蕭也牧自己曾交待過，「在一九五〇年秋，《我們夫婦之間》這一篇，我曾經作了兩次刪改，例如：張同志不罵人了，李克一進北京城那段城市景色以及『爵士樂』等等刪了，張同志『偷』李克的錢以及夫婦吵架的場面改掉了，凡『知識分子和工農結合』等字眼，在李克自認的錯誤之前，加上了『嚴重』『危險』等形容詞，並且把李克改成參加革命才四、五年的一個新幹部等等。」〔註36〕針對這種修改行為的效果，一九五一年十月的檢討文章《我一定要切實改正錯誤》裏蕭也牧卻說，「但不管怎樣刪改，其結果，只動皮毛，筋骨依舊。」〔註37〕這裡要反問的是，為什麼蕭也牧在修改中堅持「只動皮毛，不動筋骨」？而這種文字修改，是否達到了晉察冀文人最初的批評，「作者對李克的批評是不夠的」？

之前在二十世紀八十年代文學史敘述中，有文學史著作注意到蕭也牧的這種文學修改行為：

> 一九五〇年秋，蕭也牧在聽了一些同志的批評意見之後，出於多方面的原因，曾對這篇作品作了兩次刪改，主要是刪掉了張同志

〔註35〕中國社會科學院語言研究所詞典編輯室：《現代漢語詞典》，北京：商務印書館，1996年7月修訂第3版，第82頁。

〔註36〕蕭也牧：《我一定要切實地改正錯誤》，《文藝報》第5卷第1期（1950年10月25日）。

〔註37〕蕭也牧：《我一定要切實地改正錯誤》，《文藝報》第5卷第1期（1951年10月25日）。

> 幾處罵人的粗話，刪掉了李克進城後被霓虹燈、爵士樂所迷惑，嫌妻子衣著打扮土氣等心理描寫；把李克由參加十幾年革命改為四、五年，讓他向妻子檢討自己的小資產階級感情時，加了「很濃厚」、「嚴重」、「模糊了革命者的立場」等語言。〔註38〕

《海河邊上》出版後，蕭也牧收到「讀者來信」，對《我們夫婦之間》這篇小說提出修改建議。此時蕭也牧並沒有被批判的壓力，他的修改行為是主動而積極的。一九五〇年十二月再版後，儘管《我們夫婦之間》仍舊收進《母親的意志》，但他並沒有再修改。《我們夫婦之間》的修改時間，大體為一九五〇年七月至十一月間。在這個時間點上，根據《鄭君里全集》披露的最新材料，上海電影界已介入小說改編為電影的工作上。一九五〇年九月二十二日，電影腳本《我們夫婦之間》定稿〔註39〕。這就進一步說明，包括導演鄭君里在內，都參與對《我們夫婦之間》的修改。至少從某種程度上，蕭也牧接受了鄭君里的部分建議，使得小說在電影改編過程中更加有成效。

回到人民共和國初期的文學環境中，我們不禁要問：《我們夫婦之間》受歡迎的程度到底來自哪些力量？解放區作家對它有什麼樣的特別態度？要知道，人民共和國初期的解放區作家，很大程度上和延安解放區關係更密切。而這裡所指稱的「解放區」，除了當時特定含義的延安邊區之外，還有其他的根據地，包括晉察冀、晉冀魯豫、晉綏、大別山等相關的根據地值得重視，這些地方的文藝工作者在人民共和國初期的人生命運走向，尤其值得關注。但從一九四九年七月全國文代大會後的文藝界人事任命來看，延安解放區作家的文學史地位，通過會議文件的形式，和組織任命與安排的形式得以確立，在文藝界權力場域中明顯的有優勢地位，他們佔據了話語的領導權和支配權。周揚在《新的人民的文藝——在全國文學藝術工作者代表大會上關於解放區文藝運動的報告》中，談及的解放區文藝作品主要是「中國人民文藝叢書」所收錄的作品，作者大部分來自延安解放區，晉察冀作家當然有亮點，它主要集中在趙樹理身上，後來延展出來了「趙樹理方向」。即使是當時頗有影響的孫犁，也沒有得到出版單行本的機會進入到這套叢書的序列中，錯過了被經典化的機

〔註38〕華中師範大學《中國當代文學》編寫組：《中國當代文學》，第1冊，上海：上海文藝出版社，1983年9月版，第152頁。

〔註39〕鄭君里：《鄭君里全集》，第5卷，上海：上海文化出版社，2016年12月版，第353頁。

會。孫犁再一次獲得青睞，則是二十世紀八十年代初期重新對白洋淀作家群的「發現」〔註40〕。這種巧合錯過的背後，真實原因不為人知。至少從現存文獻資料中可以發現：孫犁對進入這套叢書曾有強烈的願望〔註41〕。

晉察冀作家群中，蕭也牧有其知名度〔註42〕，但他沒有進入到體現解放區文學創作成就的「中國人民文藝叢書」序列裏，甚至連單篇文學作品中也沒有進入合集性質的叢書名單，儘管他此時期已有大量的文學創作，甚至還受到意識形態核心人物胡喬木的讚賞〔註43〕。也就是說，人民共和國初期文藝體制的建構中，蕭也牧的文學寫作並沒有被來自延安解放區的主流文學（包括周揚、陳荒煤）所接受並被經典化。但蕭也牧在人民共和國初期文學創作的努力程度，讓當時的文藝界刮目相看。一九五〇年，蕭也牧彙報他的寫作計劃：《土包子和洋包子》（知識分子與農民幹部結合，互相幫助、學習，及其成長）、《一個農村的布爾什維克》（農村整黨）、《大家動手》（紗廠節約生產）、《海河解凍的時候》（寫工人的夫婦、兄弟、母子……之間的故事，接受革命思想前後，在家庭生活中引起的變化）、《紗廠記事》、《識字的人》（老區農民建設文化的過程），總字數為十五萬字〔註44〕。一九五一年總結時，他「完成《鍛鍊》中篇，十萬字。短篇《沙城堡》等三篇，約三萬字。超額完成的有《我和老何》、

〔註40〕郭志剛曾在二十世紀七八十年代寫作《人物、描寫與語言——〈白洋淀紀事〉閱讀札記》（《文學評論》1978年第6期）、《論孫犁現實主義創作的特徵》（《社會科學戰線》1983年第1期）、《充滿激情和思想的現實主義——孫犁創作散論》（《北京師範大學學報》1983年第2期）、《論孫犁作品的藝術風格》（《中國現代文學研究叢刊》1983年第3期）、《孫犁創作中的藝術觀》（《當代作家評論》1984年第1期）和《在回憶中發現——論孫犁近年散文》（《當代作家評論》1985年第3期），對孫犁的文學史評價產生了重要影響，也是其主要倡議者。

〔註41〕1948年至1949年之際，中共中央宣傳部組織編輯這套叢書的目的非常明確，就是對解放區文藝創作情況的集體展示，試圖對國統區文藝工作者形成某種威壓。後來，這套書成為文代會中共中央宣傳部送給文代會代表的「禮物」，但獲得者都知道，這不僅僅是「禮物」，而且是今後文學作品寫作的「範本」。

〔註42〕他編輯過《時代青年》，曾在這個刊物上發表了一系列「山村紀事」的故事，在晉察冀地區產生很大的影響。丁玲在1951年致蕭也牧的公開信中，還專門提及蕭也牧那時的文學作品的閱讀印象。

〔註43〕「像主管宣傳工作的喬木同志，就傳出話來，說吳小武先不用寫長篇巨著，就寫抗戰中的小故事，寫一百個也很有意義。」勉思：《風雨故人情》，長沙：湖南文藝出版社，2006年12月版，第58頁。

〔註44〕中華全國文學工作者協會編輯部：《一九五〇年文學工作者創作計劃調查》，《人民文學》第1卷第6期（1950年4月1日）。

《母親的意志》、《進攻》、《英雄溝》等四萬多字」〔註45〕。蕭也牧的主要職業不是寫作，寫作是他的副業，但一年內能寫近十八萬字，這個體量相當驚人。一九五〇年一月《我們夫婦之間》發表之後，蕭也牧的創作激情得以激發開來。此時的讀者來信，充當了蕭也牧文學創作的「興奮劑」，「不僅有青年知識分子的讀者，而且還有工人讀者，甚至在我的同伴中，以及老幹部中，不管他們說的有意無意，總之是有不少人說好的」〔註46〕。

《我們夫婦之間》成為蕭也牧的「代表作」。《人民文學》雜誌社收到「讀者來信」，對《我們夫婦之間》表達讚賞，「除直接描寫工農兵的作品外，《人民文學》上還有一些很好的作品我們以為值得推薦，如：《我們夫婦之間》以一個知識分子和工農結合的典型，提出目前幹部作風和戀愛方面的問題」〔註47〕。「讀者」的這種讚賞與推薦，與共青團中央的想法是一致的。共青團中央曾出版過《青年的戀愛與婚姻問題》，列為「中國青年叢書」之一種，裏面就收錄了《我們夫婦之間》（丁玲的《青年的戀愛問題》也在裏面）。作為共青團中央建構的閱讀叢書，「中國青年叢書」的閱讀對象有明確的指向性：「供給具有中等以上文化程度的青年工人、學生、幹部等閱讀」，「編輯方針為幫助廣大青年學習、研究與解決廣大青年思想、生活等問題、指導青年工作並介紹國內與國際青年運動」，〔註48〕共青團中央對這類書籍的閱讀，時常有所監督和指導，它可以而且通常通過共青團的組織系統對書籍閱讀形成「組織化運作」，積極組織廣大的共青團員認真閱讀相關書籍〔註49〕，包括寒暑假對青年團員的閱讀規訓等。因一九五〇年頒布新婚姻法，《青年的戀愛與婚姻問題》這本書的指導意義顯得更加明確，對它的指導性閱讀就顯得更有意義。而《我們夫婦之間》文本的內容，正好切合這一主題。這裡需要指出的是，「中國青年叢書」這類普及性書籍，在共青團組織系統的運作模式下，其印刷數量也是十分驚人的，《青年的戀愛與婚姻問題》一九五〇年六月初版印刷，印數高達

〔註45〕中華全國文學工作者協會編輯部：《一九五〇年文學工作者創作計劃完成情況調查（一）》，《人民文學》第3卷第5期（1951年3月1日）。

〔註46〕蕭也牧：《我一定要切實地改正錯誤》，《文藝報》第5卷第1期（1951年10月25日）。

〔註47〕徐康：《讀者意見》，《人民文學》第2卷第4期（1950年8月1日）。

〔註48〕《〈中國青年叢書〉編輯例言》。

〔註49〕筆者曾細緻考察過共青團中央對《拖拉機站站長和總農藝師》的閱讀情況進行過微觀考察，發現背後有組織力量進行閱讀的巨大能量。袁洪權：《共和國文學中「組織」運作下的文學閱讀》，《海南師範大學學報》2014年第1期。

一萬冊。由於團組織系統閱讀的需要，全國各地加印此書，其印刷量已經無法真正統計，但其總量肯定很大。這段材料主要說明一個問題，《我們夫婦之間》在讀者中產生深刻影響，還與共青團中央有關政治文本的推介閱讀有密切的關係。

另外，《我們夫婦之間》還呈現出多種文學樣式的「改編」。當時戲曲界和美術界，對《我們夫婦之間》這一文本表達過關注，山東、河南、山西和河北等革命老區的文藝界把它改編成唱本文學和通俗劇本，使之進一步通俗化與普及化，美術界直接把它改編成連環畫、小人書，受眾對象的年齡更加低齡化，作品的普及程度更廣泛。一九五〇年，李紋改編的劇本《我們夫婦之間》由上海文化工作社出版發行，列入「文化工作社戲曲叢書」。一九五一年，李卉改編的連環畫《我們夫婦之間》由上海五星出版社出版發行，很快印刷第二版〔註50〕。同年，金文田改編的戲曲《我們夫婦之間》，由上海群眾書店出版發行，列入「群眾戲曲叢書」。當然，在天津文藝圈中，時為天津藝術劇院劇作家的沙惟，也把《海河邊上》改編成劇本《我等著你》，一九五一年由知識書店出版發行，列入「十月文藝叢書」。以上種種改編行為，為《我們夫婦之間》、為作家蕭也牧聲譽的傳播，顯然有推波助瀾的作用。而更大的推送，莫過於上海電影界對《我們夫婦之間》的「青睞」。我們且看看上海在人民共和國成立初期的相關文藝政策，以及私營電影製片廠崑崙影業公司對蕭也牧的關注度。

一九四九年五月上海解放後，上海文藝界陷入了思想困境，第一次全國文代會後「關於可不可以寫小資產階級」的論爭是最直接的體現。而上海是中國現代電影的發源地，電影的拍攝在此段時間陷入「劇本荒」：「熟悉工農兵的不會寫電影劇本。會寫電影劇本的不瞭解工農兵」〔註51〕。「因為製作方面的不能不謹慎從事，所以還沒有很快地恢復生產」，為此，夏衍曾專門開導電影從業人員，提出「白開水」理論：「一、寫作的尺度，我們對私營電影公司的作品尺度是相當寬大的，最低的要求是希望私營公司的出品對人民沒有害處，對人民政府的政策沒有違背。當然，我們最希望的是能夠教育人民，改造人民的思想，鼓勵生產建設。二、寫作的題材，我們以為只要立場正確，題材不一定

〔註50〕改編者把女主人公張英更名為王秀花，並聲稱「此項故事已有上海崑崙影業公司攝制電影，但與本社改編之連環畫並無關係」。李卉改編、陳煙帆繪畫：《我們夫婦之間》，上海：五星出版社，1951年4月再版本，第1頁。

〔註51〕夏衍：《懶尋舊夢錄》（增訂本），北京：中華書局，2016年1月版，第454～455頁。

要寫新解放區朋友們不一定瞭解的工農兵。只要掌握了正確的方向，只要自己所寫的題材能夠符合繁榮經濟、增加生產、鼓勵民族資產階級參加生產、肅清匪特、鞏固治安的，都可以寫。這樣寫了也都有益處。」〔註52〕在這樣的背景下，夏衍一九五〇年向文華影業公司和崑崙影業公司分別推薦朱定的《關連長》和蕭也牧的《我們夫婦之間》，「這兩部片子都是經由『作協』主辦的《人民文學》上發表過的小說改編的；小說發表後，在全國文藝界都受到好評，於是我就向『文華』、『崑崙』表示『不妨一試』。這兩部電影放映後，很受觀眾歡迎」〔註53〕。電影的宣傳效應遠遠超過小說文本，蕭也牧的名字、小說《我們夫婦之間》得到更廣泛的關注。而在《我們夫婦之間》改編為同名電影上映之後，《海河邊上》《鍛鍊》等小說也被電影導演看中，準備改編成電影陸續上映。但小說改編成電影，又會帶來另外的問題，正如夏衍自己的反思，「我懂得了有些題材可以寫小說，但不是小說都可以改編電影。理由很簡單，領導上不一定看小說，而拍成電影，那就逃不過領導的關注了。」〔註54〕蕭也牧的關注度被提高，顯然與電影《我們夫婦之間》的拍攝與放映有著密切的關係。

其實，崑崙影業公司採納並拍攝《我們夫婦之間》，是有進步的政治追求的，它是為了表達出「可貴的政治熱情」〔註55〕。首先是組織的電影拍攝人員，全部都是進步的電影藝術工作者。他們是新政權重要的統戰對象和政治爭取對象（在政治上是可以信賴的）：導演為鄭君里，趙丹扮演丈夫李克，蔣天流扮演妻子張英，吳茵扮演黨的幹部秦豐，劉小滬扮演小娟，文銘扮演張英母親，王桂林扮演小娟的父親，程漠扮演福根，張乾扮演舞廳老闆，傅伯棠扮演紗廠廚師〔註56〕。其次，鄭君里試圖表達積極的政治主題，「原意是在提示革命幹部：進城後，不論是工農出身或知識分子出身，都應該不斷克服自身局限，適應城市生活和工作特點，由外行轉為內行，以利城市建設。」〔註57〕再次，

〔註52〕夏衍：《上海私營電影公司如何恢復生產》，《大公報》，1949年7月13日，第4版。

〔註53〕夏衍：《懶尋舊夢錄》（增訂本），北京：中華書局，2016年1月版，第455頁。

〔註54〕夏衍：《懶尋舊夢錄》（增訂本），北京：中華書局，2016年1月版，第456頁。

〔註55〕孟犁野：《新中國電影藝術史稿（1949～1959）》，北京：中國電影出版社，2002年9月版，第76～77頁。

〔註56〕演員表中電影演員構成以當時進步電影工作者為主，其演技水平都很高。中國電影資料館、中國藝術研究院電影研究所編：《中國藝術影片編目（上冊）》，北京：文化藝術出版社，1982年6月版，第80～81頁。

〔註57〕趙丹：《地獄之門》，上海：文匯出版社，2005年8月版，第148頁。

《我們夫婦之間》的改編過程，有夏衍、葉以群、趙丹等上海文藝界領導人的直接指導〔註58〕。不過，鄭君里對小說文本進行了特殊的修改，其中最大的變化有兩點：一是故事的主要發生地發生了改變，從新政權的首都北京搬到大都市上海；二是作品中塑造了共產黨的幹部形象〔註59〕。從高度敏感的政治中心（北京）轉向娛樂消費的文化中心（上海），不可迴避地增加了文本娛樂與消費的成分，而執政黨共產黨的幹部形象（共產黨員）的建構，卻涉及意識形態的敏感話題。後來在電影陷入批判陷阱時，的確也是在這方面出了問題。

蕭也牧在人民共和國初期的文學接受過程中，最容易引起紛爭的，就是他被來自國統區文藝工作者（主要是國統區電影工作者）的熱情讚賞，用丁玲的話說，「上海認為蕭也牧是解放區最有才能的作家」〔註60〕，「你（指蕭也牧——筆者注）的作品，已經被一部分人當著旗幟，來擁護一些東西，和反對一些東西了」〔註61〕，這與人民共和國初期共產黨的文藝政策是明顯牴觸的。這一方面是因為國統區文藝本身的複雜性（茅盾在一九四九年七月文代會報告中已有明確的暗示），另一方面則來自於新政權在「統一戰線」政策下對國統區文藝工作者（主要指上海文藝工作者）的政治判斷，它卻涉及到具體的人，每個人的複雜性並不一樣，但前提都是正在進行思想改造的小資產階級知識分子。

一九五一年一月，長篇小說《鍛鍊》（第一部）由青年出版社出版，列入「青年文藝叢書」，初版印數一萬五千冊。一九五一年三月，青年出版社又出版短篇小說集《母親的意志》，仍列入「青年文藝叢書」，內收小說五篇。此時，蕭也牧成為青年出版社（隸屬於團中央直接管理的出版社）的重要作家（儘管他是業餘作家）。修改後的《我們夫婦之間》，再次列入此小說集內。從一九五〇年一月刊載於《人民文學》開始，到小說集《海河邊上》的初版和再版，《我

〔註58〕鄭君里：《鄭君里藝術創作年表》，《鄭君里全集》，第8卷，上海：上海文化出版社，2016年12月版，第228頁。

〔註59〕依據新披露的電影臺本而做出的觀察。鄭君里：《電影〈我們夫婦之間〉》，李鎮主編：《鄭君里全集》，第5卷，上海：上海文化出版社，2016年12月版，第309～353頁。

〔註60〕丁玲：《丁玲作第二學季「文藝思想和文藝政策」單元學習總結的啟發報告》，邢小群：《丁玲與中央文學研究所的興衰》，濟南：山東畫報出版社，2003年1月版，第215頁。

〔註61〕丁玲：《作為一種傾向來看——給蕭也牧同志的一封信》，《文藝報》第4卷第8期（1951年8月10日）。

們夫婦之間》已成為蕭也牧重要的小說篇目，作家本人對這篇小說表達了某種程度的「偏愛」，特別在《附記》中對它表達了情感，「覺得需要重印一次，所以又收在這個集子裏了」〔註62〕。這裡也能看出，蕭也牧對自己的修改是非常看重的。

四、合力批判的背後：陳湧、李定中、丁玲，康濯與韋君宜

《人民文學》發表《我們夫婦之間》之後的確迎來好評，不管是陳炳然指出的「它吸引著許多讀者——尤其是一些由知識分子和工農出身的幹部底興趣」〔註63〕，還是康濯所透露的，「據蕭也牧自己告訴我，《我們夫婦之間》和《海河邊上》，合起來總有一二十個報紙轉載，其中包括一些地方黨報和團報……而且，很快被改編成了話劇或連環圖畫，《我們夫婦之間》被搬上了銀幕，我曾親耳聽到一位進步劇作家當面對也牧同志說了這樣意思的話：『你的小說都很好，每一篇都可以改成電影！』同時，受這些作品影響的作品出現了，表揚這些作品的文章也在不少報刊上出現。」〔註64〕一九五一年四月七日，《光明日報》的副刊《文學評論》發表了評論文章，題目為《談「生活平淡」與追求「轟轟烈烈」的故事的創作態度》，對小說《我們夫婦之間》進行公開讚賞，「《人民文學》第一卷第三期上，蕭也牧的一篇小說《我們夫婦之間》，所描寫的是一件很平凡的事，但這篇小說中寫出的兩種思想的鬥爭和真摯的愛情，農村幹部的思想和城市生活的差距，一些從老解放區來的農村幹部，對於城市中的一些生活習慣是看不慣的，這是一個很普遍的問題，雖然不是轟轟烈烈的事情，但有一定的社會意義。」進而提出，「問題的中心不在於題材是否偉大，是否是轟轟烈烈的故事，而在於通過這個題材是否可以表現出偉大的社會意義來。」這背後，顯然有《光明日報》副刊《文學評論》負責人王淑明的支持。可以看出，評論界對《我們夫婦之間》的文學寫作方式表達了認同。

但六月十日《人民日報》刊載陳湧的文章《蕭也牧創作的一些傾向》，傳達出另外一種聲音。陳湧對《我們夫婦之間》提出批評：

〔註62〕蕭也牧：《附記》，《母親的意志》，北京：青年出版社，1951 年 3 月版，第 84 頁。

〔註63〕陳炳然：《〈我們夫婦之間〉讀後》，《文藝學習》第 1 卷第 3 期（1950 年 4 月 1 日）。

〔註64〕康濯：《我對蕭也牧創作思想的看法》，《文藝報》第 5 卷第 1 期（1951 年 10 月 25 日）。

> 《我們夫婦之間》……包含著小資產階級思想情緒的作品，這也許是令人感到驚奇的吧。但這事情正好說明，小資產階級出身的文藝工作者的改造是長期的，一個忘記了警惕自己的人，在特別複雜的城市的環境下，便特別容易引起舊思想情感的抬頭，也特別容易接受各種外來的非無產階級思想的影響。〔註65〕

陳湧並不是要一棍子打死蕭也牧，他特別提及蕭也牧解放前的創作，重點談及了《山村紀事》在文學史上的特殊價值，「作者對農民是有熱情的，因而他能夠親切地描寫著農村裏的平凡的人物，描寫著農村的風習、氣氛。並且從這裡，我們也可以感覺得到抗日、減租、土地改革過程中解放區農村的變動」。陳湧引出《我們夫婦之間》的目的，是談小資產階級知識分子思想改造的「長期性」，這個問題是新的國家政權建立之後一直努力著手的政治工作。考慮到陳湧文章發表在《人民日報》這一黨報上的事實，筆者推測背後與當時報紙的主管胡喬木有關係。

六月二十五日，《文藝報》第四卷第五期刊載李定中的文章《反對玩弄人民的態度，反對新的低級趣味》，把蕭也牧批判推上政治審判。這個取名為「李定中」的讀者，遲至一九八二年六月十六日丁玲在天津文藝界座談會談話時才披露：

> 《人民文學》把這個作品（《我們夫婦之間》）當作好作品發表，當時我雖認為不太好，但沒有吭聲，沒有寫文章。後來我離開北京到南方，陳企霞找馮雪峰寫了篇文章，這篇文章立場是好的，態度是嚴肅的，但過分了一點，引起一些人的反感。《人民日報》編輯部開會，一位文藝領導人就在那裏說：《文藝報》的路線錯了。陳企霞要組織《文藝報》的通訊員們座談，來證明馮雪峰的文章是對的。我說：不行，你這樣組織一部分人寫文章座談，不能解決問題，反而使不同意你的意見的人更加反感。這樣就不成了「派」了！我說，這不好，我來寫文章吧！〔註66〕

丁玲此處說到的「陳企霞找馮雪峰寫了篇文章」，原來就是《反對玩弄人民的態度，反對新的低級趣味》這篇文章。從丁玲對這一事件的追述我們明顯地體

〔註65〕陳湧：《蕭也牧創作的一些傾向》，《人民日報》，1951年6月10日，第5版。
〔註66〕丁玲：《談寫作》，《丁玲全集》，第8卷，石家莊：河北人民出版社，2001年12月版，第267頁。

會到，馮雪峰寫這篇文章顯然是《文藝報》的組織行為，它是由《文藝報》編輯部約稿寫成的。在文章前，編輯部加「編者按」凸顯它的特殊性：「陳湧同志寫的《蕭也牧創作的一些傾向》（見六月十八日人民日報『人民文藝』），對蕭也牧的作品作了分析，我們覺得，這樣的分析是一個好的開始。讀者李定中的這篇來信，尖銳地指出了蕭也牧的這種創作傾向的危險性，並對陳湧的文章作了必要而有力的補充，我們認為很好。我們熱烈歡迎廣大讀者對文藝創作大膽地提出各種意見；我們特別希望能多收到這樣的讀者來信。」《文藝報》在蕭也牧批判這一事件上，顯然起了助推作用，因為「『編者按』實際上參與籌劃了中國當代文學草創期的格局和具體操作」〔註67〕。李定中（馮雪峰）的言行，在蕭也牧批判事件的升級上有著至關重要的作用，他把《我們夫婦之間》的批判上升為「人格問題」的討論，「假如作者蕭也牧同志也是一個小資產階級分子，那麼，他還是一個最壞的小資產階級分子」。馮雪峰發表文章用筆名李定中來遮掩，更讓研究者感到吃驚的是，他用的是「讀者來信」這種方式，參與了對蕭也牧批判事件的升級〔註68〕。這種「讀者」，顯然有別於一般意義上的讀者，正如洪子誠先生指出的那樣，「在當代，『讀者』在大多數情況下，是被構造出來的，是不被具體分析的概念」，「權威批評往往用『群眾』、『讀者』（尤其是『工農兵讀者』），來囊括事實上並不存在的，在思想觀念和藝術趣味上完全一致的讀者群」〔註69〕。馮雪峰採取的方法，是「捉刀代筆，然後冠以『讀者』來信的稱謂加以發布」。

李定中（馮雪峰）的文章拋出後受到非議性批評。《光明日報》發表裘祖英（王淑明）的文章，對《反對玩弄人民的態度，反對新的低級趣味》中升級批判蕭也牧的傾向提出嚴厲批評：「最近李定中的《反對玩弄人民的態度，反對新的低級趣味》一文，不論其觀點如何正確，我覺得他把蕭也牧同志與白華作家林語堂相比，與蘇聯的左琴科相比，在批評態度上，實際是陷於敵我不分，亦是失去立場的批評。」〔註70〕裘文提出自己的觀點，「蕭也牧是人民的作家」，「如果把這樣的作家就當做敵人看待，這就非常錯誤，『把自己站在敵人的立

〔註67〕程光煒：《〈文藝報〉「編者按」簡論》，《當代作家評論》2004年第5期。

〔註68〕當然，這種「讀者來信」的方式，估計還與《文藝報》編輯部的行為有關係。

〔註69〕洪子誠：《中國當代文學史》，北京：北京大學出版社，1999年9月版，第26頁。

〔註70〕裘祖英（王淑明）：《論正確的批評態度》，《光明日報》，1951年7月28日，第6版。

場上去了』。」面對裘祖英（王淑明）的「質疑」，陳企霞力挺李定中（馮雪峰）這種「讀者來信」的特殊價值：

> 對於正在初步發展，而且大體上是按照正確方向發展的文藝批評，我們應當採取歡迎、鼓勵和保護的態度，而決不能採取抹殺和打擊的態度，要求每篇批評文章都要十全十美，事實上，就是堵塞批評，特別是群眾性的批評。直接從讀者中來的批評，有時是點滴的意見，有時是迫切的要求；有的批評得比較枝節，有的論斷不夠周到；也有的不免顯得機械、輕率。但是我們應當認清，這些從群眾中來的文藝批評，卻常常提出尖銳的新鮮的問題，值得引起我們注意。這些批評中的個別的缺點，應當指名負責糾正。但我們千萬不能因此得出裘祖英的論斷來。〔註 71〕

李定中（馮雪峰）《反對玩弄人民的態度，反對新的低級趣味》的寫作過程，陳企霞對其中的細節十分清楚，他明知這篇文章的建構過程，卻冠之以「群眾性的批評」的爭論口吻，來為李定中（馮雪峰）的行為進行辯護，並對這種「群眾批評」實行保護。另外，從丁玲披露的細節來看，如果當年沒有丁玲的制止，陳企霞還試圖通過《文藝報》龐大的文藝通訊員網絡，展開對裘祖英（王淑明）文藝論調的圍剿。為了證明李定中（馮雪峰）來信的重要性，《文藝報》四卷十期「讀者中來」欄目中刊載《對批評蕭也牧作品的反應》，進一步形成批判蕭也牧的「聲勢」〔註 72〕，無形中給蕭也牧造成很大壓力。

而在陳企霞為李定中（馮雪峰）的「讀者意見」做辯護後，丁玲亦參與對蕭也牧的批判。她寫公開信《作為一種傾向來看——給蕭也牧同志的一封信》，把屬於私人性質的寫作探討變成公共事件（至少蕭也牧是希望得到丁玲的私人指導）。丁玲信中談及在公開信寫作的前兩個月，蕭也牧給她寫信希望約時間談談他的創作問題，但丁玲以事務忙沒有如約。但在給中央文學研究所第一期學員作第二學季「文藝思想和文藝政策」單元學習總結的啟發報告中，還是

〔註 71〕 企霞：《關於文藝批評——兩篇談論文藝批評的文章讀後》，《文藝報》第 4 卷第 10 期（1951 年 9 月 25 日）。

〔註 72〕 《文藝報》編輯部寫到，「在《文藝報》上展開了關於蕭也牧創作傾向的評論後，引起了各方面讀者的重視和廣泛的反應。在我們陸續收到的許多讀者來信中，一致地肯定了批評這種不良的創作傾向的必要，許多讀者，還聯繫自己的思想，指出蕭也牧作品所以獲得一部分讀者歡迎的原因，有的則指出了蕭也牧的作品在群眾中所起的不良影響。」

透露出她那一時段關注的熱點問題，重點提及蕭也牧：

> 上海認為蕭也牧是解放區最有才能的作家，其次是秦兆陽，認為蕭也牧的作品有工農兵，又有藝術。人家反對我們，不是從內容上，他們不敢，而是從形式上反對我們，認為缺乏愛，缺乏感情，缺乏人情味。
>
> 蕭也牧寫《山村紀事》時是好的，但進城後，腦筋變了，說：「我們今天的作品中應該加點新的東西」。什麼東西？就是資產階級的趣味。這東西在農村中吃不開，但小資產階級總想有一天能吃得開。再加上認為自己可以站在無產階級的立場來教育小資產階級，就更容易上當，迷惑了。有的只是動搖，有的就跟著別人走，迎合人家，按照人家的趣味寫。《我們夫婦之間》主角是知識分子，是知識分子結合工農兵。寫張英不好，就是想襯托李克好。〔註 73〕

在去南方（南京）的那段時間裏（一九五一年七、八月），蕭也牧卻是丁玲重點提及的作家，比如在南京座談時（一九五一年七月）談到蕭也牧的創作，「（《我們夫婦之間》）沒有真實地反映出我們的革命幹部真實的本質，而是在拿革命幹部出洋相，讓大家去鼓掌。所以這篇作品的重要缺點，就是在於不是寫實際生活，而是遊戲文字，玩弄技巧，討好小市民的低級趣味，把我們的幹部小醜化，因此它是蔑視生活的，是不真實的。」〔註 74〕在這樣的思路下，丁玲批判蕭也牧的語氣顯得毫不客氣。她肯定陳湧提出的對蕭也牧文學創作傾向進行批評的重要性，更在李定中（馮雪峰）的觀念上，刻意加以立足與證明（針對「低級趣味」的問題），進而對蕭也牧的寫作方法、寫作思路、思想觀念等進行批評。她特別指出，「你的這篇不好的作品，卻被許多『專家』們欣賞了。你的作品，在某些地方有了更大的市場，在上海被搬上銀幕，一個又一個（聽說《鍛鍊》也會有人想改成電影）。你的作品，已經被一部分人當著旗幟，來擁護一些東西，和反對一些東西了。」〔註 75〕丁玲此處所指稱的一部分

〔註 73〕丁玲：《丁玲作第二學季「文藝思想和文藝政策」單元學習總結的啟發報告》，邢小群：《丁玲與中央文學研究所的興衰》，濟南：山東畫報出版社，2003 年 1 月版，第 215～216 頁。

〔註 74〕丁玲：《談談文藝創作問題》，《丁玲全集》，第 7 卷，石家莊：河北人民出版社，2001 年 12 月版，第 249 頁。

〔註 75〕丁玲：《作為一種傾向來看——給蕭也牧同志的一封信》，《文藝報》第 4 卷第 8 期（1951 年 8 月 10 日）；丁玲：《丁玲全集》，第 7 卷，石家莊：河北人民出版社，2001 年 12 月版，第 256 頁。

人，既包括所謂的原國統區進步的文藝工作者，還包括解放區裏的一部分文藝工作者，甚至還包括《人民文學》主編茅盾、《光明日報》副刊《文學評論》負責人王淑明這樣的人。丁玲表達出的，是對原國統區進步文藝工作者的不滿，同時也有對解放區內部一部分文藝工作者的不滿，甚至伸向左翼文藝界內部文藝態度（從對茅盾、王淑明的態度上可看出）。從丁玲的話裏也能夠推斷，蕭也牧不僅受到原國統區文藝工作者的喜愛，而且在解放區的文藝工作者中也有真正的喜愛者。這裡所指出的解放區文藝工作者，實質上還包括了來自晉察冀邊區的文化人。

同年八月十日，《文藝報》刊載兩篇批評電影《我們夫婦之間》的文章：一篇為座談會的記錄，一篇為賈霽的《關於影片〈我們夫婦之間〉的一個問題》。座談會由《文藝報》編輯部召集，電影局積極參與，邀集的人員有：丁玲、嚴文井、鍾惦棐、袁水拍、王震之、黃鋼、葛琴、吳祖光、瞿白音、於學偉、伊明、賈霽、趙明、羽山、湯曉丹、杜談、陳湧、柳青、黃君宜、吳一鏗、劉賓雁〔註 76〕。這個人員名單裏的成員，絕大部分來自於延安解放區。我們能夠看出，延安解放區文人對原國統區電影導演鄭君里的改編行為，顯然嚴重不滿，發言中的確有直接針對鄭君里的言論（王震之、瞿白音的話）。而賈霽在文章中指出，「改編成的電影，實質上，以及方法上，是與小說原作相同的」，進而批評導演鄭君里，提出小資產階級知識分子的文藝工作者「首先和根本的問題……正是要改造掉自己的小資產階級思想感情，正是把自己從小資產階級變到無產階級來」〔註 77〕。

蕭也牧的批判過程中，康濯也寫批評文章，不僅批評《我們夫婦之間》和《海河邊上》，還進而把筆觸伸向蕭也牧的早期文學創作。康濯這篇文章比較特殊，康濯和蕭也牧的交往比較早，「我是在一九三九年知道蕭也牧的」，對蕭也牧的生活細節和創作細節更為熟知，「這十年來當中，我們始終有著較親近的關係，其中並有三四年是在一個機關裏工作。」〔註 78〕這種文字，容易給人

〔註 76〕記者：《記影片〈我們夫婦之間〉座談會》，《文藝報》第 4 卷第 8 期（1951 年 8 月 10 日）。

〔註 77〕賈霽：《關於影片〈我們夫婦之間〉的一個問題》，《文藝報》第 4 卷第 8 期（1951 年 8 月 10 日）。

〔註 78〕這些文字在 1958 年收錄進《初鳴集》（作家出版社，1959 年版）時，康濯做了刪除性修改。康濯：《我對蕭也牧創作思想的看法》，《文藝報》第 5 卷第 1 期（1951 年 10 月 25 日）。

一種知人論世之感。康濯交待蕭也牧創作《我們夫婦之間》之前的情況，重點提到三個作品：一、《召工市》，這是一篇未曾發表的文學作品，「也牧同志寫的抗戰初期解放區暫時殘留的召工市，卻很少抗日戰爭的痕跡，很少根據地民主政治的影響，很少地主、富農、召工頭在共產黨『減租減息、增加工資』政策執行下的關係的變化，也幾乎看不到什麼工會工作的影子。不僅這樣，也牧同志描寫的那些老弱召工的形象，是在沒人覓以後孤零零愁慘慘，是哀求地主賤價恩賜一點活兒做。也牧同志竟要找很快就死亡了的東西來寫，而且嚴重地忽視了這種東西的新的變化和快要死亡的前途，不正確地捏造了當時當地統治者的威風和召工的軟弱與不團結。」〔註 79〕二、《第一課》，「他著重描寫了災難的情形」，「《第一課》也寫了渡過災荒的事，但卻只附帶提了提，甚至可以說是個抽象的尾巴。《第一課》使人感到的，是災難無法克服，抗日都可能沒有前途」，此處康濯專門指出自己的小說《災難的明天》在其文學創作思想上的重大意義：「著重的，是經過鍛鍊的農民，如何在黨與政府的領導下，從自身的鬥爭當中，渡過了災難，改變了社會面貌，走上了幸福的明天。」〔註 80〕三、散文集《山村紀事》，「摻雜有一些被歪曲的農民的落後、可笑與蠢笨的形象，以及由於地主的『聰明』所編製出來的離奇故事。」康濯批評蕭也牧讓人有傾向性推斷，原來蕭也牧在人民共和國文學創作之前就有錯誤的傾向，他有犯錯前科，這為批判蕭也牧尋找到歷史根源。當然，康濯對蕭也牧的批判，最終的落腳點都是要落在對小資產階級知識分子思想改造的問題上，故而他在高度上要具體落實，這正如他指出的，「這不是一個小問題，這是毛澤東文藝思想與小資產階級文藝思想的原則分歧的問題，是我們文藝戰線上繼電影《武訓傳》批判以後的重大問題之一。」語言文字演繹的背後，顯示出批判領導者和組織者的精心設計。

蕭也牧事件還有一個關鍵批判人，就是韋君宜。她寫過《思痛錄》，曾被當今學界認可為具有反思精神的經典之作，「這是一本可以洗滌人們靈魂的好書，這是一本可以讓年輕人瞭解我們用極大的犧牲換來的歷史教訓的好書」〔註 81〕。但是，她二十世紀八十年代的反思中並沒有徹底進行，至少對

〔註 79〕康濯：《我對蕭也牧創作思想的看法》，《文藝報》第 5 卷第 1 期，（1951 年 10 月 25 日）。

〔註 80〕康濯：《我對蕭也牧創作思想的看法》，《文藝報》第 5 卷第 1 期（1951 年 10 月 25 日）。

〔註 81〕牧惠：《韋君宜和她的〈思痛錄〉》，《民主》1998 年第 10 期。

一九五一年共青團中央關於蕭也牧的批判，她沒有給後人留下一句話。要知道，一九五一年深入展開對蕭也牧文藝創作進行批判的，除了來自全國文聯及其《文藝報》外，還有一個很重要的單位，那就是中國共產主義青年團中央及其機關刊物《中國青年》雜誌，而團中央展開批判的實際操作人正是韋君宜。團中央組織批判蕭也牧的過程中，時為北京大學中文系學生的毛憲文寫過《讀〈海河邊上〉》，參加到批判運動之中，但他寫作此文卻有背景：

> 那時我是北京大學中文系的三年級學生，因我是北大通訊社社長，與校外的報刊社聯繫較多。有一天，《中國青年》的一位記者找到我，說他們主編有事要與我談一下。我是一個很單純的文學青年，對知名作家韋君宜自然很敬慕，就立即興奮地趕到《中國青年》雜誌社去見她。韋君宜待人很隨和，她向我介紹了文學界批判蕭也牧作品的情況，約我為《中國青年》寫一篇批判蕭也牧作品的文章。我如實告訴她，學校功課很緊，加上北大通訊社很活躍，課餘活動多，蕭也牧的作品我一篇也沒看過。韋君宜就給了我一本蕭也牧的小說集《我們夫婦之間》。讓我再認真讀一下《文藝報》上丁玲批判蕭也牧的文章，按她的口徑，寫一篇《海河邊上》的讀後感。經她這麼一點撥，我就寫了那篇《讀〈海河邊上〉》。〔註82〕

毛憲文的說法從側面證明，共青團中央以組織系統的力量，實際參與到對蕭也牧文學創作的批判運動過程中。《中國青年》發表的有關批判蕭也牧文學作品的文章，到底有多少是如毛憲文那樣被有效地組織起來，這不得不引起我們的反思。

到一九五一年十一月京津地區文藝界展開思想改造運動時，蕭也牧已經成為全國文藝界的反面典型作家，胡喬木、周揚、丁玲（新政權文學藝術領域的意識形態核心層）都借助於這一文學事件，談思想改造運動對於小資產階級知識分子的重要性。其中，周揚點名批評蕭也牧，「城市小資產階級思想嘛，我們在小說和電影《我們夫婦之間》中也領教過了，它以知識分子的眼光和趣味歪曲勞動人民的形象，玩味著從舊社會帶來的壞思想和壞習慣，把政治庸俗化。這難道和我們在創作上所提倡的，要正確地表現人民中的新的人物和新的思想，要嚴肅地表現政治主題的要求是能夠相容的嗎？」〔註83〕一個「難道」

〔註82〕石灣：《紅火與悲涼——蕭也牧和他的同事們》，上海：上海錦繡文章出版社，2010年8月版，第45頁。

〔註83〕周揚：《整頓文藝思想，改進領導工作——一九五一年十一月二十四日在北京

的強勢質疑，把一個普通文藝創作問題推向政治的極端。到一九五二年全國文藝界思想改造運動時，不僅蕭也牧再一次受到點名批評，整個晉察冀文人圈建構起來的大型文藝叢書——「十月文藝叢書」——被《文藝報》（此時該刊已經由馮雪峰主導）公開進行批判：「『十月文藝叢書』（天津知識書店出版）是一套不能令人滿意的叢書。它所選輯的作品的質量大多數是低劣的。其中有不少作品，宣傳著小資產階級的思想、感情和趣味。這套叢書所表現的錯誤，說明了它的編輯人員的文藝思想的混亂和缺乏對讀者負責的嚴肅態度。」〔註 84〕受這一批判波及的，包括王林、方紀、方之中等人，還有一批新成長起來的工農作家（指向的是天津文藝界文人群，包括阿英、魯藜、孫犁、李霽野等人）。

可以看出，從小說《我們夫婦之間》到電影的《我們夫婦之間》，看上去是對蕭也牧文學創作傾向的批判行為。這只是表面的線索，內在的隱線卻值得注意：文藝界如何在一九五一年十一月展開全國文藝界思想改造運動（即「思想學習運動」）。蕭也牧剛好成為切入口，一方面，他的小說《我們夫婦之間》可以為寫作傾向重新定調，另一方面，這部小說又和原國統區的上海電影界有著密切聯繫，這剛好為一九五二年上海電影業的轉型（私營電影業的全面轉型）提供契機。而對蕭也牧小說創作的批判行為，從一九五一年六月至十月，其內在發展線是非常清晰的，那就是為全國文藝界的整風學習運動開展提供「切入口」。

當然，在這一運動的開展過程中，陳湧、馮雪峰、丁玲、周揚和共青團中央（包括韋君宜）最終合力批判蕭也牧的創作影響（包括一九四六年對丁克辛、孫犁創作的批評，一九五〇年對秦兆陽《改造》、方紀《讓生活變得更美好罷》的批評，一九五二年對「十月文藝叢書」的批評），在一定程度上形成對晉察冀文人文學創作的壓制，使晉察冀文人的個人化寫作受到阻止：蕭也牧遲至一九五六年的「雙百文學」時期才再一次從事文學寫作；孫犁儘管在辛勤寫作，但顯得小心翼翼；王林卻長期糾結於《腹地》的修改，一致貫穿至他去世前夕〔註 85〕；……。合力批判蕭也牧的這些人，其身份很

文藝界整風學習動員大會上的講演》，《文藝工作者為什麼要改造思想》，北京：人民文學出版社，1952 年 3 月版，第 12 頁。

〔註 84〕簡評、李楓：《評「十月文藝叢書」》，《文藝報》1952 年第 13 期（1952 年 7 月 10 日）。

〔註 85〕《腹地》修訂版於王林去世後的 1985 年 8 月出版，初版印數高達 11 萬冊。王端陽：《王林和他的〈腹地〉》，《新文學史料》2008 年第 2 期。

特殊：馮雪峰是資深的左翼文藝理論家；陳湧是延安成長起來的資深文學研究者；周揚此時期是新政權意識形態建構的核心層（中宣部副部長）；丁玲時為文藝界的領導人（中宣部文藝處處長），也是資深的左翼文藝家；韋君宜來自體制內的另一個系統（共青團中央），也來自延安文化界。這從側面說明，真正拋棄蕭也牧的，是以馮雪峰、周揚、丁玲為主的資深左翼文藝界，同時又有來自周揚、丁玲、陳湧、賈霽為主的延安解放區主流文藝界，還有來自體制的支撐力量共青團中央韋君宜，他們經過近三個月的合力協作，從政治上徹底清除蕭也牧文學創作的影響力，最終達到文藝運動的目的：一是針對解放區文藝界的內部清理，一是針對新解放區文藝界思想及文藝隊伍清理。

值得注意的是，晉察冀文人群內的康濯，實際參與了批評蕭也牧的文學運動，切合批判的設計者（周揚、丁玲、胡喬木）最終把晉察冀文人群推向文壇邊緣。作為資深的晉察冀文人，康濯的文學作品一九四六年就成為解放區文學的代表，《我的兩家房東》曾列入一九四六年版《解放區短篇創作選》，郭沫若「曾讚揚了我的短篇小說《我的兩家房東》，說他很喜歡這一篇，稱道這一短篇可以說已達到完善的地步」〔註 86〕。康濯成為代表作家後，贏得新體制信任，參與了「中國人民文藝叢書」的編選工作。進入共和國後，他進入體制的核心層（中央文學研究所副秘書長、中國作家協會創聯部）。他參與批判好友蕭也牧，暗合了主流文學界（主要指的是解放區文藝的當權派）試圖壓制晉察冀文人個性化創作傾向的批判目的。在批判蕭也牧的文字中，康濯的確著意於延安文藝建構起來的寫作行為，而忽略晉察冀文人自一九三八年以來形成的寫作追求：儘管與延安文藝有相似性，但差異性更加明顯（包括人物塑造、語言特色，甚至思想層面上）。對王淑明的批評顯得更複雜，它涉及二十世紀三十年代左翼文藝內部的問題。〔註 87〕

需指出的是，不管是陳湧，還是李定中（馮雪峰）、陳企霞、丁玲、康濯，

〔註 86〕康濯：《悼郭老》，《往事·今朝》，重慶：重慶出版社，1992 年 12 月版，第 5 頁。

〔註 87〕1950 年 11 月北京文藝界整風學習動員大會上的講話中，丁玲再一次點名《光明日報》的《文學評論》副刊，直接指向的正是副刊負責人王淑明。丁玲：《為提高我們刊物的思想性、戰鬥性而奮鬥——在北京文藝界整風學習動員大會上的講話》，《文藝報》第 5 卷第 4 期（1951 年 12 月 10 日）。在文藝界整風運動中，王淑明後來還成為典型例子，於 1952 年 1 月 11 日在《光明日報》發表檢討文章《從〈文學評論〉編輯工作中檢討我的文藝批評思想》。

他們在著眼於對蕭也牧批判的過程中，其行文與論述並沒有注意到蕭也牧對《我們夫婦之間》有主動的修改行為，他們依據的仍舊是《人民文學》刊載的初刊本。這種有意迴避蕭也牧文本修改的行為背後，顯然是希望其批判行為能夠對蕭也牧批判做進一步深化，進而達到預期的文藝運動目的（當然，這樣的推斷還得有賴於檔案文獻材料的公布）。

結束語：晉察冀文化人在人民共和國文學場中的遭遇問題

進入人民人民共和國初期的文學權力場，原國統區文藝工作者和解放區文藝工作者在進行制衡力量的角逐，同時還有延安文藝內部（延安解放區和非延安解放區）的力量角逐。文學發展的方向（文藝為工農兵服務）儘管有政治的威壓與適度的調適，但私人空間裏卻並不清晰，人事關係的複雜性也遠沒有我們想像的那麼簡單。作為資深的晉察冀文化人，蕭也牧在這樣的文學權力場裏面，儘管他不是解放區最具代表性的作家，但一九五〇年一月小說《我們夫婦之間》的發表，河北、山東、山西和河南等老解放區，和上海新解放區的文藝工作者從戲劇、戲曲、連環畫等文學樣式上對它表達出青睞，國內相關報刊和共青團中央的推介，使蕭也牧無形之中被推到一九五一年人民共和國初期文藝場域的風浪尖上，他獲得巨大聲譽的同時，也陷入人民共和國初期的文學權力場的角逐空間。

蕭也牧的做法顯然沒有孫犁高明和謹慎，至少他後來還在《人民文學》刊載小說《母親的意志》（此小說也受到點名批評）。一九四九年十一月九日，孫犁致信康濯：「《鐘》能在『文勞』發表最好，在《人民文學》發表不大合格，且易遭風。」〔註 88〕這裡的「文勞」指的是《文藝勞動》，孫犁寧願作品在《文藝勞動》發表，也不願意在《人民文學》露面，這其中的原因讓人一看就明白，他害怕自己的寫作風格「遭風」，引發新一輪文學批評，這是孫犁最忌憚的地方。孫犁的文學寫作方式沒有得到當時文藝界領導人丁玲的真正認可，一九五一年七月三十一日在中央文學研究所「文藝思想與文藝政策」單元學習總結的啟發報告會上，她對孫犁的創作方式有這樣的評論，「孫犁寫冀中生活親切。《風雲初記》比《新兒女英雄傳》親切，但他的人物有些可憐，令人同情，不能使人愛他，學他，沒有力量。這樣就不能把他的作

〔註 88〕孫犁：《致康濯（1949 年 11 月 9 日）》，《孫犁文集》（補丁版），第 9 卷，天津：百花文藝出版社，2013 年 4 月版，第 48 頁。

品估價得較高。我們今天需要的是新的英雄人物。」〔註 89〕孫犁在人民共和國初期的文學寫作中時常碰壁,不管是在文學創作上〔註 90〕,還是文藝理論的提倡上〔註 91〕,都會被主流意識形態建構者做出有效的規訓(但談不上真正的懲罰)。

不僅蕭也牧和孫犁,人民共和國初期的部分晉察冀文人,在文學寫作上都有點「遭風」。與蕭也牧《我們夫婦之間》同期刊載的秦兆陽小說《改造》,後來刊載的方紀小說《讓生活變得更美好吧——「不連續的故事」第五篇》,王林長篇小說《腹地》、劇本《火山口上》出版後的批判命運,丁克辛小說《老工人郭福山》的批判等,都是圍繞著晉察冀文人的寫作情況伸展開來的〔註 92〕。前面我們論述中也提及,一九七九年出版《蕭也牧作品選》的過程中,張羽、黃伊在列舉相關幫助人時,其名單並沒有提及丁玲,也沒有提及此時重返新的文學場並處於核心地位的周揚(儘管後來在感謝信並贈書中,蕭也牧的家人提及周揚〔註 93〕),看來是有真實的原因的。作為蕭也牧批判的當事人韋君宜,此時正在人民文學出版社工作,她也沒有為蕭也牧作品在該社出版奮力作為(韋君宜或許看到了出版《蕭也牧作品選》背後複雜的政治與人事糾葛,所以她採取迴避態度,儘管她參加了一九七九年十一月七日蕭也牧追悼會〔註 94〕)。蕭也牧的生前好友張羽、黃伊儘管作為中國青年出版社的資深編輯,但蕭也牧家人與中青社、共青團之間的相互不理解行為,導致中國青年出版社並沒有接受《蕭也牧作品選》的出版。丁玲在二十世紀八十年代的文學環境裏談到蕭也牧,對一九五一年六月至十月那場批判蕭也牧的文學運動,並沒有表達真正的「反思」〔註 95〕。這種文學影響,在二十

〔註 89〕丁玲:《中央文學研究所第二學季「文藝思想與文藝政策」單元學習總結的啟發報告》,邢小群:《丁玲與文學研究所的興衰》,濟南:山東畫報出版社,2003 年 1 月,第 216 頁。

〔註 90〕此時期孫犁寫信給王林談及《風雲初記》在創作中遇到的問題,他的小說《囑咐》受到點名批評後還被迫寫檢討書承認自己創作存在的問題。

〔註 91〕劉衛東:《孫犁 1950 年對「農村題材」的批評——以〈論農村題材〉為中心》,《中國現代文學研究叢刊》2016 年第 5 期。

〔註 92〕丁克辛在 1946 年的文學創作之時,曾因為小說《春夜》受到嚴厲批評。

〔註 93〕石灣:《紅火與悲涼:蕭也牧和他的同事們》,上海:上海錦繡文章出版社,2010 年 8 月版,第 134 頁。

〔註 94〕石灣:《紅火與悲涼:蕭也牧和他的同事們》,上海:上海錦繡文章出版社,2010 年 8 月版,第 135 頁。

〔註 95〕丁玲強調,「蕭也牧和我們很熟,關係也很好。」但她堅決肯定,五十年代的

世紀八十年代的文學史建構中，仍產生著潛在作用，孫犁最終的「發現」推遲到二十世紀八十年代的新時期文學語境中〔註96〕。王林《腹地》能重新進入學術關注，則是二〇〇八年他誕辰一百週年紀念後〔註97〕。丁克辛，則完全消失在文學史的敘述框架外（連批判的作家序列，都很少提及他）。

在批判性壓制晉察冀文學個性化追求的同時，主流文藝界積極發掘新的文藝工作者試圖取代老資格的文藝家們。從一九五〇年到一九五四年，他們的努力最終得到確立，那就是以康濯、徐光耀、梁斌等人的文學作品陸續出現為標誌。伴隨著這些作家及其相關作品的陸續出現，相關的評論活動進行有效助推，進而確立起晉察冀文學的新走向，在五十年代中後期以來的文學史建構中產生很大影響。其中，梁斌的《紅旗譜》、徐光耀的《平原烈火》最終被確立為革命歷史題材書寫的史詩性作品，贏得了很高的文學聲譽。

原載《中國現代文學研究叢刊》2018 年第 11 期。

那場批判運動「不是棍子」，對蕭也牧後來的人生遭際也沒有真誠的道歉行為。丁玲：《談寫作》，《丁玲全集》，第 8 卷，石家莊：河北人民出版社，2001 年 12 月版，第 266～267 頁。

〔註96〕主要研究孫犁的研究者集中在郭志剛、喬以鋼、袁振聲、金梅等人身上，相關成果出現的時間為 1981 年以後。

〔註97〕近十年來，王林的學術研究逐漸成為熱點，比較重要的論文有：《王林和他的〈腹地〉》（王端陽，《新文學史料》2008 年第 2 期）、《「旁生枝節」對寫實小說觀念的補正——以〈腹地〉再版為關注點》（董之林，《文學評論》2012 年第 1 期）、《王林：解放區作家的另類寫作》（劉衛東，《中國現代文學研究叢刊》2013 年第 5 期）、《「紅色經典」為什麼不能煉成——以王林〈腹地〉為個案的研究》（楊聯芬，《現代中文學刊》2015 年第 2 期）。

附錄二　「文化翻身」與工農作家形態生成的「反思」——以被遺忘的作家曹桂梅為例

一九五一年一月成立的中央文學研究所，與中央美術學院〔註1〕、中央音樂學院〔註2〕、中央戲劇學院〔註3〕有著同等重要的地位，都是人民共和國文學藝術的高等學府，值得學術界深入研究。中央文學研究所與蘇區時期的高爾基戲劇學校、延安時期的魯藝，以及後來的中央文學講習所，當前的魯迅文學院，有著千絲萬縷的聯繫。這些文藝學校，是共產黨建構「文藝黨校」的一條明晰線索，值得學術界深入研究。邢小群的《丁玲與文學研究所的興衰》〔註4〕探討了丁玲與中央文學研究所的關係，試圖勾勒出中央文學研究所及其變遷對作家培養機制的「潛在」影響。但是，這些被選調參加正規培訓的工農作家和部隊文藝工作者（被稱為「研究員」），是否達到人民共和國文學的最終塑形呢？

〔註1〕1950年4月，國立北平藝術專科學校和華北大學三部美術系合併組建成立中央美術學院，校址在北京王府井金街校尉胡同5號，校名係毛澤東題字。

〔註2〕1950年6月17日，南京國立音樂院、東北魯藝音樂系、國立北平藝術專科學校音樂系、燕京大學音樂系等合併組建成立中央音樂學院，當時校址在天津河東區十一經路57號，1958年後遷往北京現址，校名係郭沫若題字。

〔註3〕1950年4月，華北大學文藝學院、南京國立戲劇專科學校等合併組建成立中央戲劇學院，校址在北京市東城區東棉花胡同39號，校名係毛澤東題字。

〔註4〕邢小群：《丁玲與文學研究所的興衰》，濟南：山東畫報出版社，2003年1月版。

顯然，還原到具體歷史語境中，中央文學研究所培養出來的研究員，至少與人民共和國文學期待（工農兵文藝方向與工農作家隊伍）的建構形成了某種張力。六十多年過去了，大部分研究員都在人民共和國的文藝界留下了足跡，如張學新、馬烽、趙堅、吳長英、董廼相等，唯獨曾經在中南區文藝界產生重要影響的「快板詩人」曹桂梅，卻消失在人民共和國文學史視野裏，連基本的文字介紹都沒有。這就不得不提及人民共和國的這一作家培養機制。

人民共和國作家培養的機制研究中，除秦林芳〔註5〕、邢小群、錢理群〔註6〕諸先生有所涉及，目前筆者還沒有看到相關論述。但他們並不是對曹桂梅進行個案研究，而是丁玲研究時的旁及。曹桂梅的同窗王景山先生告訴筆者，他不確知曹桂梅後來的情況（側面亦說明曹與同窗的聯繫很少，景山先生日記中的曹桂梅，也是簡單的文字交待）。根據景山先生提供的材料，二〇〇九年筆者曾撰有關於曹桂梅的相關論述文字〔註7〕。但一些重要的文獻及資料筆者未注意，如蕭風的文章《曹桂梅（新人新事）》、解清的《出現更多的曹桂梅》、曹桂梅自傳文字《我學習寫作的體會》。這些是第一手研究資料。這些資料中我們可以做出學術判斷：曹桂梅值得進行細緻研究，從這一個案的研究中，我們還可以完善人民共和國初期作家的基本形態。但是，一個問題困擾著筆者，那就是：曹桂梅進入中央文學研究所之前是非常出名的「快板詩人」，經過近兩年（一九五零年十月至一九五二年七月）的正規學習與培養之後，他反而「銷聲匿跡」了。筆者不得不產生疑問：還原到歷史語境中，特別是研究人民共和國初期文藝界及文藝工作者研究中，曹桂梅具有什麼樣的典型意義？

一、「工農作家」：一種新的作家形態的生成與「文化翻身」

一九四九年九月，毛澤東在中國人民政治協商會議第一屆全體會議上的

〔註5〕秦林芳：《丁玲的最後37年》，北京：中國文史出版社，2005年7月版。

〔註6〕錢理群：《構建無產階級文學的兩種想像與實踐》，《錢理群講學錄》，南寧：廣西師範大學出版社，2007年5月版；邢小群：《文學研究所成立經過》，程光煒主編：《文人集團與中國現當代文學》，北京：人民文學出版社，2005年11月版。

〔註7〕在博士論文《「統一戰線」政策下的「整合」：1951年新中國「文藝界」研究》寫作的過程中，筆者對曹桂梅有介紹，真正涉及到的文字卻很少。不過，博士論文的答辯會上，筆者得到蔡翔（上海大學）、殷國明（華東師範大學）、董麗敏（上海大學，現供職上海師範大學）、羅崗（華東師範大學）、郭春林（同濟大學，現供職重慶大學）老師的啟發，從而為筆者觀察建國初期的工農作家提供了新的視野，在此向幾位老師表達筆者的感謝。

開幕詞中強調,「隨著經濟建設的高潮的到來,不可避免地將要出現一個文化建設的高潮。中國人被人認為不文明的時代已經過去了,我們將以一個具有高度文化的民族出現於世界」〔註 8〕。政體形式上,這個新生的國家決定了她形成了以工人階級為領導的無產階級專政,工人和農民成為國家的主人。隨著工人農民地位、身份的改變,他們在文化戰線上相應地也發生了某種程度的變化,這是文化建設的實質。政治領袖眼裏的這種文化建設的「高潮」,正是以工農文藝工作者在文化上的大翻身為其基本參照。林明在觀察內蒙古的變遷時涉及到「文化翻身」,他是這樣傳達新生的人民共和國對人民的關心,「人民的政治地位提高了,經濟生活一天天富裕起來,大家都要求學習文化,學習時事。做一個『亮眼瞎子』,是很痛苦的,從前是沒有辦法學文化,一來生活不安定,連吃飯穿衣都管不住,那能希望念書識字?二來,內外反動派不讓人民『開眼界』,怕人民懂得事情多了,會對他們的統治不利,只有念經的喇嘛(和尚)能識字」,「共產黨和人民政府要使人人有飯吃,人人有衣穿,提倡文化翻身」〔註 9〕。新政權需要的是「翻身農奴把歌唱」,唱歌透露出來的是來自心底的聲音。

其實,早在一九四二、一九四三年之際,美術工作者任喬遷就創作了一部名為《翻身》的連環畫,它以政治的「宣傳效應」為基本取向:「畫翻身農民時,他想到自己的親人;畫萬惡地主時,想到敵人的醜惡」〔註 10〕。任喬遷的連環畫,定位的實質是「政治翻身」。但「翻身」明顯地分為三個層面,一是「經濟翻身」,一是「政治翻身」,一是「文化翻身」。隨著中國革命勝利、土地改革深入開展,農民的「經濟翻身」逐漸得到實現,「政治翻身」也在緊張地進行,但「文化翻身」卻要在「經濟翻身」和「政治翻身」之後,才能真正實行。一九四七年四月,張聞天在東北強調,「東北人民翻身需要文化」,我們要「幫助東北人民不但在政治上、軍事上、經濟上翻身,而且也在文化

〔註 8〕《中國人民政協第一屆會議上毛主席開幕詞(一九四九年九月二十一日)》,《人民日報》,1949 年 9 月 22 日,第 1 版;毛澤東:《中國人民站起來了(一九四九年九月二十一日)》,《毛澤東選集》,第五卷,北京:人民出版社,1977 年 4 月版,第 6 頁。

〔註 9〕林明:《內蒙古的新生》,新時代文叢(第二輯),上海:平明出版社,1952 年 5 月版,第 25～26 頁。

〔註 10〕王希堅:《雪中送炭暖人心——記任遷喬同志和他的連環畫創作》,任遷喬編繪:《翻身》,北京:人民美術出版社,1984 年 3 月版,第 25 頁。

上翻身」〔註 11〕，他的依據來源於農民已經實現「經濟翻身」和「政治翻身」。這是基於東北全境實現部分解放，便於轄區的管理，土地改革的順利完成等。一九四九年七月，周揚在文代大會上對解放區文藝進行總結時強調說：「解放區人民由於政治、經濟上的翻身，文化上也開始翻身，因而廣大的工農兵群眾積極地參加了文藝活動，並表現出了驚人的創造能力」〔註 12〕。政治上和經濟上的「翻身」，直接激發了廣大工農群眾要求在文化上也要「翻身」。但文化的「翻身」，需要文藝隊伍的重新建設。我們知道，自新文化運動以來，新文藝戰線就形成了一條比較穩定的文藝陣線。在新的國家形態下，這支文藝陣線需要進行重新定位〔註 13〕。人民共和國政權積極推進文藝隊伍的「重塑」，試圖塑形起新的文藝隊伍群體，推進工農主體在文化上實現翻身。茅盾在五四運動三十週年時談到工人文藝創作的問題，「作品中的人物雖然穿了工人服裝，其實還是知識分子」〔註 14〕。五十年代初期，「文化翻身」以專有名詞的方式被解釋：

> 中國的工農，在反動統治下，從來沒有享受教育文化的機會，以致不識字，知識淺。抗戰後，在許多解放區（尤其是北方）用開辦識字班、出黑板報等方法教識字，教知識，一般工農的教育文化程度才慢慢提高。有些人還能夠編報、寫作、通訊。這種轉變，就叫做「文化翻身」。〔註 15〕

人民共和國之前工農形象的「塑造」，依靠的是小資產階級知識分子作家們，由他們來形象地「表達」，傳達出來的文字，骨子裏仍舊是知識分子氣息。現在，人民共和國新政權努力「培養」新的作家群體，即工農作家，直接為工農

〔註 11〕張聞天：《談談文藝工作的幾個問題》（1947 年 4 月 24 日），《張聞天東北文選》，哈爾濱：黑龍江人民出版社，1990 年 7 月版，第 119 頁。

〔註 12〕周揚：《新的人民的文藝——在中華全國文學藝術工作者代表大會上關於解放區文藝工作的報告》，《人民文學》創刊號（1949 年 10 月 25 日）；周揚：《堅決貫徹毛澤東文藝路線》，北京：人民文學出版社，1952 年 2 月版，第 13～14 頁。

〔註 13〕作家知識背景的差異，導致在思想認識上存在著很大的差異，人民共和國初期試圖在思想上形成統一的思想，重新定位與思想的甄別，是一種獨特的意識形態建構。

〔註 14〕茅盾：《略談工人文藝運動》，《小說月刊》第 3 卷第 1 期（1949 年 10 月 1 日）。

〔註 15〕黎錦熙、葉丁易主編，北京師範大學中國大辭典編纂處編著：《學習辭典》，北京：天下出版社，1951 年 5 月版，第 42 頁。

文藝進行文學寫作，以凸顯出工人、農民和士兵在文化上的「翻身」。

這與中共黨內對人民共和國初期文藝隊伍保持的「警惕性」有很大的關係〔註 16〕，有研究者指出，「儘管中共及毛澤東把作家的思想改造、轉移立足點、長期深入工農兵生活，作為解決文藝新方向的關鍵問題提出」，但「毛澤東對他們能否勝任這一任務仍持懷疑態度」，因此，「建立無產階級的『文學隊伍』，特別是從工人、農民中發現、培養作家，作為一項重要的戰略措施」〔註 17〕。這樣的作家培養方式，至少可以形成一支堅強的力量，抵制作家隊伍中不利（特別是小資產階級情調的寫作，及小資產階級知識分子的作家隊伍）的因素，使力量的對比發生變化。而一旦工農文藝創作出現，評論界立即把眼光轉向這種新的文學樣式，並對其預期作出很高的「評價」，如呂熒、茅盾等評論家，《人民日報》、《光明日報》等報刊，對工人文藝的評價，都達到了歷史的高度：「這些作品，來自不同的工廠，寫的是不同的工作上生活上的事情，然而總在一起，合成了一篇大交響樂，震耳的、隆隆的轟響著。和封建社會滅亡的呻吟，資本主義臨死的哀鳴的聲音對比起來，這是新生的熱烈的歡呼，英勇的戰鬥的吶喊，偉大的勝利的進軍，這是共產主義時代人民的詩篇」，「工人寫文藝作品，還只是剛剛開始，自然，他們的作品免不了粗糙、簡單，有缺點，甚至於許多作者還不能很好的運用文字」，「然而，在這些作品內容裏面包含著一種健康的新素質，工人階級生活中所具有的那種特質」〔註 18〕。

一方面，對知識分子寫作的工農文藝作品進行過分的「貶低」，評論界或文藝界領導人總能在作品中找到這樣或那樣的「毛病」；一方面，對工農作家創作的文藝作品過分的「抬高」，儘管有著這樣或那樣的缺點，但它揭示的是新的文學未來。這無疑是一把「雙刃劍」，指向的是知識分子作家的思想改造問題，讓知識分子作家在工農作家面前顏面掃地，而工農化作家的地位被無形提升。所以，有的專業作家提出專業作家與工農作家結合的問題，「文藝工作者與工農作家經常、密切地合作，是開展群眾文藝創作的一條大

〔註 16〕黨內雖然強調知識分子的重要性，但自工農成為黨內主要力量之後，對知識分子的警惕性一直保持著。

〔註 17〕洪子誠：《中國當代文學史》，北京：北京大學出版社，1999 年 8 月版，第 14 頁。

〔註 18〕寫於 1951 年 8 月。呂熒：《關於工人文藝》，《呂熒文藝與美學論集》，上海文藝出版社，1984 年 10 月版，第 20 頁。

路」，「文藝工作者在幫助或與工農作家合作時，不應脫離工農作家。那種高高在上的舊的國文教員改卷子方式，以自己去代替工農作家，把自己的東西工農作家的作品裏的方法必需拋棄」〔註 19〕。工農作家的主體性，在這種結合中得到最大彰顯。

無獨有偶，我們還看到：人民共和國初期，新政權對小資產階級知識分子作家群體抱有明顯的「警惕」，「為工農的文藝，單靠知識分子出身的文藝工作者是不夠的，同時知識分子本身也在改造中，向工農化的道路改造中，當然它能對發展工農文藝起到很好的橋樑作用，並且也有新條件把自己改變成為工農作家」，但這還是不夠的，「我們還必須培養工農自己的作家」〔註 20〕，「一個文藝工作者，也只有站在正確的政策觀點上，才能使自己避免單從偶然的感想、印象或者個人的趣味來攝取生活中的某些片斷，自覺或不自覺地對生活作歪曲的描寫」〔註 21〕。在理論家們看來，培養工農作家，是新政權的「應有之義」。那麼，出現工農文藝作品，無疑代表了一種新的文學想像，「工人和農民的文藝創作，不論它成就的大小，從這裡面是可以看出前進的里程和方向來的，這也就是人民的文化和人民的文藝前進的里程和方向」〔註 22〕。這種想像，切合了人民共和國文學對未來的想像，那就是：未來的發展、未來的生活，始終是美好的。

人民共和國初期，為了適應工農兵作家的成長，新政府在這方面確實進行過考慮，中央文學研究所的最終成立，顯然來自政府的行為，「是根據中央人民政府文化部一九五〇年的工作計劃以及全國文聯四屆擴大常委會一九五〇年工作任務的決議而創辦起來的」，「我們看見我們的政府和文學前輩們對培養中國青年文藝工作者的重視與關懷」〔註 23〕。而創辦《工人文藝》、《工人日報》，開闢部分工農文藝園地，建立通俗文藝出版社，這與適應工農創作寫作至出版，都有很大的內在關係。

〔註 19〕王汶石：《談與工農作家合作》，《王汶石文集 3　文論書信》，西安：陝西人民出版社，2004 年 9 月版，第 8 頁、第 12 頁。

〔註 20〕杜埃：《工農作家的培養問題》，《人民文藝淺說》，武漢：中南新華書店，1950 年 6 月再版本，第 45 頁。

〔註 21〕周揚：《新的人民的文藝》，謝冕、洪子誠主編：《中國當代文學史料選：1948～1975》，北京：北京大學出版社，1995 年 12 月版，第 29 頁。

〔註 22〕呂熒：《關於工人文藝》，《呂熒文藝與美學論集》，上海：上海文藝出版社，1984 年 10 月版，第 21 頁。

〔註 23〕白原：《記中央文學研究所》，《人民日報》，1951 年 1 月 13 日，第 3 版。

二、媒介視域中的「曹桂梅」：工農作家的亮點介紹

一九四九年八月三十一日，《人民日報》為新版的《文藝報》做「宣傳」。為了響應中華全國文學藝術界聯合會提出的「加強聯繫，及時瞭解情況，交流經驗、研究問題、展開文藝批評、推進文藝運動」的號召，文代大會結束後，中華全國文學藝術界聯合會決定出版《文藝報》（半月刊）〔註 24〕。為了使《文藝報》能與群眾密切聯繫，《文藝報》編委會擬廣泛徵聘文藝通訊員，組織全國性的文藝通訊網，規定辦法如下：

> 一、凡在文藝工作崗位上的同志，或在工廠、農村、部隊工作而關心文藝運動的同志們，能連續賜通訊稿兩次以上的，不論是否採用，經該報編委會認可，即可作為該報之文藝通訊員。二、文藝通訊員的任務，是要經常與該報發生聯繫，及時報導所在地區或機關團體文藝工作的情況，提供工作中的經驗和發現的問題，以及群眾對文藝作品或文藝工作的意見。三、文藝通訊員享有下列權利：每期贈送文藝報一份；該報刊印叢書或其他出版物時，得享受折扣之優待；通訊員如在有關文藝或其他問題上有所詢問時，該報當協助予以解答。茲悉該報已向有關機關團體發出啟事，要求關心文藝工作的各方面同志予以協助，踴躍參加這一工作。〔註 25〕

這樣一場「文藝通訊員運動」，目的是增強文藝通訊員們的責任感。在丁玲看來，「通訊員和編輯部的關係絕不僅僅是投稿者和編輯的關係，而應該是編輯部的一分子，是編輯部重要而有力的一部分，每一個通訊員都必須有高度的自覺性，認識到自己就是一個編輯人員，因為，正是每個通訊員同志不斷的提供了從實際中發現的新問題，才能使《文藝報》和實際運動聯繫在一起，才能使《文藝報》在提出問題、解決問題中前進」〔註 26〕。作為人民共和國文藝界的領導人，丁玲試圖讓工農兵文藝通訊員以文藝工作者的「身份」參與到人民共和國初期的「文藝界」，甚至要求參與到人民共和國的文藝運動之中。

〔註 24〕1949 年 5 月 4 日，為適應第一次文代會召開的籌備工作，華北文協曾經創辦過《文藝報》週刊。這是新版《文藝報》的前身，隨著文代會的結束，該報的歷史使命也告一段落。

〔註 25〕新華社：《全國文聯新〈文藝報〉徵聘文藝通訊員》，《人民日報》，1949 年 8 月 31 日，第 2 版。

〔註 26〕《本報召開北京市文藝通訊員座談會》，《文藝報》第 3 卷第 3 期（1950 年 11 月 25 日）。

時在武漢創刊的《長江文藝》，係中南區文協創辦的機關刊物，他們對文藝界提出的這場「文藝通訊員運動」投注了很大的精力，在《文藝報》引起很大的「反響」。一九五零年的《長江文藝》二卷四期、三卷二期，隆重推出曹桂梅的「快板詩歌」，他進入人民共和國文藝界媒介視域中。重新翻閱五十年代初期中南區文藝界的資料，曹桂梅是個顯眼的名字。在趙毅敏（時為中南區宣傳部部長）、李季（時為中南文藝工作者聯合會編輯出版部長、《長江文藝》主編）、王黎拓（時為《長江文藝》編輯部負責人）、劉祖春（中南區宣傳部常務副部長，文藝理論工作者）等人的眼中，作為工農作家的代表性人物，曹桂梅時時被提及，也是他們努力塑形的重要對象。這裡僅以王黎拓的《中南區文藝創作與批評的發展》一文為例，在這篇評論性文章中，曹桂梅被多次提到：

> （一）**曹桂梅的「代表性意義」**：在創作運動中，有一個令人可喜的現象，值得特別注意的，而且應該提出的：就是這一年來群眾文藝創作工作是有了一些發展。工農兵群眾自己的作品不斷的出現。僅就武漢市的統計，工人創作的劇本有六十多個，詩歌快板二五八首，畫三十一幀，小說、散文、故事二百餘篇。工農作家曹桂梅同志經過了文聯的幫助與培養，已經產生了不少作品。（第六頁）
>
> （二）**曹桂梅的「創作實績」**：在工農兵的創作中，如《電纜翻身》、《生鐵鐵焊》、《曹桂梅自傳》、《忙》、《文化司令就是咱》、《工農記》、《土地還家》、《木工》等作品，都充滿著健康的情感，豐富的意境，茁壯和豪邁的氣魄。從這些作品中，我們發現了工農兵群眾中有很多人是具有藝術創作天才的。《曹桂梅自傳》和《忙》的作者曹桂梅是武漢市軍管會外僑辦事處的一個通訊員。（第八頁）
>
> （三）**評論界對曹桂梅的「關注」**：對工農作者曹桂梅同志的作品，中南文聯文化批評小組也組織了筆談，肯定作者的成績和優點，並指出其缺點與今後努力的方向。這對創作是起了一些積極幫助和推動作用。（第十頁）〔註27〕

曹桂梅被介紹時，經常以他獨特的「身份」為重點介紹對象。上面所引述的三段文字，全是一篇文章中對曹桂梅的介紹，可見曹桂梅在當時中南區文藝界廣

〔註27〕王黎拓：《中南區文藝創作與批評的發展》，《開展愛國主義文藝運動》，上海：上雜出版社，1952年1月版。

泛的「影響」。還是在王黎拓的筆下，他對曹桂梅做了全方位的介紹，「如《忙》（二卷四期）與《曹桂梅自學記》（三卷二期）的作者曹桂梅，原是武漢市外僑辦事處的一個勤務員，他自從應徵為『長江文藝通訊員』便積極地寫稿，在不斷的鼓勵與幫助之下，一年內寫了許多的詩。在中南新華書店出版的有《曹桂梅小傳》、《槐底鄉變遷》、《曹桂梅自學記》等，非常受群眾的歡迎。他的詩集第一版不夠賣，又再版了。為了更進一步的幫助與培訓他，我們提請中南文聯，建議中南軍政委員會文化部，最近保送他到北京中央文學研究所去學習、深造。他仍和我們保持著一切聯繫，經常不斷地寫信給我們報告他的學習情況，在每一封信就都重複地寫著希望不要取消他的通訊員資格」。〔註28〕劉祖春點名舉例的工農作家有三個（劉孝廷、曹桂梅和李迎春〔註29〕），曹桂梅也是重點推出的對象，他這樣評價到：「一個是武漢軍管會外僑辦事處的勤務員曹桂梅同志，他在《長江文藝》二卷四期上發表了一首短詩《忙》；他的長詩《曹桂梅自傳》在中南新華書店出版了第一版，不夠賣，又出了第二版，不僅如此，外區書店還專門訂購他的詩集，可見其受群眾愛好的程度」〔註30〕。一九五零年十月，曹桂梅被中南區文聯保送至中央文學研究所，他的名字成為中央文學研究所重要的「亮點」，這裡僅從一九五二年版的《新訂新名詞詞典》對中央文學研究所的介紹文字中就可以看出：

> 【中央文學研究所】由中央文化部領導，全國文聯協辦，是提高和培養人民作家的新型學習機關。一九五一年一月二日正式成立，八日開學。由丁玲任主任，張天翼任副主任。開學時有研究員五十一人。其中有十二人是在抗日戰爭時期參加革命工作的，半數以上的人有較長的文學工作歷時並發表過比較成功的作品，如《呂梁英雄傳》的作者馬烽，《寶山參軍》的作者王血波，《平原烈火》的作者徐光耀。研究員中有六個工人和農民作家，其中有《紅花還得綠葉扶》的作者張德裕，《我的老婆》的作者董迺相，貧農出身的女工吳長英，年近四十歲的老工人趙堅，作過警衛員的曹桂梅，農民出身的楊潤身。該所研究員研究期限為兩年。研究採取理論與實踐密

〔註28〕王黎拓：《〈長江文藝〉的通訊員工作》，《開展愛國主義文藝運動》，上海：上雜出版社，1952年1月版，第85～86頁。

〔註29〕劉孝廷係江岸機廠的木工，李迎春係人民解放軍四野戰士。

〔註30〕劉祖春：《地方文藝刊物的方向問題》，《生根開花論》，武漢：中南人民出版社，1951年3月再版本，第47頁。

切結合的方針。〔註31〕

有著延安經歷的文藝工作者，或者是典型的工農作家，成為中央文學研究所介紹中的重要突出之點，曹桂梅當然成為其中的「亮點」，作為工農作家的典型被加以介紹。進入中央文學研究所之後，曹桂梅仍舊生活在人民共和國的媒介視野中，丁玲對此有所反思。

中華全國文學藝術機關刊物《文藝報》對成長起來的工農作家作「隆重」的介紹，一九五零年方炤重點介紹一九五零年的七位工農作家〔註32〕，並對他們的出現進行文學史闡釋：「工農作家的大量產生，標示著勞動人民在文化上的大翻身。這是中國歷史上新的一頁，它說明著：以勞動創造了一切的工農群眾，在作為時代的主人的今天，不但以忘我的精神勞動著，改造著社會，而且已進一步掌握文化武器」〔註33〕。「文化翻身」的具體表現，中央文學研究所無疑體現在「工農作家群」這一獨特的文化現象上。趙堅、董廼相、吳長英、曹桂梅、陳登科、高冠英，作為具有象徵意義的「工農作家」，進入中央文學研究所成為研究員。怎樣塑形這群作家，顯然是中央人民政府和中央文學研究所著意努力的，媒介的塑形是重要的手段。

比如，一九五一年五月一日，曹桂梅等工農作家響應中國共產黨的號召，發出「迎接偉大的五一勞動節」的口號呼籲，他們聲稱：「我們工人階級，在毛主席的領導下，不但掌握了政權，掌握了機器，同時也開始掌握起文化建設的技術和工具。黨和政府關心我們的文化學習，也在培養我們從工人隊伍中出來的、工人自己的文藝工作者。……我們這幾個工人，是文藝戰線上的新戰士。我們，在黨和政府的培養以及專業文藝工作者同志們的幫助下，正在開始學習使用筆桿。——為和平而鬥爭的決心、工人弟兄們在愛國主義運動中的英雄事蹟，促使我們要求自己盡最大的努力，來描繪火熱的生產競賽；我們工人的文藝戰士，還是在初生、和成長的時期，我們還沒有學習得很好，我們需要專業文藝工作同志們更多的幫助，使文藝戰線上的新軍日益

〔註31〕施蟄存、顧頡剛等校訂：《新訂新名詞詞典》，上海：春明出版社，1952年9月第28版，第687頁。

〔註32〕魏連珍（鐵路修檢工人）、趙堅（汽車修配工人）、曹桂梅（青年警衛員）、董廼相（鐵路擦車工人）、大呂（棉紗廠鐵工修理工人）、孔十爹（老農民）、秦易（放羊漢出身）。

〔註33〕方炤：《成長中的工農作家——介紹一九五〇年的幾位工農作家》，《文藝報》第3卷第10期（1951年3月10日）。

壯大起來。」〔註34〕他們儼然以「工農作家」的身份進行公開的政治活動，代表著一種新生的文藝力量。記者眼中，這群「工農作家」無疑是重要的關注對象。五月一日下午，《文藝報》社組織「工人作家文藝座談會」，向社會發布有關工人作家的信息。趙堅、董迺相、張德裕、曹桂梅、高冠英和吳長英成為重要的形塑對象，「想到『工人』兩個字下面會加上『作家』，這真是新鮮事！」而在中央文學研究所學習的工人作家，「更一致對黨和政府對他們的培育表示無限的感激，『只有我們自己站起來了，我們自己成為主人了，才有這樣的機會』！」〔註35〕記者還分別介紹「他們怎樣開始寫作，為什麼要寫作，如何寫作？」、「他們對下廠作家及目前描寫工人的作品的意見」。他們自學成才的「經歷」更是青年學習的榜樣，為此，《中國青年》樹立他們作為榜樣，試圖引導青年文學愛好者，先後對董迺相等六位工農作家（還包括趙堅、陳登科、曹桂梅、吳長英、高冠英）進行採訪，讓他們自學的經歷激發起人民共和國青年人的「欽慕」，從而塑形起青年們的「文藝想像」，媒介視域亦通過他們的現身說法，「說明我們黨和人民政府如何在培養肯力求上進的人」〔註36〕。

一九五一年八月，中南人民出版社出版了《武漢市工人文藝創作經驗》一書，內收曹桂梅的《我學習寫作的體會》〔註37〕一文。在這篇創作經驗介紹的文章中，曹桂梅被作為工人文藝創作的「典型」，向中南區文藝界的工農作家傳達自己的寫作經驗，帶有明顯的示範作用。此時，曹桂梅作為中央文學研究所的研究員，是中南區文協選派出的惟一工農作家送入中央文學研究所學習。他的這種經驗介紹，包含著複雜的政治內容，很多中南區文藝通訊員給他寫信，即證明這種方式的意義及價值。編輯這部書的編輯者為武漢市文學藝術界聯合會，可以想見曹桂梅在中南區文協重要的影響力〔註38〕。《說說唱唱》也積極培養工農兵作者，刊登過「高玉寶式」的戰士作者崔八娃和小有名氣的工人作者王彭壽、曹桂梅等人的「習作」，形成了一支高水平的通俗文藝創作隊

〔註34〕趙堅、董迺相、張德裕、曹桂梅、高冠英、吳長英等：《迎接偉大的五一勞動節》，《文藝報》第4卷第1期（1951年4月25日）。

〔註35〕記者：《記工人作家文藝座談會》，《文藝報》第4卷第1期（1951年4月25日）。

〔註36〕記者：《和六個工農作家談自學的經歷》，《中國青年》第66期（1951年6月2日）。

〔註37〕此文原載《長江文藝》4卷4期，編書時直接收入。

〔註38〕武漢市文學藝術界聯合會輯：《武漢市工人文藝創作經驗》，武漢：中南人民出版社，1951年8月版。

伍。讓曹桂梅等這樣工農作家（或稱為「研究員」）在人民共和國重要媒介如《文藝報》、《中國青年》、《說說唱唱》、《文匯報》、《人民日報》、《光明日報》等等中頻頻「亮相」，以及在中南區文協發揮示範作用，其主要目的只有一個，它表達出新政權的宣傳部門在形塑工農作家上的盡心盡力，進一步凸顯出工農群眾在文化上實現的「文化翻身」。這裡，我們看到《文藝報》作為國家文學意識形態的重要窗口，其介紹文字顯然包含著重要的政治含義；《中國青年》是當時發行量最大的刊物，有著廣泛的群眾基礎，從側面反映出其普及的層面的深廣；《人民日報》、《光明日報》和《文匯報》，是人民共和國初期重要的三種報刊，滿足三種層次的閱讀者，塑形人民共和國文藝工作者的面貌。曹桂梅在這些媒介視域中都曾經出現過。

五十年代初期，隨著「工人文藝」創作的興盛，創辦《工人文藝》刊物、出版工農作家的作品成為理所當然的事情。在編輯者看來，「解放以後，隨著工人的政治生活和經濟生活的根本改變，工人的文化生活也發生了根本的變化；反映這種新的情況，工人的文藝創作也蓬勃生長起來，開始顯示出工人階級在文藝方面的創造力」〔註 39〕。當時出名的工人作家如李忠貞、王東維、郝建秀、趙桂蘭、田桂英、趙國有、趙堅、張德裕、滕鴻濤等人的作品都以《工人文藝創作選集 1949～1951》的形式出版，在這本工人作品選本中，曹桂梅的《親愛的機器》收錄其中，可以想見曹桂梅的創作在當時的知名度情況有多高。

三、曹桂梅的「成長史」與工農作家隊伍的「想像」

一九五零年八月，《工人文藝》在武漢創刊，這是繼《長江文藝》之後中南區文協創辦的又一重要文藝刊物。時任中共武漢市委宣傳部部長的李爾重，為刊物的創刊寫了「發刊詞」，他強調「《工人文藝》出版的目的，是為了通過文藝的各種形式，給工人帶來或逐漸形成一個能夠表現主人翁地位的生動、活潑、有力，富有思想，富有創造的生活形式，這個生活形式是解放了的工人所必需的，也是解放的工人正在創作著的東西，要用這種生活逐漸地代替舊的、被壓迫的屈悶的生活形式」〔註 40〕。《工人文藝》創刊的「背後」有著強大的

〔註 39〕《編者的話》，《工人文藝創作選集 1949～1951》，北京：工人出版社，1953 年 8 月版。

〔註 40〕李爾重：《關於工人文藝（〈工人文藝〉代發刊詞）》，劉宏權、劉洪澤主編：《中國百年期刊發刊詞 600 篇》，北京：解放軍出版社，1996 年 6 月版，第 50 頁。

政治作支撐，它是為了塑形工人階級文藝工作者的文藝實績。它關注工人階級的成長史、奮鬥史，試圖用文藝的形式把這些成長史、奮鬥史記錄下來，為人民共和國的人民所掌握、所支持。

看來，「成長史」和「奮鬥史」是意識形態最需要傳達的「東西」。此時，曹桂梅寫過《曹桂梅小傳》、《曹桂梅自學記》等快板詩歌，他結合自身的人生經歷透露出他個人的「成長史」。這種「成長史」在特定的年代裏有著「獨特」的意義：「曹桂梅及其家庭的經歷，也是人民解放軍廣大指戰員及其家庭的經歷」〔註 41〕。曹桂梅到底是怎麼被發現的，並逐漸走上人民共和國初期的文壇？這直接涉及到人民共和國初期的文藝界對文藝隊伍的想像性期待。曹桂梅作為人民共和國初期顯眼的「快板詩人」，其「成長史」值得我們文學史予以「注意」，特別是要還原人民共和國初期複雜的文藝界，曹桂梅是個不可忽視的歷史人物。下面，我們把眼光轉向曹桂梅的「成長史」。

對曹桂梅的生平情況，在翻閱資料及整理資料的過程中，發現有兩則信息對其進行了介紹：

> 【曹桂梅】（1925～）當代詩人，生於河北石家莊，出身農民。1947 年參加革命工作，在識字班裏經過刻苦學習，摘掉了文盲帽子。之後，開始詩歌創作，先後出版詩集《曹桂梅小傳》、《槐底鄉的變遷》、《張德強參軍》、《蔡小二轉變》、《曹桂梅小集》、《曹桂梅詩選》等九本詩集。〔註 42〕
>
> 【曹桂梅同志】：是武漢外僑事務處的警衛員，現在北京文學研究所學習，他可以說是武漢的第一個工人文藝作者，最早的一篇作品是《曹桂梅自學記》、《回憶石家莊》，《張德強參軍》，《歌唱國徽》等，這些書大部分是在中南人民出版社出版。作者是農民出身，參加革命後才學習文化，他的作品的特點：是主題明確，語言淳樸，充滿新勞動人民的熱情。〔註 43〕

從這簡單的文字介紹中，我們看到曹桂梅在人民共和國詩歌創作中有貢獻，但

〔註 41〕解清：《出現更多的曹桂梅》，《深入和擴大抗美援朝的創作運動》，武漢：武漢通俗圖書出版社，1951 年 4 月版，第 47 頁。

〔註 42〕侯建主編：《中國詩歌大辭典》，北京：作家出版社，1990 年 12 月版，第 343 頁。

〔註 43〕武漢市文學藝術界聯合會輯：《武漢市工人文藝創作經驗・後記》，武漢：中南人民出版社，1951 年 8 月版，第 56 頁。

無法看出他在其人生成長中體現出來的意義。為了進一步完善曹桂梅的人生經歷，我們還得從其自傳性色彩比較濃厚的詩歌中還原其基本的「歷史」。寫於一九五零年七月的《曹桂梅自學記》，向我們傳達出這樣的人生經歷：

曹桂梅九歲開始識字念書，上學沒有半個月，大病一場達半年之久，因學費太貴，只好找親戚和鄰居借錢讀書，雖沒有中止讀書，但學費年年上漲，特別是學校有「新規定」，要求學生讀書必須「穿制服」，這對窮苦的家庭是很高的費用開支，最終他「不穿制服難上學，從此失學到外邊」。因家裏沒有多餘的土地耕種，曹桂梅流浪在外達八九年，先是當學徒，從事繁重的體力勞動，「別說學習和寫作，認過的文字也忘光，文盲的帽子頭上戴，心想再讀書難上難」。一九四七年十一月十二日，石家莊獲得解放後，曹桂梅在經濟上和政治上獲得「翻身」，家裏分得土地和房屋後，他隨即參加革命，當上了通訊員，但參加革命工作後沒有充足的學習時間讓他從事真正學習的學習活動。後來他調到平山縣作了公務員，開始找機會學習。雖然曹桂梅有過學習的經歷，但八九年時間中斷學習，重新撿起學習純屬幸運，遇到的困難難度可想而知，詩歌中他這樣寫到：「提起筆來只打顫，寫一豎筆像狗腿，寫一橫道曲曲彎；別人看來就不像字，彷彿是李四又像張三」。家里人給曹桂梅寫信，「家裏不愁吃來不愁穿，……我希望你工作積極學習進步，還希望你經常勞動多多生產，節約生產錢多買公債，幫助咱政府解決困難」〔註44〕。經過不斷艱苦地學習，曹桂梅最終在文化上實現「翻身」。

從經濟、政治的「翻身」到文化上的「翻身」，曹桂梅無疑具有典型意義（這切合了前面我們對「翻身」層次的分析）。成長起來的工農作家，像曹桂梅、魏連珍、董廼相、趙堅、大呂等人，「在解放以前，都曾經歷了反動統治下的重重苦難。……曹桂梅在麵包房、照相館、飯館當學徒和伺役的時期，受盡了被凌辱的痛苦」。這些痛苦的生活經歷，一方面使他們「有著被壓迫受剝削的痛苦回憶」，另一方面「在慶祝翻身的勝利日子裏，在為自己而愉快勞動的生產熱潮中，他們體會著新的生活，感受著新時代的幸福」，「豐富的生活體驗使他們知道要怎樣做自己階級的喉舌」〔註45〕。之後，在《回憶石家莊》詩

〔註44〕曹桂梅：《曹桂梅自學記》，武漢：新華書店中南總分店，1950年11月版，第1～17頁。

〔註45〕方炤：《成長中的工農作家——介紹一九五〇年的幾位工農作家》，《文藝報》第3卷第10期（1951年3月10日）。

歌中，曹桂梅結合自己及周圍生活環境的變遷，傳達出「石家莊人民十年的沉冤和解放後的幸福前程」，「道出了十多年來河北省、全中國的歷史演變」；在《槐底鄉變遷》詩歌中，他「寫出了他故鄉河北省獲鹿縣槐底鄉十幾年來的經歷及群眾的翻身鬥爭」〔註 46〕。曹桂梅不僅傳達個人的「翻身」，還從周圍人的觀察中描繪更大範圍內的人民的「翻身」。

曹桂梅的創作有沒有缺陷呢？在評論家眼中，我們看到他們對曹桂梅創作存在的問題，認識和評價都很清醒，解清在評論時這樣說到：「曹桂梅同志這三本詩作〔註 47〕的最大缺點，是組織能力不夠，作者常常是平鋪直敘的把故事、人物和感想述說出來，卻很少能分出輕重緩急，給以更精緻的取捨。作品『高潮』底刻繪，也尚欠有力，這是由於作者在處理題材的過程捨不得『割愛』，要『照顧到每個同志來的材料都用上。』這樣，致使《槐底鄉變遷》沒有中心人物，這樣，致使《回憶石家莊》內容有分散凌亂。曹桂梅同志作品的另一個缺點是語彙不豐富，致使作者在表現中依稀流露出拮据不便，欲說無詞這些缺點，影響他把作品寫得更好」〔註 48〕；「新生的東西是朝氣蓬勃而有光輝的發展前途的，但有些也不免是比較粗糙的」〔註 49〕。即使有這樣或那樣的缺點，它無法掩飾曹桂梅給人民共和國文學帶來的想像空間，他具有代表意義：

> 作者是一個來自「下層」、工農出身的警衛員，一個在舊社會只讀過兩年書的窮孩子，參加革命工作也剛剛只有兩三年的時間。他能寫出這樣好的作品，確確實實已經是驚人的大事了。作者在《回憶石家莊》的序言裏說：「在共產黨領導下，提高了我們工人，讓我們學習文化，我才能學習，寫我個人的事……。」這樣，作者就寫，以一個忠實的有理想有希望的翻身工人的身份寫，以一個光榮的青年團員的身份寫，以一個在自己「小小的崗位」積極工作的革命戰士身份寫，以一個有政治覺悟為祖國和自己更光明的未來而奮鬥的警衛員的身份寫。他們寫作和學習，得到了文化教員的幫助，得到

〔註 46〕解清：《出現更多的曹桂梅》，《深入和擴大抗美援朝的創作運動》，武漢：武漢通俗圖書出版社，1951 年 4 月版，第 48～50 頁。

〔註 47〕指的是《曹桂梅小傳》《回憶石家莊》和《槐底鄉變遷》三本詩作。

〔註 48〕解清：《出現更多的曹桂梅》，《深入和擴大抗美援朝的創作運動》，武漢：武漢通俗圖書出版社，1951 年 4 月版，第 51 頁。

〔註 49〕方炤：《成長中的工農作家——介紹一九五〇年的幾位工農作家》，《文藝報》第 3 卷第 10 期（1951 年 3 月 10 日）。

了一齊工作的同志和負責同志的幫助，得到了雜誌、報紙編輯的幫助，得到了書店編審工作同志的幫助。他越寫越有勁，越寫越進步。他是在新社會中生長起來的作者，在作者之中是有希望有前途的新人。〔註 50〕

這種「新人」表達的是一種新生東西，其實質就是工農作家作品的「價值」，「工農作家的作品，是從工農階級的生活土壤中產生出來的，它具備了先天的優越的品質」，「他們的作品，是從活生生的生活中來的，是真實的，是有血有肉的。他們吸取著工農大眾樸素而確切的語言，他們的許多表現手法是生動而有力的」〔註 51〕。這種來自真實生活的、生動的文學寫作，正切合了文藝界領導們對人民共和國文學的想像和期待。

所以，每當對工農作家進行關注和評價時，他們的「成長史」成為主要的關注焦點，《文藝報》對他們的這種經歷難免有渲染性的報導。比如：方炤的報導中就有這樣的文字，「工農出身的作家，在解放以前，都曾身歷了反動統治下的重重苦難」。這些「苦難」在各個作家的身上得到了真切的體現：魏連珍的童年，「在故鄉獲鹿縣南絳北村流離失所，過的是與乞兒相差無幾的生活」；抗日八年，趙堅「被迫跑遍了雲、貴、川、湘，遠走到緬甸，飽嘗了顛沛的艱辛」；曹桂梅在麵包房、照相館、飯館當學徒和伺役的時期，「受盡了被凌辱的痛苦」；當過童工的大呂，在抗日時期，「因參加抗敵業餘宣傳隊，被迫離廠，度過三年流動工人的悲慘生活」；秦易放羊整整十六年，「過的是『冬天凍，夏天困，吃的嘴邊崩裂紋，吃不正，穿不正，下了雨來鑽濕糞』的牛馬生活」；孔十爹在湖南參加農民運動的鬥爭中，「曾被國民黨的兵打得死去活來」。

四、正規培養學習及畢業之後的曹桂梅

一九五一年六月，文藝界思想改造即將展開之前，丁玲實地考察南京文藝界的基本情況之後，對南京文藝工作者進行了一次「講話」。「講話」中丁玲特別提到曹桂梅的基本情況：

中南出了個曹桂梅，原來在部隊裏當勤務員，念過兩年書。某

〔註 50〕解清：《出現更多的曹桂梅》，《深入和擴大抗美援朝的創作運動》，武漢：武漢通俗圖書出版社，1951 年 4 月版，第 52 頁。

〔註 51〕方炤：《成長中的工農作家——介紹一九五〇年的幾位工農作家》，《文藝報》第 3 卷第 10 期（1951 年 3 月 10 日）。

> 次部隊發起寫慰問信，他寫了一首快板，大家一看，認為很好，在報紙上一登，很多人說好。大批記者訪問他、推崇他，鼓勵他多寫。就這樣寫一篇登一篇，現在已經出了五本詩集，成為了不起的工農作者、快板詩人了。中南文聯把他保送到文學研究所來學習，希望我們在兩年內把他培養成為作家。來了以後，中國記者、外國記者來訪問的訪問、拍照的拍照、弄得曹桂梅心神不安。曹桂梅是有點才氣，但兩年就成為作家是不可能的。他還必須好好在廣大群眾的生活中，經過長期的鍛鍊，深入的學習才行。只是放在文學研究所裏像養金魚一樣，是養不出作家的。〔註 52〕

在丁玲的眼裏，隨著曹桂梅在媒介視域中的頻頻露臉，他在中央文學研究所的研究員身份反而顯得並不重要，他的工農作家身份，成為他在社會上獲得社會地位和社會聲譽的重要載體。丁玲覺得曹桂梅扮演著「花瓶」的角色。一九五七年，作為中央文學講習所重要經歷者的公木〔註 53〕，對曹桂梅這個有著典型意義的工農作家提出自己的「看法」：

> 更顯著的是對所謂的工農班。什麼曹桂梅、吳長英介紹給外國人、訪問照相，在報紙期刊上廣為宣傳，其實是買空賣空，把兩個本來是很單純、樸素的年輕人（曹是警衛員、吳是勞模）都弄的迷迷糊糊，辨不清東西南北了。文研所到文講所整套整套做法，都有這種作風。有許多事，如果冷眼旁觀，都可寫入「儒林外史」的。在這種氣氛下成長起來的年輕人，如果不自高自大、目空一切，豈不是很困難的嗎？〔註 54〕

公木的這段話主要針對的是丁陳反黨集團的罪行認定，回到五十年代中期特定的歷史語境中，我們可以對這段話做一些「反思」。特定的歷史環境下公木不得不說出一些違心的話，但這裡提到的曹桂梅、吳長英在報紙期刊上的「宣傳」，不可否認地給工農作家的培養帶來了很大的「難題」。也就是說，這給試圖以正規培訓培養新型的工農作家的中央文學研究所的培養宗旨，有著相反的效果。公木的話，和丁玲有著同樣的意思。

〔註 52〕丁玲：《談談文藝創作問題》，《丁玲文集》，第 9 卷，長沙：湖南文藝出版社，1995 年 1 月版，第 7～8 頁。

〔註 53〕1954 年 10 月，詩人公木調入中央文學講習所擔任副所長，主持日常教務活動。

〔註 54〕高昌：《公木傳》，廣州：廣東人民出版社，2008 年 12 月版，第 213 頁。

曹桂梅雖然進入了中央文學研究所學習，但從平日的表現和言語裏，我們看到他帶有明顯的「自卑情緒」和「自傲情緒」。景山先生在日記中有這樣的「透露」：「曹桂梅到我房中來坐了一會兒，年輕，結實，從漢口來。只讀過兩年小學。他說他文化淺，『像這樣一本書——他拿起一本董廼相的《我的老婆》來，說——我要一天才讀得完』。」〔註55〕其實，蕭鳳對曹桂梅採訪的時候，已經注意到這一細節：

> 「剛到文學研究所的時候，他（指曹桂梅）是感到很惶悚的，因為除了少數的工人同志外，所裏絕大部分的研究員都具有一定的文學基礎，用曹桂梅自己的話說是「此地沒一個比我再不行的了。」他想一口氣追上別人，又怕自己文化低在學習上扯別人的後腿。」〔註56〕

「自卑情緒」是因為他來自底層，沒有經過正規的教育，寫作經驗也嚴重不足；「自傲情緒」則來自於他由媒體（媒介視域）的塑形，產生一種後天的優越感。曹桂梅先天學習的「經歷」，嚴重制約了他在中央文學研究所的學習。這種先天學習，不像技術性或技巧性的東西，可以通過後天的努力獲得，他必須從生活體驗、生活觀察的基礎上，牢牢地樹立起個人的人生體驗、寫作體驗，以及個人寫作的獨特觀察視角，最終確立起文學寫作的基礎。

一九五一年三月十二日，為了推進學員們理論學習的「熱情」，丁玲在中央文學研究所一期一班組建起「理論批評小組」。在小組成立大會上，丁玲對文藝創作和理論學習的關係有很好的「闡釋」：「搞創作也要理論，沒有理論就等於沒有思想」，「專門成立小組，是更有意圖地進行學習，並不妨礙將來的創作。不能說搞理論就不能搞創作，更不是說搞不來創作的搞理論」。在這次講話中，丁玲專門談及思想包袱的問題，點名批評了曹桂梅：「包袱要放下。曹桂梅有包袱，是別人給他背上的」〔註57〕。但從王景山先生的日記和筆記中，我們發現他是這樣紀錄的：「還有個『包袱』問題。生活多少年，出了書，或是劇本也演出了，不一定算數。包袱要放下。曹桂梅有包袱，是別人給他背上

〔註55〕王景山：《我所知道的中央文學研究所和所長丁玲》，《新文學史料》2002年第4期。

〔註56〕蕭鳳：《曹桂梅（新人新事）》，《新觀察》1951年第2期。

〔註57〕丁玲：《丁玲在中央文學研究所理論批評小組成立會上的講話》，邢小群：《丁玲與文學研究所的興衰》，濟南：山東畫報出版社，2003年1月版，第208頁。

的」〔註 58〕。我們知道，曹桂梅進入中央文學研究所之前在中南區文壇享有很大的名氣，曾先後出版過《曹桂梅小傳》《槐底鄉的變遷》《張德強參軍》《蔡小二轉變》《曹桂梅小集》等詩集。丁玲說這樣的話顯然是對曹桂梅的善意批評。不可否認，曹桂梅進入中央文學研究所有「自滿」的情緒。其實，在曹桂梅的文學創作歷程中，他並不是走得一帆風順，相反地，他越來越「步履艱難」，至少我們看到他經常投稿也被退稿〔註 59〕。

一九五一年六、七月間，中央文學研究所第一學期學習結束，看過了八個小組的《學習總結》之後，所長丁玲對所有的研究員進行了一次談話，她對第一學期的學習情況進行了「總結」。她認為，「這一期的學習，我們有收穫，但也有缺點」，收穫主要有兩點：「經過這次學習，大家都打開了眼界，看到了許多新的東西，對於五四作品的看法和評價也就不同了，對於文學史也重視起來了，這是收穫的第一點」；「還有一點就是重視自己創作上的缺點和端正對於收穫的看法」。〔註 60〕研究員們在學習中存在的問題和缺點丁玲亦毫不客氣地進行了批評，其中最大的缺點就是「對三十年來的文藝思想鬥爭，沒有足夠的重視和注意」。在丁玲看來，第二學期的學習「比較困難」，「因為第二期所要學習的，同志們差不多都親身參加過這鬥爭、參加過這個工作」，她特別提出對曹桂梅的批評：「曹桂梅的鬥爭生活不多，經歷也不是那樣複雜（比起趙堅當然是少的多），比較起來他是手高可是眼低」〔註 61〕。這種「手高眼低」，是曹桂梅自身素質決定的。

一九五二年六月，中央文學研究所第一屆研究員正式畢業，曹桂梅名列其中。按照中央文學研究所徵調時的「規定」，研究員們從什麼地方來，最終只能到來的地方去〔註 62〕。曹桂梅回到中南區文協，作為在中央文學研究所經過正規培養的工農作家，此時學成歸隊，回到中南區文協，他享受高規格的待遇，

〔註 58〕王景山：《我所知道的中央文學研究所和所長丁玲》，《新文學史料》2002 年第 4 期。

〔註 59〕在《曹桂梅自學記》中，他曾表達自己被十多次退稿，可見他的寫作水平是有限的。

〔註 60〕丁玲：《怎樣迎接新的學習》，《丁玲文集》，第 9 卷，長沙：湖南文藝出版社，1995 年 1 月版，第 13～14 頁。

〔註 61〕丁玲：《怎樣迎接新的學習》，《丁玲文集》，第 9 卷，長沙：湖南文藝出版社，1995 年 1 月版，第 15 頁。

〔註 62〕有特殊情況的除外，其中有些研究員得到了優待處理，其名單如下：段杏錦、王慧敏、丁力、剛鑿、諤焚、禾波、胡昭、胡正、李納、馬烽、孫迅韜、王谷林、王景山、彥穎、周雁茹、朱東。他們要麼是革命工作的需要，要麼是個人問題的解決，需要重新進行分配，所以組織上予以特殊照顧。

成為中南區文協的專業作家之一〔註 63〕。曹桂梅經過中央文學研究所兩年的正規學習，認真接受了文藝理論、古典文學、外國文學及現代文學知識的教育，但這與傳統中國文學之間的關聯，還是存在很大的「差別」。曾卓在武漢文聯會議中就對曹桂梅這樣的工農作家培養提出批評：「外國作家要達到傳統水平才能引起別人的注意」，而中國卻剛好相反，「由於文藝傳統的薄弱很容易的就成了作家，這就損害了作家」，「曹桂梅同志被培養得太快，寫過一兩首詩就再也寫不出什麼來了」〔註 64〕。

學成歸隊的曹桂梅，並不像進入中央文學研究所之前或學習過程中備受媒介視域的「關注」。中南區文聯機關刊物《長江文藝》，僅有一次對曹桂梅文藝活動的報導。曹桂梅作為工人作者，在一九五四年五月十五日舉行的「歡迎民主德國作家雷恩和烏塞」文學創作交流會上，他是作為中南區文聯代表參加這次文化交流會〔註 65〕，這是他在媒介視域中以工農作家的身份最後一次亮相。一九五六年，新文藝出版社出版了《曹桂梅詩選》，這是他詩歌創作的總結本，內收其詩歌創作生涯的所有代表性詩歌〔註 66〕。

一九五六年三月十五日，全國青年文學創作者會議在北京舉行，三月三十日閉幕。會議過程中，許多老作家（趙樹理、老舍等）以及文化部、中國新民主主義青年團等有關單位的代表作了報告和發言，老作家們還同青年文學創作者共同討論了繁榮文藝創作等問題。對青年文學作家的「培養」是會議討論的中心議題。周揚在大會閉幕的最後一次全體會議上提出青年作家培養的重要性，並就青年作家培養中的問題提出自己的看法：「絕大多數的青年文學創作者都應當堅持業餘創作的原則；不僅要堅持自己原崗位的工作，而且應當爭取做工作中的模範，應當擠時間寫作。各工作部門的負責人，特別是中國作家協會及作家協會各分會和各地文聯、各刊物編輯部應給青年文學創作者的業

〔註 63〕專業作家意味著供給保證，這是特別的組織和生活待遇，它包括政治待遇、生活待遇、福利待遇等等的保證。

〔註 64〕當然，這在胡風案後成為胡風集團攻擊黨的作家培養「罪證」。王家渠、王博仁、何國瑞、馬赫、張學植、陸耀東、程一中、賈文昭、趙君圭、譚遠貽：《曾卓怎樣對我們傳播胡風的反動思想》，《堅決徹底粉碎胡風反革命集團 2》，北京：人民出版社，1955 年 9 月版，第 483 頁。

〔註 65〕《文藝動態·中南、湖北、武漢文藝界舉行座談會歡迎民主德國作家雷恩和烏塞》，《長江文藝》1954 年第 6 期。

〔註 66〕包括的詩歌有：《曹桂梅自學記》《回憶石家莊》《張德強參軍》《大牛戴紅花》《送南下部隊》《毒蛇不打就咬人》《親愛的機器》等 24 首，其中有些詩歌進行了修訂改寫。

餘寫作以積極的支持、幫助和熱情的關懷。」〔註 67〕有關青年作家的培養問題，引起了與會者的討論，高歌今就指出青年過早走上專業化道路，也會存在問題的，他以曹桂梅的培養為例，集中批評中央文學研究所對曹桂梅這樣的「工農作家」培養，帶有「拔苗助長」的嫌疑：

> 有些青年之所以過早走上專業化的道路，和領導上不恰當的培養方法也是分不開的。比如曾經是武漢市外事局通訊員的曹桂梅同志，剛出版了幾本快板詩的小冊子，就被調到中央文學研究所學習，畢業後又到武漢市文聯創作組去工作。因為他過去的生活經驗和文藝修養太差，又過早脫離了一定的社會職業和生活土壤，對工農兵及其他群眾的生活鬥爭都很不熟悉，所以就沒再寫出什麼作品來。對於領導上說來，正確的做法不應該是拔苗助長，而應該讓他們在肥沃的群眾生活鬥爭的土壤里長期生根開花結果。〔註 68〕

其實，在第二次全國文代會上，文藝界領導們專門討論過有關工農作家的培養問題，指出各地文學組織要注意培養新生力量，特別是工農作家的「培植」。但是，隨著國家政局的基本穩定，在文藝創作逐漸走向正規化的過程中，工農作家的地位慢慢地變得不那麼顯眼的時候，他們在媒介視域中也變得可有可無，完全成為一種象徵性的「點綴」。

一九五五年，一篇讀者來信要求批評界對工農作家的作品應該關注。筆名為「耐心」的讀者認為，「到目前為止，雖然也出版了一些工農作家的作品，如人民文學出版社出版的《解放軍戰士創作選》，工人出版社出版的《工人創作選集》，中國青年出版社出版的《高玉寶》，上海新文藝出版社出版的《上海工人創作選集》等。但是對於這些作品的評介卻遠遠地落在群眾要求的後面。在全國性的文藝刊物如《文藝報》《人民文學》《文藝學習》等上面迄今沒有看到一篇有關《高玉寶》的評介文章。其他工農作家作品的評介也都很少」，「我以讀者的身份向我們的文藝指導刊物懇切地要求，應當注意有關這方面的問題，積極地組織這方面的稿件，以指導工農兵作家更好地前進，和指導讀者閱讀」〔註 69〕。

〔註 67〕新華社：《全國青年文學創作者會議閉幕》，《人民日報》，1956 年 3 月 31 日，第 1 版。

〔註 68〕高歌今：《不要過早地去當專業作家》，《葵花集》，上海：上海文藝出版社，1958 年版，第 118 頁。

〔註 69〕白玉琢：《應重視對工農作家的評介》，《讀書雜志》1955 年第 6 期。

結束語

處於人民共和國初期的推崇「工農作家」、到「工農作家」逐漸成為業餘寫作者的「轉折的時代」〔註 70〕，曹桂梅從關注的「焦點」慢慢被邊緣化，最終被歷史遺棄，回到生他養他的故土上。曹桂梅獨特的「存在」，為我們反觀人民共和國文學、反思工農作家培養，提供了參照的「意義」和「價值」。曹桂梅的個案經驗、經歷，至少為中央文學研究所一期二班學員的招收，後來的中央文學講習所、魯迅文學院的作家培養體制，提供了巨大的反思空間。那就是：如果建立在沒有基本的文字功底上，「工農作家」的培養最終是無效的。曹桂梅的詩歌語言到底在歷史上留下了深刻的印記沒有？雖然這些不是我們考察的重點，但從曹桂梅的傳記文字中，我們能夠看到四十年代至人民共和國初期工農的生活情況，這或許是歷史留給我們的「思考」。我們還會繼續思考和探索，中央文學研究所在具體培養工農作家時的課程設置、師資力量的配備上，給予工農學員有著怎樣的潛在影響。

由曹桂梅這一個案，我們發現：人民共和國文學建構的歷史發展中，工農作家的問題值得我們真正做出反思。國家政權利用強大的媒介力量，形塑一種文學形式或文學標準的背後，其實主要來自於意識形態建設的需要。不管是曹桂梅，還是王老九、韓起祥，他們都無法擺脫歷史的「局限」，知識所特有的尊重，知識人身份的獨特性，是真正建構歷史和歷史敘述的內在力量。曹桂梅在轉變為知識人的這一過程中，顯然也提供了巨大的反思空間，這也是其他學員區別於他的重要原因。媒介和意識形態相關部門（包括宣傳部門、出版部門等）攜手合作，實現人民共和國新的文學形態的生產機制建設，但從長遠的文化生產機制和文學藝術獨特的內在規律之間來看，這種思路是有其歷史局限性的，最終給歷史和思想史的清理提供了反思的空間。即使到「文革」期間，為了塑造純正的「無產階級文藝」，國家從工農大眾中發現和培養作家，也沒有顯示出真正的成效，恰如洪子誠先生所說，「在『文革』的後期，要工農作者『衝破資產階級知識分子的包圍圈』，『永遠不要讓資產階級把我們從自己的階級隊伍中分化出去』的警告」，「反映了他們對於『工農作者』的純潔性的失望」〔註 71〕。

原載《平頂山學院學報》2015 年第 1 期。

〔註 70〕轉錄自賀桂梅的著作。賀桂梅：《轉折的時代——40～50 年代作家研究》，濟南：山東教育出版社，2003 年 12 月版。

〔註 71〕洪子誠：《中國當代文學史》，北京：北京大學出版社，1999 年 8 月版，第 202 頁。

參考文獻

一、作品集

1. 李霽野等：《朝著毛澤東魯迅指示的方向前進》，天津：讀者書店，1949年11月版。
2. 李霽野、吳大中等：《雪》，天津：讀者書店，1950年2月版。
3. 阿英等執筆：《山靈湖》，天津：讀者書店，1950年4月版。
4. 白艾等集體創作：《勝利渡長江》（話劇），天津：讀者書店，1949年12月版。
5. 王林：《女村長》（小說），知識書店，天津：1950年3月版。
6. 孫犁：《農村速寫》（散文集），天津：讀者書店，1950年4月初版。
7. 班菲羅夫等：《衛國英雄故事集》，李霽野輯譯，天津：知識書店，1950年6月初版。
8. 田間：《戎冠秀》（敘事詩），天津：知識書店，1950年6月版。
9. 蕭也牧：《海河邊上》（短篇小說集），天津：知識書店，1950年7月版。
10. 方紀：《阿洛夫醫生》（短篇小說、報告文學合集），天津：知識書店，1950年9月版。
11. 裴多菲等：《裁判》（詩集），勞榮譯，天津：知識書店，1950年9月版。
12. 王焯等：《趙發的故事》（短篇小說集），天津：知識書店，1950年10月版。
13. 路翎：《朱桂花的故事》（短篇小說集），天津：知識書店，1950年10月版。

14. 董廼相：《我的老婆》（短篇小說集），天津：知識書店，1950 年 11 月版。
15. 大呂：《郝家儉賣布》（短篇小說集），天津：知識書店，1950 年 11 月版。
16. 陳肇祥：《新芽》（短篇小說集），天津：知識書店，1951 年 2 月版。
17. 王林：《火山口上》（劇本），天津：知識書店，1951 年 2 月版。
18. 蕭也牧原著，沙惟改編：《我等著你》（話劇），天津：知識書店，1951 年 3 月版。
19. 方之中：《人底改造》（詩集），天津：知識書店，1951 年 4 月版。
20. 蕭也牧：《鍛鍊》，北京：青年出版社，1951 年 1 月版。
21. 蕭也牧：《山村紀事》，北京：天下圖書公司，1950 年 5 月版。
22. 蕭也牧：《母親的意志》，北京：青年出版社，1951 年 3 月版。
23. 丁玲：《丁玲全集》，石家莊：河北人民出版社，2001 年 12 月版。
24. 胡風：《胡風全集》，武漢：湖北人民出版社，1999 年 1 月版。
25. 何其芳：《何其芳全集》，石家莊：河北人民出版社，2000 年 5 月版。
26. 孫犁：《孫犁文集》（補丁版），天津：百花文藝出版社，2013 年 4 月版。
27. 方紀：《方紀文集》，天津：百花文藝出版社，1985 年 12 月版。
28. 蕭也牧：《蕭也牧作品選》，天津：百花文藝出版社，1979 年 11 月版。
29. 方之中：《方之中文集》，天津：百花文藝出版社，1999 年 5 月版。
30. 王林：《王林選集》（上下冊），天津：百花文藝出版社，1987 年 5 月版。
31. 阿英：《阿英全集》，合肥：安徽教育出版社，2003 年 7 月版。
32. 鄭君里：《鄭君里全集》第五卷，上海：上海文化出版社，2016 年 12 月版。

二、期刊報紙類

1. 《人民文學》，1949 年～1952 年。
2. 《文藝報》，1949 年～1952 年。
3. 《文藝學習》，1950 年～1952 年。
4. 《中國青年》，1949 年～1952 年。
5. 《人民日報》，1949 年～1952 年。
6. 《光明日報》，1949 年～1952 年。
7. 《文匯報》，1949 年～1952 年。
8. 《新文學史料》，1979 年～2016 年。

9.《文學評論》，1957 年～2016 年。
10.《中國現代文學研究叢刊》，1979 年～2016 年。
11.《現代中文學刊》，2008 年～2016 年。
12.《二十一世紀》，1990 年～2016 年。

三、著作類

1. 毛澤東：《毛澤東選集》第 4 卷，北京：人民出版社，1991 年 6 月第 2 版。
2. 毛澤東：《毛澤東選集》第 5 卷，北京：人民出版社，1977 年 4 月版。
3. 周恩來：《周恩來選集》（上下冊），北京：人民出版社，1980 年 12 月版。
4. 劉少奇：《劉少奇選集》（上下冊），北京：人民出版社，1982 年 11 月版。
5. 陳荒煤：《為創造新的英雄典型而努力》，北京：人民文學出版社，1951 年 5 月初版。
6. 周揚：《新的人民的文藝》，北京：新華書店，1949 年 11 月版。
7. 周揚：《表現新的群眾的時代》，濟南：山東新華書店，1949 年 8 月版。
8. 周揚：《堅決貫徹毛澤東文藝路線》，北京：人民文學出版社，1952 年 6 月版。
9. 中華全國文學藝術工作者代表大會宣傳處編：《中華全國文學藝術工作者代表大會紀念文集》，北京：新華書店，1950 年 3 月版。
10. 侯金鏡：《部隊文藝新的里程》，上海：中華書局股份有限公司，1952 年 1 月版。
11. 康濯：《初鳴集》，北京：作家出版社，1959 年 12 月版。
12. 陳湧：《文學評論集》，北京：人民文學出版社，1953 年 3 月版。
13. 丁玲：《跨到新的時代來》，北京：人民文學出版社，1951 年 7 月版。
14. 人民文學出版社編輯部編：《文藝工作者為什麼要改造思想》，北京：人民文學出版社，1952 年 3 月版。
15. 中共中央文獻研究室編：《建國以來重要文獻選編》（1～4 冊），北京：中央文獻出版社，1992 年 6 月版。
16. 馮雪峰：《馮雪峰論文集》，北京：人民文學出版社，1981 年 6 月版。
17. 劉繩、劉波：《作家與冀中——十位作家訪問記》，石家莊：花山文藝出版社，1983 年 5 月版。

18. 呂晴：《延安作家思想改造之考察：以何其芳、丁玲為中心》，臺北：文史哲出版社，2016 年版。
19. 吳俊、郭戰濤：《國家文學的想像和實踐：以〈人民文學〉為中心的考察》，上海：上海古籍出版社，2007 年 6 月版。
20. 錢理群：《1948：天地玄黃》，濟南：山東教育出版社，1998 年 5 月版。
21. 洪子誠：《1956：百花文學》，濟南：山東教育出版社，1998 年 5 月版。
22. 洪子誠：《中國當代文學史》，北京：北京大學出版社，1999 年 8 月版。
23. 洪子誠：《當代文學的概念》，北京：北京大學出版社，2010 年 1 月版。
24. 洪子誠：《問題與方法：中國當代文學史研究講稿》，北京：北京大學出版社，2010 年 1 月版。
25. 洪子誠：《中國當代文學概說》，北京：北京大學出版社，2010 年 1 月版。
26. 洪子誠：《材料與注釋》，北京：北京大學出版社，2016 年 9 月版。
27. 陳子善：《文人事》，杭州：浙江文藝出版社，1998 年 8 月版。
28. 陳子善：《邊緣識小》，上海：上海書店出版社，2009 年 1 月版。
29. 陳子善：《不日記》，濟南：山東畫報出版社，2013 年 7 月版。
30. 陳子善：《不日記二集》，濟南：山東畫報出版社，2015 年 6 月版。
31. 陳子善：《不日記三集》，濟南：山東畫報出版社，2017 年 3 月版。
32. 陳思和主編：《中國當代文學史教程》，上海：復旦大學出版社，1999 年 9 月版。
33. 邁斯納：《毛澤東的中國及後毛澤東的中國》，成都：四川人民出版社，1990 年 10 月第 2 版。
34. 麥克法誇爾、費正清編：《劍橋中華人民共和國史》（上冊），北京：中國社會科學出版社，2007 年 12 月重印版。
35. 王本朝：《中國當代文學制度研究 1949～1976》，北京：新星出版社，2007 年 6 月版。
36. 石灣：《紅火與悲涼——蕭也牧和他的同事們》，上海：上海錦繡文章出版社，2010 年 8 月版。
37. 周傑榮、畢克偉編：《勝利的困境：中華人民共和國的最初歲月》，香港：香港中文大學出版社，2011 年版。
38. 楊奎松：《「邊緣人」紀事：幾個「問題」小人物的悲劇故事》，廣州：廣東人民出版社，2016 年 3 月版。

39. 楊奎松：《忍不住的「關懷」：1949 年前後的書生與政治》，桂林：廣西師範大學出版社，2013 年 5 月版。
40. 陳改玲：《重建文學史秩序：1950～1957 年現代作家選集的出版研究》，北京：人民文學出版社，2006 年 5 月版。
41. 黄子平：《「灰闌」中的敘述》，上海：上海文藝出版社，2001 年 1 月版。
42. 唐小兵：《再解讀：大眾文藝與意識形態》（增訂版），北京：北京大學出版社，2007 年 5 月版。
43. 徐慶全：《名家書札與文壇風雲》，北京：中國文史出版社，2009 年 5 月版。
44. 商昌寶：《作家檢討與文學轉型》，北京：新星出版社，2011 年 11 月版。
45. 賀桂梅：《轉折的時代：40～50 年代作家研究》，濟南：山東教育出版社 2003 年 12 月版。
46. 李楊：《抗爭與宿命之路：「社會主義現實主義」（1942～1976）研究》，長春：時代文藝出版社，1993 年 6 月版。
47. 斯炎偉：《全國第一次文代會與新中國文學體制的建構》，北京：人民文學出版社，2008 年 10 月版。
48. 孟繁華、程光煒：《中國當代文學發展史》，北京：人民文學出版社，2004 年 1 月版。
49. 涂光群：《五十年文壇親歷記（1949～1999）》，瀋陽：遼寧教育出版社，2005 月 5 月版。
50. 王瑤：《中國新文學史稿》（下冊），上海：新文藝出版社，1953 年 8 月版。
51. 吳永平：《隔膜與猜忌——胡風與姚雪垠的恩恩怨怨》，開封：河南大學出版社，2006 年 10 月版。
52. 韋君宜：《思痛錄》，北京：北京十月文藝出版社，1998 年 5 月版。
53. 陳偉軍：《傳媒視域中的文學——論「文革」前十七年小說的生產機制與傳播方式》，桂林：廣西師範大學出版社，2009 年 5 月版。
54. 夏志清：《中國現代小說史》，臺北：傳記文學出版社，1991 年 11 月版。
55. 楊守森主編：《二十世紀中國作家心態史》，北京：中央編譯出版社，1998 年 11 月版。
56. 李潔非、楊劼：《共和國文學生產方式》，北京：社會科學文獻出版社，2011 年 4 月版。

四、重要論文

1. 洪子誠：《關於五十至七十年代的中國文學》，《文學評論》1996 年第 2 期。
2. 程光煒：《〈文藝報〉「編者按」簡論》，《當代作家評論》2004 年第 5 期。
3. 錢理群：《關於 20 世紀 40 年代大文學史研究的斷想》，《中國現代文學研究叢刊》2005 年第 1 期。
4. 陳思和：《如何當家？怎樣做？——重讀魯煤執筆的話劇〈紅旗歌〉》，《中國現代文學研究叢刊》2011 年第 4 期。
5. 斯炎偉：《「有意味的形式」——「十七年」文藝報刊中的「讀者來信」》，《中國現代文學研究叢刊》2011 年第 4 期。
6. 董之林：《「旁生枝節」對寫實小說觀念的補正——以〈腹地〉再版為關注點》，《文學評論》2012 年第 1 期。
7. 商金林：《我國現代作家選集中的經典：開明書店出版的「新文學選集」》，《出版史料》2012 年第 1～3 期。
8. 張均：《小說〈暴風驟雨〉的史實考釋》，《文學評論》2012 年第 5 期。
9. 王秀濤：《〈講話〉與建國初城市舊文藝的改造》，《文藝爭鳴》2012 年第 5 期。
10. 邵部：《蕭也牧之死探考》，《文藝爭鳴》2017 年第 4 期。

跋　一

謝冕先生曾指出，「五十年代的文學現象是一種歷史發展的結果。它直接繼承了四十年代初期工農兵文學的全部理想，並且在理論上有更為完備和系統的表述。用工農兵喜見樂聞的形式來表現新的時代和新的人物，在當時已是不言而喻的道理。它業已形成一個確定的目標，以及到達這一目標所需要的策略和手段。而所有的問題似乎只在於把這理論付諸實踐。五十年代在文學創作的實踐方面，也是一個值得重視的時段。強大的行政力量有可能通過社會性的『運動』或『準運動』的方式推進它的文學理想。這種推進業已取得成效，又是表現為正面的，更多的時候則表現為負面的。」(《重視對五十年代文學的研究》,《那時很年輕》，北京：解放軍出版社，2005 年 1 月版，第 206 頁）儘管這是十二年之後才閱讀到的文字，我仍舊覺得它彌足珍貴，所以特別看重這段文字的意義，把它放在這後記裏，試圖鼓勵自己不斷前行。我要說的是，從二〇〇五年開始，我轉入中國當代文學史的學術研究中，純粹是偶然的因素。如果沒有那次無意的《中國當代文學史》課程的教學安排，我真不知道今天的我在研究什麼。

不過，話說回來，有時候學術研究的興趣真有點冥冥之中的「安排」。我一直感念我的母親，儘管她只是普通中國農村的勞動婦女，但她的眼界、心胸卻如此的高，至今在老家三四十歲的人的記憶中，仍舊留有深刻的印象。老人們對她的評價更高，說到了母親的操持家業，勤勞善良等等。我對母親的記憶隨著她的離世，更隨著可敬的外婆的離開，逐漸在我的腦海中淡化。但母親那一代人為什麼形成這樣的文化性格，一直是我想探尋的。如今才讓我樂於在學術資料的海洋裏，不斷地翻檢，不斷地挖掘和不斷地梳理。從這些材料中，我逐漸理解母親的童年生活。或許在別人看來，我家裏堆積著的就是一堆廢紙，但在我看來，它們就是「歷史」，是活生生的歷史，儘管它們印在泛黃的脆紙片裏。因為在我看來，歷史很容易碎片化，那些脆紙片語的風化，正是歷史的消失。

當然，課題能夠形成今天這個樣子的初步文稿，不是我一個人真正意義上完成的，我只是最後的執筆者而已。課題組成員柴高傑博士、楊玲女士，曾在論文資料查閱和文字處理中給予了很多幫助，沒有他們的努力付出，課題文字也不可能能夠在一年多的時間裏寫作完畢。同時，在課題立項之前的申報和立項之後的寫作過程中，我的博士導師陳子善先生、碩士導師郝明工先生一直關注著課題的寫作進展，時時對我的課題研究給予善意的幫助，使我感受到慈父般的關愛。中國社會科學院文學研究所的何吉賢先生和徐剛先生，我的研究生室友凌孟華兄，我的師兄廖久明、張向東、王學振教授，都給了我很大的資料幫助。在此，向以上諸位師友表達我最真誠的謝意。大學同學李英傑兄、陳斌兄，多年來一直在經濟上關照著我，至今沒有絲毫的改變，真正改變的是隨著年輪的增加，他們倆已經是兩個孩子的父親。

身處綿陽這樣僻靜的小城市裏，我的 QQ 群裏幸虧有一個叫「中國現代文學研究小組」的群小組，其群友來自祖國的四面八方，時時透露出相關學術信息，讓我沒有成為自閉於山野的孤獨之人。群主侯桂新博士身在廣州的華南師範大學，一直是我文章的最初審讀者，他不斷砥礪著我前行，給了我很多鼓勵性的話。堂師兄易彬教授、中國好室友凌孟華兄、中國好姐妹楊華麗教授等，都在學術路上給了我很多的幫助。借這本書的出版，我期待它能讓學術的友誼之情也得以記錄和延續。

更應該感謝的，是我的岳父楊永能先生。這些年，岳父操勞這個家，讓我感受到來自長輩、親人的無私關懷，使我能夠從容地寫作與研究。小女依依（袁一禾）來到人世間轉眼已一歲半了，她給了我很多靈感。這個課題，是陪伴她過程中的文字見證，希望她今後看到這些文字，能夠想到父輩們生活的平淡與對學術的執著。

寫完這個課題，我將抽出時間真正陪伴我的父親。父親今年已經邁入七十三歲的年齡了，真正步入他人生的晚年生活，我不希望他在自己的生命歷程中，去經歷那些非人間的苦痛，能夠給老人家一點安慰，儘量地付出吧。母親離開我已經十一個年頭了，孤寂的父親雖口中沒說什麼，但他的內心裏有對母親的「掛念」。

那就把這部書稿獻給我的父親，祝願他健康長壽！

2017 年 6 月 8 日，四川綿陽東八文藝學院二樓試卷庫。

跋　二

跋一的文字寫於 2017 年 6 月，那是對當時寫作過程的一種歷史記錄，時間一晃竟然又過去了快七年，有些事情還需要做進一步的交待，借著書稿即將出版的契機，那就簡單交代一下吧。

近七年多的時間裏，對我來說又發生了很大的變化。最重要的，是家裏又新添了新成員，這就是我的第二個孩子朵朵（袁一朵），她 2018 年 3 月出生，如今已經五歲了，進入幼兒園大班，也即將迎來幼兒園的畢業。如果說《1951 年的共和國文藝界：「統一戰線」政策下的「整合」》算是我的第一部學術著作，那麼，《人民共和國初期文藝界的「內部清理」——「十月文藝叢書」專題研究》可以算作是我出版的第二部學術專著。很感激令人尊敬的李怡先生，仍舊是他，在學術研究的遠處默默地關注著我。這種關注，是沒有任何回報的關注。所以，我更看重這種特殊的、珍貴的「情誼」。在今天日益凝固化、內卷化的學術環境裏，我更珍惜之。在去濟南參加由《揚子江文學評論》編輯部和黃發有先生召集的「中國當代文學史料的發掘與研究」學術研討會的路上，得到李怡先生的誠摯邀請，我的感激之情油然而生，這不得不讓我記起曾在綿陽工作時，得到李怡先生多方面的關照。

2012 年在四川綿陽講學結束的時候，李怡先生特別找到我與我交談，希望我去四川大學做個博士後，但那時因行政工作的繁忙沒有去。當然，後來隨著年齡的增長，也沒有機會再去什麼地方做個博士後。2020 年打算離開綿陽的時候，李怡先生仍舊寫來真誠的信札，希望我能考慮去四川大學工作。儘管一次次辜負李怡先生的期待，但他仍舊關注著我，關注著我的學術成長。

2020 年 11 月，中國現當代文學文獻學學術研討會在西南科技大學舉辦，李怡先生率領四川大學中國現當代文學學科團隊的劉福春教授、陳思廣教授、周維東教授，親自到綿陽參加這一學術會議，對我本人和原單位西南科技大學的學術支持力度，明白人都看得出來是多麼的「大」。

2022 年 12 月 17 日，貴州師範大學與重慶三峽學院聯合舉辦「何其芳誕辰 110 週年學術會議」，這是我入職貴州師範大學舉辦的第一場學術會議，我仍舊找到李怡先生，他堅定地支持這場學術會議。後來我才知道，他那一天要出席三個會議，但他仍舊首選了我們這邊舉辦的會議，直接在線上參加，其他會議都是錄音後由主辦方播放。會議結束之後，我把自己認為比較優秀的七八篇論文轉交《現代中國文化與文學》雜誌，仍舊是李怡先生來親自挑選，確定幾篇論文進入到集刊裏得以刊布。這種真心支持的背後，顯示出李怡先生對我的厚愛和期待。

書稿完成於 2017 年 6 月，此後我就轉入國家課題《開明書店版「新文學選集」叢書專題研究（1951～1952）》的研究之中，當然，這一課題頗為費時，從 2018 年開啟研究，直至 2023 年 8 月底才最終交差。自己研究興趣又不斷在調整著，把教育部課題的書稿也就擱在一邊。如果不是李怡先生的提醒，可能也沒有打算予以出版，畢竟當年也是倉促的趕稿，難免有粗糙之嫌疑。但畢竟那是教育部青年項目，是我學術研究真正意義上的第一個項目，我比較看重它。而且，這個課題讓我走得更遠，這就是不得不說的「晉察冀文藝」的當代命運問題。

書稿寫作結束後，我花費了一部分精力，認真關注過蕭也牧，試圖還是通過蕭也牧這一條線，真正擰起對晉察冀文學的關注。在我看來，晉察冀文學值得關注，因為那一部分文人在人民共和國的文學文化語境裏，命運似乎總體上並不好。不管是蕭也牧，還是丁克辛，還是方紀、王林等，這批人並沒有得到學界的認真關注，更談不上研究。2008 年認識王林之子王端陽先生後，時不時得到端陽先生的鼓勵，覺得這一塊值得好好的研究。2018 年，與《中國現代文學研究叢刊》編輯部聯繫之後，我們決定在那一年做一組蕭也牧專輯，紀念他誕辰 100 週年。其實，當時我的想法是不僅依託於《中國現代文學研究叢刊》，而且還想依託子善先生主編的《現代中文學刊》，由兩個刊物來隆重推出蕭也牧百年紀念專輯，想來對逝去已經四十八年的蕭也牧是最好的紀念。但後來種種原因，《中國現代文學研究叢刊》也沒有形成真正的「專輯」，而是打散了文章、給人以自然來稿的形式呈現出來，可見蕭也牧還是比較敏感的學術話題。這次，借著書稿出版的機會，就一併把我的那篇文章作為附錄文章收錄在本書中。另有關於二十世紀五十年代工農作家培養話題的《「文化翻身」與工農作家形態生成的「反思」——以被遺忘的作家曹桂梅為例》這篇論文，原本已通過了《中國現代文學研究叢刊》編輯部的盲審，但因其他原因我選擇了撤稿，刊發在《平頂山學院學報》上，這次也一併收錄作為「紀念」。感謝《中國現代文學研究叢刊》《大西北文化與文學》《河北民族師範學院學報》《重慶師範大學學報》給予我的學術支持，感謝王秀濤、李躍力、王明娟、王秀坤的辛苦編輯，感謝我的研究生老師朱丕智先生的鼎力支持。

六年前在寫跋一文字的時候，我就說要讓自己留出足夠的時間，去陪伴已經年邁的父親，而今他即將八十，我這一次不得不說，自己真要花費時間來陪伴他老人家了。這本小書，就作為我獻給父親八十大壽的生日禮物吧。

2024 年 1 月 10 日下午，寫於貴陽花溪。